DANGDAI SHUSHI DIANPING CHUJI

当代蜀诗点评初集

主编　刘道平

成都时代出版社
CHENGDU TIMES PRESS

图书在版编目（CIP）数据

当代蜀诗点评初集／刘道平主编.--成都：成都
时代出版社，2021.5

ISBN 978-7-5464-2804-8

Ⅰ.①当… Ⅱ.①刘… Ⅲ.①诗歌评论–中国–当代
Ⅳ.①I207.22

中国版本图书馆 CIP 数据核字（2021）第 065684 号

当代蜀诗点评初集
DANGDAI SHUSHI DIANPING CHUJI

刘道平　主编

出 品 人　李若锋
责任编辑　李卫平　程艳艳
责任校对　李　航
装帧设计　圣立文化
责任印制　张　露

出版发行　**成都时代出版社**
电　　话　（028）86742352（编辑部）
　　　　　（028）86615250（发行部）
网　　址　www.chengdusd.com
印　　刷　四川立杨彩色印务有限公司
规　　格　169mm × 239mm
印　　张　23.75
字　　数　380 千
版　　次　2021 年 5 月第 1 版
印　　次　2021 年 5 月第 1 次印刷
书　　号　ISBN 978-7-5464-2804-8
定　　价　168.00 元

出版说明

　　四川是中国的诗词大省。过去是，现在也是。蜀人如此说，外省人也如此说。当代蜀诗点评，散见于书刊、网络，尚乏专集。《当代蜀诗点评初集》收录的当代蜀诗，大多取材于《当代中华诗词集成·四川卷》，又不限于此。各篇点评只约稿，不摊派任务，所点评诗词篇目悉由评者自选。点评篇幅一般三五百字，亦不强求划一，均不分段。同一人的点评，集中在点评者名下，附以点评者个人简历。全书点评者41人，编次以年齿为序。所点评的诗词篇目或有重复，但见仁见智，各说各话。存在重评的诗词作品，出现一次以后，注明"作品见××页"，不重现。诗词点评存一家之言，除明显失当之字句编者予以删芟外，悉存原貌，点评者自负文责。部分点评文字，或已公开发表于书刊或网络，经征得作者同意后录入，特此说明。

2020年9月9日

目　次
（以年齿为序）

王蒙点评

王蒙（1934— ），河北南皮人。文化部原部长，中国作家协会名誉主席，曾获茅盾文学奖、意大利蒙德罗文学奖等。出版有《王蒙文集》（45卷）等。2019年被授予"人民艺术家"国家荣誉称号。

邓稼先歌

周啸天

华夏子孙奔八亿，不蒸馒头争口气。罗布泊中放炮仗，要陪美苏玩博戏。不赋新婚无家别，夫执高节妻何谓。不羡同门振六翮，甘向人前埋名字。一生边幅哪得修，三餐草草不知味。七六五四三二一，泰华压顶当此际。蘑菇云腾起戈壁，丰泽园里夜不寐。周公开颜一扬眉，杨子发书双落泪。惟恐失算机微间，岁月荒诞人无畏。潘多拉开伞不开，百夫穷追欲掘地。神农尝草莫予毒，干将铸剑及身试。一物在掌国得安，翻教英年时倒计。公乎公乎如山倒，人百其身哪可替。号外病危同时发，天下方知国有士。门前宾客折屐来，室内妻儿暗垂涕。两弹元勋荐以血，名编军帖古如是。天长地久真无恨，人生做一大事已。

【点评】

2005年，我与周啸天先生在成都见面，并写了一篇文章，文中除赞扬欣赏外，我也写了"能不能再往深邃里走，此乃后话"，作为文章的结语与对他的期待。时过八年多，他的旧作《邓稼先歌》我倒是最近才从郁葱先生的博客上认真读了一遍的。"华夏子孙奔八亿，不蒸馒头争口气。罗布泊中放炮仗，要陪美苏玩博戏"，读此四句，我吓了一跳，心想莫非周老师油腔滑调起来了？读到"不赋新婚无家别，夫执高节妻何谓"，又觉何等悲壮！"两弹一星"元勋邓稼先顾不上为新婚作赋，还没有营建出一个小家来，就上了大西北国防科研前线了。从前四句的不以为意，一下子跳到这样的悲壮中来，多大的气魄与笔力！"不羡同门振六翮，甘向人前埋名字"，同窗学友，展翅高飞，誉满全球，邓稼先则甘愿隐姓埋名，为国奉献。老王我读之垂泪，并坦承自己委实做不到。"一生边幅哪得修，三餐草草不知味"，我顿足拍案，击节赞叹。话说得如此准确生动、新鲜朴实，一代人的奉献精神，全付其中，用字俗而又俗，反成绝唱。"七六五四三二一，泰华压顶当此际"，几个数字，把读者拉回到"两弹一星"实验时令人揪心的倒计时场面。"蘑菇云腾起戈壁，丰泽园里夜不寐"说的是中南海，是毛主席，是咱们20世纪的艰辛历程。回到了当年，谁不动心？谁不洒泪？"周公开颜一扬眉，杨子发书双落泪"，接着是周总理，怀念，敬佩，俱往矣，至今令人壮怀激烈。书是指杨振宁先生的信。老王惭愧，是1993年在美国哈佛大学得赐杨先生签赠的书，才得知他的同窗好友邓稼先的事迹。"惟恐失算机微间，岁月荒诞人无畏"，诗人没有忘记岁月的某些荒诞处，然而，仍然有邓稼先，有伟大的成就、伟大的人格，仍然泼不脏、抹不黑！"潘多拉开伞不开，百夫穷追欲掘地"，当然有失败后才有成功。如果一失败就一起去啐唾沫，这个民族只能完蛋，万劫不复。"神农尝草莫予毒，干将铸剑及身试"，谓邓稼先的人格自可与神农氏、干将莫邪同光。周诗非无古雅处。"一物在掌国得安，翻教英年时倒计"，读之大恸！"七六五四三二一"的倒计时，如今用到了邓稼先的寿命上！"公乎公乎如山倒，人百其身哪可替"，虽有千万人，不及邓公身！公乎公乎，如闻号啕！人民没有忘记他，还有歌者周啸天！"号外病危同时发，天下方知国有士"，此二句如雷如电，震耳欲聋！读到此句，能不动容？"门前宾客折屐来，室内妻儿暗垂涕"，读来如临其境，如感其情。哀之，钦之，咏之，叹之。"两弹元勋荐以血，名编军帖古如是"，诗中有血，句中有泪！让我们缓缓脱下帽子，重复这两句激越绝伦的诗句，向邓稼先致敬！"天长地久真无恨，人生做一大事已"，诗人记载、歌颂了做成一件大事的邓稼先，也写就了一首大诗，差可无恨。诗为古体，有古色古香与较好的炼字炼意，但更感人的是它的精气神！那么，让我们大家都以邓稼先为榜样，做成一两件可使人生无恨的事情吧。

将进茶

周啸天

余素不善饮，席间或以太白相诮，退而作《将进茶》。

世事总无常，吾人须识趣。空持烦与恼，不如吃茶去。世人对酒如对仇，莫能席间得自由。不信能诗不能酒，予怀耿耿骨在喉。我亦请君侧耳听，愿为诸公一放讴。诗有别材非关酒，酒有别趣非关愁。灵均独醒能行吟，醉翁意在与民游。茶亦醉人不乱性，体己同上九天楼。宁红婺绿紫砂壶，龙井雀舌绿玉斗。紫砂壶内天地宽，绿玉斗非君家有。佳境恰如初吻余，清香定在二开后。遥想坡仙漫思茶，渴来得句趣味佳。妙公垂手明似玉，宣得茶道人如花。如花之人真可喜，刘伶何不怜妻子。我生自是草木人，古称开门七件事。诸公休恃无尽藏，珍重青山共绿水。

【点评】

《将进茶》亦属绝唱。这里用一种平常心写平常事，而平常人平常诗中出现了趣味，出现了善良，出现了生机，出现了至乐至工至和，这实在是当今诗坛上难得的和谐之音。

人妖歌

周啸天

京剧旦行梅派工，越剧小生范徐红。反串之妙补造化，何须台后辨雌雄。五色灯光人其颀，初见烟雾蒙玉质。回眸启齿略放电，伴舞女郎失颜色。一身婉转二重唱，男声浑厚女声泣。美发一挥何飘柔，踏摇四体皆魅力。人妖本出里巷中，父母养儿为济穷。勾栏一入深如海，绝世无由作顽童。心性先从教化改，形体渐受荷尔蒙。吞声学艺近残酷，不比寻常事委曲。注射自戕违养生，服食尤惜年光促。年光促兮终不悔，惟效昙花放异彩。竞技选美作生涯，舞台得有绚丽在。观光客自天外来，一方经济为翻倍。舍身奉献非凡庸，我诚敬畏讵宽容。漫哂琉璃不坚牢，尔曹百岁总成空。亭亭净植宜远观，尤物从来拒亵玩。海外归为知者道，莫便逢人作奇谈。

【点评】

《人妖歌》是仁者之诗，关注现实。既幽默，又很雅。奇诗奇思，难得。

聋哑人舞千手观音

周啸天

天人千手妙回春，族类同痴泪不禁。
失语时分存至辩，无声国度走雷音。
花光的历飘香久，法相庄严蕴慧深。
引领慈航成普度，神州除夕降甘霖！

【点评】

领联二句，失语至辩，无声雷音，意韵悠长，感人至深，更有佛家妙谛。没有相当的古典文学素养是写不出来的。而"失语"云云，又是现代词，这类不拘一格地被用于传统诗词中的词语在周诗中还多有，如"臭美""大款""签单"……确实是熔古今于一炉。

竹枝词（七首录二）

周啸天

会抓老鼠即为高，不管白猫同黑猫。
思到骊黄牝牡外，古来唯有九方皋。①

峨眉自古路朝天，最是公来不禁山。
半边容我与君走，尚与路人留半边。②

注：①1962年秋，中央书记处开会讨论"包产到户"的问题，邓小平讲"怎样恢复农业生产"，引用俗语"不管白猫黑猫，捉到老鼠就是好

猫"，以说明哪种生产形式有利于发展农业生产，就应采取哪种形式。

②1980年，邓小平来成都休假、视察，由四川省委书记谭启龙陪同上峨眉山。安全部门原计划封山，邓小平不同意，说："我们也是游客，人家也是游客，大路朝天，各走半边。"

【点评】

作者写邓小平的竹枝词，非常平和、平实。"会抓老鼠"一诗别具匠心地以"白猫黑猫论"与伯乐荐九方皋相马的故事相比，九方皋只注重是不是千里马，而不注意马的毛色与性别，代表的是一种战略眼光，宽容眼光，是一种大气。"半边容我与君走，尚与路人留半边"这两句说的是邓小平视察峨眉山时，不赞成为了自己的安全考虑而封山。这两首诗读起来都极上口，符合竹枝词的特色。

黄宗壤点评

黄宗壤（1942— ），生于重庆，祖籍四川省自贡市，自贡市文联退休。曾任四川省诗词学会理事、自贡市诗词学会顾问。

荣县大佛

吴丈蜀

幽岩僻处近千秋，坐对沧浪旭水流。

非是行谦居次席，长兄原自在嘉州。

【点评】

四川有两座举世闻名的石刻大佛，一座是在乐山三江汇流处，依凌云山崖就势开凿，历九十年而成的唐代弥勒佛坐像，通高71米；另一座则是荣县的一尊唐（一说宋）代释迦牟尼佛的坐像，通高近37米。千百年来，他们成为旅游朝圣者心向往之的瞻仰圣地，也是骚人墨客吟咏的对象。如先贤赵熙（荣县人）咏大佛，就有"荣州不让嘉州好，只少凌云风水声"之句，自豪之情溢于言表。而吴丈蜀先生（泸州人）于20世纪90年代书赠我的这首咏荣县大佛诗，则虽然明白无误地为两座大佛排了"座次"——"长兄原自在嘉州"，但立论持平并无偏袒，是一种幽默谐趣的态度。平心而论，两座佛像各有千秋。大体而言，乐山大佛与周围自然风貌浑然一体，正所谓"山是一座佛，佛是一座山"，虽是人力，却似天成，栉风沐雨，野趣十足，伟岸雄壮，被誉为神工鬼斧，足可当之。而荣县大佛则安静地端坐在大佛寺内石窟佛龛之中，背倚秀丽的东山，面临潺湲的旭水，更具庄严静穆之相。乐山大佛胜在体量和气势，而荣县大佛胜在精妙和幽寂。赵、吴二公之论，见仁见智，表达了诗人乐山乐水的旷达情怀。

笔冢出神工

徐无闻

渺矣雕虫技，难哉百炼锋。
天才安可恃？笔冢出神工。

【点评】

1982年春末，我作为代表之一，在成都参加了四川省书法家首次代表大会（会上成立了中国书法家协会四川分会，即后来的四川省书法家协会）。在与会代表的笔会现场，目睹了徐无闻先生即席书写他的这首论书诗。当时先生的书作未写明诗题，现在我姑代拟题为"笔冢出神工"。首句"渺矣雕虫技"，说的是书法作为一门艺术，历史上曾经一度被志在立德立言立功者鄙薄为"雕虫小技"。但是，随着历代书法艺术的不断传承发展，这种观点早已被证明是偏见，以致销声匿迹。而书法家们在新时期云集锦城，正为共商振兴书法的大计。次句"难哉百炼锋"，是论书法技法的精髓当以用笔为上，带动其他，而一管毛锥在手，非有百炼钢化为绕指柔的功力则难臻其妙。第三、四句继续发挥，言天分佳者亦不可自恃，还得依靠勤奋刻苦，只有"笔成冢，墨成池"，才能"不及羲之即献之"（东坡语）。寥寥四句，简明晓畅，既合盛会之主题，又寓劝学之热忱，故我乐赏之。

戏赠某书法家

洪君默

心裁别出写波罗，满纸乌烟似黑锅。
此卷应疑天国有，斯文合在地摊多。
真行隶篆书千字，鱼鳖龟蛇集一窝。
幸好老夫通物理，原来猛虎属猫科。

【点评】

题为"戏赠",当是只对准某一位"书法家"朋友善意调侃,无意于对当前整个"书法界"存在功利、浮躁和文化缺失的乱象进行评说。但通过解剖这么一只"麻雀",以小见大,又的确对后者有所揭示。按理说,书写《般若波罗蜜多心经》这样的佛家经典,虽不一定要沐浴斋戒焚香打坐,但至少动笔之前应心怀一个敬字,静心,专注。而且最好是选择篆书、隶书、楷书这类静态书体来恭录,或许在气象上多少能传达出一点原著的精义。但作者笔下呈现的是一个近乎漫画和喜剧的场景:一位文化水平不高、书艺不精、追求驳杂而又急于创新("心裁别出")的"书法家"在即兴大挥。于是我们看到的就只能是"天书"或是难登大雅之堂的"地摊货"了。尾联颇有趣。作者暗自庆幸:这点鉴别力我还是有的,所以别看你装成不可一世的猛虎,其实,也就一只不够斤两的猫而已。

熊宪光点评

熊宪光（1942— ），生于重庆市渝中区。西南大学文学院教授，重庆市人民政府文史研究馆馆员，享受国务院政府特殊津贴专家。历任中国古代散文学会副会长、重庆市古代文学学会会长、重庆市首批学术技术带头人、重庆市古籍保护专家委员会副主任。主要著作有《亦说文稿》《战国策研究》《文史论稿》《纵横家研究》《中国古代文学史长编（先秦卷）》《先秦散文选注》《汉魏六朝散文选注》等。发表论文70余篇。论著多次获省级政府奖。

蜀道难

赵义山

噫吁嚱，拥乎堵哉！蜀道之难，难于上青天。内环与外环，车流何壮观。远近不过七八里，三五小时难往还。东绕西堵气未死，精疲力竭抛锚马路边。上有遮天蔽日之飏尘，下有入心入肺之油烟。三轮两轮尚不得过，宝马奔驰更熬煎。立交何盘盘，百步九停油空燃。闷心憋气干着急，拉好刹车坐长叹！问君出门何时还，小心车车贴罚单。但见灯火照高楼，五颜六色入云端。又闻喇叭鸣夜月，愁义山。蜀道之难，难于上青天，使人听此凋朱颜。桥头桥尾不盈尺，车不能动如绝壁。红灯绿灯空变换，车流不动人如织。其堵也如此，嗟尔乡下之人胡为乎来哉？剑阁峥嵘而崔嵬，万夫当关，一弹可开。街道如棋盘，堵车出不来。蜀道之难，不在茶马道，不在剑门关，不在玉垒铜梁，只在成都驾车出门上下班！锦城最宜家，哪得不想还。蜀道之难，难于上青天，侧身四顾一喟然。

【点评】

此篇歌行，用太白旧题，写"新蜀道难"，思接千载，意通古今。以诙谐之笔，绘生动世象。情真词雅，体正志深。得乐府之真谛，富时代之气息，见诗人之才情，具淑世之胸怀。读罢深慨：蜀道今非危高险，别有人间行路难！

滕伟明点评

滕伟明（1943—　），四川成都人。毕业于四川大学中文系。四川省诗词协会原会长。曾为重庆市城口中学与四川艺术职业学院教师、《四川文艺报》《四川文化报》副主编，《岷峨诗稿》主编、蜀文献编委会主编。著有《滕伟明诗词集》《诗海探骊》等。

"九一一"之夜
许敬芝

世纪之初惊梦魂，越洋电缆系娘心。
中宵盼得平安语，听着吾儿亦泪人。

【点评】

"九一一"之夜，作者的儿子正在纽约，她心急如焚，打了一天的电话都接不通，等到半夜才接通。"听着吾儿亦泪人"，多么感人！母亲牵挂儿子，儿子想着母亲正在担惊受怕，更牵挂母亲，在通话中双方都哭了。至情文章原也不必过多修饰。

除　夕
章文蔚

游子归来路几千，热茶热酒庆团圆。
打工事业休相问，自是艰辛又一年。

【点评】

写母爱易，写父爱难，这首诗是难得一见的表现父爱之佳作。打工的儿子回来过年，匆匆吃了几口就睡去了。"打工事业休相问，自是艰辛又一年",这是父亲的心理活动:"不要问了,不要问了,儿子挣的每一分钱都是艰难的!"言有穷而情不可终,读者可以意会。

农民工

陶美传

终年辛苦为谁忙,邮汇柜台排队长。
佳节思亲千里外,愿娘买件好衣裳!

【点评】

这是从农民工的角度来写母子之情的。"愿娘买件好衣裳",为什么这样感人,因为它具体,只有具体才会生动,母子之情深自不待言。

打工人家

李荣聪

新年刚过又离村,临别床头亲又亲。
待到明朝儿醒后,爹妈已是外乡人。

【点评】

这是从父母的角度来写打工者的甘苦的。"临别床头亲又亲",已经很到位了,"待到明朝儿醒后,爹妈已是外乡人",这才是揪心话。父母为了养活孩子,不得不把孩子托付给爷爷奶奶。不是过来人,写不出这样的辛酸语。

渡人船

向利华

村学清溪一小舟,接来黄口读春秋。
十年摆渡何功德,喜送甘罗上码头。

【点评】

作者是一位村小教师,每天都要用小船接送学生。"喜送甘罗上码头"这一句真是金不换,教师的自豪感、对学生的热望全都表现出来了。有时适当用典会起到画龙点睛的作用。

吊塾师
王槐佑

杏坛应怪我来迟,一瓣心香祭塾师。
庭读琅琅犹在耳,滕王阁与婉容词。

【点评】

对塾师的怀念,一句"庭读琅琅犹在耳"已足,但补充的一句"滕王阁与婉容词"却令读者惊喜不已。原来作者的塾师是一位"不薄今人爱古人"的好老师,他既崇拜古代的王勃,也崇拜与他同时的吴芳吉,所以把他们的作品拿来教学生。回头再看"庭读琅琅犹在耳",塾师那种摇头晃脑的自得之态多么感人呀。

"三八线"
李春晓

二十年来一梦中,天南海北各西东。
桌间犹见刀痕在,此刻心情大不同。

【点评】

这是我在泸州诗词大赛上偶然发现的诗作,一见就心生喜悦。男女同学,在小学时代是相互排斥的,在中学时代是相互吸引的。画"三八线"是许多人在小学阶段都干过的"蠢事"。这首诗好在结句"此刻心情大不同",颇耐人寻味。如去说自己的悔恨(把一个乖妹子活生生画走了),那就失去乐趣了。

时　俗

潘先煌

时下风情已昨非，不谈柴米不谈衣。
妆成姊娌闲庭坐，议论最多是减肥。

【点评】

这是对改革开放的礼赞，实在令人信服。作者从风俗的转变来表现改革开放以来人民生活水平的迅速提高，可谓独具只眼。妇女过去以肥为美，现在以瘦为美，生活质量的提高，就不用多讲了。

京城别女

邓　勇

相别相逢亦等闲，吾儿何事泪潸潸。
纵然此去逾千里，只算京城十八环。

【点评】

这是用调侃语气写的一首诗，调侃得好。改革开放以来，最大的变化是交通的迅猛发展，这是每个人都感觉得到的。当然，"只算京城十八环"，用语的新奇，也给本诗增添了魅力。

岳阳楼

林正均

独上层楼望楚天，湖光心境两茫然。
达官席上谈忧乐，几个真如范仲淹？

【点评】

"先忧后乐"是很多官员们都会背诵的。"达官席上谈忧乐，几个真如范仲淹"，却字字诛心，起到了很好的警示作用。

阳朔遇雨

黄祖求

古榕巨伞雨中伸，情急招来百国身。
恰似挪亚方舟上，上海人扶纽约人。

【点评】

从阳朔避雨想到挪亚方舟，已很奇特，"上海人扶纽约人"尤为美妙，这种"同舟共济"的精神正是我们要大力提倡的。

游张家界

杨奕平

青霜紫电气萧森，蓦地风吹走虎贲。
举义弟兄公莫害，鸿门舞罢尚惊魂。

【点评】

由张家界那种犹如竹签的山峰想到军帐前的刀枪剑戟，已属不易，再以项伯在鸿门宴上保护沛公来表现张家界的雄险，更使人感到惊奇。除了本诗作者，我没有见过第二个人做此奇想。

阳　台

何行芬

阳台花卉互争妍，棕色长藤爬满栏。
夏日筛光恰恰好，天生一面活窗帘。

【点评】

把窗口的藤蔓植物想象成一面活窗帘，十分新奇。这要得力于第三句，"夏日筛光恰恰好"，有了这个交代，就不显得突兀了。

游黄龙溪闻岷江不日通航

王兆如

犹是鸡鸣三县地，黄龙古渡四时幽。

老夫何日能圆梦，由此扬帆下鄂州？

【点评】

作者的梦想即将实现，现在成都市已规划在黄龙溪建立成都港，可以顺流而下，进入长江。"鸡鸣三县地"，准确地交代了黄龙溪的地理位置，也很有趣。

龙泉驿桃花节

陈秀松

高下争妍万点红，车如流水马如龙。

偏于老朽无干系，人面桃花处处逢。

【点评】

这是一首作逆向思维的好诗。年轻人都争相去龙泉驿看"人面桃花"，作者当然不是不想看，只是觉得"人面桃花"处处可逢，未必非要到龙泉驿才看得。这个调侃很有趣。

风雪秦岭

姚志鸿

渭水衔枚夜拔营，宝鸡阒寂未闻声。

终南山口风如割，大散关前铁马行。

【点评】

这是描写当时的第十八集团军急速入川的纪实诗。"衔枚""拔营""风如割""铁马行"，深得边塞诗的精髓，赞一个！

戍边相册

江 涛

戍边相册自珍藏，中有红心一瓣香。

偶与儿童瞠目看，昆仑铁马立苍茫。

【点评】

边塞诗就是要带着某种苍凉感，一句"昆仑铁马立苍茫"，作者做到了。而"偶与儿童瞠目看"，又增加了一层意思，作者的自豪之情溢于言表。

忆雪域行医

陈义文

红星在帽白衣披，驮药牦牛不用棰。

闻道金珠玛米至，千条哈达挂门楣。

【点评】

作者在西藏做军医多年，深知藏族群众对军医的爱戴。这首诗无一赘词："红星在帽白衣披"，这是军医的形象；"驮药牦牛不用棰"，这是西藏的特点；"闻道金珠玛米至，千条哈达挂门楣"，藏语、风俗都有了。整首诗，怎一个好字了得！

与妻忆旧

吴 江

我读诗书妻种花，黄昏小院两杯茶。

笑谈初恋几多事，都说当年是傻瓜。

【点评】

写与妻子开玩笑，很不好写。本诗前两句交代环境，"我读诗书妻种花，黄昏小院两杯茶"，很到位。后两句进入情境，"笑谈初恋几多事，都说当年是傻瓜"，老夫老妻，相互打趣，生动无比！

丙申除夕值班

周　煜

贴过福字舞长龙，火树银花天映红。
古镇初来同守岁，话题不与往年同。

【点评】

作者先在彭州做文联工作，后做磁峰镇镇长。本诗前两句写过年夜室外的热闹场景，是铺垫。以下才转到"值班"，值班当然是在室内，与外面的热闹看似无关，却又并非如此。"古镇初来同守岁，话题不与往年同"，质朴，得体，洵为佳作。

鹧鸪天·黄昏

向咏梅

小径深藏一路春，斜红倚翠蝶纷纷。轻风惹梦无关我，飞鸟牵情有锦邻。寻往事，数心痕，浑然不似去年身。晚亭竹椅悠闲坐，只是身旁少个人。

【点评】

这是思念丈夫之词，词句全部妥帖，又与古人不同。首先我们把注意力放到"晚亭竹椅悠闲坐，只是身旁少个人"上，既让人感觉到情真意切，又具有现代感，这就是词人的过人之处。然后再看上片，"轻风惹梦无关我，飞鸟牵情有锦邻"，这才意识到词人做了这么好的一个铺垫，可谓天衣无缝。

鹧鸪天·有寄

向咏梅

汽笛声催暮色来，谁人惘惘立长街。车流似水身旁过，底事如烟人海埋。
心字梦，者边排，云笺和泪不堪裁。从今漠漠晨昏里，只把光阴寸寸挨。

【点评】

　　这种描写刻骨相思之情的，属于词的传统题材。"从今漠漠晨昏里，只把光阴寸寸挨"，"挨"字用得何等精当。别忙，上片"车流似水身旁过，底事如烟人海埋"，也不可放过，缺了它就没有这么强的现代感了。

鹧鸪天·寄月

向咏梅

又把鸳鸯纸上涂，春花写尽藕花孤。相逢或恐尘缘浅，别后犹怜情分疏。
云缱绻，雨扶苏，琴心依旧似当初。胭脂惹醉扬州梦，忍教阑珊对不觚。

【点评】

　　这首词传统味更加浓烈。我们从哪里去寻现代感呢？心理描写。"相逢或恐尘缘浅，别后犹怜情分疏"，这是怀疑，心灵深处的话。"胭脂惹醉扬州梦，忍教阑珊对不觚"，借酒消愁，不算新鲜，新意在"忍教阑珊对不觚"，把孔夫子"觚不觚，觚哉觚哉"这个典故用活了。可谓个性表达的极致。

鹧鸪天·月夜

向咏梅

梵我尘心证一如，菩提树下恨难沽。情深缘浅凄然泪，梦暖衣单惆怅书。
思过往，忆当初，情怀是否已萧疏。来生若得移心术，奴作君来君作奴。

【点评】

　　这是一首"埋怨"丈夫的词。爱之深，则恨之切也。"情怀是否已萧疏"，这是追问，但是女主人公仍是痴情的，"来生若得移心术，奴作君来君作奴"，定下来生之约，何等感人，而用玩笑话说出，更觉趣味无穷。

熊笃点评

熊笃（1944—　），重庆人，中国古代文学硕士，二级教授、当代辞赋作家。曾任重庆师范大学教授、重庆工商大学文学与新闻学院院长，重庆市政协连续三届常委，重庆市首届学术与技术带头人，享受国务院政府特殊津贴。2009年退休。现任重庆市文史研究馆馆员。著有《诗词曲艺术通论》《三国演义与传统文化溯源研究》《巴渝古代近代文学史》《书剑斋诗赋词曲文集》等，发表论文百余篇。获省部级科研二、三等奖4项，教学成果一、二等奖3项。事迹被十多种中外名人辞典收录。

蜀道难

赵义山

（作品见9页）

【点评】

此诗旧瓶装新酒，妙在"新酒"与"旧酒"的神似，虽异曲同工，却味道殊异。谁会想到当代交通发达，居然还有如此之"蜀道难"也哉？义山思维之奇妙在此，出奇思于常人之所未料，寓严肃于幽默微讽之中，发人深省，令人拍案叫绝。深得风人之旨，所谓"嬉笑之怒，甚于裂眦；长歌之哀，过于恸哭"，此之谓也。

三代树歌

赵义山

甲午秋杪，携内子游香山碧云寺，至金刚宝座北侧，进一院落，甚幽静，曰水泉院。院内有卓锡泉，自岩缝渗出，为池。据闻，水盛时，便潆潆成溪，直流院外。院中奇石怪柏，苍然古貌。有银杏一株，亦斑驳老态矣。树旁有字牌，书曰："据文献记载：该树'生于枯根间，初为槐，历数百年而枯，在根中复生一柏，又历数百年而枯，更生一银杏，今已参天矣'。有诗为证：'一树三生独得天，知名知事不知年。问君谁与伴晨夕，只有山间汩汩泉。'"余睹树览文，感叹良久，归而作歌焉。

大都西北碧云寺，香山东麓聚灵气。古刹禅堂绕祥云，松柏森森擎日丽。冠盖纷纷去复来，膜拜芸芸如蝼蚁。日居月诸春复秋，佛光处处显灵异。水泉院里古木盘，银杏挺拔入云天。此树已为孙子辈，苍然古貌不记年。老祖初为老槐根，灵泉汩汩伴槐生。绿枝向天曾蔽日，绿叶阴凉礼佛人。不知何年逢劫难，多少香客吊槐魂。槐之精魂化为柏，枯根新生树二代。铜枝铁干年年高，此木霜寒亦不凋。德与松并铮铮骨，莫言二代尽不肖。生灵世世有轮回，数百年后柏魂销。柏根之上银杏长，枝干苍然泛灵光。槐柏银杏次第出，一代更比一代强。千年灵泉涵佛瑞，三代灵根聚佛祥。泉之灵兮树之生？树之灵兮泉之清？树之精魂滋清泉？泉之甘液养灵根？物之灵兮何如此？道法自然法天真。呜呼！可叹世间窍作混沌死，何人能将大道存！

【点评】

地奇，树奇，事奇，诗亦奇！地奇奇在禅堂古刹之林泉；树奇奇在槐、柏、银杏三代根系次第薪火相传；事奇奇在木不同科而异根传宗接代，且一代更比一代强；诗奇奇在作者连发五问，探索泉与树的因果关系，从而得出结论："道法自然法天真。"若行文到此而止，仍不足以称奇，奇就奇在结句，"呜呼"长叹："可叹世间窍作混沌死，何人能将大道存！"世间芸芸众生，"窍作混沌死"者，多得无法计量！可悲者，罕有人去深入探索并躬身践行"道法自然"这一真谛，言外之意尤发人深省：他们都在忙什么呢？也许他们正在升官发财的悬崖上拼搏攀登，或在欲壑难填的死海中尽情享乐，或在名利场上冒险奔竞，或在野心峰上残酷地争权夺利，或已病入膏肓却浑然不知……最终殊途同归：只能"窍作混沌死"矣！这对于人类重视生态环境、信仰道法自然规律、珍惜生命价值，均不失为一声难得的警钟！

张四喜点评

张四喜（1947— ），籍贯山西襄汾赵曲，山西作家协会会员，中华诗词学会散曲工作委员会副主任，山西诗词学会、山西黄河散曲社顾问。出版有《青衫斋吟草》《张四喜散曲选》《青衫集》（诗词卷、散曲卷）。

〔中吕·普天乐〕山居
萧自熙

自归休，茅山上。朝吟朝雾，夕诵夕阳。我这蜗室居，无风浪，但有孙女哈哈孙儿胖。几中秋几度重阳！野鸡红①又麻又辣，莲花白又鲜又脆，竹叶青②纯净纯香。

注：①野鸡红，四川炒菜名，即芹菜炒胡萝卜丝。②竹叶青，山西酒名。

【点评】

萧先生《山居》真乃妙曲。作者能够正视现实，"自归休，茅山上。朝吟朝雾，夕诵夕阳。"无自嘲自贬之心，反见其自赏自矜之态，这是最为珍贵的。笔酣意道，笔纵意畅，应是先生曲胜于别人的高明之处。曲尾句的鼎足对，具有明显独特的四川风味，"又麻又辣""又鲜又脆""纯净纯香"，使读者如身临其境，垂涎欲滴，妙不可言。

〔中吕·喜春来〕悟事
萧自熙

功名利禄谁捞够？别怪当休总不休，世间自有抱官囚①。权在手，出汗也流油。

注：①抱官囚，贪恋官位俸禄的人。

【点评】

全曲五句，共二十九字，较之七绝只多了一字。然而，《悟事》一曲能够在小小的茧壳之中苦心经营，写出精彩大文章，足见萧老先生散曲本事。散曲语言讲究的是平俗、通俗，一句"功名利禄谁捞够"，家常话，百姓语，既是提问，又是答案，明明白白。看似不经意，却能点铁成金，将一个贪官的本性暴露无遗。"谁捞够"一句，让读者想到了元无名氏《讥贪小利者》中的名言："鹌鹑嗉里寻豌豆，鹭鸶腿上劈精肉，蚊子腹内剐脂油。"《悟事》出句拙朴，谑而不虐，却能一语惊醒世人。"别怪当休总不休，世间自有抱官囚。""当休总不休"，在这里，先生并未惜字如金，反而还要反复使用，可见这个"休"字非同寻常。曲的创作过程中，作者建构意象，除了创新、深刻、贴切而外，更需要突出一个"奇"来，奇能增加曲的动感，对读者起到感官的刺激，可激发更多的神思与奇想。《悟事》尾句"权在手，出汗也流油"，真就是既无中生有，又感似逼真；虽出人意料，但又在情理之中，直叫人拍案叫绝。

〔中吕·迎仙客〕山村小景

萧自熙

说丰年飘稻香，乐游蛙戏莲塘。这沙鸥野鹤圆梦乡！鸭衔波，鸡恋仓。笑阿哥醉舞夕阳，险撞在牛头上。

【点评】

读罢《山村小景》，跃然于纸上的稻香、蛙戏、莲塘、沙鸥、野鹤、鸭、鸡、阿哥、夕阳、牛头，欢欢儿扑面而来，作者将七组共十个意象组合成一幅水墨画，表现了一个作者向往的意境。如此笔墨，铺排巧妙，不落痕迹，又极显活泼生动，在以曲写景的作品中实属难得。先是如叙家常，两个三字对句，分别加三个衬字，"说丰年飘稻香，乐游蛙戏莲塘"，营造出一幅迷人的田园风光图画。随后又连用圆梦、衔波、恋仓、笑阿哥、舞夕阳来渲染气氛，使情景妙合无间。作者虽写乡村世俗，但又超尘出世，全曲生动有趣，朴实无华。最叫人忍俊不禁的还是尾声："笑阿哥醉舞夕阳，险撞在牛头上。"阿哥晚归，家门未进，怎能吃醉？明摆着是阿哥在看到丰收在望时如醉如痴的癫狂。作者没有设计阿哥撞在人身上、树干上，而偏要让他险撞在牛头上，突如其来，构思新奇，令人叹为观止。

〔双调·折桂令〕喜获前辈方家旦初先生惠赠一枝花套数并书谨奉小令为谢

赵义山

一枝花三晋飞传，香满云天，情满山川。最喜他捭阖纵横，宝刀不老，气定神闲。

他案头挥翰墨生宣大展，我灯下涌新词思绪万千。总相宜相见欢言，曲论忘年。唯愿他妙笔长鲜，腔调长圆。

【点评】

读义山先生曲，不由得想起了李白的《赠汪伦》，若说汪伦之情比于潭水千尺，妙境只在一转换间，而"一枝花三晋飞传"，说的则是旦初先生惠赠的"一枝花"乘坐快递，翻山越岭，"香满云天，情满山川"，这并非虚语。义山先生善用当代语，又深谙传统曲牌，借曲传情，意境之高远，正是此曲不输前贤的高明之处。再读下来，就如同听到两位方家的促膝谈心。约十年前，两位方家在山西吕梁的一次相识，将太行汾河与巴山蜀水紧密相连，一幅画面就在朦胧中不时显现：相见欢言，曲论忘年，一位是案头生宣大展，一位是灯下思绪万千，墨香书影，雅义高情，尽在画中。字里行间，一情一景的沉吟浅唱，流至心底，诉诸笔端，比那些心急火燎的豪言壮语不知要好出多少倍。在这支曲子中，作者先后用了"最喜他""他案头""我灯下""总相宜""唯愿他"等衬字，十分亲切和通俗，使文理更为通达，说义山先生妙用曲牌当不为过。作者是一位散曲理论研究学者，也是倾心散曲创作的大家，实为不易。

星汉点评

星汉（1947—　），姓王，字浩之，山东省东阿县人。新疆师范大学文学院教授。中华诗词学会发起人之一，第二届、第三届副会长，现为顾问；新疆诗词学会创建者之一，现为会长。公开出版有《清代西域诗研究》《天山东望集》等20余种。

聋哑人舞千手观音

周啸天

天人千手妙回春，族类同痴泪不禁。
失语时分存至辩，无声国度走雷音。
花光的历飘香久，法相庄严蕴慧深。
引领慈航成普度，神州除夕降甘霖。

【点评】

私以为，此律在当代诗词中，堪称上乘之作。不谙佛理者，难出此语。颔联"失语时分存至辩，无声国度走雷音"绝佳，于旷达语中，令读者"泪不禁"。

天泰园白鹭

周啸天

漠漠水田凭尔翔，争知稠院隐回塘。
三餐不素偷为乐，独腿常拳伴忍伤。
观赏鱼劳贼惦记，珍稀鸟待客端详。
主人抓拍成惊扰，一片孤飞雪打墙。

首联出句"漠漠水田凭尔翔"由王维诗句"漠漠水田飞白鹭"转化而来。而"偷为乐""贼惦记""抓拍"诸词,确是当代诗人所为,摩诘安能知之?白鹭被"惊扰"之后,"一片孤飞雪打墙",比喻贴切,何其形象,摩诘如有知,亦当许之。

贵州某地斗牛,两牛于对撞一刻罢斗,同胞相认故也

周啸天

声息潜通两觳觫,临场罢斗色凄凉。

人心恐未安于此,兽道元来狠有方。

萁豆相煎伤尺布,原田偕作恋斜阳。

凭君莫话斗牛事,必不甘休易以羊[①]。

注:①取意《孟子·梁惠王上》:"对曰:'然则废衅钟与?'曰:'何可废也,以羊易之。'"

【点评】

乡村斗牛,区区小事,作者却能于其中翻出大道理,"同胞相认故也"。世间"人心"尚不如"兽道"乎?此诗用典而不为典所用,用熟典而不用僻典,是为所长。"觳觫",典出《孟子·梁惠王上》;萁豆相煎,典出曹植《七步诗》;尺布,为"一尺布,尚可缝"之缩语,典出《史记·淮南衡山列传》;"原田偕作恋斜阳",李纲《病牛》诗:"耕犁千亩实千箱,力尽筋疲谁复伤?但得众生皆得饱,不辞羸病卧残阳。"为此诗所本。

锦里逢故人

周啸天

涸辙相呴以湿同[①],茫茫人海各西东。

对君今夕须沉醉,万一来生不再逢。

注：①《庄子·大宗师》："泉涸，鱼相与处于陆，相呴以湿，相濡以沫，不如相忘于江湖。"

【点评】

此为啸天兄名作，必当流传后世。"来生"之有无，星汉不知，但知以"万一来生不再逢"为理由劝饮的深意。因为"茫茫人海各西东"，相逢不易，所以"对君今夕须沉醉"。

行香子·塔尔寺
周啸天

户有香茶，邻有娇娃。爱风流、一品袈裟。望穿秋水，不愿还家。想乔达摩，梁武帝，宗喀巴。

朝霞堆绣，壁画当衙。话当初、枉自嗟呀。披红着紫，偏宜喇嘛。问骆驼草，菩提树，格桑花。

【点评】

这首词用的词牌是"行香子"，这个词牌，上下片煞拍极其重要，多以对仗为之。上片"不愿还家"的名人，就是乔达摩、梁武帝、宗喀巴，不知佛教史者，不能道此。下片的骆驼草、菩提树、格桑花，未亲至塔尔寺者，不能道此。

行香子·八台山日出
周啸天

巴山绵亘，八叠为峰。几千转、跃上葱茏。气违寒暑，服易秋冬。竟霎时雾，霎时雨，霎时风。

雀呼起早，目极川东。浑疑是、开物天工。阴阳一线，炉水通红。看欲流钢，欲流铁，欲流铜。

【点评】

上片煞拍"竟霎时雾，霎时雨，霎时风"，步武李清照"甚霎儿晴，霎儿雨，霎儿风"，不足为奇。下片煞拍"看欲流钢，欲流铁，欲流铜"
绝佳。由宋应星的《天工开物》说起，把太阳初升的"阴阳一线"，比成
"炉水通红"，贴切形象。星汉尚未见前人有此比喻。

蜀道难

赵义山

（作品见9页）

【点评】

初看诗题，还以为步武太白，写蜀道之艰难，读过全诗方知是写成都
堵车，不禁莞尔一笑。星汉觉得，此诗绝佳处在于"愁义山"三字，点出
驾车经历"蜀道难"者，乃作者本人，由此增加了可信度。李白的"愁空
山"，到义山的"愁义山"，时间跨度一千多年，从侧面反映了时代之进
步。"剑阁峥嵘而崔嵬"，从李白的"一夫当关，万夫莫开"，到而今
"万夫当关，一弹可开"，其变化可谓"天翻地覆"。大城市"遮天蔽日
之扬尘""入心入肺之油烟""闷心憋气干着急"等交通问题，不可谓不
多，作为一位诗人，虽能看到问题，提出问题，但对此恐怕也只能"侧身
四顾一喟然"。好在李白笔下"飞湍瀑流争喧豗，砯崖转石万壑雷"的蜀
道，今日已坦荡如砥，"驾车出门上下班"时的"蜀道难"问题，应不日
便可得到缓解。

三代树歌

赵义山

（作品见19页）

【点评】

一树三生，由槐而柏，由柏而银杏，有"德与松并铮铮骨"，故而
"一代更比一代强"。溯其根源，乃"道法自然"所致。此诗层层递进，
效法前贤，不失歌行之本意，是为高手之大作。

庐山春寒

赵义山

九江梅谢早，牯岭雪消迟。
江岸杏衫薄，岭端棉大衣。

【点评】

白居易写庐山的《大林寺桃花》有云："人间四月芳菲尽，山寺桃花始盛开。长恨春归无觅处，不知转入此中来。"义山此诗，时令或早于白傅，而字数少于白傅。白傅或许暗寓一番人生体验：春色无处不在，只看你如何理解；义山此诗大有"高处不胜寒"之慨。白傅之诗明白晓畅，不着一奇字僻语，却意趣盎然；义山诗亦是。

川西毕棚沟览奇

赵义山

苍山披瑞雪，红叶映霞光。
百步千风景，一沟九画廊。

【点评】

王之涣《登鹳雀楼》："白日依山尽，黄河入海流。欲穷千里目，更上一层楼。"两联皆用对仗，义山此诗亦是；王诗有颜色词、数量词相对，义山此诗亦是；王诗写一条大河，义山诗写一条深沟。星汉谓：义山功力不浅！

暮色苍茫中过广元清风明月峡

赵义山

明月山头挂，清风峡里行。
车中观水道，绿染古今情。

题目中"清风明月峡",以前二句对仗出之。"车中观水道"补写题目之"过"字。一个"绿"字囊括全峡,一个"染"字,勾连时空。非高手不能至此。

宜宾李庄观抗战时期"中央研究院"迁徙碑文记感

赵义山

国陷李庄立,文存华夏存。
鲲鹏齐远举,千载可招魂!

【点评】

抗战时期,3000人的小小李庄,接纳了十多家内迁高等学府和科研院所约1.2万的学者、学生,其中就有当时的"中央研究院"。作者见到"碑文"能不感慨!此精神当然"千载可招魂"!

庚申秋乌尤山听江涛

赵义山

山前环望去仍回,岩下忽闻响巨雷。
白日当空何处雨,三江水击古离堆。

【点评】

乌尤山原与凌云山连在一起,凌云、乌尤、马鞍三山并立江畔,统称青衣山。青衣山正当岷江、青衣江和大渡河(沫水)三江汇流处。沫水自西而来,惊涛拍岸,水脉漂疾。为分洪减杀水势,通正水道,李冰在凌云山和乌尤山连接处开凿麻浩溢洪道,引部分江水绕乌尤山而下,便使乌尤山成为水中孤岛,也就是"离堆"。这首七绝,先用视觉"山前环望去仍回",写水势回环;再用听觉"岩下忽闻响巨雷",写水势威猛;三用感觉"白日当空何处雨",写水沫飞溅。最后一句写出了前三句的起因:"三江水击古离堆。"恰如层层剥笋,"水到诗成"。

甲午正月初三游剑门关感赋

赵义山

剑峰高耸出云天，绝壁横空飞鸟还。
自古兵家争战地，游人只作画屏观。

【点评】

此诗前二句为后二句蓄势。"画屏"二字，意在说明剑门关关势奇险，山势雄奇，实乃古代兵家必争之地，而今日游人来往其中，如观画图。以古代战乱，反衬今朝之太平，其意昭然。

甲午仲秋登太白山至泼墨岩遇雨

赵义山

危崖泼墨溅云霄，太白豪情万丈高。
逸韵千年流已淡，我凭雨砚写风骚。

【点评】

泼墨岩，是秦岭主峰太白山景观之一。依据科学的解释，此岩是由于山体受到雨水冲刷，岩石土壤中含有的矿物质被大量析出，天长日久，氧化亚铁、氧化锰等黑色物质沉积在岩石表面，才形成了浓墨淋漓的奇景。好事者附会成大诗人李白将砚中墨汁泼向山崖而成。首句写"危崖"，言其高；次句写"豪情"，言其壮；第三句写"千年"，言其古；第四句写"雨砚"，言其狂。诗中"溅"字极为形象，写出"泼墨"之势；"太白"二字，语意双关，一指题目中"太白山"，二指被附会的"李太白"；"淡"字亦为双关，一指"泼墨"已淡，二指"逸韵"已淡；"雨砚"为比喻，将今日"遇雨"，比喻为泼墨之砚。既然"逸韵千年流已淡"，"我"来续写"风骚"，理所当然。读诗至此，"豪情万丈高"者，是山崖，是太白，还是作者？由读者去想象。

壬申仲秋得星汉兄和诗塞外感而再和前韵

赵义山

肯将诗赋耗年华，北去南来怎顾家。
少小雄心水里月，盛年壮志镜中花。
浮云高殿看苍狗，烟雨平湖羡钓槎。
莫道嘉陵江水浅，泛舟正好品山茶。

【点评】

　　星汉与义山学兄之间的故事多多，非评诗几句话就能说尽。在别人看来，义山不苟言笑，但星汉常与其开玩笑，比如有次我说："义山除了个头儿，哪方面都比我高。"这句玩笑话其实并不全是玩笑，义山确实是位多面手，搞学问、搞创作姑且不论，就是生活方面，我也是望尘莫及。单说烹调技艺，在学界、在诗坛，恐怕少有人及。我把义山看作诤友、挚友，义山对我，则多有谬奖。其论文《星汉亲情诗词论略》，发表在《中国韵文学刊》2009年第4期上，周珊、吴华峰主编《观澜集——星汉教授七十寿辰学术纪念文集》（学苑出版社，2017年10月第1版）将其收入。义山这首七律的本事是：我和义山同在北京师范大学古籍研究所访学。我将回新疆时，义山作七律一首送行，我的步韵和诗是《余访学期满，将归西域，义山学兄置酒赋诗送行，因步其韵奉和》："将出阳关感物华，书声歇后未忘家。菜帮偏贱一年啖，钞票无多半月花。友至青灯侃怪事，酒过白眼望仙槎。吟兄欲赏天山雪，我舀瑶池煮野茶。"后来拙著《天山东望集》收录此诗。义山所和者，即此诗。作诗步韵，大概原因有三：一是表示对原作者的尊重；二是逞才使气；三是可省检韵之劳。我想，我和义山的和诗，以上三种均沾。这首诗里面的五个韵字，义山能使每个字组词妥帖稳健，委实不易。此诗起承转合，极为自然。首联由和诗引出感慨，颔联进而说明感慨之由。义山知我身世，故有"水里月""镜中花"之感叹。义山也曾在新疆游历多年，未必无自指之意。颈联用典，道出访学时的大环境和对未来生活的向往。诗中嘉陵江代指四川，进而代指作者所居地，以"品茶"相邀，词语高雅而友情自见。一首七律的成功与否，对仗是其关键，义山此诗中二联对仗，可谓无一字不工，足为后生典范。此诗雅驯，星汉原诗与此相比，就显伧俗了。

念奴娇·舟过夔门

赵义山

古城白帝，矗尘外，人世沧桑惊阅。峻险夔门，曾锁浪，终被飞浪劈裂。白盐破云，赤甲隐雾①，两壁危如切。强流依旧，笑盈舒绉千叠。

弹指孙述②雄图，刘郎③壮志，都作沉屑。十二碧峰终古在，逶迤千寻成阙。妄说瑶姬，虚传大禹，万岭谁开掘。千回百转，滔滔东去何歇！

注：①白盐、赤甲，瞿塘峡口二山名。杜甫《夔州歌》："赤甲白盐俱刺天。"

②孙述，即西汉末年蜀郡太守公孙述，曾割据称帝。

③刘郎，此指三国蜀主刘备，兵败夷陵，临终前曾于白帝城托孤。

【点评】

壮志豪情，似流水东泻，不可遏止！且看作品中的动词："矗""锁""拦""劈""破""隐""掘"诸字，岂读书少者能为耶！《红楼梦》中"大观园试才题对额"一段："转过山坡，穿花度柳，抚石依泉，过了荼蘼架，再入木香棚，越牡丹亭，度芍药圃，入蔷薇院，出芭蕉坞……"所用动词为人称道。义山此处所用动词，岂逊色于前贤耶！

〔正宫·塞鸿秋〕甲午仲秋登太白山

赵义山

终南千里山山翠，太白千仞层层媚，紫云千载峰峰瑞，诗赋千首篇篇绘。前贤才气高，我辈应无愧。曲成妙境仙人醉。

【点评】

凡曲辞中有四句对者称为联璧对。人们多对薛昂夫的一首《塞鸿秋》

中的"功名万里忙如燕，斯文一脉微如线，光阴寸隙流如电，风霜两鬓白如练"赞赏有加。这里面有数量词相对，是为其长；但是四个"如"字，似显呆板。义山此处以"千"字组成数量词，不见重复，又有叠字对仗，是为难能。

〔正宫·塞鸿秋〕甲午秋科尔沁草原纪行二首
赵义山

草原千里牛羊壮，草原篝火熊熊旺，草原汉子舞粗犷，草原小妹歌嘹亮。秋风边塞人，明月穹庐帐。此情此夜何时忘！

手抓羊肉多滋味，手捧烈酒喝不醉，手牵手挽民歌会，手足相抵并排睡。鼾声已似雷，还有人不寐，帐边篝火熄灭未？

【点评】

此处两支散曲都用了联璧对。前一支四用"草原"，后一支四用"手"字。星汉以为，须是"两熟"，方能至此：一是熟悉生活，二是熟悉韵律。

〔正宫·塞鸿秋〕甲午季秋湖北纪行三首之东坡赤壁
赵义山

黄州潇洒闲日月，舟中把盏歌风月，水落石出看山月，大江歌罢酹江月。千秋赤壁赋，万古江山月，坡仙遥拜仰星月。

【点评】

句句用韵之作，须组词妥帖，不见斧凿痕，如非高手，断不可为。辛弃疾《水龙吟·用些语再题瓢泉，歌以饮客，声韵甚谐，客皆为之釂》，全词只用一个"些"字为韵，"声韵甚谐"，"客"们都为辛作干杯。星汉在此也为义山此曲"釂"。

〔正宫·塞鸿秋〕川西毕棚沟深秋览奇

赵义山

蓝天湛湛流云媚，碧湖静静澄波翠，雪峰皑皑琼花坠，红叶簇簇秋光瑞。无须携酒来，也令诗仙醉。春秋冬夏景齐会。

【点评】

这支小令，亦用联璧对。四句均有叠字，已见不易；另见四句均有颜色，"蓝""碧""雪（白）""红"，亦见工巧。前四句的景色，分别是：春、夏、冬、秋，所以结句"春秋冬夏景齐会"，水到渠成，颇见手法高明。

管遗瑞点评

管遗瑞（1947—　），四川彭州人。曾任彭州市委宣传部副部长、彭州市委党校常务副校长。四川省杜甫学会理事、彭州市作家协会主席、彭州市政协诗书画院副院长。有古典文学研究专著《浅尝集》《管见集》等出版发行。

浣溪沙·咏天彭牡丹

刘锋晋

红艳娇香一段愁，恼人姿态却温柔。君家谱系是彭州。

花国称王夸富贵，洛阳争价说风流。多情明月照西楼。

【点评】

天彭（即成都彭州）牡丹，素以其历史悠久、多姿多彩而著称。北宋末年，当地人从洛阳购进新花，增加品种，该地的牡丹更加繁盛，从此，许多诗人、学者一往情深地写诗填词歌咏她，留下了不少珍贵的篇什。这首词作于1990年，词人以生动形象的笔墨，满怀激情地歌咏了雍容华贵、风姿绰约的天彭牡丹，堪称佳作。

浣溪沙·读《天彭牡丹谱》步刘锋晋先生韵

周啸天

天马南来一代愁，湖边西子忒温柔。洛阳春色在彭州。

春雨杏花鸿北去，秋风铁马水东流。花伤客意近高楼。

【点评】

《天彭牡丹谱》是陆游在淳熙五年（1178）离开成都东归杭州前夕所

写的一部记载天彭牡丹的发展历史、品名种类、赏花风俗的著作，是研究天彭牡丹的珍贵资料（见《渭南文集》卷四十二）。开篇即说："牡丹，在中州，洛阳为第一；在蜀，天彭为第一。"最后说："予客成都六年，岁常得饷，然率不能绝佳。淳熙丁酉岁，成都帅以善价私售于花户，得数百苞，驰骑取之，至成都，露犹未晞。其大径尺，夜宴西楼下，烛焰与花相映发，影摇酒中，繁丽动人。嗟乎！天彭之花，要不可望洛中，而其盛已如此，使异时复两京（西京长安、东京洛阳，当时均为金人所占），王公将相，筑园第以相夸尚，予幸得与观焉，其动荡心目，又宜何如也！"字里行间，满含着切盼恢复中原的殷切希望，爱国之情溢于言表。这首词正是从此立意，上片展现了天彭牡丹的历史背景，为陆游写《天彭牡丹谱》做了形象生动的说明。宋室南渡以后（"天马南来"用晋室南渡典故，辛弃疾词《水龙吟》有"渡江天马南来"句），造成了很长一个历史时代的偏安局面，不少主张抗战、力图恢复的志士不禁为之扼腕愁绝，而主和的高宗、秦桧之流却沉醉在温柔的西子湖畔，心安理得地过着苟安屈辱的生活。此时，洛阳遭受侵略者的蹂躏，素有"国色天香"之称、代表着中华民族精神的牡丹也蒙受屈辱，只有在彭州（天彭从唐代起为彭州治所）的故国土地上，她才自由地向着东风微笑，显现出动人的春色。下片在这个广阔的背景上，把笔触集中到陆游身上：他虽然有着强烈的报国之志，但在"春雨杏花"之中（陆游《临安春雨初霁》："小楼一夜听春雨，深巷明朝卖杏花。"），却只能空望鸿雁北去；而"秋风铁马"的恢复中原的满腔豪情（陆游《书愤》："楼船夜雪瓜洲渡，铁马秋风大散关。"），也无法实现，只能付之东流。在这样的情况下，夜宴西楼，面对那动人的天彭牡丹，不禁引起满腔愁绪，而黯然伤怀了（杜甫《登楼》有"花近高楼伤客心"之句）。整首词把陆游、《天彭牡丹谱》与天彭牡丹巧妙地交织在一起，写得浑然一体，意蕴深广，赋予了天彭牡丹以更为丰富的含义，立意高远。在结构上大起大落，虽是小词却气势恢宏，笔力沉着而豪迈。特别是运用典故，熔铸前人诗句，十分精当贴切，达到了运化无迹、如己出的程度，使全词显得韵味绵绵，表现出作者独到的匠心和纯熟的技巧。虽然是赓和之作，却没有勉强做作的地方，自然流畅，更为难能可贵。

晨起望西岭雪山

周啸天

入冬小雨接轻阴，一夜寒多报可晴。

忽地平明天幔卷，雪山一带近丹城。

【点评】

作者在诗后自注道："1985年冬作于成都师专寓所。"彭州西北部方向的岷山雪峰，冬日晴朝，空气澄澈时，但见雪峰绵亘天际，巍峨雄伟，晶莹灿烂，景色奇丽而壮美。天幔卷，指云雾散尽。他当时住在小区六楼上，可以居高望远，经常看见这奇丽壮美的景色，叹为观止。杜甫《绝句》中的"窗含西岭千秋雪"，也正是指的这片绵亘千里的大雪山。这首诗写眺望雪山的情景，一路起承转合，在天气、温度的接连变化中，迤逦渐入佳境，笔法轻灵自然，给人以韵味无尽的感觉，确是好诗。

天泰园白鹭

周啸天

（作品见24页）

【点评】

这首七言律诗，作者有个自注说："己丑春日，驱车天彭，过故人宅，在天泰园。主人为言，近有黚鹭，时来园中窥鱼，蜷缩一足，似有伤矣。意甚悯之。言讫而至，悉如所言。伺机抓拍，稍前即逝。详其照，盖水鸟站姿如此，未有伤也。主客相视一笑。因成一律云尔。"需要补充的是："天泰园"即"天泰花园"，是彭州天彭镇的一个居民小区，在彭州市区的泰安路，我家就在这个园区。2009年2月1日上午，先生从成都驱车来我家，和他一起来的还有渠县中学的叶元松老师，彭州方面出席作陪的是农民诗人郭定乾，这是先生与郭定乾第一次见面。我们都坐在客厅里谈话。隔着落地玻璃窗，可以看见后花园有一个小小的曲折的鱼塘，养着几尾锦鲤，于是引来了白鹭的光顾，站在塘边，貌似闲暇而心有盘算地窥鱼，大家看见以为新奇。我就告诉他们，这只白鹭常常站在对面一幢楼房的屋脊上，好像一只腿受了伤。等到我们上街吃午饭回来，它又飞来站在那里，啸天先生就拿出照相机拍照，于是就有了他在自注中所说的那些情况，使原本平常的事情变得很有情趣，这也许就是先生能够写出"诗人之诗"的重要原因——"但肯寻诗便有诗，灵犀一点是吾师。夕阳芳草寻常物，解用多为绝妙词"（清袁枚《遣兴》）。不过，要有"灵犀"，要能"解用"，那是非有超凡功夫不可的。不几天，我就收到啸天先生从成都通过电子邮件发来的这首诗，他也同时发在他的博客上。诗中白鹭的形象写得生动逼真，"一片孤飞雪打墙"是佳句，诗中颔、颈两联很是精警，隐含着一些深刻的人生哲理，启人心智，很受读者好评。

挽歌诗

周啸天

故人相见日以稀，却来天彭即如归。王兄适与德为邻，人生幸复得贤妻。老老幼幼能不喜？当年白衣为天使。偶有灰心限自身，断无冷漠待赤子。两儿长成身才退，久病恐为亲人累。乍见狂风扬落花，我心匪石堕清泪。糊涂事有不糊涂，人至无私遂无畏。白练自缠似扶伤，身死肝脑不涂地。黄叶飘潇人坠楼，质本洁来还洁去。叮咛尚萦吾兄耳，旦夕穷壤永幽闭。常忆天彭为客时，推食食我语依依。怎忍吾兄对空室，头白鸳鸯失伴飞。

【点评】

这首诗写的是一个悲痛哀伤的故事。诗前有小序："惊悉陈永龄女士于中医学院附属医院投阁自尽，终年五十七岁。悲从中来，长歌当哭。"陈永龄女士是彭州成都师专校医，中文系副教授王德邻的妻子，2003年11月25日清晨，在成都中医学院附属医院住院时从五楼跳楼自杀身亡。这首诗最先收在《欣托居歌诗》中，有更详细的注释："王兄德邻为成都师专副教授，陈永龄生前供职成都师专校医室，人称小陈。夫妇情甚相得，小陈人缘极佳。陈氏退休后患病不一，多动手术，恐日月不淹，事有不及；故回沪谨心侍奉公姥百日，复为小儿王琦置房，遂谓心愿已毕，无牵挂矣。陈去意既决，谩称遵医嘱须住院。遗书略云：'糊涂人做糊涂事。感谢医生护士的关爱，我死，器官捐赠他人。'陈氏投阁前夕，曾通话王兄，三致叮咛，语态平和如昔，故事出猝不及防。陈投阁前，从容以白练自缠，故遗容如生；盖其职业习惯如此，又生性好洁如此也。"看了这段注释，再读诗歌，其悲伤叹惋之意，让人伤怀无尽，直是热泪欲零。我在成都师专干部进修班学习时，对王德邻老师和陈医生都很熟悉。陈永龄医生为人温文和雅，贤淑大方，但言语不多。她对谁都如此，具有一种天然的亲和力。啸天先生在成都师专执教时，和他们一家相处得很好，后来移席川大执教后，成都师专还经常请他来彭州校区参加会议，举办讲座，他就大多时候住在王家，诗中的"推食食我语依依"，就是最生动形象的写照。可是，就是这样一位可亲可敬者，谁能料到她会选择如此决绝的生死之路呢，不禁令人扼腕叹息！后来，王德邻老师离开师专，回他的老家上海居住，我就再也没有见过他，然而这段往事却是通过啸天先生的诗歌，留下了深刻而久远的记忆。

宝宝吟

周啸天

鼓浪海风轻，阳光见宝宝。我生知天命，儿辈催人老。忆昨向彭州，汝母青梅小。扶床依阿婆，书理粗了了。姗姗汝来迟，阿婆惜行早。观汝定聪明，惟不知机巧。青眼接新奇，黄口易温饱。啼笑系亲心，未解寻烦恼。家家学问佳，爷爷久掌校。退休即升格，依然为师表。将复赤子道，虚心事襁褓。人生三节草，毕竟初生好。

【点评】

这首诗作于2005年3月。诗前有小序："集美大学商校长惠寄近照，知有弄孙之乐，心甚欢喜，援笔立就。"序中提到的"近照"，商振泰校长在通过电子邮件发给啸天先生时，也同时发给了我，先生在《欣托居歌诗》中连照片带诗一并收入，印了出来。照片的画面是：商校长站在鼓浪屿海边，左手把"宝宝"抱在胸前，深情地俯视着，"宝宝"圆圆的脸上现出幸福的笑容，背后是微起波澜的大海。这个"宝宝"，就是商校长的外孙女。记得2004年5月底，我到厦门看望商校长和宗小荣老师时，看见他们的女儿商捷还正挺着肚子，这个"宝宝"大约出生在以后不久，照片上的"宝宝"其时还不到一岁。——因为心生欢喜，"援笔立就"，诗歌的基调是轻快的。一开始是唱叹而入，接下来就以祖辈的身份直接对"宝宝"絮说其家事。从"汝母"（商捷）说起，直到"阿婆"（指宗小荣老师的母亲，我尚见过，一头白发，但早已因病去世）、"家家"（音gāgā，外婆的俚称，指宗老师）、"爷爷"（即商校长，先是成都师专中文系主任，后任校长），一路向"宝宝"赞扬下来，语调平易亲切，老辈的慈祥之情，仁者的蔼然之心，流溢在诗行之中。最后引用"人生三节草，毕竟初生好"的谚语，仍以唱叹作结，意在叮咛"宝宝"珍惜这优秀的家庭传统，长大像长辈一样有才，对"宝宝"寄予了深深的慈爱之意，让人为之感动。这是生活类诗歌，一般的敷衍而成，容易流于平庸，但因为这首诗中充满了真情至意，也就是《庄子·渔父》说的："真者，精诚之至也。不精不诚，不能动人。……真在内者，神动于外，是所以贵真也。"因为有可贵的"真"在，所以读来直沁心脾，字字动人。不仅如此，诗中熔铸了古诗名句，如"扶床"，是《孔雀东南飞》中"新妇初来时，小姑始扶床"的字面，很典雅，又形象生动。"将复赤子道"，又化用了《道德经》中"如婴儿之未孩""常德不离，复归于婴儿"，还化用了《孟子·离娄下》中"孟子曰：'大人者，不失其赤子之心者也。'"意思是婴儿之境界最近于道，值得我们虚心学习。包括最后引用的谚语"人生三节草，毕竟初生好"，也都包含着人生哲理，可见作者对人生的深刻体验和深入的观察。任何艺术作品，诗歌更不例外，都是人的思想的反映，包蕴其中的思想愈深刻，作品的品位就愈高，读了啸天先生的这些诗，我们就会愈加明白这个道理。

杨逸明点评

杨逸明（1948—　），江苏无锡人，生于上海。现为中华诗词学会顾问、上海诗词学会副会长。作品多次在全国诗词大赛中获一等奖。有《飞瀑集》等。

乌　纱
胡焕章

乌纱脱下著单衫，日日相随有菜篮。
独有菜农曾见识，招呼犹喊旧官衔。

【点评】

写现实生活中的人情世态，作者做如何想，不须多费笔墨道明，只付诸一首七绝，看似淡淡，却有情有趣，极为自然。抓住生活的细节描写，是写小说的一个重要方法，写诗何尝不是如此。别林斯基曾高度评价成功的细节描写："仅用一个特征、一句话，就能够使你写上十来本书也无法表现的东西生动而充分地表现出来。"确实，一万句空洞的道理，不如一个具体的细节更能打动人，更能说明事物的真实面貌。诗中菜农的行为即属比例。

城西避震风雨中
洪君默

一自西川动地鸣，寻常草木已皆兵。
救灾谁不思倾力，避震还真欲罄城。
狗叫也能增敏感，鸡飞更易触神经。
矮棚彻夜无灯火，听雨听风坐到明。

【点评】

作者经历了"5·12"汶川地震，所以写当时的感受，既能描摹入细，又能惊心动魄。颈联写得具体形象，鸡飞狗叫，让人心惊肉跳，不敢入睡。但是颔联还是写出了灾区人民团结一致抵抗自然灾害的决心和行动。想起流行过的一首词，也写汶川地震，虽然是著名作家，因为没有生活经历，于是写得空洞、荒唐。诗中有没有生活，见识的高与低，在某种程度上决定了诗的档次。

喝　茶
黄志军

松枝火舔瓦汤锅，桑木瓢分白水河。
将就湔山青石碗，片时枯叶活春波。

【点评】

诗中有山有水，有火有木，有锅有瓢，有碗有茶，有青有白，不紧不慢道来，却煞是热闹，最后以一个"活"字缩合，全诗也顿时"活"了起来。一首小诗写得让人长了很多见识，不用看图，就熟悉了这么多的原生态的饮茶器具。学诗何止是"多识于鸟兽草木之名"哉？

清明祭母
李荣聪

墓草青青节又来，杜鹃声里雨哀哀。
儿时懒散老尤甚，好想听娘骂一回。

【点评】

墓草青青，鸟鸣哀哀，追怀母亲，没有罗列种种母亲关爱自己的情景和往事，竟然很想再被母亲"骂一回"！写诗须道他人所未道，出人意料外，又在情理中。读此诗，觉得加倍的悲伤：连被母亲再骂一回都不可再得，更何况是被母亲再关爱，那就更是奢望了。好诗往往使人眼前一亮，心间一颤，喉头一热。此诗兼而有之。

042 ＼ 杨逸明点评

晚抵重庆

张　榕

归心日夜溯江流，风雨纵横织旅愁。

夜幕忽撩天一角，万家灯火见渝州。

【点评】

将夜色写成夜幕，很形象，但是已经为人所道；这里，将夜色中忽见山城的灯光一事，描写为就像夜幕掀起了一角，露出了藏在后面的城市，这就是前人所未道。寥寥几笔，把夜船行进所见景色写得形象鲜明。古人云："人人共有之意，共见之景，一经说出，便妙。"

将进茶

周啸天

（作品见3页）

【点评】

当代有些人往往一闹起酒来就没完没了。这首诗立意甚高，是清醒人士的有见识之作。酗酒之徒特别是嗜酒的写诗人往往以"李白斗酒诗百篇"做借口，殊不知饮中八仙中李白是喝酒比较少的一个，他喝一斗酒，人家"汝阳三斗""焦遂五斗"，"左相"还"饮如长鲸吸百川"呢！这首诗中"灵均独醒能行吟，醉翁意在与民游""遥想坡仙漫思茶，渴来得句趣味佳"，说茶比酒更好，均悟后语也，就很有说服力。有人讥笑此诗的语言太俗，甚至有人挖苦作者说是"口水诗""打油诗"。其实语言通俗，并不等同于"口水"和"打油"。"爷娘妻子走相送""儿别爷娘夫别妻""不重生男重生女""今年欢笑复明年"……这些均是用口头语大白话写成，不都是唐诗经典之作中耳熟能详的句子吗？

周啸天点评

周啸天（1948— ），号欣托，四川省渠县人。四川大学文学与新闻学院教授，安徽师范大学中国诗学中心研究员，中华诗词学会顾问，四川省诗词协会名誉会长。第六届鲁迅文学奖诗歌奖得主。有《唐绝句史》《周啸天谈艺录》《诗词创作十谈》《将进茶——周啸天诗词选》等。

赴渠县司训任

黄成纪

一曲骊歌带别声，并刀难剪是乡情。
祖先丘墓留儿扫，身外琴书伴客行。
友赠新图详去路，妻循故道计归程。
蓬山日近眉山远，为播文翁石室名。

【点评】

黄成纪，字晴峰，号龙潭散人，四川眉山人。1910年（27岁）时补博士，任渠县训导。这首律诗写得很平实，思绪只在眉山和渠县间来回："祖先丘墓留儿扫"思绪是在眉山，"身外琴书伴客行"思绪是在渠县；"友赠新图详去路"是向渠县，"妻循故道计归程"是向眉山。最妙的是"蓬山日近眉山远"中的"蓬山"，作者没有勉强说渠县境内的任何一座山，而是因为途中要经过蓬安县。古典诗词中有"蓬山"，为海上仙山之一，黄成纪此处信手拈来有自然凑泊之妙。最后一句扣"司训"（教官），甚好。

赠友人

朱　德

北华收复赖群雄，猛士如云唱大风。

自信挥戈能退日，河山依旧战旗红。

【点评】

这本是一首和诗。而和诗是难于出彩的。原唱为杨朔《寿朱德将军》（1939年），诗云："立马太行旌旗红，雪云漠漠飒天风。将军自有臂如铁，力挽狂澜万古雄。"你看，和诗居然似原唱，而原唱反而似和作。"挥戈退日"这个典故，在诗中是双关抗日的，信手拈来，即成妙谛。

布达拉宫辞

曾　缄

拉萨高峙西极天，布拉宫内多金仙。黄教一花开五叶，第六僧王最少年。僧王生长宴湖里，父名吉祥母天女。云是先王转世来，庄严色相真无比。玉雪肌肤襁褓中，侍臣迎养入深宫。峨冠五佛金银烂，绛地袈裟氍毹红。高僧额尔传经戒，十五坐床称达赖。诸天为雨曼陀罗，万人合掌争膜拜。花开结果自然成，佛说无情种不生。只说出家堪悟道，谁知成佛更多情。浮屠恩爱生三宿，肯向寒崖倚枯木。偶逢天上散花人，有时邀入维摩室。禅参欢喜日忘忧，秘戏宫中乐事稠。僧院木鱼常比目，佛国莲花多并头。犹嫌少小居深殿，人间佳丽无由见。自辟篱门出后宫，微行夜绕拉萨遍。行到拉萨卖酒家，当垆有女颜如花。远山眉黛销魂极，不遇相如空自嗟。此际小姑方独处，何来公子甚豪华。留髡一石莫辞醉，长夜欲阑星斗斜。银河相望无多路，从今便许双星度。浪作寻常侠少看，岂知身受君王顾。柳梢月上订佳期，去时破晓来昏暮。今日黄衣殿上人，昨宵有梦花间住。花间梦醒眼蒙眬，一路归来逐晓风。悔不行空似天马，翻教踏雪比飞鸿。踪迹分明留雪上，何人窥破秘密藏？哗言昌邑果无行，上书请废劳丞相。由来尊位等轻尘，懒坐莲台转法轮。还我本来真面目，依然天下有情人。本期活佛能长活，争遣能仁遇不仁。十载风流悲教主，一生恩怨误权臣。剩有情歌六十章，可怜字字吐光芒。写来旧日兜绵手，断尽拉萨士女肠。国内伤心思故主，宫中何意立新王！求君别自熏丹穴，觅佛居然在理塘。相传幼主回銮日，侍从如云森警跸。俱道法王自有真，今时达赖当年佛。始知圣主多遗爱，能使人心为向背。罗什吞针岂海淫，阿难戒体知无碍。只今有客过拉萨，宫殿曾瞻布达拉。遗像百年犹挂壁，像前拜倒拉萨娃。买丝不绣阿底峡，有酒不酹宗喀巴。愿将世界花千万，供养情天一喇嘛！

【点评】

这首诗纪念仓央嘉措，是曾缄代表作。盖七言歌行入唐，吸收《西洲曲》及近体诗之韵度，在"初唐四杰"手中造成一气贯注而又缠绵往复的诗体，特征是四句为节、节自为韵、韵有平仄、换韵处必用逗韵，仿佛是由若干绝句组成；于修辞则多取顶真、回文、对仗、复迭，以增其缠绵。中唐元白，则更多地融入叙事成分，一变而为以《长恨歌》《连昌宫词》为代表的"元和体"。至晚唐有韦庄之《秦妇吟》，至清初有吴伟业《圆圆曲》。曾缄的《布达拉宫辞》，正处在元、白、韦、吴的延长线上。作者就希代之事加以润色，沉郁顿挫，哀感顽艳，妙语连珠，天花乱坠，如"黄教一花开五叶，第六僧王最少年"，如"只说出家堪悟道，谁知成佛更多情"，如"偶逢天上散花人，有时邀入维摩屋"，如"僧院木鱼常比目，佛国莲花多并头"，如"浪作寻常侠少看，岂知身受君王顾"，如"悔不行空似天马，翻教踏雪比飞鸿"等等，散行之中，杂以骈语，直令人目不暇接，口舌生香。前人赞美白居易与《长恨歌》之语，如"多于情""深于诗"（王质夫称白居易），如"其事本易传，以易传之事，为绝妙之词，有声有情，可歌可泣"（赵翼称《长恨歌》），移诸曾缄及《布达拉宫辞》，恰似量身定做，无不得体。曾缄以惺惺相惜的态度写仓央嘉措、译仓央嘉措——本着一种我即仓央嘉措、仓央嘉措即我的态度，信息对称，物我两忘，始臻形象思维之妙境，宜有超越同侪的成就。于是我们可以说，在仓央嘉措成就曾缄的同时，曾缄也成就了仓央嘉措及其情诗。

双雷引并序

曾　缄

　　蓝桥生者，家素封，居成都支矶石附近。耿介拔俗。喜鼓琴，能为《高山流水》《春山杜鹃》《万壑松风》《三峡流泉》《天风海涛》之曲，声名藉甚。英国皇家音乐学院致厚币征为教授，谢不往。人以此益高之。家藏唐代蜀工雷威所斫古琴，甚宝之。后从沈氏复得一琴，比前差小，龙池内隐隐有"雷霄"题字。因目前者为大雷，后者为小雷。先是，成都有沈翁者，精鉴古物，蓄小雷，极珍秘。育一女。将殁，谓女曰："若志之，有能操是琴者，若婿也。"生适鳏，闻之心动，往女家，请观琴，为鼓一再。归，遣媒妁通聘，故琴与女同归生。生于是挟两琴，拥少艾，隐居自乐，若不知此身犹在人间世也……家中落，鬻所有衣物自给。将及琴，则大恸，谓女曰："吾与卿倚双雷为性命，今若此，何生为！"遂出两琴，夫妇相与捶碎而焚之，同仰催眠药死。死后，家人于案上发见遗书一纸，又金徽十数枚，书云："二琴同归天上，金徽留作葬费。"乃以金徽易棺衾而殡诸沙堰。沙堰者，生之别业。生著有《沙堰琴编》一书，此其执笔处也。余初与生不稔，而数传言，将招余为座上客，余漫应之。一日，果折柬见邀，至，则同坐者三人。一为谢无量先生，一则杨君竹扉，其余一人不知姓名，指而介云："此熊经鸟申之异人某君也。"客既不俗，而庭前花木颇幽邃，所出肴馔、茶具，皆精洁无比。宴罢，生出所藏诸琴示客。竹扉一一目之，曰："若者唐，若者宋，若者元明以下，而唐最佳，小者尤佳，即小雷也。"生大诧，自谓天下辨琴莫己若，不意竹扉亦能此。既而正襟危坐，援小雷，奏《平沙落雁》。曲终，顾诸客曰："何如？"或应曰："甚善。"生笑曰："君虽言善，未必知其所以善。"其自负，类如此。方改革时，生以耽琴故，不问世事，于革命大义殊懵然，人亦无以此告知者。使生至今尚在，目睹国家新兴，必将操缦以歌升平之盛，然而生则既死。余偶适西郊，道经沙堰，见一抔宛然，而人琴已亡，作《双雷引》以哀之。

何人捶碎鸳鸯弦，大雷小雷飞上天。已恨广陵成绝调，更堪锦瑟怨华年。
朝来喧动成都市，焚琴煮鹤真奇事。少城西角有幽人，卜居近在君平肆。
不逐纷华好雅音，虽居廛市等山林。晚为天女云英婿，家有唐时雷氏琴。
双琴制出雷威手，玉轸金徽光不朽。断漆斑斑蛇蚹纹，题名隐隐龙池后。
此似干将与莫邪，双龙会合在君家。朱弦巧绾同心结，枯木长开并蒂花。
秋月春花朝复暮，手挥目送何曾住。万壑松风指下生，三峡流泉弦上鸣。
换羽移宫随手变，冰丝迸出长门怨。欻然急滚声嗷嘈，天风浪浪翻海涛。
问君何处得此曲，使我魄动心魂摇。双雷捧出人人爱，自倚蜀琴开蜀派。
峨眉山高巫峡长，天回地转归清籁。操缦谁如长卿好，知音况有文君在。
片云终古傍琴台，远山依旧横眉黛。海客乘槎万里来，得闻古调亦徘徊。
远人知爱阳春曲，海外争传大小雷。可怜中外同倾倒，名手名琴俱国宝。
绝代销魂惜此才，愿人长寿花长好。那知春色易阑珊，花蕊飘零柳絮残。
岂必交通房次律，偶然误挂董庭兰。负郭田空家业尽，萧条一室如悬磬。
随身唯剩两张琴，周鼎重轻来楚问。归来惆怅语妻子，幸与斯琴作知己。
忍将神物付他人，我固蒙羞琴亦耻。何如撒手向虚空，人与两琴俱善终。
不遣双雷污俗指，长教万古仰清风。支矶石畔深深院，铜漏声声催晓箭。
夫妻相对悄无言，玉绳低共回肠转。已过三更又五更，丝桐切切吐悲声。
清商变徵千般响，死别生离万种情。最后哀弦增惨烈，鬼神夜哭天雨血。
共工头触不周山，划然一声天地裂。双雷阅世已千春，为感相知岂顾身。
不复瓦全宁玉碎，焚琴原是鼓琴人。一般风流兹结束，人生何似长眠乐。
后羿轻抛弹日弓，嫦娥懒窃长生药。郎殉瑶琴妾殉郎，人琴一夕竟同亡。
流水落花春去也，人间天上两茫茫。刘安拔宅腾鸡犬，秦女吹箫跨凤凰。
但使有情成眷属，不应含恨为沧桑。我闻此事三叹息，天有风云人不测。
毅豹养身均一死，木雁有时还两失。嵇康毕命尚弹琴，向秀何心听邻笛。
询君身后竟何有，绝笔空余数行墨。玉轸相随地下眠，金徽留作买棺钱。
昔时沙堰弹琴处，高冢峨峨起墓田。从此九京埋玉树，更谁三叠舞胎仙。
声声犹似当年曲，只有杜鹃啼空山。

【点评】

这也是一篇叙事体的歌行。这首诗写的是20世纪中叶社会巨变的背景下，所发生的一个人琴相殉的悲剧。主人公原型为成都琴家裴铁侠（1879—1950），别号蓝桥生，派宗虞山（此派肇自明清之际，裴氏师承张瑞山弟子程馥）。曾诗有序，如传奇文，颇见史才。"夫希代之事，非遇出世之才润色之，则与时消没，不闻于世"（唐王质夫语），刘君惠曰："此正诗人之责也。"应看作是一出命运悲剧，其悲剧性与霸王别姬、杜十娘沉百宝箱等等悲剧，从骨子里一脉相通——好景不长，好物不坚牢，人在不可抗拒的命运面前选择"玉碎"的同时，往往必须搭上自己的最爱，甚至亲手毁之。不管用什么托词，当事者都难逃深深的负疚之感。曾缄此诗亦善写音乐，颉颃《琵琶行》。诗人对笔下人物抱有极大同情，方能感人至深，可歌可泣。至如"询君身后竟何有，绝笔空余数行墨"二语，则简直是作者的诗谶。

丰泽园歌为袁世凯作

曾 缄

昔日公路之子孙，不爱总统希至尊。六人巧立筹安会，一老戏呼新莽门。丰泽园中郁佳气，及时药物能为帝。储贰移封异姓王，旧君翻作乘龙婿。金鳌玉蝀变陈桥，诸将承恩意气骄。补衮无功贻笑柄，刘伶先唱斩黄袍。义不帝秦矜爪嘴，书生起作鲁连子。护国滇南举义帜，西南半壁皆风靡。绕室彷徨夜未央，送终一剂二陈汤。怀玺未登保和殿，陈尸已在怀仁堂。当时幽禁先皇处，今日为君歌薤露。挥斧还劳帐下儿，盖棺权借东陵树。草草弥天戬一棺，岂同漆纻锢南山。桓温遗臭非虚语，董卓然脐一例看。化家为国由儿辈，何意人亡家亦败。皇子流离化乞儿，诸姬织屦人间卖。重向修门蹑屩来，我登琼岛望渐台。园中池馆长如旧，鹭尾猴头安在哉？一代奸雄存秽史，八旬天子等优俳。园鸟犹呼奈何帝，日暮啾啾空自哀。

【点评】

该诗的自序杂取逸闻，亦饶文采。如袁世凯任"中华民国总统"，以清丰泽园为总统府，署其门曰新华。国史馆长王闿运过之，佯为不识曰：

此"新莽门"耶？盖讥其有异志也。如安徽督军倪嗣冲先期献龙袍，以尺寸不合发还。倪大恚，移赠名伶刘鸿升。鸿升一日演《斩黄袍》一剧，所斩者即此袍，识者以此知其不终。如四川督军陈宧，世凯倚为心腹，至是亦通电宣布独立。世凯知大势已去，中夜仰药自杀。时陕西督军陈树藩、湖南督军汤芗铭亦同反帝制，故时人语云："杀世凯者，二陈汤也。"等，令人读之掩口胡卢，亦史笔也，不但可助谈资。作者以诗存史，材料丰富，叙事纡徐。写出一个逆历史潮流而动的窃国大盗，所必然遭遇的众叛亲离、祸及身家的可悲下场。堂堂正论，出以滑稽突梯。嬉笑怒骂，皆成文章，极富喜剧性，非大手笔不办。

浣溪沙·春钓

陶武先

丽日垂纶岸柳旁，碧浔白鹭剪霞光，横竿点破一江沧。
雪化孤翁千载恨，风摇繁蕊几维香，流连天地钓斜阳。

【点评】

这首《春钓》词中的"横竿点破一江沧"是作者的得意之句，也是一个险韵之句。因为唐人几乎不用"沧"（暗绿色）字押韵。宋代有寥寥数例，却没有"一江沧"这样的搭配法。所以初读此句，会让人一愣。闭上眼睛一想，倒像真的见了这情境似的，就如《红楼梦》中香菱读王维诗，生发出的感受。唐人徐凝咏庐山瀑布，有"一条界破青山色"之句，苏东坡嘲为"恶诗"，平心而论，诗实不恶。宋人白玉蟾的写景诗，有两句更接近武先之句："白鸟忽飞来，点破一山翠"，先见于《棘隐壁三首》，后见于《楼前雨霁》，真是好话不怕一再说。徐凝、白玉蟾二位，写的都是"青山"。而武先同志写的则是碧水。水面比山色，更像玻璃，玻璃易碎，用"点破"更惊心。明代胡应麟说："连城之璧，不以追琢减称"（《诗薮》卷六），讲的就是这个道理。

河西道中

何郝炬

河西千里走如飞，雾锁祁连风劲吹。
未洗尘沙先进酒，凉州古郡夜光杯。

【点评】

作者早岁即赴延安投身革命，经历戎马生涯，得江山之助，多纪游，擅填词。偶作小诗，亦逸兴遄飞。如这首诗于骏快之中，得宕逸之神。"未洗尘沙先进酒"，置之唐名家诗中，略无逊色。令人过目成诵，洵佳作也。

亡命途中三十初度

李维嘉

风雨江干路，空山泣杜鹃。
劳生惊卅岁，亡命闯千关。
愁结无眠夜，鸡鸣欲曙天。
雄师何日至？一为挽狂澜。

【点评】

作者在1949年前为中共重庆地下党负责人之一。一次因目标暴露，需通知沪上同志，勿复来信，不能明言，即以小晏词语致意，云："此后锦书休寄，画楼云雨无凭。"流亡道中，成此五律一首，是其处女作。诗题即饶有杜意：逃亡途中，逢三十而立，怎不感喟无端。全诗起承转合，结构谨严，音情顿挫，词旨老当，可谓出手不凡。

卖血咏

丁季和

见说血堪卖，吾欲卖吾血。而难买血处，云深不可觅。识途烦老马，辗转始相及。高坐白衣冠，傲然视肥瘠。照片须两张，交验户口册。年行未五十，差幸尚合格。举步见艰难，不能掩残疾。执事怫然怒，推我出行列。不卖正尔佳，无失斯为得。归来亦自笑，此计毋乃拙？岂必无菜根，清甘大可啮。

【点评】

我国提倡无偿献血，不禁止有偿献血，但禁止非法卖血。余华小说《许三观卖血记》，写社会转型期不免的怪现状，与这首诗写作的背景相类。作者为成都逸人，才高运蹇。诗中自叙卖血经历，一波三折，颇见世态，兼杂自嘲，既写出了一种阿Q精神，也表现出作者豁达的胸襟，谑而不虐，使人在忍俊不禁的同时，有以思之，诗所以为佳。

题群殴图

丁季和

群氓何事不从容，攘袂挥拳乱哄哄。细数其间十人者，一其拔足去匆匆。另有手行刖脚子，义犬相依自叫穷。知机远害诚多智，不管闲事亦明通。其余八者俱鼓努，大张挞伐竞奇功。敬惜字纸收破烂，得钱微末岂能丰。毒杖加之亦何忍？劝善衲子竟逞凶。帮凶助战出奇计，猛掷烘笼用火攻。别有王家苦鏖战，战云惨澹塞寒空。空手焉能制敌命？不惜乐器作兵锋。持鬃挽发坚不让，此时苦煞美髯翁。惨败新都求道准，仰天无泪哭秋风。呜呼公等皆有长技在，何不江宽湖远各西东？

【点评】

此诗为题画诗，夹叙夹议，纵横捭阖，穿插变幻，引人入胜，唐宋诗即有此体。此体创于杜甫《韦讽录事宅观曹将军画马图》，苏轼则有《韩干马十四匹》），皆写马群情态。而此诗的创意在写世态人情，开篇"群氓何事不从容"、结尾"呜呼公等皆有长技在，何不江宽湖远各西东"，皆如当头棒喝，反对斗争内耗，呼唤社会和谐。有事可据，有义可陈，语言有味，诗意盎然，真佳作也。

〔中吕·卖花声〕扇词字

萧自熙

翩翩风度需白扇，白扇需词教我填，词需篆字请书仙。三十酬扇，三千酬篆，付词家掌声三遍。

【点评】

这支曲写文化市场的怪现状，不够尊重知识产权，写字可以挣钱，作词的反而不值钱。作者巧妙地用一把白扇予以表现，这个道具用得好，用行话说，就是找到了一个好的意象。词中还活画出三个人，一个是"风度翩翩"的文化买家，一个是吃力不讨好的词作者，一个是莫测高深的"书仙"。曲子须一韵到底，韵字有限，妨碍思想，然而作者巧妙地用"书仙"代替书法家，用"篆"来代替书法，不但很有文化气息，而且是信手拈来，举重若轻。这叫腹笥甚丰，或肚里有货。

〔双调·步步娇〕新月

萧自熙

新月初踏虚空路，云碎难成步。气喘吁，不许群星把她扶。过成都，赶到峨眉住。

【点评】

这支曲子咏月，却用儿童思维，把弯弯月牙儿（"新月"）比作小脚女人走路，走得慢不说，脾气还很倔强，"不许群星把她扶"。结果呢，坚持就是胜利："过成都，赶到峨眉住。"说到"峨眉"，有几层含意，一是这弯出现在成都的新月，在峨眉山也能看到，二是新月的另一个常用的比喻是"蛾眉"，三是峨眉山和月亮有缘（见李白《峨眉山月歌》）。
这支曲子的天真童趣，堪与儿歌比美。

八台雪歌

滕伟明

巴山峰头逼天街，天街之上有八台。八台四万八千丈，雨雾霰雪常不开。双河谷口风夜吼，八台直向云中走。长冰结岩牙参差，古栈石磴压雪厚。锦江青灯庞眉客，风雪独上八台北。气蒸眉睫旋作冰，两耳欲堕指脱节。八台冻云何崔嵬，雪山万重扑面来。千年老鳌凝江底，山君战栗鹧鸪死。山中松柏直如桴，琼枝玉叶银珊瑚。天帝猎罢赏骑射，轻撒八台万斛珠。我登八台望四面，前江后江皆如线。我家应在西南隅，雪云迷茫看不见。正是八台飞雪时，千里赴任多佳思。如此江山如此景，大笑痴儿来何迟。

【点评】

滕伟明的脱胎换骨之作是《八台雪歌》。他说："那是在1968年的冬天，雪下得很大……我被分配到大巴山深处的城口县。当时这个县城不通公路，我必须只身翻越两座雪山，才能如期赶到，获得养家糊口的权利。这是我永生难忘的特殊经历：一个从未见过雪山的白面书生，在雪地里跋涉了四天，不但不气馁，反而写下了他自己也弄不清楚为什么风格迥异的诗来。"这首诗好在什么地方呢？别的不说，首先好在完全从"小我"中跳出来，也从套话中跳出来。对于多数诗人，可能是经历次数越多、越熟悉的事物和人物，越能成为他的写作对象。而我的性分似乎比较接近好奇的岑参，越是印象新鲜的、富于刺激性的事物和人物，越能激发创作灵感，越能找到高潮的、够味的感觉。这首诗便是如此。

杨丽萍孔雀舞歌

滕伟明

杨丽萍，白孔雀，锦官城里忽飘落。亭亭玉立追光中，八千鸟喙顿忘啄。冰肌玉骨月中仙，缟裙开展光灿然。俯饮曲身十三段，体态段段皆可怜。饮罢振翅婆娑舞，西双版纳忽焉睹。蕉寨泼水情欲狂，傣家儿女击象鼓。独立香木尾垂文，映日佛塔朗耀金。万人合十观吉鸟，顶上三毛自在伸。座客咨嗟叹观止，舞师神奇乃如此。反扬两臂能抒波，翻令孔雀愧欲死。北人饰神威有加，南人饰神貌如花。请到大足石龛看，可知菩萨是娇娃。

【点评】

这首诗写得兴会淋漓。"八千鸟喙顿忘啄""六宫粉黛无颜色"也，用来不着痕迹。作者说，因当场有八千个座位，忽然得句——这叫俯拾即是。"体态段段皆可怜"承"俯饮曲身十三段"——是神往、是痴迷，诗就要这样放开写。"蕉寨泼水情欲狂，傣家儿女击象鼓"写泼水节，是插曲，是适当的松弛。"顶上三毛自在伸"，是颊添三毫。"翻令孔雀愧欲死"不是骂题，是尊题——因为写的是舞者，而不是孔雀。最后宕开，末句趁韵，不影响全诗的精彩。剪裁的利落，平仄韵的互换，足见当行本色。作者本人曾说："白居易的《长恨歌》长得好，元稹的《行宫》短得好，你不能说前者的质量是后者的多少倍。"话虽如此，一首好的绝句不必出于行家，而一首好的歌行则非当行不能出彩。

念奴娇·老友傅力来访宛如再世人

滕伟明

当年执教，小书案、曾与先生吴楚。圈点批评声乍乍，笑骂辄挥长麈。天上神仙，人间圣哲，谬误条条数。一言不合，摘头拼作豪赌。

深怪吾子今来，心平如井，讷讷殊和煦。余及卿言皆大好，想见先生城府。如我颓唐，似君才气，焉得无冤苦？何时醉酒，再听肝肺倾吐？

【点评】

该词中有两个角色，当年隔着教桌，一个在这头，一个在那头，是为"吴楚"。"吴楚"二字另一重含义是，彼此持论相左。只两字，又形象，又幽默，又省净，非语妙而何？有道是，要准确表达一个意思，只有一个词。永不缺少这一个词，实有赖饱读书史，博闻强记，神而明之，以成腹笥之广。"余及卿言皆大好，想见先生城府"，是画龙点睛之笔，想当年"圈点批评声乍乍，笑骂辄挥长尘"，真"如再世人"也。寥寥数语，入木三分，写出了岁月是如何的磨平了一个书生的棱角。咀嚼人生况味，抵一篇小小说。别的语言之好，是想得到的好，这几句语言之好，是想不到的好。

席上留别旷翁，翁为同乡

滕伟明

长江主簿是前缘，落魄巴渝有后先。
一个诗囚分两半，君宜分浪我分仙。

【点评】

诗题中的"乡"指蓬溪县。贾岛，字阆仙，一作浪仙，曾为长江县主簿，后长江县并入蓬溪县。诗赠同乡诗友，自然想到贾岛，一个"落魄"扯上彼此。贾岛的"诗囚"之谥，乃出元好问《放言》："长沙一湘累，郊岛两诗囚。"作者岂肯气馁，偏要破局，遂出其不意地拈出"浪仙"字号，予以拆分。顺便说，饥荒年间的学生食堂，分饭的人是不能先选的，这就是规矩。作者不讲规矩，又要分，又要选，派"浪"于人，将"仙"属我，兴之所至，语亦随之。明明是"落魄"，却因选得一个"仙"字，占尽风光矣。

填拔尖人才推荐表有感

黄宗壤

虚名一出驷难追，人到拔尖事可危。
平日未栽皂角刺，此身忽变蜂窝煤。
三人成虎虽闻训，众口铄金今识威。
却羡东篱采菊客，自耕自煮损阿谁？

【点评】

这首诗立题新鲜，视角独到，揭示现象是发人深省的，内心感触是深刻的，语汇是鲜活的，诗句是可圈可点的，一片神行，没有套话。应该为这样的诗浮一大白。

浪淘沙·退隐

黄宗壤

难得不糊涂。难得糊涂。非禅非道非鸿儒。半世蹉跎今退隐，方显真吾。
人在未归途。人在归途。自眠自唱自成书。留出余生几处白，直到虚无。

【点评】

单说"难得不糊涂"，或"难得糊涂"，皆了无新意。然并置一处，作为开头，则道出人生悖论，有辩证法，堪称警策，令人耳目一新。不仅如此，该词下片又整出一个很好的开头："人在未归途。人在归途。"上下片有这样的开头，这首词就站住了。何况煞拍的"半世蹉跎今退隐，方显真吾"，和结尾的"留出余生几处白，直到虚无"，皆有想不到的好。真是绝妙好词。

升庵桂湖

郭广岚

高柳圆荷曲沼深，一泓秋水映伊人。
此中半是黄峨泪，湿透滇南几片云。

【点评】

黄峨和杨升庵是一对文章知己，患难夫妻。黄峨独居新都桂湖之畔的榴阁，写下《寄夫》"日归日归愁岁暮，其雨其雨怨朝阳"的不朽诗句，直至病死，始得与升庵合葬。其晚年较升庵更为悲苦。这首咏"升庵桂湖"的诗，不说升庵而说黄峨，可谓独出机杼。三、四句堪称佳句，把新都的桂湖，和滇南的雨云扯到一起，极具想象力，但又不是勉强凑合。因为云腾致雨，雨汇成湖，也是读者具有的常识。只不过把川西的湖水，和滇南的雨云搭成联想，有些想落天外罢了。第三句中的"半是"，换个作者也许写作"尽是"，相比之下，还是"半是"好，因为足之够矣，若要让下句的"湿透"说满，此处稍做蓄势更好。

丹巴女

赵洪银

明丽丹巴女，嘉绒彩绣衣。
未老莫相见，相见惹相思。

【点评】

这首诗最出彩的是第三句，"未老莫相见"，完全出人意表。刘海粟晚年见初恋表妹，悔之不迭——把感觉完全破坏了。所以，按常理应是既老莫相见。说"未老莫相见"，是不按规矩出牌。然而，诗有反常而合道者，此句便是。且看末句是怎样解释的——"相见惹相思"。因为丹巴姑娘太美，相见了会有想法——乱想汤圆吃，是不可以的。小结一下，这首赞美丹巴女的诗，第一，写出了心动，人同此心，心同此理，所谓人见人爱。第二，写出了自持，即发乎情、止乎礼，不是一把拉住别人的手不放。人不到老，自持谈何容易。第三，写出了俏皮，不怪自己乱想，反怪丹巴女太美，是无理而妙。第四，写得在理——女人怕老，白居易说"红颜未老恩先断"，何况已老，又是有理而妙。全诗既有人情味，又有对人性的揶揄。至于后两句的句调，则是从韦庄"未老莫还乡，还乡须断肠"脱化而来的，是读书受用的成果。这首诗入围第三届华夏诗词，得了个优秀奖。五绝一体是唐人的偏长独至，此体离首即尾，离尾即首；虽好却小，虽小却好；最要一气蝉联，篇法圆紧。唐诗如"君家何处住""君自故乡来""打起黄莺儿"等，最为得体。我以为洪银兄的这首五绝，就做到了章法圆紧，也有同等的好。

随省上春节慰问团赴理塘

赵洪银

莽莽白云外，高原访理塘。
年关逼瘦猪，风雪打毡房。
戚戚悲儿女，哀哀叫犬羊。
使君休再问，流泪已浪浪。

【点评】

理塘县在海拔四千米以上，属高寒地带。这首诗表达了作者对民生的关切。"年关逼瘦猪"一语，直逼曾缄"可怜鸡更瘦于人"，相当耐人寻味。第六句可以再酌。总体而言不错。清人说，学诗须从五律起，充之可为七律，截之可为五绝，充而截之为七绝。不仅是一种经验之谈，也是记忆近体诗诸多格律的提纲挈领的方法。

览六十年前旧照

雍国泰

一纸欣然览旧容，青年负气出隆中。
若非先帝有三顾，诸葛沉沦与我同。

【点评】

作者才思敏捷，联想丰富，翻出一张老照片就有诗兴。前二句是看到青年时代意气风发的自己，唤醒了沉睡的记忆，不禁发出由衷的赞叹。"欣然""负气"，诗情是上扬的。后二句撇开一笔说诸葛亮，看似把话扯远，"沉沦"二字，使诗情一跌，而"与我同"三字，把话题扯回到自己。三、四句是假设，"若非"之事并不存在。无中生有，却因融入深沉的人生感慨，所以为佳。

寄李满林

雍国泰

学理从文情意真，闲吟一卷叩诗门。
杏坛总是向阳地，桃满春原李满林。

【点评】

此诗既切合别人姓名（李满林），又切合别人教师的身份，又善于调侃，颇有诗味。

七十回眸

曾渊如

谗奸不可畏，可畏是深谋。
世有难伸理，人无必报仇。
辩诬谁说项？苟活我依刘。
八卦乾坤火，精钢竟作钩。

【点评】

这首五言律诗"回眸"作者数十年前遭遇的迫害，笔墨凝练。颔联"世有难伸理，人无必报仇"，字字掷地有声——上句是痛定思痛，尤觉沉痛，下句作自我宽解，颇有肚量。上下以有、无二字相起，形成唱叹，大是名言——所谓"立片言而居要，乃一篇之警策"。此诗其他联暂且不论，单凭"世有难伸理，人无必报仇"十字，就可入选。

庐　山

杨析综

云山缥缈有无中，一柱青葱上九重。

俯看飞流湔俗虑，欲撩迷雾觅仙踪。

天心莫测晴还雨，水势难回西复东。

古往今来题壁客，就中几个识真容？

【点评】

全诗以"缥缈"二字提纲。"欲撩迷雾觅仙踪"是双关——庐山有仙人洞，庐山云雾缭绕，风景秀奇。"天心莫测晴还雨，水势难回西复东"表面还是写景，其实是在咏史。一点即收，措语含蓄，颇得风人之旨。最后就东坡名句"不识庐山真面目，只缘身在此山中"寄慨，紧扣主题。

柳梢青·谒黄宗羲墓

李亮伟

先生可死，先生身后，弦歌相继。四百年间，蔚成学派，兴文兴利。要他棺椁何为？纵铁铸，还如薄纸。身是青山，种梨种橘，且由人去。

【点评】

这是一首怀古之作，词中运用材料恰到好处。"先生可死"，出黄宗羲《与万承勋书》："年纪到此，可死；自反平生虽无善状，亦无恶状，可死；于先人未了，亦稍稍无歉，可死；一生著述未必尽传，自料亦不下古之名家，可死。如此四可死，死真无苦矣。"作者由此名言，提炼为"先生可死"四字置诸篇首，有石破天惊之感。何以如此？盖先生自谓"可死"，不足为奇。作者亦谓"先生可死"，则异乎寻常。不异常不足以表现激赏。

乌 纱

胡焕章

（作品见41页）

【点评】

人们熟视无睹的生活事件，可能包含微妙的人生况味。一经拈出，就是好诗。这首诗与社会背景相关，写以职位称呼人的风气，菜农犹不能免。"独有"二字，略见世态炎凉，不辨他嘲与自嘲。

写春联

郭定乾

自撰春联恨未工，俗书尚可哄村童。

狂挥一管涂鸦笔，写得千家万户红。

【点评】

关于新春的诗词，内容喜庆而又能让人记住，如王安石《元日》（爆竹声中一岁除）者不多，郭定乾《写春联》要算一首。写春联，自撰的比现成的好，"恨未工"是自谦，"俗书""涂鸦"也是自谦，然"尚可哄村童"，在自谦中又有自负，"狂挥一管"，更有自负，诗情由此走高。文以气为主，字亦如之，须一路砍杀，方见笔力。末句是全诗最精彩的一笔，"千家万户"的"千""万"与"一管"的"一"形成强烈反差。"红"字，是春联的颜色，又是喜庆的气氛，非常出彩。全诗只眼前景、口头语，而有味外味，所以为佳。

放　鹅

郭定乾

手执长竿一曲歌，门前放眼好山河。
农夫也有羲之好，春草青青放白鹅。

【点评】

作者在创作这首诗时，先写成一、二、四句，第三句怎么也搭配不好。放了几天，因从祝枝山草书帖读到李白诗"山阴道士如相见，应写黄庭换白鹅"，忽然联想到羲之爱鹅的故事，于是有了一个新的思路，酿成第三句。事实上，就是这一句成就了这首诗，如果没有这一句，诗味会平淡寡薄得多。可见，写诗如果没有新的思路，不要轻易动笔。动了笔，也不要轻易完篇，不妨在抽屉里放一放。

春　望

郭定乾

入望长郊景浩茫，菜花春麦泻春光。
是谁泼彩川西坝，一片青青一片黄。

【点评】

作者因看到阳光下闪闪发光的菜花、麦苗，色彩非常绚丽，所以得了前两句。进而想，这样美好的景色是谁造就的呢？于是从挥笔作画的行为联想到张大千"泼彩"的技法，并自然地将这个词拈来，放到诗中。又由"泼"自然生出末句中"一片"的意念，用句中对的形式，视野也放大了，最后成为"是谁泼彩川西坝，一片青青一片黄"。作者将这种顺向构思形象地喻为"投石问路，顺藤理瓜"。

同学会

丁稚鸿

渭北江东总忆君，时光已抹旧时痕。
同窗相会无高下，都是呼名叫字人。

【点评】

"渭北江东"用杜甫《春日忆李白》的诗句"渭北春天树，江东日暮云"，表达两地相思，比现成的"海北天南"要好，不光是用典，而且有陌生化的作用。"总忆君"三字抓住了同学情的一个特点，就是彼此惦念。三、四句抓住同学会更重要的却人人熟视无睹的另一个特点，就是"呼名叫字"。哪怕职位再高，也会被直呼其名。若改了这个口，就不亲热了。丁稚鸿有诗词专集，但我逢人就宣传他这一首诗，特别是在出席同学会的时候。感觉同学会这个题材，就是丁稚鸿的"菜"。

高压锅

刘道平

一阀千钧头上重，天旋地转口难封。
若无舒缓盈胸气，便付安危儿戏中。

【点评】

白居易说诗的重要作用是"补察时政""泄导人情"，这个道理早见于《国语·召公谏厉王弭谤》，但直接把这个意思说出来，就不是诗。诗须有联想，须有意象。"高压锅"就是作者因联想而找到的一个意象。高压锅最重要的设计，是其头上之"一阀"，此阀重量虽轻，但作用极大，故谓之"千钧"也宜。而其妙用，在于通过排气使锅里的高压保持在一个安全的度上。如果完全不排气，则可能酿成重大事故。三、四句点到为止，有举重若轻之妙。

咏　竹

刘道平

拔节青山入翠微，虚心惯见白云飞。

一朝截作短长笛，便喜人间横竖吹。

【点评】

自从宋人徐庭筠《咏竹》写出"未出土时先有节，便凌云去也无心"（下句后人改为"及凌云处尚虚心"）以来，咏竹者托物寓意，多从"有节""虚心"措意，形成一种现成思路。此诗之妙在反套路，前二句讲竹子在山林的情景，兼把前人的现成思路一网打尽，对三、四句是一个铺垫。新意出在三、四句，说竹子出山林之后，被匠人制成笛子，地位变了，节亦变了，喜欢别人"吹"它了。这里的"吹"字双关，既是"吹笛子"的"吹"，又是"吹捧"的"吹"；"横竖"亦双关，既是横笛、竖笛的"横竖"，又是反正（"正"表示肯定）的意思。全诗针砭人性的弱点，颇具喜剧性。意既到位，语亦随之。或问："君喜吹否？"曰："然。"问者闻言大笑曰："可以加十分。"

杧　果

何焱林

舶来杧果赠工宣，组织诸民百万观。

一合玻璃嵌翡翠，两兵火铳护丹坛。

廿人比翼雁行过，十米偏头马背看。

塑料肖为珍宝影，不知真味是酸甜？

【点评】

这个题材用七律来写不容易，因为中间两联须对仗，而趣味也出在这里。首联中"舶来""组织"这些关键词用得很好，一用境界全出。颔联上句"一合玻璃嵌翡翠"就更妙了，杧果是用翡翠色的玻璃匣子装起来的，句子颇富文采；下句"两兵火铳护丹坛"，是说杜果先被供在红色案桌上，两边民兵持枪护卫，"火铳"本指鸟枪之类，其实民兵未必不是背着步枪，说成"火铳"是调侃，表现煞有介事的样子，更其神似。下句的浅俗，与上句的文雅的反差，产生了喜剧性。颈联上句"廿人比翼雁行过"，是写送杜果游行的队伍；下句"十米偏头马背看"，是写看热闹的群众。"雁行""马背"的对仗，十分工整。其实游行现场未必有马，但组织围观的群众，打马马肩总是有的吧？总之"马背"一词用得有趣。尾联"塑料肖为珍宝影，不知真味是酸甜？"这个不须解释，说得太好了。关于这件事的好歹，作者虽不予置评，却因真实地或略带夸张地写出了生活里一本正经的荒唐，所以成为绝妙的讽刺。堪与元人睢景臣的讽刺名篇《高祖还乡》比美。

忆　昔

罗扶元

　　忆昔群儿戏，夜阑不知寐。长天惟明月，空街余犬吠。父促儿回归，转询月宫事。父吻知儿寒，强言及家对。抚肢小衣薄，爱急环以臂。怀中重温暖，不语蒙眬睡。及今十余年，人事几变易。阶月旧时月，儿流思亲泪。

【点评】

　　一个月夜的故事（没有电灯的年代，群儿于月夜在街上藏猫猫），一对父与子的故事，一个真实又珍贵的细节（父亲寻到儿子，儿子在父亲的怀抱中问不着边际的问题，问着问着睡着了），字里行间充盈着挚情。五言古诗以自然家常、真挚朴素为贵。此诗写儿的天真和父的慈祥，皆力透纸背。就像朱自清的《背影》，能唤醒许多人记忆深处的慈父形象。写母爱，古人诗中有极突出的作品——如孟郊《游子吟》；写父爱，这首诗则入木三分。

昨日城南过

殷明辉

昨日城南过,偶然逢故人。问讯无他语,谓离几道婚。初听疑谐谑,继闻乃甚真。故人富机巧,商战颇称能。十年竞逐后,积资金满籝。城南买别墅,城中布商局。名车代其步,倩女随其身。故妻伤老丑,差似嫫母形。新人娇且酷,举止类明星。去彼而取此,协议永离分。拨财二百万,老妻亦无瞋。故友届六旬,新郎梦重温。浪财须浪使,言罢意欣欣。君听流行语,何不戏人生。

【点评】

当代诗词圈有个误区,即只知有格律诗而不知有古诗。作者熟读《古诗十九首》,能作古诗,是其过人处。这诗开篇就是古诗"步出城东门"的句调,接下来叙述一部分人富起来后的生活情态,可谓"怪现状"。其实这类怪现状也不是古无今有,它暴露的是人性的弱点。可恶的是作者诗中这人不以为耻,反以为荣,不知道听他炫耀的人,从心里在"呸"。通篇浅浅道来,鞭辟入里。

登青城后山口占

王　聪

杖舞高寒处,笑谈天地宽。
云中红叶落,知有更高山。

【点评】

诗贵有意境。什么是意境?其不同于画境者,以其中有"意"。比如"小荷才露尖尖角,早有蜻蜓立上头"二句,其含意是"蜻蜓是最早发现小荷出水的,没有之一"。而"云中红叶落,知有更高山"的含意是:见微知著,天外有天。单说"一叶落知天下秋",或单说"山外有山,天外有天",都是老生常谈。把这两个意思绾合在一起,而通过云中掉落的一片红叶，表达出来，这便是作者的新意了。诗前两句写人在山顶高谈阔论，这是一笔铺垫，与诗后两句寓意关系紧密，故佳。

月下独酌戏作

王　聪

花间一壶酒，白也曾我有。思之成四人，共醉重霄九。身浸月色中，握之不在手。放手月飞去，去与长庚友。独余颓花前，心事向谁剖。世态观愈多，愈就喜欢狗。

【点评】

该诗打头先照抄李白一句。第二句转为原创："白也曾我有"，意思是花间饮酒之事，李白有我也有。第三句"成四人"大妙，因为李白诗有"对影成三人"，作者把自己添进去，便凑成四个人了。"共醉重霄九"以下写醉态，在想象中把桌子搬到月宫去了，就像说《聊斋》。月光是握不住的，故而"放手月飞去，去与长庚友"，按李阳冰《草堂集序》载"惊姜之夕，长庚入梦"，所以"长庚"既指金星，亦可指李白。"独余颓花前"二句，是酒醒后的状态。"世态观愈多，愈就喜欢狗"是洋典中用——"我认识的人越多，我越喜欢狗"本是18世纪罗兰夫人的话。狗狗有何可爱？以其忠诚，以其单纯，以其不嫌家贫，以其对人真有感情等等。最后两句，也含蓄地批评了某些世相和人格。作者可能在社会上遇到了不能容忍之事，但他没有明说。

西江月·上网和诗

黄芝龙

才送残阳西去，又邀明月东来。星星眨眼把窗开。奇妙新科宽带。快慰梅园觅句，缠绵网上徘徊。知音夜夜上瑶台。已坠情天恨海。

【点评】

诗歌"书写当下",语言亦贴近当代生活。首二句从"刚被太阳收拾去,又教明月送将来"(苏轼《花影》)化出,令人不觉。上片日月星三光映带,意境开阔。下片写网恋,更属新鲜事,为古人无从梦见。

鹧鸪天·浇园

黄芝龙

未待鸡鸣一担挑,老翁早起润青苗。成畦菜地肥先灌,满架瓜藤水漫浇。新豆角,嫩茼蒿,高攀翠蔓缀花苞。相间红绿晨曦里,哂笑朝阳上小桥。

【点评】

古人亦有灌园,如王安石之"桔槔俯仰妨何事,抱瓮区区老此身",专重议论,黄芝龙此首则重在情景,全词只在一个"早"字上做文章,末句"哂笑朝阳上小桥"即其意也。"新豆角,嫩茼蒿,高攀翠蔓缀花苞",画出菜圃景象,真觉可爱,故孔子曰:"吾不如老圃。"

岁　暮

何　革

忽南忽北似飘蓬,话不普通人普通。

万里归来行色倦,新诗几卷未加工。

【点评】

首句写诗人辗转打工。次句可圈可点,一个满口"川普"(普通话说不好)的常人,直说出来毫无诗意,作者如有神助,整出一个句中对比:"话不普通人普通",因为此"普通"(普通话)与彼"普通"(普通人)原不是一回事,这个俏皮话直令人拍案称绝。由此可见,在诗中重复的字句,要意思不重复,才是好的。第三句扣题,第四句令人意想不到,原来这人嗜诗。诗只四句,就写活了一个打工诗人,所以为佳。

凭窗有感建筑工人冒雪劳作

何 革

一窗相隔两重天，我沐春风他冒寒。
往日偏怜白雪美，今朝何忍用心看。

【点评】

隔窗看建筑工人雪天劳作，你或许也有这样的生活经验。在大多数人看来，这不过是社会分工的不同，所以很少有人想到，凭什么我过得比他舒服。再比如看农民打稻、拾麦子，很多人或许也会觉得，这再正常不过——庄稼人就该这样生活。唯仁者才会受到触动，从而写出"一窗相隔两重天，我沐春风他冒寒"（何革），写出"今我何功德，曾不事农桑。吏禄三百石，岁晏有余粮。念此私自愧，尽日不能忘"（白居易），令读者一读难忘。是为真诗。

八台山独秀峰

冉长春

一笔正生花，长天铺作纸。
三千八百吨，看尔如何使。

【点评】

黄山有奇峰曰梦笔生花，八台山之独秀峰似之。第一句读者都懂的，这"笔尖"是对着"长天"的。第二句也好懂。这首诗的诗趣在三、四句，"三千八百吨"，是说这支"笔"的重量。诗人怎么知道，诗人称过吗？谁也没有称过，想当然尔。法律文件不能想当然，文学却可以想当然。"看尔如何使"，这句好，是未经人道语。完全没有人想到过吗？也不尽然。比如吴承恩，《西游记》第三回中孙悟空在龙王那里索要兵器，龙王就指了海藏中的一块扛不动的神铁，说是大禹治水时留下的定海神针，让他去拿，就有"看尔如何使"的那个意思。当然，这没难倒孙悟空。但上得八台山的你我，是孙悟空吗？作者出这个难题，妙在不动声色地表现了对这个天造地设的奇观的赞叹。

窦圌山绝顶飞渡表演

周　煜

峭壁入青天，三峰铁索连。
飞人思偃息，倒挂白云边。

【点评】

这首诗表现窦圌山索道飞人表演的惊险。"倒挂白云边"的前面，一定不能说"是谁真大胆"，因为说白了，惊险效果出不来。所以，第三句应该松弛，作"飞人思偃息"，这就是松弛，也是捂盖子，让读者把心放下。末句猛地揭盖子："倒挂白云边"！天底下哪有这样的"偃息"，原来是表演者在展示绝活，惊险的效果一下就出来了。

蔡长宜点评

蔡长宜（1948— ），又名吴静，四川屏山人。有《姐弟诗弦》《长宜诗词赋精选》等。

建筑工二首

陶武先

立柱挑梁撑架构，封墙扣顶嵌门庭。
甘居板屋一窗暗，喜看楼台万户明。

两岸横驰叹要津，一桥飞架伴祥云。
胸中梦想江中映，水上天衢手上伸。

【点评】

诗人诗写平民，笔接地气。第一首诗开头两句，正面描述建筑工人之劳动情景。诗人宛如现场亲临，将建筑高楼大厦的工人们的劳动井然有序地呈现出来，营造的画面尤具感染力。后面两句表现工人们甘于吃苦的奉献精神。夜晚休息时，工人们蜗居在临时搭建的板房中，人多灯暗。生活条件虽然艰难，但见高楼从自己手中成就后，万家窗户透出温馨而明亮的灯光时，心中便生出自豪与慰藉。此诗短短二十八字，由两副工稳对联衔接而成。该诗情通理顺，内涵丰富，巧妙地将工人们工作的艰辛与生活条件的简陋，及其劳动成果的价值与精神境界的高度烘托出来。其笔力雄厚，扬时代正气，为工人喝彩，实为佳构。第二首诗着重渲染建桥工人们的思想境界和劳动技能。面对人们望之生叹的险要关津，工人们凭勤劳智慧加科技手段，将横跨要津的桥梁高高地架入云空。而正在桥上作业的工人们看着自己的愿望在江水的见证下倒映成虹，更欣慰这空中的通衢是从自己手中延伸而建成，于是平添由衷的自豪之情。诗人遣词炼字，一丝不苟，自成一家风格。诗句两两对仗，工稳衔接。其截取画面的宽度（叹要津），高度（伴祥云），长度（手上伸），言简意赅，既微观又宏展，殊为大气，让人阅后，产生无限的遐想，不失为讴歌建桥工人的力作。

大禹故里

刘道平

堤决银河已绝情，洪荒无奈哭天倾。
忧民请命千秋业，治水抛家万世名。
若为私亲陪幼子，讵能报国救苍生？
禹王恨作拼爹事，自奋霜蹄入洛城。

【点评】

此诗乃咏史类。首联及颔联皆为追忆大禹之功。遥想当年，许是银河决堤，洪水绝情，造成天倾地陷，生灵涂炭。危难当头，大禹忧国忧民，挺身而出，并吸取其父鲧失败之教训，一改堵截为疏导，历尽万苦千辛，十三年治水，三过家门而不入，终平水患，功高至伟，享誉千秋。颈联发出"若为私亲陪幼子，讵能报国救苍生"之感叹和议论，既歌颂大禹公而忘私报效家国之情怀和伟大之精神，同时也警示世人应有高尚之境界。尾联以"禹王恨作拼爹事，自奋霜蹄入洛城"作结，融入21世纪的时髦新词"拼爹"，反其意而用之，赞赏大禹父死子继，甘为治水先锋，"自奋霜蹄"，独创伟绩。因而受人拥戴，继舜而位，夏朝始立，建都洛阳。全诗格律严谨，对仗工稳；信手拈来，一气呵成；借题发挥，引人遐思。"霜蹄"语出《庄子·马蹄》"马，蹄可以践霜雪"。

长相思·游崇州街子古镇唐求故里

罗　扬

瑞龙桥，御龙桥。桥下轻抛诗一瓢，清波洗素袍。
山招邀，树招邀。欲隐山林种绿蕉，红尘烦事消。

【点评】

首先，词的上片"瑞龙桥，御龙桥。桥下轻抛诗一瓢，清波洗素袍"，作者罗扬以崇州街子古镇的两座名桥瑞龙桥和御龙桥来点出风景佳处，张扬生于斯长于斯的唐代诗人唐求，是集山水之灵气于一身的吟咏高才。此地为唐求隐居故梓（唐代称青城县味江镇，现称街子）。相传，唐求每吟一首诗，便将之揉作纸丸，放入随身携带的葫芦，并未敝帚自珍，而是抛入味江中，任由流逝。偶有拾得其葫芦者，见葫芦中三十五首半诗，诧之，故呼之为"一瓢诗人"，流传乡里。至今御龙桥头，尚塑有骑牛挂葫芦的诗人塑像，令人入目不忘，尤生敬意。从罗扬词中可知，唐求才高德厚，却淡泊名利，顺随自然，"清波洗素袍"，甘为白丁，乐寓桑梓。下片"山招邀，树招邀。欲隐山林种绿蕉，红尘烦事消"，在上片的基础上，再度细化诗人乐山乐水的仁者智者的情怀。将山和树拟人化，用它们永恒的魅力召唤诗人，以解脱诗人对唐末乱世的无奈，以遁迹隐居而回归自然的生存方式，来忘却滚滚红尘带来的烦恼。与山水为亲为邻之寥寥数语，把诗人的形象活脱脱跃然纸上。

水调歌头·静好几时有（步苏轼原韵）

杨人杰

静好几时有？抬首问青天。尘寰缠斗千载，未识到何年？每见丛林强食，世上烽烟不熄，黎庶不胜寒。更有大灾害，岁岁袭人间！

历疫患，经洪劫，岂闲眠？不堪乱象，长使心梦久难圆。人有贫穷富贵，国有文经政道，未可概周全。惟愿天人合，万类共婵娟！

【点评】

和平幸福，岁月静好，是从古至今的人们的共同期待和向往。作者抓住这个亘古不变的主题，以《水调歌头》苏东坡原韵写作今人今事，旧瓶新酒，一倾胸臆。作者胸怀广大，以宏观之眼，审视丛林法则的弱肉强食之患。战争、人祸、天灾、瘟疫等，交相肆虐美好人间，历千年到此依然。而受害者是广大的平民百姓，让诗人倍生浩叹。故词之下片，词人痛惜"人有贫穷富贵,国有文经政道,未可概周全",甚为忧怀天下,几近失眠。书生三尺剑,化作一龙泉。诗人心中多么希望治世者能凭借良策,统筹协调,遵天道,合人心,保岁月静好,令国泰民安。其虽步苏东坡原韵,却抒发出迥然不同的家国情感,堪称时代吟咏的强音。其遣词造句,理通情达,语顺音谐,意境宏深,更是扣人心弦。

南广勋点评

南广勋（1948—），网名长堤老树，祖籍河北巨鹿县，居北京。中华诗词学会散曲工作委员会副主任、中国散曲研究会理事、北京诗词学会散曲研究会会长。

〔双调·凌波仙〕吊萧自熙①先生

赵义山

衰残贫病五独全，陋室蜗居百意宽，玲珑曲作千夫羡。负行窝不漏天，舔笔叟磐石剑岚。巴国鹃声细，蜀江月影圆，唤曲魂万水千山。

注：①自熙先生字剑岚，笔名磐石剑岚，别号风光富有翁、不漏天蜗居主人、负行窝先生、舔笔叟，其室名不漏天蜗居。先生病一目，因戏称独眼儿；病一耳，又戏称独耳朵；病一腿，又戏称独脚儿；每饭，一人食，又戏称独食客；常年一人，别无伴侣，又戏称独居叟，因谑称"五独俱全"。

【点评】

萧自熙先生是一位负重前行而又终不改达观天性的散曲家。这在义山兄的注释中即可见一斑。为这样的一位散曲家写吊祭文字，若写得凄凄怨怨反而显得有失风范，我想这也是逝者不愿意看到的。所以，义山兄便调动散曲特有的"俏趣"功能，把深情藏在心中，故作"鼓盆而歌"状。读者结合小注读过此曲后，心中怎能不起戚戚然欲哭无泪之感！结句"巴国鹃声细，蜀江月影圆，唤曲魂万水千山"更是点睛之笔，读者从沉思中被唤回，而坚定地相信先生的"曲魂"不灭，并终将有后继者薪火相传。

〔黄钟·人月圆〕壬辰中秋寄远

赵义山

黄菊丹桂争开放，秋色入帘香。婆娑蟾影，撩人思绪，怎耐清光。（幺）且轻吟慢唱，思鸿来雁往，忆聚短别长。想人生世上，看几回月朗，应频把杯端，频把琴张。

【点评】

"黄菊丹桂争开放，秋色入帘香"，此曲起句寥寥几笔便勾勒出巴蜀秋天的景色特点，扣了"中秋寄远"的主题，来了个"凤头"。接着一溜排比句子，讲述了和友人虽鸿雁来往，却聚短别长的思念，写得简洁利索却又感情饱满，可谓"猪肚"。结句叹人生苦短，若再有机会聚会应"频把杯端，频把琴张"，来了个漂亮的"豹尾"。寄远诗我们虽不陌生，但写得如此真挚多情又不堕入消极伤感的作品，则属上乘之作。我不知道义山兄此曲是寄给谁的，但相信能被义山兄思念的人定然不是等闲之辈。我也学学著烟效仿贾二爷祝福女儿家的样子，向被义山兄思念的人问好：你好幸福啊！

〔双调·折桂令〕贺常箴吾先生散曲集出版

赵义山

散曲又盛骚坛，踵武关卿，告慰遗山。秦晋扶风，黄河结社，当代专刊。业未竟鹤发满眼，曲吟成两鬓先斑。语隽情真，笔键律熟，难老痴顽。

【点评】

我和常箴吾先生曾有几面之缘，他的散曲集出版时我也曾写过一篇祝贺的文字。常先生是山西清徐人，以教书为业。在当初散曲重兴之际，他是走在前面的人，其散曲写得清新淡雅，使得不少人因曲而知道了他。可惜已经好久不见他的作品了。义山兄此曲是"贺曲"，当然要替人说说好话。文中虽也有溢美之词，却写得中肯而不阿谀，行文老到而流畅。好曲！

〔正宫·塞鸿秋〕甲午仲秋登太白山
赵义山
（作品见32页）

【点评】

此曲犹如摇动的摄影机镜头，由远而近层次分明，由终南山"山山翠"到太白山"层层媚"，再到紫云之下"峰峰瑞"，而描绘此处的诗赋更是"篇篇绘"。接着笔锋一扭，写道"前贤才气高，我辈应无愧。曲成妙境仙人醉"，豪气十足并且戛然而止。"曲成妙境"，干净利索又耐人寻味。顺便说一下，此次太白山之行，我曾叨陪义山兄左右，度过了几天美好的时光，留下许多愉快的回忆。

赵勤民点评

赵勤民（1949—　），四川南部人。系四川省作家协会会员，早年从军。毕业于西南师范学院（今西南大学的前身），获法学学士学位。历任南部县委党校常务副校长兼高级讲师，县科协主席，县人大常委会委员。著有诗词集《彷徨行秋吟》《浪游梦诗神》《桃源忆故人》等多部。诗词作品入编《影响当代中国的新千家诗》《国家诗人档案典藏》《中国当代诗坛选藏》等数十部诗词集。

回家之夕

郑大谟

赢得六旬两鬓霜，残灯伴影话衷肠。

风情千种老无分，恰似枯枝对夕阳。

【点评】

这是首抒情七绝。首联出句，用"赢得"很精彩。前人范成大《亲戚小集》"荣华势利输人惯，赢得尊前现在身"；谢逸《送董元达》"归来面皱须眉斑"。而今诗人"赢得六旬两鬓霜"，真的是同病相怜。对句点题，更进一层。"残灯"影下，久别重逢的风烛残年老夫妻在拉家常聊别绪，是喜乎，或悲乎？末联出句，是转折，也是哀鸣。"风情千种"典自柳永《雨霖铃》"便纵有千种风情，更与何人说"。对句，用比喻，将这对老人形容为"枯枝""夕阳"，辛酸之至，无以言表。诗人运用"六旬两鬓霜""残灯""老""枯枝""夕阳"等落寞衰残意象，来营造"回家之夕"的诗思意境，虽言已尽，而意无穷，其酸甜苦辣之味，一切均在不言之中。

伙食难

郑大谟

二人伙食办来艰，九两三餐苣补添。
六十斤煤烧一月，下坛萝卜又无盐。

【点评】

这是首反映诗人当年生活的七绝。他在创作素材上，精选每天必需的红苣、萝卜、煤炭、食盐。同时，巧妙地将"一月""二人""三餐""六十斤""九两"等数量短语，顺手拈来，组成诗句。在写作手法上，不用比、兴，不用对仗，不引典故，全首白描。在语言上，朴实中显自然，平淡中见真情，通篇围绕主题，没有一个废字。是妇女、儿童都能明白的好诗。只有经历过生活艰辛的人，才能品尝出其诗味道来。

蝶恋花·春暮

郑大谟

春来春去可太快，寻遍青山，影子都不在。蝴蝶泄漏春消息，三只两只飞墙外。

须霜鬓白时难再，纵有千金，天涯也莫卖。事儿休把他人怪，强与流光做比赛。

【点评】

这首词妙在有境界。上阕状"无我"之境界，下阕抒"有我"之境界。词人在上阕状景，开篇点题。他笔下的春，既不是"竹外桃花三两枝，春江水暖鸭先知"的早春二月景色，也不是"满园春色关不住，一枝红杏出墙来"的阳春三月风光，而是另一番来无踪，去无影的春暮情景。前三句构思、造句俱新颖，体现了大谟师的诗语从文学境界升华到了哲学意象。随后，词人笔锋一转，通过拟人化的"蝴蝶"来歌颂春暮景色，让"无我"境界达到了高峰。"消息"一典，源自周莘《野泊对月有感》

"欲问行朝近消息"和陈师道《寄外舅郭大夫》"深知报消息，不忍问何如"，也有陈亮《梅花》"欲传春信息"之意。"信息"，即消息。下阕抒情。那时，词人已是"耳顺"之年龄，青春流失，时不我待。"须霜鬓白"，很有陆游《书愤》"镜中衰鬓已先斑"之意。这里用典，与放翁的诗句意境颇相近。但是，词人依然满腔正气。"千金"源自李白《将进酒》"千金散尽还复来"，"天涯"源自吕本中《春晚郊居》"伤心春色在天涯"。在那场史无前例的荡涤国人灵魂的运动中，谁也没能逃脱命运的冲击。当年，词人身在"牛棚"中劳动，并不怨天尤人，还勉励自己一定要与稍纵即逝的时光赛跑。所以，下阕通过"有我"之境界来表达的词人的君子人格和豪言壮语，使整首词达到了新的高度。"流光"语出王安石《岁晚》"岁晚惜流光"。

相见欢

郑大谟

嫣然一笑婵娟，出中天。本是同情入户，照无眠。团圆月，莫残缺，古难全。谢尔今宵怜爱到人间！

【点评】

这首《相见欢》是歌颂月亮的抒情词。月亮在中天嫣然一笑，本有同情心才洒向人间的，却照"我"无眠。愿月常圆，永无残缺，可古今难全！真的感谢月光老人今宵对人间的怜爱。这是多么高尚的人品啊！这首词用语出然朴实。如，"嫣然一笑"，语出宋玉《登徒子好色赋》。"婵娟"，语出苏轼《水调歌头》"但愿人长久，千里共婵娟"。"中天"，语出萧衍《边戍诗》"秋月出中天，远近无偏异"。"照无眠"，语出苏轼《水调歌头》"转朱阁，低绮户，照无眠"。"团圆月"，语出纳兰性德《菩萨蛮》"问君何事轻离别，一年能几团圆月"。"古难全"，语出苏轼《水调歌头》"人有悲欢离合，月有阴晴圆缺，此事古难全"。

虞美人

郑大谟

闲愁幽怨有多少？谁也难知晓。不如痛饮三百杯，人道盛时岂可太灰颓？

孤光自照千秋月，肝胆皆冰雪。能争朝夕老来红，休管秋临夏徂又春冬。

【点评】

这首咏怀词，上阕起句自问自答，十分风趣。既然"闲愁幽怨"不知有多少，那么，不如自斟自饮三百杯！再说，人生哪能活得过于灰颓呢？下阕，直接引名典"孤光自照""千秋""肝胆皆冰雪"，为我所用。最后，自勉自励，用"争朝夕"来做个"老来红"啊！这首词的风格似婉约中略带豪放味。其用典也恰当自然，朴实无华，意境深远。如，"闲愁"，语出李清照《一剪梅》"花自飘零水自流，一种相思，两处闲愁"。"幽怨"，语出晏殊《诉衷情》"不知多少幽怨，和露泣西风"。"饮三百杯"，语出李白《将进酒》"烹羊宰牛且为乐，会须一饮三百杯"。"孤光自照""肝胆皆冰雪"，语出张孝祥《念奴娇·过洞庭》"应念岭表经年，孤光自照，肝胆皆冰雪"。"千秋"，语出杜甫《绝句》"窗含西岭千秋雪"。"争朝夕"，语出毛泽东《满江红·和郭沫若同志》"一万年太久，只争朝夕"。"休管秋临夏徂又春冬"，语出鲁迅《自嘲》"躲进小楼成一统，管他冬夏与春秋"。

卜算子·莫怄气

郑大谟

谁能百岁春？帝乡非吾意。宇宙是一阔舞台，人生在做戏。

得固无所欢，失仍不足虑。事大如天醉亦休，千万莫怄气。

【点评】

上阕以设问开篇，句式新颖活泼，奇思扣人心弦。颇有杜甫《曲江》"人生七十古来稀"，陈师道《东山谒外大父墓》"百年富贵今谁见"之诗意。次句，吐露真情。"帝乡"语出《庄子·天地》"千岁厌世，去而上仙，乘彼白云，至于帝乡"。第三、四句，切中时弊。痛斥在那个特殊的年代里，有些人善于伪装，逢场作戏，捞取政治资本和经济利益。"宇宙"语出汪元量《金陵》"宇宙新秋雁北来"。下阕前两句，是受陈师道《示三子》"去远即相忘，归近不可忍"诗句的启发而来的。"无所欢"，跟陆游《十月十四夜月终夜如昼》"人间苦无欢"相似。第三句，"醉亦休"，与饶节《戏汪信民教授》"老夫醉著呼不醒"一脉相承。末句点题，后应前呼。这首词，用典贴切，恰到好处。而语言质朴平实，淡雅自然，如同与友人品茶谈心。其情感浑厚，意境深远。

鹧鸪天·梦游草堂
郑大谟

锦官城外漫寻芳，万里桥西一草堂。四十年前旧游地，半枕清梦重徜徉。

读"三别"，泪两行，名垂宇宙岂文章？此生何日瞻圣殿，醒时神仍浣溪旁。

【点评】

此词是依托梦魂记游的抒情词。上阕记梦游。"锦官城外""万里桥西"的杜甫草堂，是词人在大学生时代常游的圣地。"四十年前旧游地"，如今仅是"半枕清梦"而已。下阕抒情。以"读三别""泪两行"的对仗诗语，来勾起对诗圣的崇拜之情。此生还能瞻仰草堂"圣殿"吗？如此感叹，梦游归来，神思依然在浣花溪旁徜徉。这首词自然朴实的诗语，虽戛然而止，但意境却永无穷尽。词中用典恰当、贴切，增强了作品的艺术感染力。如，"锦官城"，语出杜甫《蜀相》"锦官城外柏森森"。"寻芳"，语出朱熹《春日》"胜日寻芳泗水滨"。"万里桥西一草堂"，直接引用杜甫《狂夫》诗名句。"名垂宇宙岂文章"，典化杜甫《旅夜书怀》"名岂文章著"。

水调歌头·月下散步兼怀"能福"

郑大谟

庭中小散步，头上照孤轮。竹影婆娑在地，窗间乱月明。正欲拈笔作简，纵有风情万种，方寸总纷纭。憎天虚生吾，何事多离情。

抚树干，观山静，听蛩吟。婵娟千里此时，相望不相闻。随心唱和夫妇，言笑绕膝儿女，于我如浮云。嫦娥怜远客，夜夜入梦魂。

【点评】

这首咏怀词，是典型的婉约风格。上阕叙词人漫步庭中时，一轮明月，竹影婆娑，窗间乱月。欲"拈笔作简"，虽风情万千，却方寸纷纭。叹天既生我，为何赐这"多离情"？无可奈何啊！下阕说，词人抚摸树干，观夜山静，细听蛩吟。此时虽千里婵娟与共，可相望不可闻。纵有夫妇随心唱和，儿女绕膝言笑，于"我"有何关系？浮云而已！皓月怜悯人，仅能入梦来。其景其情，只有天知地识啊！众多典故的运用及古诗词的化用，为这首词增光添彩。"散步"，语出韦应物《秋夜寄丘二十二员外》"怀君属秋夜，散步咏凉天"。"窗间乱月明"，化用戎昱《旅次寄湖南张郎中》"寒江近户漫流声，竹影临窗乱月明"。"纵有风情万种"，自柳永《雨霖铃》"便纵有千种风情，更与何人说"典化而来。"何事多离情"，化用陆龟蒙《古别离》"何事离情畏明发，一心唯恨汝南鸡"。"听蛩吟"，化用杨万里《蛩声》"细听蛩声元自乐，人愁却道是他愁"。"婵娟千里"，典自苏轼《水调歌头》"但愿人长久，千里共婵娟"。"此时""相望不相闻"，语出张若虚《春江花月夜》"此时相望不相闻，愿逐月华流照君"。"于我如浮云"，语自《论语·述而》"不义而富且贵，于我如浮云"。"怜远客"，语出徐灿《唐多令·感怀》"寒月多情怜远客"。

孙和平点评

孙和平（1950— ），开江县普安镇人。现任四川省诗词协会会长。曾为下乡知青，修襄渝铁路，做代课教师、县文化馆辅导人员。毕业于西南师院（今西南大学前身）中文系，结业于上海师范大学现代文学研究生班。先后任教于达县师范高等专科学校（今四川文理学院）、四川行政学院、四川省委党校。担任四川省社科院客家研究中心工作。

餐厅四川打工妹

李维嘉

靓装侍女倍殷勤，素手香茶奉远宾。
忽听乡音惹乡思，蜀山何日可疗贫。

【点评】

1995年李老写于海口的七言绝句组诗"海南岛杂诗"之一的这首诗中，"打工妹"这一符号化诗歌意象出现了。我顿时感到，这是当代改革开放前沿的一个特定符号，被李老敏锐捕地捉到手，显示了老革命兼诗人所特具的敏锐眼力、特别深刻的美学意识。我想，"打工妹"这一信息符号，出现在当今诗词吟哦之中，或可是首次吧？"打工妹"，这是诗词艺术的一个当代定格，也是具有特定内涵的一个历史定格。是的，如果说中华诗词是一个艺术审美的符号识别系统，那么，唐诗中的符号化诗歌意象、意境，无不具有鲜明的时代特色、历史蕴含。随手拈来，比如边塞、捣衣（女）等，不就是特定历史内涵的记录和承载？不就是那一时代的某一历史定格？对"打工妹"这一符号的诗情表达以及诗思演绎，比如地处四川内地极其封闭落后的农村川妹子，远走天涯，怎么"靓装"了？怎么"素手香茶"了？让我们感受到了社会环境变革下的社会进步，以及历史的演化和演进。而最后的"蜀山何日可疗贫"一句，作为该诗的点睛之笔，更是对当今社会问题、社会责任以及历史使命的一个时代追问。

河西道中
何郝炬

河西千里走如飞，雾锁祁连风劲吹。
未洗尘沙先进酒，凉州古郡夜光杯。

【点评】

在那个千里征战、出生入死的烽火年代，当来到祁连山下，河西走廊，作为一个投笔从戎的青年战士，面对凉州古郡那特有的自然人文环境，自然会流露出一种西北边塞的大唐诗意情怀。"葡萄美酒夜光杯，欲饮琵琶马上催"……试想，诗人的激情想象中，可能首先跳出来的诗句便是"未洗尘沙先进酒"。然而就是这么一句，已经足够，所谓神完气足是也。至于前后的另外几句，或交代，或陈述；亦铺垫，亦烘托；是补充，是暗示，一首诗，就这么一气呵成，完美收官。全诗所传输的文化情怀，所赋予的苍古背景，为读者的想象和感受提供了诸多空间，而根本一点，就是一个战士的战斗气质和精神风采，在诗人的笔下得到了深挚的描摹和微妙的演绎。联系唐代产生并形成的边塞诗派，写西北边塞、写千年征伐，恰是当代戍边战士的绝好精神寄寓，更是当代青年励志的绝佳载体。"醉卧沙场君莫笑，古来征战几人回？"这等经典意境，这等浸透骨髓的苍凉、伟岸、沉雄，无疑会唤起世世代代读者的共鸣。《河西道中》一诗的写就，便是西北边塞千年历史的一个呼唤，一个关照，印记尤深，感慨至深。无怪当今时代，大西北会产生一个颇具影响力的"新边塞诗派"。由此而言，当代吟咏大西北的诗人，像何郝炬，还有诸多后之来者，如星汉，一定不是少数，更不是个别，我于是想到，这一批诗人以及他们的诗词，方兴未艾，将来必定蔚然可观。但愿我的这个判断不至于太过离谱吧。

晨 读

陶武先

破晓天边白，推窗室内凉。
心痴书有味，意会笔生香。

【点评】

读书破晓，推窗而望，不由胸襟为之一振，油然而生吟咏之情性，云："心痴书有味，意会笔生香。"陶武先的这首五言绝句《晨读》，令人眼睛一亮。破晓，而至于天边发白；阳光入户，而至于感到身凉。哈，坐得太久了，太专注了，读书人兴会淋漓如此。由此可见，诗的小中见大，凝练深致，丰富含蓄，尽都有了。如此绝好佳句，活生生就在目前，就在当下。唐诗人王勃在《赠李十四四首》其四中，有过"直当花院里，书斋望晓开"的吟咏。宋代诗人六一居士所云："至哉天下乐，终日在书案"，也道出了包括阅读在内的书斋气息。前后联系起来，活画出中华文化的一个特具价值的符号——书斋。如果说，王勃诗句铺写了读书的优雅场景及和怡心境，那么，当代陶武先《晨读》则是以其神来之笔，精微揭示了读写生活所达到的一种内在的、精深的境界。唯其心痴，书更有味。同样，意会淋漓，笔下尤其生香。当代著名诗家周啸天有云：书读到哪个分上，就写到哪个分上。不啻是此诗创作的一个诠释，一个注脚。如此精妙佳句，人人心中有、个个笔下无。其精妙抒写，让我等读者心领神会，神完意足。它出于当代蜀诗，应是千年蜀诗累积沉淀既久而后的一次薄发，可喜可贺。

退休杂咏录一

章继肃

日日桐荫看下棋，世情都向局中窥。
瞻前攻后随机变，惴惴小心方出奇。

【点评】

写旁观下棋，道出了退休后心情的闲适愉悦，表现出生活的散淡、静好和从容。"世情都向局中窥"，此乃诗的着眼点，小中见大，由此及彼，蕴藉深厚。诗中有了这样的句子，整首诗也就一下立起来了。至于棋局中瞻前攻后的攻略心机、惴惴小心的运作神态，无不是生动传神的勾勒，言近旨远的烘托。这一类文字，看似不经意，却是非深厚文字功力、文化功力而不能为也。这让我们想起了苏轼提出的"文人书画"之说，诗词何尝不是如此。此诗一开始便设定观棋的具体场景，是在"桐荫"之下。看似不经意，但中国文字具有符号意义，如"桐荫"二字，就会让我们感觉到某种仙风道骨之意境神韵。中国文字的神奇魅力就在于此，自古以来，诗家深谙此道，使用起来，传神写照，妙不可言。

览六十年前旧照

雍国泰

（作品见 59 页）

【点评】

作者作为老川大历史系毕业的学生，因为中辍研究生学业，因为历次政治运动的打击伤害，因为青春逝去，垂垂老矣，他咏史，表达的不是暮气、怨气，而是老骥伏枥的不甘心，不服气。这，应是诗中"青年负气"的最恰当的注脚。由此可见，"负气"之"气"者，青年才俊之才气也，壮志凌云之浩气也。诗中以先帝三顾茅庐之历史典故，反证一代学人的青年负气，可谓抚今追昔，自然而然，谁也不感到勉强，谁也不认为狂妄。为什么？诗中传输了一股昂扬的血性，洋溢着一种英雄的豪迈，为国效力，肝胆赤诚，此心可鉴。由此看来，"负气"一词之精当，之豪壮高迈，之内涵深厚，断不在当年诸葛亮青春风华之下。全诗的绝妙即在于此，令人不禁拍案叫绝。

故乡行

李洪仁

村中又听杜鹃声，犹忆当年初启程。
此去关山永难忘，父兄送别那番情。

【点评】

一首质朴的诗，吟诵起来，就像娓娓道来的话语一样平易、平白，又像泥土一样质朴、本真，那么，我们会被这平易和质朴所打动，从而唤起乡土的、乡愁似的情感，久久不能平息。此诗带给我们一种唯大自然才有的天籁之音韵，"村中又听杜鹃声""父兄送别那番情"，朴实中见自然，优美中得天成，韵律得来全不费工夫。构思方面，首句的写景，多少带有比兴的意味，与结句"父兄送别那番情"首尾照应，美化了也强化了诗的温度与深度，如今讲不忘初心，父兄当年的那番情不就是初心之所在吗？

打工竹枝词

佚 名

送别情哥去打工，妹儿把犁田当中。
吆牛歇气又在想，哪片云下是广东？

【点评】

好一首当代竹枝词，抒情主人公的个性、生活气息、时代感等，尽在其中。精彩之笔，在于最末一句的自言自语，自问自答，可她怎么答得上来？谁又答得上来？这一问，问得人心事迷茫，无限惆怅。全诗的艺术容量不小，分析起来，至少在以下三方面，引发了读者的感受和思索。一是泼辣的劳动者个性、巾帼之气；不无当代乡村特色的诸如女人进行耕田之类的男性化劳动及其技艺的娴熟老练。男女大都出去打工，不少女性担当了既是女人又是男人的双重角色。二是少女的清纯质朴，爱的纯洁专一，对爱情幸福的憧憬、怀想乃至于陶醉，该诗都给出了生动鲜明的描述和揭示。三是当代性的社会生存。广大山区、农村，基本处于农耕生产生活的状态，人们普遍读书不多，对外面的世界缺乏了解，即使走出大山，出门打工，也仅仅是作为普通劳工而存在，对世界的认知十分有限，并没有真正融入当今社会。其观念意识、文化素质还未达到同时代人所具有的高度。诗的本身，是对中国传统诗词别离主题的时代性抒写。与唐诗折柳相送、凝妆登楼的意境相比，可谓某种程度上的"翻新"，这也是本诗的最大艺术亮点。

退休老太婆

佚　名

刷卡享公阁，专耍农家乐。
休闲打麻将，一盘打五角，
赢了不开腔，输了尽到说。
上车还在吵，下车又在约。

【点评】

这是休闲之都的成都地区出现的一首民间顺口溜。通过对都市退休老人休闲生活的细致观察，捕捉和提取若干富有表现力、颇带喜剧性的场景、情节和细节，选取平实但特具方言特色的语言，不动声色地叙述即能让人物性格、面貌跃然纸上，活灵活现，读之而忍俊不禁，快意融融。该顺口溜充满生活气息，活画出部分成都市民退休后的生活场景，以及他们的享乐化倾向。这是一种当代性的社会生活真实。文字后面的作者，可能是抱着虽嘲笑但又不无欣赏的态度，津津乐道。这也是一种真实，一种艺术本身的真实。真实成就了文学的认识价值和艺术价值，并在很大的意义上决定艺术的不朽。

钟振振点评

钟振振（1950— ），南京人。现任南京师范大学古文献整理研究所所长，教授，博士生导师。兼任国家留学基金委"外国学者中华文化研究奖学金"指导教授，中国韵文学会会长，中华诗词学会顾问等。

叱 犊

郭定乾

叱犊梯田闹五更，四蹄双足共兼程。
一鞭喝醒东山日，好替凉蟾照晓耕。

【点评】

诗写农家耕田时节辛劳忙碌，却充满豪情。"一鞭喝醒东山日"，何其壮哉！鞭喝者，本叱牛犊，不容其偷懒。实话实说，便少诗味，于是便发奇想，偏说要"喝醒"太阳，替换月亮（"凉蟾"即冷月。传说月中有蟾蜍，故诗词中习以"蟾"为月之代名词），为"晓耕"照明，则诗趣盎然矣。"叱""闹""喝"相照应，"犊""田""耕"相照应，"五更""日""凉蟾""晓"相照应，针线细密。"四蹄"，耕牛也；"双足"，耕田之人也。亦相映成趣。

临邛吊古（五首其四）

杨启宇

停车问井访临邛，古迹犹存闹市中。
漫说文章冠两汉，输她裙色石榴红。

【点评】

　话说汉代大文豪司马相如携卓文君私奔，曾在临邛开过小酒吧，文君当垆卖酒（今所谓站吧台是也），借色相招徕顾客。以今例古，想必生意兴隆。今之观光客到此一游，百分之九十九点九九乃"粉"文君，慕相如文章大名者能有几人哉？"漫说文章冠两汉，输她裙色石榴红"，吾未见好文如好色者也，可发一叹。

谭顺统点评

谭顺统（1950—　　），四川开江县人。中华诗词学会会员、四川省诗词协会会员。著有《洗诗明月湖》等。

农民工纪实二首

孙和平

长年工地砌高楼，家在心中空自留。
夙夜霜天人不寐，施工架下月如钩。

廿年今日又还乡，屋厦将倾蒿草长。
收拾从头人笑我，青峰补缺作山墙。

【点评】

第一首诗写一位农民工，"长年工地砌高楼，家在心中空自留"。夙夜霜天，辗转不寐，只见施工架下，明月如钩……读这首诗，一下想到了李白的《静夜思》。二者的意象、意境发生了巧妙的接续，犹似电影的蒙太奇手法，推近推远，化出化入。如此今古对应关系，正应了诗词家啸天先生的一个著名说法："书写当下，接续传统，自成风格。"好一个"钩"字，究竟是半轮明月，还是思乡之心的那一半思念妻室儿女、父母老人的心？由此不禁让人顿生寒意，叹息不已。实实在在手砌的广厦千间，转眄间幻化成遥远的空自留存的家乡，茅屋乎？瓦屋乎？至于妻室儿女，父母老人，自是如影似幻，似有若无。呜呼，明月清辉水一般的平静，反倒强化了对月思乡之情的内在烈度与深度。较之李白的床前明月、峨眉山月以至杜甫的鄜州夜月，今之"施工架下"之月，其诗意境界的象征意义、符号韵味，被赋予了一种当代意义的表达，值得体会。除此之外，也许还有一丝淡淡的忧伤之美，隐隐掠过心头。中华诗词就是这样，温柔敦厚，在沉静中显示其审美价值和意义。

第二首诗写农民工返乡，收拾从头，再建家园。其创业意蕴，自不待言。多年在外，时代变了，人也变了。面对颓圮不堪的家园，竟优雅地吟出"青峰补缺作山墙"这般文绉绉的诗句。而这句，本来是从"青山正补墙头缺"的古诗化出来的，而且也是唯传统文人才有的山水田园的诗情兴致。诗意栖居，诗意情怀，这是农民的精神品质的改变和提升。此诗为证耳。

下广东

孙和平

生生世世不堪穷，洒泪乡关下广东。
罚款因无居住证，加班但有月华宫。
打拼终悟天和地，创业须追事与功。
家国百年圆梦日，新城崛起木棉红。

【点评】

改革开放后，农民工千里赴沿海打工，这是四川继明清时期"湖广填川"以后最大规模的人口流动，备受社会关注。此诗写得冷峻而沉重，但能从压抑中跳脱出来，展示一种昂扬奋发的境界。首联直入主题，写打工者不堪贫穷，背井离乡，南下广东。"洒泪乡关"，依依惜别，其情其境，可谓揪心。颔联紧承"下广东"打工展开，具体叙写漂泊他乡之酸苦和辛劳。颈联由叙转议，指出"打工族"通过打拼，更新了观念，开阔了视野，终于明白自身价值之去向，识得悠悠天地之广阔，并指出，只有不甘平庸，艰苦创业，才能获得事业之辉煌。此联非常重要，使诗歌主题得到了升华。尾联笔锋回转，首尾照应，展示出一幅鲜活的画面。不负盛世，梦圆今朝，城市因"打工族"的付出而美丽，祖国因"打工族"的付出而富强。"新城崛起木棉红"，以景作结，余味绵绵，颇耐咀嚼。此诗题目大，选材并无特别之处，但接地气，充满历史感。且立意高，格调雅，结构严谨，诗脉清晰，用语流畅，格律工稳。

知青记忆

孙和平

半是青山半是花，弯弯小路半岩遮。
宽云窄雨耕耘事，小白长红雪月家。
心苦乡村多困厄，气追家国少繁华。
一蓑烟雨归来后，旋点青灯读早霞。

【点评】

　　诗歌追忆50年前的"知青"生涯，往事如烟，却又历历在目。开篇即景，烘托气氛，描写当年居处"半是青山半是花"，一条弯弯曲曲的小路蜿蜒于山崖深处。颔联承写当年农耕生活，"宽云窄雨"，颇有些许闲适味。"小白长红"，语出李贺《南园》。家居此中，自见浪漫。此联虽用典，却运笔从容，恰到好处。颈联笔转议论，生发感慨，写当年乡村生活虽多酸苦，却也心系现实，忧国忧民，情怀可见。作者非苟且平庸之人，青葱年华虽无学可上，但书不能不读，气也绝不能泄。相信来日，文化知识必定助自己大有作为。诗人于困厄中不坠青云之志，陡然奋起，"一蓑烟雨归来后，旋点青灯读早霞"，尾联更为全诗增添了一抹亮色，使诗的格调得到了进一步升华。"知青"题材，过去多写得沉重，郁闷，而此作不落窠臼，独辟蹊径，写得轻松还带些许浪漫。全诗感情饱满，气韵丰厚，架构稳健，笔风朴实，特别是收结新颖，含蓄耐品。

罗杉点评

罗杉（1952—　），四川南部县千秋乡人。资深编辑，记者，作家，中国作家协会会员，已在《中国作家》《诗刊》《青海湖》《作品》《星星》《广西文学》等刊物上发表中短篇小说及诗作若干。自2008年倾心释、道，亲证妙谛。在多处如来道场化名留有碑文、楹联。现从业于川北一方志编辑室。

新　月

郑大谟

天上微微月，户外淡淡风。
山形明暗下，树影有无中。
岁大休悲老，囊空不叹穷。
团圆当自足，何惧缺如弓。

【点评】

郑大谟先生最有代表性以及郑诗存在的意义在于诗人以切身感受，以血泪之思，以看似一些细小的琐事或寻常小景，艺术地再现了特定年代一位底层知识分子的切肤之痛，再现了特定年代真实的底层社会生态，留给后世一个值得尊重的文本。这首《新月》，虽然也嗟叹岁大、囊空、月缺，但却是郑诗中极少有的表现了色空不异、圆缺无异的充满智慧的哲理之作。我甚至感到，新月，即诗人自况，即诗人之新、诗人之月，诗人对人生的翻页。诚如是，真乃诗人晚岁之万幸也！那么，为月色浸润，为晚风吹拂的诗人，还有什么慨叹的呢？

食　鸡

郑大谟

备战备荒肉食稀，一家大小座围齐。
三杯淡白高粱酒，两碗红烧芋子鸡。

为己贪多愚手足，互相劝食老夫妻。

孙玲爱啃双肥肋，说比头胸好吃些。

【点评】

为什么你直视的是一餐之食？是贫贱之妻，是可怜可爱的孩童，而不是一枚月亮、一粒星星？不是一株果树，不是被风雨遗弃的一只细鸟？最好的年华已经结束？小镇的秋夜，见不到一根芦笛。一碗芋子，让你说尽了岁月苦乐；两杯白酒，岂止是你一声浩叹！

梦醒口占

郑大谟

上课恍如昨，改文兴亦豪。

事与愿违久，空有梦魂劳。

【点评】

如果说表现在郑诗中为诗人多次用作意象的油盐柴米，是用以表现日子之窘迫，之令人同悲同伤，而这首文字上无柴无米的《梦醒口占》，更是希望的饥渴之作，心灵的断炊之作。20个字，字字如呼如喊，强烈地表达了一个有良心的知识分子最微小也是最普通的愿望：工作。但是，留待诗人的是樊篱紧锁，是唯魂唯梦！目光在睡梦中明亮，目光在明亮中闭目。这是何等的无奈，何等的苦痛！

远　望

郑大谟

池树清如洗，远山翠欲流。

夕阳天外落，好景古树头。

【点评】

近景：池树；远景：远山。近景远景，虽实而虚，寓意在被夕阳染红的古树。诗人啊，这个黄昏，你看到的没有利如刀剑的荆棘，披红着绿的山山水水，没有暴躁的芬芳，远方是遒劲的松柏，脚下到处都埋藏着珍珠与金子。

崔兆全点评

崔兆全（1953— ），字瑞安，号剑门山人，四川剑阁县人。中华诗词学会会员，四川省诗词协会会员，四川省作家协会会员。作品发表于《中华诗词》《岷峨诗稿》等刊物及网站。

秋 声

刘道平

来去影无踪，秋宵动怒容。
狂吹无所忌，我当耳边风。

【点评】

秋声，即秋风。它一路呼啸，"来去影无踪"，无所顾忌。夜深时，其声更大，如似"动怒"，令人毛骨悚然。结合诗人多年的从政经历，此诗之立意多半在于借"秋声"抨击一种不良社会现象。殊不知，社会上某些人一度也像这"秋声"一样，经常活跃在夜间，于酒席上声称他们有"特殊背景"，背后有"特殊人物"，能让你"平步青云"或"一夜暴富"，拉大旗作虎皮，到处捞取"好处"，来无影，去无踪。你若不如他所愿，他还会对你"动怒"。遇到这种人怎么办呢？诗人也指明了方法。首先，不要相信。要识破这种人是在"狂吹"，是在骗人。诗人多年从政，秉性刚正不阿，厌恶攀龙附凤，这种雕虫小技瞒不过他的"火眼金睛"。其次，不要上当。把这种人的话当成"耳边风"，不要放在心上，从而使其无机可乘。古人吟"秋声"的诗词很多，大多是"悲秋"的消沉之作，但诗人这首《秋声》则另辟蹊径，从针砭时弊入手，积极向上，让人耳目一新。作品体现了诗人一贯的创作风格，那就是辛辣、深刻、新颖、妙趣、耐品，堪称警世之佳作。

落　木

刘道平

亭亭春入盆，惨惨对秋音。

叶去成光杆，雨来抹泪痕。

自由当守线，成长要留心。

不顾千山绿，岂能独善身！

【点评】

落木，即落叶乔木。杜甫《登高》有语："无边落木萧萧下。"不难看出，这首诗写"落木"，带有讽喻之味。首联，写春天碧绿入盆，面对秋风而悲惨地凋零。颔联续说何悲之有？枝繁叶茂已成过去，叶尽而成"光杆"。颈联转为议论，似乎作者在告诉"落木"：追求成长自由一定要守住最基本的底线，风华正茂之时，春风得意，但因为生长的环境决定了其根须难越盆界，所以其荣枯必合时节。世上从来没有绝对之自由，一切皆有约束。尾联更是发人深省：如果一味利己而不顾大局，没有了"满园春色"，又哪来的"独善其身"呢？唯有把个体融于整体之中，方有个体之功成和风流。此诗，乃诗人警世系列之一，想象空间诸多。

游浣花公园

刘道平

人游浣花滨，尽着薄裳行。

云壁交红运，斜阳动晚晴。

鱼棹空江月，山鸣悠树莺。

纵然将小暑，步步见清星。

【点评】

诗歌语言清新，一气呵成，寓意深刻。首联，浣花公园是一个值得游览的地方，因为这里不仅风光秀丽，还是一个有故事的地方。游人着"薄裳"，说明是夏日游。不直言季节，而让读者明了，高手也。颔联，夕阳穿透云层，满天通红，一片壮丽景色。但好景不长，随着夜色的降临，眼前的一切很快就从人们的视野中消失了。"交红运"，一语双关，妙不可言。既指眼前的景色，也寓指一些人青云直上，在仕途上"交红运"，但晚节不保，没有行稳致远，从天上回到了人间，令人感叹不已。颈联，诗人由实到虚，由近到远，由现象到本质，抒发人生之真谛。鱼儿喜欢清江之月，莺儿喜欢幽静的山林；干部要在风清气正的环境中，才能健康成长。一些人的辉煌与沉沦，不正说明了这个道理吗？尾联，首尾照应，全篇作结。既说明，快到小暑，天气将越来越热；也说明，诗人从白天游到晚上，看见天上的"清星"了。"清星"，点睛之笔，寓指人品性格，亦似告诫为官者，每行一步都要在这方面下功夫，不忘初心，牢记使命。话虽止，而味无穷。

赵义山点评

赵义山（1953—　），南部县人。现任四川师范大学（中国语言文学学科）首席教授、博士生导师，兼任中国韵文学会副会长、中国散曲研究会会长、四川省文史研究馆馆员。为四川省天府学者首批特聘教授、四川省学术技术带头人、四川省高校教学名师、国务院特殊津贴专家。曾任西华师范大学文学院院长、北京师范大学兼职教授、博士生导师。著有《元散曲通论》《明清散曲史》《中国分体文学史》《斜出斋韵语》等。

沅陵夜宿

郑临川

辞家第一程，径向山城宿。孤馆夜灯昏，时闻风雨骤。辗转不成寐，飘零伤幽独。何处起悲歌？哀音协丝竹。隔墙游学人，奏此流亡曲。同客天之涯，中原胡马逐。百感交胸臆，前尘屡回顾。髫龄寄枉川，长身事教育。移芝两岁余，桃李满园馥。国运方蜩螗，艰虞四海蹙。谆谆诚诸生，誓挽狂澜局。铁鸟横空来，烧杀鬼神哭。连连六七朝，疮痍纷满目。缘兹罢讲席，绝弦无复续。暂为劳燕分，俱作潜龙伏。今我西南行，相期骋骥骤。尝胆复卧薪，霸越十年足。岂倚半壁安，翻忘九州覆？乡关日以遥，归梦阻崖谷。

【点评】

临川师于1938年考取西南联大中文系，此诗乃辞别家乡湖南常德赴云南昆明而初宿沅陵之作。处于烽火连天的抗战岁月，别家远行，在"辞家第一程"的当夜，其离乡之悲，羁旅之愁，时代之恸，国运之危，种种愁思悲恨，汇聚成一首万方多难时代中的离乱悲歌，带有鲜明的时代印记。诗歌开篇六句叙事，写夜宿山城沅陵，面对孤馆昏灯、风雨骤至而辗转伤怀的情景，其飘零他乡的孤独之感自然带出，此以事汇景，而景中融情。次六句接写夜闻流亡悲歌，丝竹哀音，触动"同是天涯沦落人"的悲感。复次六句在"百感"交集中，回顾自己高中辍学（因参加学运被开除）后执鞭中小学时之情景。接着"国运方蜩螗"四句转折过渡，由对诸生"誓挽狂澜局"的"谆谆诫勉"，转向"铁鸟横空来，烧杀鬼神哭"等战乱惨况的悲痛书写，但没有绝望的哀鸣，却有"暂为劳燕分，俱作潜龙伏""尝胆复卧薪，霸越十年足"的复仇期待，借越王勾践卧薪尝胆之事，张民族大义，扬英雄精神。纵览古代离别羁旅的五言古风，能在别恨乡愁中融入如此民族大义、家国情怀者不多，或许从杜甫《自京赴奉先县咏怀五百字》《北征》等诗中，我们可以领略到这种家国悲情，这，便是诗人的道德良心。与杜诗《自京赴奉先县咏怀五百字》和《北征》一样，其押韵也多用低沉而难以传响的入声字，仿佛一怀豪气，满腹悲愁，幽咽沉雄，盘旋内转。总之，此诗有高格，有远怀，有风骨，有时代感，是不可多得的五言歌行体佳篇。

国殇行悼吴子玉将军

郑临川

报载吴将军拒受伪职，为日人戕害，壮其威武不屈，晚节可风，赋诗致悼。

将军将军胡竟死，威武不屈好男子。当年图霸绍齐桓，牛耳之盟竟后先。南北纵横气盖世，文韬武略至今传。虎战龙争终折戟，项羽天亡亦人力。息影都门悟禅机，暗鸣叱咤空陈迹。清风两袖故儒生，成败何妨旧令名。奉皖余子俱沉寂，独留壮节垂丹青，浮云世事今来变，极目神州狐鼠遍。烽火芦沟战血殷，人声愤起偕亡怨。重陷东南半壁分，断鳌立极仗群伦。西山衔石①名亏实，遗臭张刘②有后身。耻为虎伥绝强虏，春秋大义自齐鲁。心存皇汉身番营，北海吞毡一样苦。岁晚霜严识劲松，将军出处天下崇。遥怜家祭叮咛语，应似当年陆放翁。如此英雄赍志殁，国仇必报子孙接。三军指日向扶桑，椒酒黄龙再奠设。呜呼！招魂南国怅如何，为唱文山正气歌。

注：①西山衔石，斥汪精卫。②张刘，指南宋汉奸张邦昌、刘豫。

【点评】

此诗所悼之吴佩孚（字子玉）将军，是在20世纪初北洋政府时代叱咤风云的人物。每至国难当头、民族危亡之时，吴将军总有豪侠义举为国人称道。1919年五四运动时期，吴氏反对"巴黎和约"，支持学生运动，曾通电大总统徐世昌释放被捕学生，称赞学生们不顾性命，前仆后继，完全是为国家民族，"其心可悯，其志可嘉"；当直、皖军阀混战之际，吴氏主张和平统一，于1920年6月建议召开国民大会解决南北纷争；1923年，北京政府拟拆掉故宫三大殿改建西式议院，吴氏立即通电大总统、总理等，称故宫三殿不独为中国奇迹，实世界百国瑰宝，当予保护；1935年12月，日本侵略者为分裂中国而搞"华北五省自治"，欲借吴佩孚人望聘请其当傀儡顾问，他拒不受命，此诗小序谓其"晚节可风"，即指此。与众多贪权敛财之军阀相比，吴氏实为中华民族一豪侠节义之士。惜其于1939年12月因牙病，竟遭日医毒手而辞世。为彰显其气节，当局在1940年1月曾为其举行追悼大会，蒋介石亲临致祭并送挽联一副："落日睹孤城，百折不回完壮志；大风思猛士，万方多难惜斯人。"临川诗此诗，当作于子玉将军遇害、举国哀悼之时。诗人赞扬吴氏在军阀混战之际"南北纵横"的英雄豪气和"文韬武略"的全才，仰慕其"清风两袖"的廉洁自守和"岁晚霜严"时的"劲松"品格。诗中多用映衬笔法，如既以"奉皖余子俱沉寂"，反衬吴氏"独留壮节垂丹青"的高尚；再以南宋汉奸张邦昌、刘豫以及当时汪精卫等人的卖国求荣，反衬吴氏的持节自守；复以书写《正气歌》之民族英雄文天祥为存民族气节的视死如归，映衬吴氏的大义凛然；还联想到项羽英雄盖世而功败垂成的落寞晚景，感慨吴氏壮志未酬的苍凉遗恨；更期待吴氏后人，能念及乃翁像陆游临终时"王师北定中原日，家祭无忘告乃翁"那样的期待，必报国仇家恨，如此等等，皆使诗歌的内容与情感格外丰富，充满着一种激励人心、鼓舞斗志的振拔豪情。所以，此篇七言歌行，并非悼亡悲吟，而是爱国壮歌！诗中所展示的家国情怀和高远抱负，不啻为那一时代热血青年刚勇精神的象征。

春暮杂题依少陵韵（四首录二）

郑临川

亲朋遥不见，花落倍思君。
夙抱澄清志，难同鸟兽群。
时危思奋翼，气壮欲凌云。
脱颖知何日，勋名天下闻。

三军犹讨贼，战骨委泥沙。
国土殊难复，征程未有涯。
同仇指落日，跂足望京华。
痛下哀时泪，流亡亿万家。

【点评】

此组诗原有多首，当作于1940年前后诗人在昆明西南联大求学期间的一个暮春。题中所云"少陵韵"，即杜甫大历二年（767）暮春在夔州所作《暮春题瀼西新赁草屋五首》，此二首所依之韵，分别为杜诗五首中之二和之四。杜诗作于漂泊羁旅、老病孤愁的晚年，诗中不免流露出"养拙""全生"的落寞情怀，以及"丧乱丹心破"的失望情绪。郑诗则一反其意，表现的是欲奋发有为的壮志豪情，继承的是杜甫早年"穷年忧黎元，叹息肠内热"的忧国忧民之怀和慷慨激越之情。第一首中"花落"照应题中"春暮"，但内容却非伤春，而是"思君""哀时"。第二首的"跂足望京华"，即照应着第一首的"花落倍思君"，希望有为国效力的机会。第二首的"痛下哀时泪"则照应着第一首的"时危思奋翼"，是对"流亡亿万家"的悯忧。正是基于忧国忧民的情怀，使诗人具有了"夙抱澄清志""气壮欲凌云"的高怀远志，有"脱颖知何日，勋名天下闻"的迫切的建功立业期待。八十年前的诗作，至今读来，仍可感受到诗人那一颗跳动着的忧国忧民的雄心，那一怀欲奋发有为的凌云壮志！不仅其情怀心志一如老杜，而两诗造语之凝练、对仗之精工、韵律之妥帖，也仿佛一如杜诗字字敲打过来，耐人玩味。

病中闻蝉

郑临川

同向天涯抱病深，怜君相唤有知音。
碧梧老去歌空在，黄叶飞残恨不禁。
自以超行矢素志，漫将摇落怨霜林。
汉宫一曲情弥重，长系骚人万古心。

【点评】

此诗以比兴手法，书人生悲感，为诗人早年在西南联大毕业后辗转漂泊蜀中时所作。首联将秋蝉的嘶鸣想象为病人的呻吟，并将其引为天涯飘零的知己，这便写出世无知己的沦落悲感；颔联"碧梧""黄叶"二句，慨叹碧梧秋老、黄叶纷飞，秋蝉失去依傍，空留下悲歌哀恨，实则借以感叹自己的漂泊无依、悲恨弥怀；颈联"自以超行矢素志，漫将摇落怨霜林"，其字面仿佛说，秋蝉自己操行一贯，抱定碧梧，矢志不改，所以，也就怨不得冰霜摧残、梧叶凋谢而落得飘零无依了，实则慨叹自己品行端直、为世所不容；尾联"汉宫一曲情弥重，长系骚人万古心"，用中唐诗人徐凝《汉宫曲》诗意，借前人的失意沦落，既哀悯秋蝉，又感伤自我。全诗将人与蝉巧妙关合，以蝉之不幸衬人之沦落，把一怀落寞悲感表现得格外感人，但又哀而不伤，深得风人之旨。

锦 瑟

郑临川

锦瑟悲凉风雨天，生涯蓬转损华年。
饥驱蜀道同诗叟，罪系浔阳后谪仙。
抱玉精诚空自累，伤麟心事竟谁传。
从今检点鲛人泪，莫问沧溟何处边。

【点评】

此诗应为临川师半百之年感伤一生落寞、壮心空怀而作。其多用典故，巧妙构思，深刻寓意，可得而说者略有十端：其一，篇名有意相犯。唐代李商隐有感伤沦落的著名七律诗《锦瑟》，先生有意犯之，其意在提醒读者，须以读李诗之眼光、心胸来读此诗，这比直接向读者解释作意，更有效用。其二，用韵有意相同。李诗用"先天韵"，此诗亦用"先天韵"。与李诗同韵，这无疑以谐音之法，暗含自己与李商隐有相同的悲运。其三，开篇有意借语。首联"锦瑟""华年"二语，由李诗首联"锦瑟无端五十弦，一弦一柱思华年"借来，更直接表明，此作与李诗一样，为"思华年"、述沦落而作也。其四，首联意盖全篇。"锦瑟悲凉"，是一生之悲情，亦全篇之基调；"风雨"与"蓬转"呼应，叹"生涯"环境和生存状态之恶劣，将华年耗损之悲凉形象化，昭示全篇感伤悲怨之情感内核。其五，借杜甫之流离漂泊，追述凄凉身世："饥驱蜀道同诗叟"。唐代诗人杜甫因时局动乱而避走蜀中，先生自己早年由西南联大毕业后，在离乱时代，也为生计所迫而漂泊巴蜀，正与老杜相同。其六，借李白站错队伍获罪，哀叹不幸命运："罪系浔阳后谪仙"。李白当年为实现抱负，曾进入永王李璘幕府，后来李璘被肃宗李亨所败，李白因此获罪，在浔阳入狱，后被流放夜郎；先生早年亦胸怀壮志，曾在陪都重庆进入三青团中央党部供职，1949年后在公职人员政审中，险些丢掉饭碗，这仿佛正是李白不幸身世的重演。其七，借卞和抱玉累身之典，感慨自己怀志累身："抱玉精诚空自累"。春秋时，楚国卞和怀玉欲献楚王，曾获罪受辱；先生借以感慨自己胸怀壮志而遭遇不幸。其八，借孔子获麟生悲之典，哀叹自己生不逢时："伤麟心事竟谁传"。鲁哀公十四年，西狩获麟，孔子见而哀之，感伤灵兽不当现而现；先生借以悲叹壮心空怀而欲告无人。以上四句，妙用古人身世不幸之典，经过精心巧构，写尽壮心空怀而一生落寞飘零之感，极凝练含蓄，又极沉郁悲凉。其九，借鲛人珠泪之凄美传说，悲悯一生凄凉："从今检点鲛人泪"。鲛人珠泪，已不胜凄凉，今又将数十年之悲凉人生，做重新"检点"，其悲怨何极！其十，借孔子感慨，抒发前途渺茫之绝望情绪："莫问沧溟何处边"。孔子面对其仁政王道理想难以实现，曾感慨说："道不行，乘桴浮于海"；先生有感于此，更翻进一层，发出感叹：即便能步夫子后尘，而这理想的大海（沧溟），又在何处呢？全诗五十六字，将一生漂泊流离之愁，生不逢时之感，壮志未酬之悲，理想落空之恨，悉数融汇，并加以形象表达，倘非大手笔精心熔炼，巧妙裁构，何能办此！

阆中锦屏山杜少陵祠

郑临川

锦屏云石动人间，不放先生诗笔闲。
我亦两川流寓客，愧无新句美灵山。

【点评】

此为览胜抒怀之作。诗人所游览之杜少陵祠，为纪念唐代大诗人杜甫而建，坐落于阆中嘉陵江南岸之锦屏山腰，为阆中游览胜地。杜甫在唐代宗广德元年（763）、二年（764）两次游历阆中，并举家居住数月，留下了数十首诗歌，其歌咏阆中山水风光之《阆山歌》《阆水歌》最引人注目。其《阆山歌》中"松浮欲尽不尽云，江动将崩未崩石"，描绘嘉陵江边锦屏诸山之松云与岩壁，可谓如诗如画。本诗首二句，"锦屏云石动人间，不放先生诗笔闲"，即由杜诗感发而来。后面"我亦两川流寓客"句，陡发人生感慨，作者1942年自西南联大毕业后流寓巴蜀，在战乱中辗转漂泊，恰与杜甫当年因避乱而流寓巴蜀的情形相同，故而心生悲悯之情，可与作者《锦瑟》诗中"饥驱蜀道同诗叟"句互读。末句"愧无新句美灵山"，乍看仿佛是在对诗圣的崇敬中表现自谦之意，实则寄寓着人生潦倒、诗情消磨的不幸悲感，洵有深意存焉。

忆江南·思归二首

郑临川

故乡好，芳草暮春天。片片花飞疑舞雪，声声莺语似调弦。一别又经年。

故乡好，叶下井梧秋。岸苇白连平渚阁，霜枫红映夕阳楼。惟向梦中游。

【点评】

此二首，为词人就读西南联大时怀乡之作。二首皆以"故乡好"起调，为重头小令，仿佛主旋律的重奏。第一首追怀故乡之春，先着笔"芳草"点出"暮春"；接着以两七言对仗句，渲染春花舞雪、莺语调弦的迷人春景，将对故乡春光之"好"的赞美热情推向顶点；末句"一别又经年"，仿佛猛然将沉浸在落英缤纷、莺歌燕舞之美景中的读者唤醒过来：原来这只是追忆中的昔日美景啊！第二首追怀故乡之秋，先着笔梧桐叶落，点出"秋"令时节；再以两七言对仗句，将江岸秋飘之雪芦、山头霜染之红枫对举，红白映衬，都是秋的灵光，其绚丽秋景，满目秋意，如画图铺展，令人赏心悦目，更兼江渚阁影、岭楼夕照，双双点缀其间，更令人陶醉在迷人的秋光画图中流连忘返了！可惜，末尾一句"惟向梦中游"，又将人拉回现实，与作者一道，久久地失落在江天远隔、回乡不得的无限怅惘中。在炮火连天的抗战岁月，在万方多难的不幸时代，词人用如花妙笔，展现了自己的归家之梦，留下了特殊时代思乡念远的心灵剪影。

点绛唇·题《巴蜀艺文五种》

郑临川

巴蜀江山，地灵人杰纷无数。诗词歌赋，一一称翘楚。

百代英华，开卷娱心目。关情处，灵泉灌注，更乳新生虎。

【点评】

此词所题之《巴蜀艺文五种》，乃二十世纪九十年代由南充师范学院（现西华师范大学）中文系牟家宽、周子瑜、何承桂、杨世明、何尊沛五位先生与余合作编著之书，其内容为"四川历代文学作品选"，含诗、文、赋、词、曲五种，故名"巴蜀艺文五种"。此词上片四句先赞美巴蜀地灵人杰，其各体文学皆有出类拔萃之作，这是就巴蜀乡邦文学灿烂辉煌之成就而言，也是扣住《巴蜀艺文五种》之分体内容而言，字里行间洋溢着一种自豪感。下片五句集中夸赞《巴蜀艺文五种》。过片两句承接上片，赞美《巴蜀艺文五种》荟萃巴蜀历代美文，令人赏心悦目；其后三句赞美编撰此书将产生的积极作用：那如"灵泉"一般的历代巴蜀优秀艺文，将滋养出新一代生龙活虎般的巴蜀才俊。作为长者对后学的嘉勉，其热切期待之情、殷殷勉励之意，皆溢于言表。

敬题黄宾虹先生山水画

周虚白

微雨连街独少人，潜分蜗角战云陈。
犹携白岳诸峰趣，为写清秋几叠皴。
泼墨临窗横客座，风帘出屋荐吟身。
心倾劲节抒多艺，山自嶙峋木自春。

原注：先生入蜀讲学，在抗日前，1932年成都兵祸作，日赴危城中燕如也。偶随家六叔拜谒先生于成都玉带桥客寓，危楼一席，略私俯仰，先生喜，即席写《白岳纪游》诗意作山水画，以秃笔运皴，宿墨点染胸次丘壑，从相对客座中出之。谨拜嘉赐并纪以诗。

【点评】

此乃虚白师题画之作。所题之画，乃近现代国画大师黄宾虹先生以《白岳纪游》诗意所作山水图。画作之背景与内容，诗人自注已详，即1932年在成都随六叔前往玉带桥黄宾虹先生客寓之所拜访，获大师惠赠即席挥毫所作之《白岳纪游》诗意图，因感而赋诗。首联先写"二刘之战"时成都之危局，在"战云陈"的"微雨连街"景象中，显出战争间歇"独少人"的严冷氛围。颔联接写大师以其《白岳纪游》诗之山水意境作画，切入题目。"白岳"即安徽休宁境内之齐云山，与黄山南北对峙，古称白岳。颔联从诗意到画境，再到叠叠皴染之笔法，写得极活泼生动，"犹携""叠皴"二语极传神。颈联由大师临窗泼墨，转到以诗人身份被荐知宾虹先生。其中，"风帘"照应首联之"微雨""战云""少人"，暗含其"出屋"拜客不易，透露出客雅主殷、以文会友的高情雅意。尾联以赞美大师之技艺、品节和画风作结。全诗内容丰富，法度谨严，用笔灵活，笔笔含情，句句有画，画中意境与主客雅会情景交相融会，极富韵致，为黄宾虹大师西游留下一段佳话。

读秦史

周虚白

燔书何与苍头事，偶语难禁陇上声。

可惜秦臣不识鹿，中原留付两雄争。

【点评】

此为诗人读秦史之感想，乃怀古咏史之作。诗中"燔书""偶语"，指《史记·秦始皇本纪》所载李斯建议焚书事："史官非秦记皆烧之""有敢偶语《诗》《书》弃市"；"苍头事"，乃《史记·项羽本纪》所载陈婴异军突起事："陈婴者，故东阳令史，居县中，素信谨，称为长者。东阳少年杀其令，相聚数千人，欲置长，无适用，乃请陈婴。婴谢不能，遂强立婴为长，县中从者得二万人。少年欲立陈婴便为王，异军苍头特起。"首句针对以上史实发论，以为秦始皇焚书，本与苍头武夫辈无关，但何以聚众造反者竟为苍头武夫？这不禁让人联想起唐人章碣《焚书坑》诗："竹帛烟销帝业虚，关河空锁祖龙居。坑灰未冷山东乱，刘项原来不读书。"历史就是这样吊诡。这不仅是对秦始皇焚书坑儒的绝妙讽刺，也是对历代统治者防范知识分子的揶揄和嘲讽。次句以"陇上"秦声难禁，痛责焚书之严刑峻法的荒唐，所谓"防民之口，甚于防川"，后患无穷，此乃必然。所以历史上禁言者，绝无好下场。如果说前两句议论或受前人咏史启发，那么，后二句便是诗人之洞见了："可惜秦臣不识鹿，中原留付两雄争。"刘、项逐鹿中原，其所争者，不就是君临天下的皇权吗？难道这个"鹿"，商鞅、李斯、范雎等聪明的"秦臣"，岂有"不识"？看来，诗人所言"不识鹿"之"鹿"，并非人们常说"逐鹿中原"之"鹿"，那到底是什么呢？诗人没有明说，但很显然，这个"鹿"，应该是民心。秦国君臣，只顾对内严刑防范，对外武力征伐，甚至不惜残民以逞，终于失掉民心，走向败亡，这才有了刘、项争霸，又翻开历史的新篇。所以，"秦失其鹿"，看起来失掉的是皇权，但实际上，失掉的却是民心。这便是此诗的深刻之处。联系到诗人生活的时代，是否有现实感慨寄寓，就留与后人去言说了。该诗短短二十八字，将波澜壮阔的历史大场面浓缩于尺幅之内，将深刻的时代兴废之感，寄寓在对历史往事的慨叹之中，既凝练庄雅，又精深警拔，发人深省，耐人寻味。

过苏坡桥吊石帚①师
周虚白

徒觅荆扉旧绿苔，寻诗无复主人回。

青山未辨招魂处，悔不桓荣负土来②。

注：①庞俊字石帚。②桓荣，《后汉书》有传。荣事九江朱普，普卒，奔丧九江，负土成坟。

【点评】

此乃悼亡之作。虚白师20世纪30年代就读川大，从恩师庞石帚先生学，由此哀吊之作，可见师生情谊之深。开篇先写恩师旧居虽存，但主人早已驾鹤而西，所以"荆扉绿苔"，一片破败荒芜，"主人"再不能"复回"了。作者来此，究竟是"寻诗"，还是"寻师"？可以说都是，但又都只能激起一怀无限伤感的情绪，这便是从开篇"徒觅"二字中所流露出来的那份落寞与怅惘。不仅恩师已杳无踪影，连其坟茔也杳无寻处，于是便有了面对"青山"，却"招魂"无处的失落和未能亲临恩师葬礼的遗恨。末句以《后汉书》桓荣负土葬师之事自责，愧悔不已，用典十分贴切。斗转星移，当年之苏坡桥，早已成为繁华闹市，那让诗人无限伤怀的"荆扉绿苔"，以及那一怀哀悼赤诚，也都永存于这充满无尽哀感的诗行了。

"文革"后首次与陈克农、傅平骧、郑临川、周子云诸老游白塔公园
周虚白

无计嬉春负上元，强从巾屦出喧阗。

长桥野市波光泛，孤塔晴郊树影悬。

梦岂关人旦饮酒，老贻阅世海成田。

三年一解心如絷，坐对林花转泫然。

此乃记游诗,有时代印记。题目中所言"诸老"与虚白师自己,皆师出名门,乃蜀中俊彦,且皆余就学于南充师范学院(今西华师范大学)时的授业恩师。虚白师、子云师皆川大庞石帚、李炳英先生高足,虚白师授余等苏诗、子云师授唐宋散文;克农师出于北大李大钊先生门下,授余等古文字音韵;平骧师受业章太炎先生,授余等古代文论;临川师乃西南联大闻一多先生入室弟子,授余等唐宋诗词并指导余之硕士论文。诵读此诗,仿佛回到四十年前受学于诸老之时。题目中所言"白塔",位于南充嘉陵江南岸,建于北宋,为南充八景之一:白塔晨钟,历代骚人墨客多有题咏。此诗首联先写出游心情。因无意新春,已辜负元宵,到踏青时节,勉强"巾屦"简从,仿佛应景而已,其情绪低落,给人压抑之感。颔联接写郊游所见。"长桥""孤塔","野市""晴郊","波光""树影",两两对应,如画幅铺展,极精工雅练,似乎稍给人新鲜之感。然而,颈联却化用庄周梦蝶和沧海桑田之典,抒发历经"文革"、恍如隔世的人生感慨,诸多难以言述的人生虚无感、世事沧桑感,皆浓缩其中,可意会而不可言传。尾联结于心受拘钳的感伤。"三年一解"句,用韦庄《赠云阳裴明府》"南北三年一解携,海为深谷岸为蹊"意,指在"文革"天翻地覆的时代巨变中与诸老分离,受到精神拘钳,不得自由。而现在想来,仍心有余怵,最后在面对林花而"泫然"流涕的伤感中结束这次落寞伤怀的郊外踏青之游。按理,劫后余生,应有重获自由之快意,但字里行间,却充溢着失落无助、心有余悸的无尽哀感,由此可见,那个特殊时期带给了知识分子何等沉重的精神忧伤!

炳英①师逝世成都,未及奔吊,衍棍②世兄今又卒于南充,不胜悼念,诗以哭之

周虚白

病身成一世,三十鬓先斑。
正字严如律,谈经细不捐。
忘羊悲挟策,数马辍扬鞭。
孺慕寻泉路,师门宿草边。

注：①李炳英，四川师范学院（今四川师范大学前身）中文系主任、教授。②衍禔，炳英先生之子，南充师范学院副教授。

【点评】

此为悼亡诗。题中所言李炳英先生，余有耳闻，既为著名学者，又是爱国民主人士，曾任四川讨袁军总司令部秘书，又任成都大学、华西大学、四川大学教授，兼成华大学（今西南财经大学前身）文学院院长。中华人民共和国成立后，先后任川北大学、四川师范学院教授兼中文系主任。著有《孟子选注》《庄子补注》等。炳英先生之子衍禔先生，余20世纪七八十年代就读南充师范学院（今西华师范大学）时见之，体弱多病，气喘剧烈，有才未展，故虚白师对其"病身成一世"的不幸人生极为伤感。首联即感伤衍禔先生多病身世，一种哀悼悲情笼罩全篇。"鬓先斑"语出陆游《书愤》"塞上长城空自许，镜中衰鬓已先斑"，借以寄寓惋惜之情。颔联和颈联评价衍禔先生之为人与为学，是哀悼主体。颔联用宋人黄祁《题玉笥山邓仙》"三诗一赋严如律"与唐人韩愈《进学解》"贪多务得，细大不捐"意，赞其严谨与勤学；颈联用宋人乐备《比同彦平谒希颜千里昆仲千里留醉短项翁彦平》"两人挟策烦天机，俱忘其羊乃其理"句意与《史记·万石张叔列传》"石庆数马"之典，赞其对学术的痴迷与谨慎。尾联收结于对恩师炳英先生的追思。"孺慕"，此指对恩师的缅怀之情；"宿草"，本意为隔年之草，代指坟墓，皆用《礼记·檀弓》之语。全诗伤悼之悲，孺慕之情，交相融会，其感情深挚，用典贴切，表现了虚白师对其恩师炳英先生和衍禔先生父子的一片赤诚之怀，令人感动！

喜闻新建陈寿万卷楼成感赋

杨世明

昔为巴俊彦，考古事谯周。
良史存三国，乡贤重一楼。
孤忠武侯集，大器马班俦。
盛世宜登览，文光映果州。

【点评】

此为世明先生题咏之作。其所题之万卷楼，在南充西山，始建于蜀汉建兴年间（223—237），是著名史学家、《三国志》作者陈寿读书治学之处。唐代又在楼前建甘露寺，形成建筑群。因年久失修，于20世纪60年代损毁。现今之万卷楼，是20世纪90年代初在西山另择新址所建，楼内三大展馆，保存了汉晋以来大量珍贵史料和文物。楼中之浮雕、壁画以三国人物和历史故事为背景，栩栩如生，引人入胜。此诗首联从陈寿之乡邦名望及师从谯周写起，点明万卷楼之主人，赞其学有渊源。颔联接写陈寿因著《三国志》传存三国史实，受邑人敬重，其重楼即是重人，因呼应首联，其乡邦文化之厚重可见。颈联转到对陈寿人品和史才的赞美，谓其忠贞不贰之品节可比肩诸葛武侯，其良史之才可与司马迁、班固并列。尾联收结到对盛世修文之果州（即南充）的礼赞，回应首联并绾合全篇。此诗不仅以当时之伟人作比盛赞陈寿之品节、学养、才华与成就，而且礼赞邑人敬贤崇文的雅尚之风。其章法谨严，对仗精工，比譬贴切，洵为此楼增光添彩矣！

怀虚白、平骧、子云、芷藩、克农、临川六先师[①]

杨世明

虚白先生名不虚，蝇头细写五言诗。图书版本存腹笥，最爱讲台唱传奇。傅公学问有来历，吴下章门曾拜师。国学精通娴内典，晚年校注天下知。子云周老是余师，讲义详明器宇奇。最忆方音亲切处，黄钟大吕绕梁时。深悼老师胡芷藩，孤身染病下黄泉。空怀绝学未施展，戴段陈王谁再传！克农陈老深难测，部首说文善发挥。有货何妨跑野马，言词风趣有深机。临川郑老真才子，下笔乱真唐宋诗。毕竟闻罗亲指授，十分造诣见精微。

注：①周虚白师善小楷，诗长选体，能唱曲。傅平骧师受业章太炎先生，熟悉佛典，晚年编《苏舜钦集编年校注》颇有名。周子云师为青神人，乡音最洪亮，撰有《青神志》。胡芷藩老师为赵少咸先生高足，长训

诂音韵之学。陈克农师出身老北大，曾讲《说文部首》，以书篆名世。郑临川师，擅诗词，能吟诵，就读西南联大时曾受业于闻一多、罗庸教授。

【点评】

此为以七言歌行（七绝联章体）缅怀先师之作。作者世明先生，西华师范大学教授，硕士生领衔导师，余本科时唐代文学业师。世明先生所怀六师，除胡芷藩先生外，皆余等南充师范学院（今西华师范大学）1979级古代文学研究生之导师，故读来倍觉亲切。整篇歌行凡二十四句，每四句缅怀一师，就每位先师之学术专长、课堂风采或博文雅好一一歌咏，仿佛六幅剪影，生动传神。其孺慕之情，溢于言表。歌行首先缅怀之虚白先师，20世纪30年代就读川大，曾师承向仙樵、李炳英、庞石帚等蜀中俊彦，中华人民共和国成立后追随李炳英先生到当时川北行署所在地南充，先后任四川师范学院（今四川师范大学前身）、南充师范学院教授，并兼任南充师范学院教务长、中文系主任等职，曾授余等苏诗研究。诗中所怀想虚白师者，为其丰厚古文献学养及诗艺、书法和唱曲雅好，余尝闻虚白师工须生，有粉墨排场之票友经历。其次所怀者为平骧先师，曾授余等古代文论。诗中所怀者，为平骧先师之师出名门，曾师从国学大师太炎先生，诗中雅赞其渊深的国学积淀与晚年著述。所怀第三位为子云师，与虚白师为川大同门，四川青神县人，幼有神童之誉，曾主修《青神县志》传世。子云师曾授余等唐宋散文，诗中盛赞其课堂音容，余有同感。子云师将入声字念得十分清晰的青神方音，至今犹在耳畔，余之入声字辨析，得益于子云师口中者，远多于韵书。所怀第四位为胡芷藩先生，惜余入南师时，胡先生已作古，仅耳闻其学问好生了得。诗中对其才高命短、学无传人深致怅恨。所怀第五位为克农师，出北大李大钊先生门下，曾任川东游击军特别支部书记，是国防部原部长张爱萍将军入党介绍人。克农师不仅长于古文字音韵，且是著名书法家，篆、隶、楷、行、草无一不工，任职南充师范学院时曾为余等授古文字音韵。诗中所怀，为克农师学问渊深及授课特点：引证广博、左右逢源，如"跑野马"，但妙语机锋，常引人入胜。所怀第六位为临川师，曾授余等唐宋诗词，乃余之恩师，余硕士论文《秦观研究》即为临川师指导。诗中所怀者，乃临川先师受学高门，承西南联大闻一多、罗庸先生之薪火，才华横溢，诗词创作，成就尤高，有诗文合集《苔花集》传世。临川师之律诗，有老杜之谨严庄雅；歌行，有太白之纵横豪气。惜其诗集出版甚晚，流传未广。全诗以人为纲，脉络分明，娓娓道来，不事雕琢，自然流畅，有真情存焉，有高谊存焉！其所咏之六位先师，皆20世纪南充师范学院中文系之翘楚，受其沾溉化育之万千子弟，至今感念至深！世明先生斯作，仿佛代表南师万千中文学子，敬献给几位先师的灵前鲜花，永远映衬着先师们栩栩如生的杏坛英姿，令人没齿难忘！

谒谯公祠

杨世明

翠微列岫郡城西，杰构谯公乃有祠。
阿斗非才魏可取，关张无命蜀难支。
一邦蒙赖功如佛，三国久分势不宜。
丹素由人千古议，仁心自得庶民知。

【点评】

诗人所拜谒之谯公祠，为邑人纪念蜀汉名臣谯周而建。原祠建于元代以前，在南充市区内，近代损毁，后重建于市郊之西山玉屏公园万卷楼景区内，为万卷楼三国文化景区一部分。谯周，巴西郡西充国县（今西充县大部及南部、仪陇两县部分乡镇）人，乃陈寿之师，官至蜀汉光禄大夫。蜀炎兴元年（263），魏国大将邓艾破蜀，兵临成都，蜀汉众臣，主逃主降不一，降魏降吴又不一，谯周审时度势，力主降魏，有保全邦民之功，诗中"一邦蒙赖功如佛"即咏此事。此诗首联紧扣题目，写新建谯周祠之地理位置、所坐落之山峦形势与杰出架构，乃开门见山之开篇也。颔联转写蜀汉当时国势衰微，阿斗太子刘禅继位后，因才智低下，倚重非人，而如关羽、张飞等良将已不复在世，蜀汉难保，其为魏所取，乃势所必然！颈联赞扬谯周审时度势、力主降魏而全蜀的大悲情怀，便水到渠成。尾联就后世文人对谯周主降一事褒贬不一发论，以为其保全蜀民、避免兵燹，其慈悲之怀，仁人之心，自有蜀中黎庶铭记，其是非功过，就由人去议论得了。诗人由谒祠而联想到蜀汉历史，遂发思古之幽情，对谯周以民为本、顺应历史潮流的全蜀之功给予充分肯定，不愧为弃虚名而全百姓之大英雄—千古知音。

不羡人

郑大谟

三顿稀粥米一斤，无油无菜蘸盐吞。
隔灶虽闻香肉味，我行我素不羡人。

【点评】

诗人在"文革"中被剥夺教书育人的权利，下放农村"劳动改造"，不仅饱受精神的折磨，还要忍受饥饿的痛苦。在自己"无油无菜蘸盐吞"稀粥时，偏偏闻到人家锅里的肉香，是诱惑？是享受？是折磨？没有经历过长期饥饿折磨的人便无从感受。但诗人没有去写物资极度短缺的苦难，也没有去写闻其香却不能食其肉的失望和痛苦之感，却用"我行我素不羡人"一句打住了！哪里是"不羡人"啊，分明是羡而无益，等于空羡，与其空羡，便不如不羡，免得在羡而不得中难受一场。结句妙在"我行我素"四字双关，无奈的苦涩，坚不可摧的自守意志，都涵容其中，由此便具有了浓郁的诗味。肉味无尝，而诗味可享，也算一种弥补吧。读者切莫以七绝的粘对原则去打量此诗，觉得它失粘了，于是降低了对它的价值评判，那是大可不必的。平仄格律，要讲究这些规矩，所谓无规矩不成方圆，但又不能胶柱鼓瑟，拘泥于此而唯格律论，情感真，意思好，有新意，有诗趣，有意境，才是第一位的。更何况，还有并不严格讲究平仄格律的古绝呢。

布　票

郑大谟

今年布票标准高，胸中却反涌波涛。
久望新衣缝半件，竟然一笑瘪腰包。

【点评】

经历过物资短缺年代的人，对于五花八门的各种票证，总是挥之不去的人生记忆。在满天飞的各种票证中，最最基本的当然是粮票和布票。此诗写布票。按理，今年布票配给的标准提高了，应该是大好事，值得庆幸，可是，这却反而带给诗人烦恼，为什么？"久望新衣缝半件，竟然一笑瘪腰包"，包里无钱，布票的标准再高，也便犹如废纸一张！缝制新衣的期待落空，希望变成失望，等于空欢喜一场。短短几句中，写出了从高兴到失望的感情跌落，收结于空欢喜的无奈。

雨　天

郑大谟

人老衣单薄，苦寒不可支。
欲熬风雨夜，拥被读诗词。

【点评】

人，缺衣少食，当然不免啼饥号寒。此诗，便是一首"号寒"之作。"人老"，体弱，阳气不足，本应厚衣保暖，却偏偏处于"衣单薄"的境况中，所以"苦寒不可支"自是必然。读到这样的号寒之作，不禁让人想起孟郊"一片月落床，四壁风入衣"的凄寒之吟，但孟郊是在秋日的月夜，而此《雨天》一诗，作者是处于冬天的雨夜，且是风雨交加的"苦寒"之夜，所以其凄寒之境，又过孟诗远矣。如何抵御这苦寒的煎逼？诗人有自己的办法："拥被读诗词"，这是生活的智慧？还是受生活逼迫的无奈？作者将这种痛苦和无奈升华为诗，以白描之笔，以看似随意简淡的勾勒，却将一位体弱衣单的老人，在冬日风雨交加之夜，难耐苦寒的凄凉晚景，表现得如此生动而富于感染力，读之令人酸鼻！当然，对于一到冬天便穿着羽绒服、坐在暖气房的人而言，恐怕是难以引起理解同情之共鸣的了。

118 ＼ 赵义山点评

梦

郑大谟

酒肉何丰满，宴开桂树前。
一雷惊好梦，可惜未终筵！

原注：昨夜拂晓大雷雨，正梦赴宴，忽为霹雳惊醒，颇欠然也。

【点评】

人在现实中难以实现的愿望，总是那么令人牵肠挂肚，思之念之，往往形诸梦境，有时竟在梦中实现了，于是叫作"美梦"。诗人在缺衣少食的困顿中，总是渴望着能吃得饱，至于美酒佳肴，那就只能是梦想了，所以诗人不少的记梦之作，所记都是在享受喝酒吃肉的快乐，此诗便是其中之一。"酒肉何丰满，宴开桂树前"，酒肉是那么丰盛，摆开筵席的场地又是在桂花飘香的树前，一起笔的场景展示，是多么诱人啊！谁知第三句"一雷惊好梦"，陡然一转，将眼前的诱人场景，竟归之梦幻，"梦"字点题，把梦中片时的美好，也彻底粉碎了！从梦幻中回到现实，心里还念念不忘梦中大快朵颐的快乐，于是生出遗憾："可惜未终筵！"雷啊，你竟然这样无情，假如你能让我再多喝两杯、多吃两块，在宴席结束时才把我惊醒，那该有多好啊！诗歌在梦境破灭、美食成空的懊恼中结束，带着深深的怅惘。一次吃饱喝足的愿望，竟然在梦中都难以实现，这该有多么残酷，多么痛苦，多么无奈！

食 鸡

郑大谟

（作品见96页）

【点评】

"备战备荒"，这些时代语汇，只有过来人最懂。在温饱还存问题的境况下，"肉食稀"便是自然的了。在今天看来，这《食鸡》所写不过一顿寻常酒饭，但在"肉食稀"的年代里，那"两碗红烧芋子鸡"，可就是难得的"盛宴"了。大家期盼已久,"一家大小座围齐"。家人在饭桌上的表现,作者特别在意:首先是自己的亲兄弟,"为己贪多",这似乎令作者不满;其次是老两口,你推我让,"互相劝食",表现出互相体贴关怀的夫妻情义;最后是小孙女经过比较后,"爱啃双肥肋,说比头胸好吃些",如此天真烂漫,浑然不知长辈省吃以让的关怀。乍看起来,仿佛诙谐有趣,但实则是深潜悲辛的!

小重山·病心慌
郑大谟

昨夜上床想下床,难寻千里梦,实心慌。新鲜苕饭亦不香,腹空空,信步到牛房。　　何老询衷肠,瞠目罔知对,望遐方。桥头独立又彷徨,惊回首,怯影水中央。

【点评】

物资短缺,缺衣少食,有饥寒之患;而身为另类人群,遇社会高压,又有怀璧蒙冤之愤。此等忧患与怨愤,除了曲折地表现于诗,在现实生活中,真是欲告无人的!这种苦闷情怀,这种落寞孤独的心境,便是此词所要表现的。物资的短缺已经让人举步维艰,而精神的折磨,更让人睡不安寝、食不下咽,且欲语无人,于是"信步到牛房"。这是要向老牛去诉说吗?是的。这在常人看来,是难以理解的,然而,正是这常人难以理解的近乎痴癫的行为,表现了词人无以复加的落寞孤苦和幽愤凄凉!词人的痴癫之举,引起了那位养牛老人"何老"的关注与询问,可是,这满腹的伤痛和幽怨,又岂是一位善良的乡野老者所能理解的呢?所以,在四目相对之际,竟不知如何回答"何老"同情的询问。最终,词人不得不怏怏离去,独立于桥头,彷徨无依,在蓦然回首之际,连水中倒影也给了他无端的惊吓。这些近乎痴癫的心神慌乱之举,不正是一种"病"态吗?诗题"病心慌",也正是对这种近乎病态的心神慌乱的痴癫之举内容的揭示。这类作品虽说是作者个人的经历,但作为时代的产物,它为经受过思想折磨和精神蹂躏的知识分子的灵魂苦痛传真留影,是具有典型的时代意义的。

相见欢·离家前夜

郑大谟

不是鸳鸯老鸡，喜双栖。又感黯然魂销，是别离。

千言语，万情绪，两依依。坐伴窗下挑灯，看补衣。

【点评】

　　词人在"炼狱"中饱受煎熬，终于能挺过磨难，这是很不容易的。这当然首先离不开亲人的关怀与体贴，尤其离不开老伴相濡以沫的情感慰藉。词人在其所著《郑氏家乘》（手稿）中曾深情地回忆说："余关牛棚时，老夫人对余仍真挚无渝，关怀备至，虽受牵连，患难与共，更未有一句怨言，此诚和好偕老之象征也，难能难能。"此词，便是词人与老伴琴瑟和鸣之温馨的真实写照。上片引江淹《别赋》"黯然销魂者，唯别而已矣"名句，渲染未别离而心先恸的感伤之情；下片化用贺铸《鹧鸪天》"空床卧听南窗雨，谁复挑灯夜补衣"意境，以场景和细节描写，展示贫贱夫妻虽艰难度日却恩爱无比的真情真爱。词中虽用典故，但如水中着盐，化而无滓，不影响其质朴自然之性，故能给人言浅而爱深，语淡而情浓之感，具有很强的艺术感染力。

春　雨

郑大谟

原上疏疏雨，陇头淡淡烟。

牧歌芳草地，人醉杏花天。

【点评】

　　在被下放"劳动改造"中，诗人不仅用诗歌创作来消解繁重体力劳动的苦和累，而且，也借诗歌创作，借对自然美的发现，来淡化和消解精神痛苦。因此，出现在诗人笔下的农村山野风光，无论春夏秋冬，就总是那么恬静优美，那么清新自然，那么令人陶醉！如这首描写"原上""陇头"春光绚丽之美的五绝，就是那么迷人！面对"疏疏春雨""淡淡炊烟"，"牧歌芳草""杏花晴日"，如四幅绚烂的春日风景画，铺展在读者眼前，谁能无动于衷呢！此绝四句，句句对仗，精工雅炼，却又绝无雕饰痕迹，可谓不雕琢而工，不修饰而雅。不仅看来赏心悦目，而且读后唇齿留香。在饱受磨难的"炼狱"生活中，却能澄心静虑，暂时忘世忘我，结构出意境如此美妙的佳作，不能不令人赞叹感动！

恶之花

周啸天

千尺楼高双子座，黄鹤之飞不得过。北塔懵为客机袭，南塔莫逃飞来祸。黑云压城白絮喷，合众秋防势若崩。寰球争睹啊买噶①，不知尚伏几天兵！西风猎猎日高起，坠楼人落如红雨。仰天布什神形沮，基地拉登魑魅喜。血色失处毅色壮，人须疏散君须上。吹火蜡屐不再著，四百义士凌烟葬。日轮西下寒光白，真主无言上帝默。紫气渐随双塔移，妖光暗射星条蚀。恍惚偷袭珍珠港，广岛长崎应若响。高句丽挟洲际弹，黑客指破互联网。文明魔道递相高，恶之花发久夭夭。君不见反恐反更恐，天方兵气何时销。

注：①啊买噶，Oh my god（我的天哪），为2001年度关键词。

【点评】

2001年9月11日，美国纽约世贸中心遭遇"基地组织"头目本·拉登策划的恐怖袭击，其地标性建筑双子塔被恐怖分子劫机撞塌，约三千人伤亡，场面极其惨烈，震惊世界。事发之后，人们普遍因仇美或亲美表现出不同态度，或同情哀挽，或幸灾乐祸。诗人没有局限于这一事件本身，而是把它与二战以来如美国珍珠港被袭、日本长崎与广岛遭原子弹轰炸、朝鲜的导弹试射、黑客的互联网攻击等等事件联系起来，从人类和平与安全的最高原则出发来审视这一切，将暴力对抗双方站在各自立场都可称之为辉煌胜利的"成果"，称之为"恶之花"，因为它们最终带给人类的都只会是罪恶和灾难，所以作者期待它们的消亡："天方兵气何时销"！这在20年前的特殊时代环境中，比起毫无人性的幸灾乐祸，或不问就里的大声谴责来，诗人便显示出了更高的人性觉悟，这是十分难能可贵的！至于内容方面还有对事件救援中"四百义士"英勇献身精神的着墨，以及对双子塔遇袭事件生动形象的艺术呈现、起承开合自然得体的章法技巧等等，已广为人知，倒无须赘言了。

竹枝词（七首录二）

周啸天

（作品见4页）

【点评】

竹枝词，原本属古代民间俗调，自唐代刘禹锡等文人加入竹枝词的创作以来，便成为既有朴素生动之趣，又有格式规范之美的一种雅俗共赏的诗体，得到古今诗人和大众的喜爱。诗人选取这一诗体歌颂小平同志求真务实、友善亲民的作风和品格，是非常得体的。两首诗表现手法基本一致。第一首借小平同志口中常引的民间俗语"不管白猫黑猫，捉到老鼠就是好猫"，稍做加工，并用春秋时九方皋相马不重外在形貌而重内在精神气骨的典故作比，完美地表现了小平同志求真务实的领导风格。第二首写小平同志游览峨眉时拒绝封山一事，也是在小平同志所引的大众俗语"大路朝天，各走半边"的基础上稍事剪裁增饰，便生动地表现出小平同志平易近人的优良作风。诗作用语虽朴素无华，但表现力强，看起来着墨素淡，却饶有韵味。

主家变故致小狗失所日与之食忽寻之不遇

周啸天

丧家叵耐久承欢，路遇嗟来每乞怜。

今夜不知何处去，明朝须有倒春寒。

【点评】

状丧家之犬摇尾乞怜之状，凄然如在目前。"今夜不知何处去，明朝须有倒春寒"之移爱于物，生无限怜悯之情，其佛子之心、慈悲之怀溢于言表。

一剪梅·重访狮子山

周啸天

弹剑当年奏苦声，不愿他生，惟愿今生。来逢千里共长行，窗外眸明，柳外花明。

十载萍踪访旧程，鬓尚青青，树尚亭亭。芙蓉城到牡丹城，去也关情，住也关情。

【点评】

此词怀旧却并不伤今。其所怀者，为在四川师范大学老校区狮子山的往昔情遇。作者20世纪80年代初研究生刚一毕业曾供职于此，十年后旧地重游，心生感慨，遂词以记之。上片一起笔用冯谖弹铗而歌之典，暗示当时生活拮据，即便如此，却"不愿他生，惟愿今生"。为什么？后面三句便是答案。"窗外眸明，柳外花明"，正是因为窗外人、花相映的美景中那一双含情脉脉的明眸，令人魂销魄动，才让人对"今生"如此执着依恋！不仅是千里有缘来相逢的情遇，还是日后"共长行"的伴侣，所以当年虽然暂时困顿于此，却也结缘于此，情遇于此，所以不仅无憾，反而有甜蜜之忆了，这便是此作虽然感旧，但并不伤今之缘由。下片写旧地重游所见所感，"十载萍踪"一句融会着今昔之感。所幸当年柳暗花明之"树尚亭亭"，所恋之人与自己，也都还"鬓尚青青"，那应该得益于两情相悦之真爱的滋养吧。下面"芙蓉城到牡丹城"，即从成都到彭州（即天彭牡丹之城）的工作和生活地点的变迁，点明"十载萍踪"之踪迹，用两城之市花分别代指两城，诗意盎然；最后收结于"去也关情，住也关情"，点明当年去蓉城而往彭州，都是因为那一怀真情。此词在怀旧感今中将人生难得的真情挚爱表现得婉转动人，其人与境的映衬，情与景的融合，今与昔的对比，以及全词每个韵段中两个四字句之韵脚的反复或重叠，都表现出娴熟高超的作词技巧。

无 衣（拟《诗经》三首之一）

周啸天

岂曰无衣？与子同袍。举国逆袭，医在前茅。与子同仇！
岂曰无衣？与子同泽。举国逆袭，人自为宅。与子偕作！
岂曰无衣？与子同裳。举国逆袭，踊跃用兵。与子偕行！

【点评】

　　庚子大疫，人类大灾，武汉封城，举国驰援。骚人墨客，歌咏之诗章连篇累牍，或古或律，或词或曲，不可胜计，而如此作，仿《诗经》之旧体，咏抗疫之新事者鲜矣，故给人新颖奇趣之感。此诗所拟者为《诗经·秦风·无衣》，原诗歌咏秦国将士团结御侮的激昂斗志，此诗借以表现全国人民尤其医务工作者勇赴疫区的"逆袭"义举，非常贴切。形式上采用《诗经》风诗惯用之叠章方式，仅变化原诗各章第三、四句，原诗第一、二、五则保持不变。不变，保留了原诗团结奋勇的民族精神和重叠反复的民歌风味；变，则汇入抗疫的时代新风；不变，保留了"旧瓶"的古色古香；变，则融入了富有时代气息的新酿，于是，作者在变与不变中完成了一首"旧瓶新酒"的上乘之作。

大疫之春全球股市记

刘道平

道是盘山韭满坡，牛熊鏖战血成河。
狂奔直到残红尽，唯见江河泛绿波！

【点评】

　　庚子大疫，人受大灾，经济亦遭重创，不仅中国如此，世界亦如此。作为经济是否景气的晴雨表——股市，自然很快有所反应。此首绝句便抓住这一题材，以形象化的描写，生动地表现了"大疫之春全球股市""惨绿愁红"的衰飒景象。其高明之处在于联想丰富，比喻贴切，故而形象生动。如把广大股民遭受损失的命运，比喻为"盘山满坡"被割的"韭菜"；把"看空""看多"的惨烈厮杀，比喻为"牛熊鏖战""血流成河"；把盘面"翻红"上涨股票的渐渐减少、直到消失，比喻为"残红"落尽；而把全面下跌、满盘皆绿的景象比喻为"唯见江河泛绿波"，如此等等，无不给人新奇之感和诙谐幽默之趣，于是，它便有了艺术的魅力。

丙申孟春寄言爱妻至沪上

蔡 竞

同经风雨历沧桑，未至衰年渐染霜。
哺子倾情贤德助，爱囡尽瘁秀姿扬。
粗言失礼夫君愧，糙语寒心燕尔伤。
追悔前非蒙谅解，无眠思念泪涓床。

【点评】

家是国的细胞，家是爱的小巢，家是个人避风的港湾，家是子女成长的摇篮。家，常年是妻子在打理；家，多半是妻子在操劳。丈夫应给妻子以理解，给妻子以爱怜，能如此，家才能幸福，社会才能和谐，下一代才有希望。这便是《寄言爱妻》一诗，留给我们作为男人应有的德操修养的启示和感悟。与之相较，此诗描写生动、对仗精工、转折跌宕有致等艺术技巧方面的特点，倒是其次，而无须赘言的了。读罢此诗，我曾用一小诗记载了自己的感慨："国情须尽晓，家事半糊涂。责己真君子，怜妻大丈夫。"此诗作者，当不愧为大丈夫。

安全东点评

安全东（1954—　），四川省平昌县人，曾于达州市通川区委宣传部长期从事新闻宣传工作（已退休）。中华诗词论坛绝句专栏首席版主，巴山诗社社长。有《云水集》。

野　老
曾　缄

闲时扶杖过东津，野老相逢笑语真。
亦拟杀鸡为一饭，可怜鸡更瘦于人。

【点评】

初读曾缄老的这首诗，想笑却笑不出来。再读不禁喟然，三读后，深深服膺作者立意用语之高妙，平淡写来，了不着色，以轻松之笔而写沉痛之事，句里含情，谑中带泪，而更见其动心惨目也。全诗记叙自己策杖出游过东津这样一件小事：过东津而见野老，见野老而相与言笑。诗如果按这个路子写下去，应该是一片乐景，然而至转结处笔锋陡转，言野老欲以鸡黍相酬，却偏偏鸡瘦于人。诗到此戛然收煞。鸡杀没杀呢？没杀。"拟"嘛，只是有这个心意罢了，不是不杀，是不忍杀之。如果诗只是这个意思，那也平平，算不得高。高在哪？高在"鸡瘦于人"。不说人瘦而说鸡比人瘦，人瘦还用说吗？要言之，鸡瘦也罢人瘦也罢，折射的都是某个衣食不继艰难苦困的年代。作者这次与野老相逢，比起陶渊明和王摩诘他们的与村老相逢，"待遇"可就差多了。

故　乡

郑临川

风物故乡好，莺花三月天。
沧江摇画舫，绿树听啼鹃。
野祭清明近，春耕寒食前。
胡尘今满地，回首痛狼烟。

【点评】

故乡是历代诗人写不倦的主题，此外，烟花风月，人情物事，皆是诗人触兴寄怀的对象。此诗亦不出此范畴。作者写的是春风三月还乡，所以前三联都围绕三月景物、人事在写，用笔浓淡有致。首联总起扣题，中间两联，一写景一写事，以示区别。画舫摇于春江，啼鹃呼于绿树，正应三月江村之景，活色生香，宛如图画。颈联摄进清明野祭、寒食田耕这两个三月特定风俗，丰富了题面。然而，本诗最出人意外、最打动人的不在前三联，而在尾联。"胡尘今满地，回首痛狼烟"，十个字，可谓字字泪血，沉痛无比，一下子让读者从阳春三月的天堂跌入狼烟四起的地狱。这种反衬法古人亦常用，老杜尤善用之，如《奉酬李都督表丈早春作》一诗，刚刚颈联还"红入桃花嫩，青归柳叶新"，尾联忽然就"望乡应未已，四海尚风尘"了，让人的情绪瞬间从高峰坠到谷底。再如《自阆州领妻子却赴蜀州山行三首》之二，前三联尽写山行所见，笔致风轻云淡，不露痕迹，尾联突然转到"何日兵戈尽，飘飘愧老妻"上，给人的情感冲击特别巨大，而这一联也正是作者写此诗之命意所在。即如上诗，尾联的一"满"一"痛"，遂把三月美景给人阅读快乐消解殆尽，其艺术的打击力和感染力更大，也更能体现作者对外侮入侵的关切和痛感，不失为一首精深厚重之作。

忆嘉州旧游

王淡芳

牵人魂梦古嘉州，郭对青山绕碧流。
载酒撑船乘月去，夜深吹笛过乌尤。

【点评】

此诗作者自言当年为避兵祸，随学校从武汉大学西迁嘉州即今之乐山，尔后数十年再未重游，因忆其旧游事也。首句言"牵人魂梦"，扣题之"忆"。次句总揽嘉州之地胜，青山相对，碧水绕流，以如此佳山水，为所忆张目。三、四句进入所忆之事。然而值得追忆之事又岂止一二。作者屏弃诸事，专取夜游一事。盖年少英发，山水流连，载酒夜游，何其风流倜傥也。设想当年，同学三五，于月下载酒泛舟，吹笛按曲，从乌尤山下信流经绕，意气标举，真不啻神仙中人也。全诗层次井然，主次分明，用词精准，音韵和谐，造境清空幽邈，宛然如画，而忆中之浓情自在景中，在不言中，让人遐思。

再寄千帆子蕊

刘君惠

日诵蒹葭白露诗，浮沤人海聚何时。
峨眉月照东湖月，忍死应留一见期。

【点评】

先解题：千帆者，程千帆也，当代著名学者、诗人。子蕊，沈祖棻也，当代著名诗人，尤以《涉江词》鸣世，与程为伉俪。程、沈时在武汉大学执教，故诗中有"峨眉月照东湖月"之句。作者此前先有一律诗见赠，本首绝句为再寄之作。寄人之作，重在有情。故此诗首句即以日诵《诗经》中怀人之作"蒹葭白露"诗为发端，以志相思。第二句则言人世沉浮、天涯阻隔，表其虽思念而相聚不易之遗憾。思而不见，则更愈见难堪，此为增其一笔写法。接下来该说什么呢？作者想到自己身为蜀人，而友人远在荆楚，故想象峨眉山月与东湖之月当同属一轮。既是同一轮月，或许我之思念他们，他们也应该知道吧？换句话说，他们也会在此时此刻思念着我吧？诗中的"峨眉月"，其实是暗用了李白《峨眉山月歌》的命意，只是用得自然无痕罢了。结句更是把思念之情提升到了顶点：即便是死，老天爷也该给我们留一个再见的机会啊！也就是说，没有与他们相见之前，我怎么能忍心去死呢？！"忍"，就是怎忍、岂忍、不忍的意思，一个字，抵得千言万语，非有刻骨铭心的体验不能出此言！把对对方的深切思念表达得淋漓尽致，读来着实让人动容。

清明二首（其一）
曾道吾

客地徒招母氏魂，深宵独自抹啼痕。
花开陌上归难得，羡煞他人扫墓门。

【点评】

清明时节，作者客居异地，见人扫墓而生感想，故有此诗寄慨，情致遥深，读来为之涕下。首句言欲为母亲招魂，但自己身处外地，招亦不得，一个"徒"字，多少无奈！次句言招既不得，则有愧于母，故而深宵坠泪，独自伤怀。三句转到当前。而今正是暮春三月，陌上花开，踏青儿女，纷出踏青。然而自己却欲归无计，扫墓祭母更是空言，一个"难"字，亦是深恨难遣。此时又偏偏看到有人扫墓，联想到己之不能，转而羡慕起"他人"有墓可扫。全诗用语绝不拗峭，但情感却是一气流注，至为悲切，愈转愈深：招魂而徒劳，悲其一也；深宵抹泪，悲其二也；归而难得，悲其三也；节逢清明，悲其四也；见人扫墓，悲其五也。最后，羡人扫墓而己之不能，悲其六也。一个"羡"字，是为哀极。正话反说，愈见其悲。写诗如此，能事毕矣。

登西山龙门
张　榕

岚影波光万顷开，凌虚半壁俯楼台。
平生曳尾泥涂惯，也要龙门上一回。

【点评】

此诗为作者登昆明西山龙门之作。对这个特定题材，有很多作品都围绕着"一入龙门，便身价百倍"这一典实来发挥敷衍，本诗也不例外。所可道者在于，作者把这个典实巧妙地同自己所处的时代、自己的身世相衔接，翻出了与众不同的新意。诗前两句正面着笔，写登临所见，西山岚气、滇池波光交相辉映，而龙门危悬，从这里俯瞰昆明城郭，楼台高下，尽收眼底。这些景物全都是据实而写，但笔致精到，大开大阖，也从侧面烘托了龙门之险胜，攀登之不易，不露声色地为后面张本。接下来笔锋陡转，从登龙门联想到自己的身世际遇，言自己就像庄子笔下的那只龟，一辈子曳尾于泥涂，略无所用，并且是习惯了这种处境。这个"惯"，是作者强作欢言，其实最是苦涩。为什么会是这样呢？作者没有说。然则虽没有说，却胜于说。让人想起那些峥嵘岁月里的诸多往事。最让人含泪带笑的是结句：不错，他现在登的是龙门，可又不是。即便不是，也要"上"一回。因为某些原因，他不能升学入仕，登上理想中的那个"龙门"只是虚妄，但现在，他却实实在在登了一回眼前的西山龙门，虽然此龙门非彼龙门，但也算过了一把"瘾"。表面上说得轻松，实则五内酸苦，心里有种种不甘。全诗围绕龙门，取义双关，似庄而谐，似轻而重，似淡语而实浓笔，借物达意，非此非彼，亦此亦彼，让人回味无穷。

候鸟老人

曾忠恕

家乡二老似飞鸿，一个飞西一个东。
女在长安儿在沪，各分一半夕阳红。

【点评】

这首诗写的是近些年来的一个普遍的社会现象。无论是城市还是农村，都有不少这样的"飞鸿"。盖儿女们各有其事，往往与父母不在一地。作为父母，不得不分开去带孙。这首诗以南北迁徙的鸿雁为喻，既生动又形象。为什么不说飞北飞南而说飞西飞东呢？从诗中看，是因为这二老的儿女，一个在长安（西安），一个在上海，各自打拼。所以老两口也只能各"奔"西东。全诗通俗易懂，明白如话。但是结句却结得高明：本来夕阳是不可分的，可在这里，不但能"分"，而且各分一半。其实这只是一种喻象。因为正常情况下，"二老"原本是应该是相处一地共度"夕阳红"的，如今却似飞鸿来去，这就不正常了。这种不正常，完全是由当今社会实际情况造成的，是当今社会大多数老人实际生活状态的如实写照。作者在诗中略不雕绘，更不着一字议论，但是我们读罢全诗，却分明感受到"二老"的无奈和苦涩。在貌似轻悄的诗化的叙述中，寄寓的是一种从未有过的沉重。

村　姬
文伯伦

樵苏十指血痕斑，耕获连宵月色寒。
儿若工棚找对象，休言有母在深山。

【点评】

诗写一个农村老妇，为了让在外打工的儿子找到对象，就告诫儿子不要说自己的家在山里农村，不要说自己还有一个贫困劳作的老母。诗的前两句，描写了老母亲的艰辛，儿子在外打工，家里全由她一人操持。上山砍柴，十指被荆棘扎伤，留下斑斑血痕。春耕秋获，她不分昼夜地劳作，其苦累可知。而出身于她这样家庭的儿子，自然是难于找到媳妇的。这件事于是成了老母亲的一块心病，时时记挂在心。于是转结，她告诉儿子：你若找对象，千万不要说在山里还有我这个母亲啊！这首诗好。好在哪儿呢？我以为一是事实的真实。作者笔下的"老姬"即便不是实有，也必定是作者从现实中所概括提炼出的"这一位"。二是写作的真实。不夸张，不雕饰，完全白描。三是技术的真实。技术为表达主题服务。诗的最后两句，完全以老姬之口出之，如当面对儿殷殷相嘱，读来尤其真切感人，一个处处为儿子操心着想而不惜鄙薄自己的农村老姬形象，立时鲜活地出现在我们面前。让读者感受到一个母亲的伟大，母爱的渊深。所以我说，这首诗无论从立意上、表达上都堪称上乘之作，都有可资后学之辈学习和借鉴之处。

郭定乾点评

郭定乾（1954—　），四川省彭州市人。小学四年级辍学，在家务农。自学诗词。曾任四川省诗词学会副会长，现任四川省诗词协会《诗词四川》编辑部主任。

观电视剧《壮士出川》有感
李洪仁

抗战八年间，四川多贡献。莫笑草鞋兵，赴难六十万。滕县尽忠日，天昏复地暗。师长舆尸归，列国皆吊唁。后方聚钱粮，财政扛一半。至今铜像在，冻饥可想见。一声吃汤圆①，哀哀泪如霰。

注：①成都市民在铜像下端汤圆祭奠烈士，哭声动天。

【点评】

由于历史的原因，川军的抗日事迹在《壮士出川》播映以前一直不为广大群众所周知。在抗战时期，全国的财政收入，四川除"扛一半"外，出川参加抗日的有350多万川军，有60多万人伤亡。参战人数之多，牺牲之惨烈，居全国之首。铜像，指矗立在成都市中心的川军铜像。铜像是成都市的精神象征，每当我们经过铜像下就会想起像王铭章那样的抗日烈士，想起饶国华、李家钰、许国璋以及无数无名英雄烈士；还会想起像"死字旗""吃汤圆"之类的感人至深，催人泪下的故事。读此诗可以警示我们勿忘国耻，可以坚定我们的民族自尊心，可以激起川人的自豪感。诗以五古出之，语言质朴，感情真挚；述故事不尚浮夸，真实可信，故能感人。仄声用韵更增添了诗风的刚健美。这大概就是我们一贯提倡的"岷峨风骨"吧？

访　贫

刘道平

泥径孤村冒雨行，打工人去暗心惊。
几多触目几多叹，一半抛荒一半耕。
孙傍柴门呼客到，翁停竹帚带愁迎。
脱贫事业谈何易，不觉东山新月升。

【点评】

　　贫困村之所以贫困，多半是受地理环境的限制，比如土地贫瘠、缺水、道路不通等，在这种环境中靠农业生产来维持温饱已属不易，倘遇自然灾害，种庄稼就是赔本生意了。为适应当代社会的生存，改变自身的生活状况，因此就有大量的贫困村男女青壮入城打工挣钱。留守农村的就只有老人和孩子。由于缺乏劳动力，原有的熟地也只能"一半抛荒一半耕"了。诗中的"泥径"，意指道路艰难。"孤村"，意指环境偏远。"柴门"，照应"贫"。颈联形象生动，很有画意。在整个访贫过程中作者没有一句冠冕堂皇的慰问语或鼓励语，更多的只是叹息，而这样，我们反觉得它真。因为"脱贫事业谈何易"，其中困难重重，不是一蹴而就的。通读全诗，一个关心民瘼的循吏形象跃然纸上。诗以景语作结，饶有余味。作者是一位老干部，但诗中无一句"老干体"语，难得！

诉衷情·晌午收工

李伏伽

水田漠漠绿新秧，风暖日初长。午休人倦饥渴，且卧北窗凉。
蛛结网，鸟呼伴，蝶成双。墙头翠竹，竹外青山，山顶斜阳。

【点评】

　　这首小词为作者被下放到农村劳动改造时所作，写的是一个劳动收工场景，记述了作者的所见所感。在城里饱受精神折磨、肉体摧残的人忽见僻村清景，有惊魂稍定、暂忘噩梦的惬意。然而，对于一个赢弱多病的知识分子来说，超强度的劳动，"倦""饥渴"的困扰，情何以堪？故"北窗凉"对作者来说是莫大的奢侈享受。此上片之意。下片："蛛结网"，是状其居处的荒凉；"鸟呼伴，蝶成双"是反衬其孤独；最后三句全是写景，一气"顶针"而下，戛然而止，达到了言有尽意无穷的艺术效果。这三句以景寓情，非常传神，我们仿佛看到了一个真实的李伏伽，喘息稍定，半睁倦眼看着窗外发呆。一种茫然、孤独无助的神态凄然可掬。故王国维曰："一切景语皆情语"，此之谓也。

西江月·咏红苕

刘传茀

性耐瘠贫干旱，安于砾壤坡田。寸茎片叶插其间，衍作朱藤翠蔓。

结果不矜不露，憨然硕大香甜。披霜出土报丰年，犹自黄泥满面。

【点评】

清代袁枚说："咏物诗无寄托，便是儿童猜谜。"以上词所以为佳，即妙在不沾不脱，不即不离，是咏物亦是咏人，俨然作者自画像。作者早年为红岩地下党，抗日战争时期在延安担任过八路军宣传干部，中华人民共和国成立后任成都刑警大队长、副局长。后蒙冤坐牢十五年，一生大起大落，是传奇式人物。词的上阕即暗喻其一生遭遇坎坷，但仍顽强地活了下来。"衍作朱藤翠蔓"不亦有其早年影响进步青年学生，发展地下党人员，晚年创办诗社，培养青年诗人的影子吗？"结果不矜不露"，仿佛"大树将军"风格。其为人低调，平易近人，生活朴素，都从下阕中得以看出。此词看似寻常，如结合作者生平、性格、襟抱、学养作知人论世观，就很不寻常了。

抗日阵亡将士纪念碑前

陈本厚

铜像岿然数十春，游人凭吊正斜曛。

川军将士几人识，童稚争呼解放军。

【点评】

在成都市人民公园东大门广场有一尊以抗日川军为原型的铜像，铜像的石座上镌有"川军抗日阵亡将士纪念碑"十一字。铜像始铸于1944年，初置于成都东门，"文革"中被斥为"国民党兵痞"而砸毁。诗中所写的铜像为1989年重铸。铜像是千百万抗日川军的缩影，也是抗日阵亡将士家属赖以寄托哀思的所在，更是成都市的精神象征。凡有点川军抗战史知识的人，经过铜像下莫不凄然动容，肃然起敬，无不为川军的抗日事迹所感动，此诗即取材于此。全诗饱含着一种岁月的沧桑感，一种历史的沉痛感，一句"川军将士几人识"感慨何深！"童稚争呼解放军"，借童稚之误会，诉说了历史的悲哀，语言含蓄委婉，深得怨而不怒之旨。此诗选题好，形象鲜明，语言流动自然，敷色浓淡适宜，内涵丰富，耐咀嚼，洵为凭吊佳制。

车行岷江道中

勾鉴清

高原天气晚来秋，丹叶黄花豁倦眸。

一路飞车追逝水，乱山如倒夕阳流。

【点评】

深秋时节，乘车于岷江道中，临水观山，其乐何如？诗中的"丹叶""黄花""逝水""乱山""夕阳"交织在一起，组成了一幅绚丽多彩的图画，一路观赏，真是目畅神怡，愉悦之情自不待言。然而，从"追逝水"中我们不免又读出几分伤感情调。"追逝水"不亦有与时间赛跑的意思吗？不亦类夫子逝川之叹吗？作者当时已年近八旬，有多少未竟之事业、未了之心愿亟待完成，不亦有一种生命的紧迫感吗？“作者之用心未必然，而读者之用心何必不然”，此之谓也。此诗看似句句写景，实则景中寓情，故王国维曰：“一切景语皆情语。”此诗可以当之。

思　亲

高同璟

幼年失怙苦无依，多感劬劳继母慈。
吐哺衔虫如老燕，垂怜舐犊似亲儿。
乡村校远愁行早，山径途难怕到迟。
最是一生忘不得，送朝待晚倚门时。

【点评】

俗话说，“蝎子尾巴后娘心”，这话有一定道理，但你若把它当作一定的道理那就大错而特错了，此诗可以为证。诗人以一颗感恩的心，深切地怀念了一位强如亲娘的继母，读来甚为感人。颔联对仗工整，比喻贴切，示母爱于形象，真实而不空洞；颈联表面是在记述作者学生时代的艰难生活，但文字背后也包含了对继母的劬劳之苦的怀念。结句捕捉到一个异常动人的画面，以特写的手法清晰地刻画了一个慈母的形象，一个令人难忘的形象。古人云：“树欲静而风不止，子欲养而亲不待。”又，《诗经·小雅·蓼莪》曰：“欲报之德，昊天罔极。”千古孝子之心莫不相通。尝闻，诗不必出自名人胜士，能感人即是好诗。此诗庶几近之。

咏装订女工

隆　莲

荏弱休言百不胜，人挥铁臂子挥针。
凿穿太古鸿蒙窍，联络寰球亿兆心。
三绝韦编何足虑，万篇胝手尚能勤。
涓埃凭仗东风力，也向高峰泰岱行。

装订女工，这里很大程度上是指装订线装书的女工人。首联是勉励语，勉人以自强自立；颔联极尽夸饰之能事而不流于怪诞，最为出彩；颈联写装订女工与读者之间的关系，三绝韦编，用典贴切而不生僻；尾联的意思是说：社会分工不同，只要各尽其力，哪怕是涓埃之力，终能汇流成河，垒土成山。"东风"是时代产物，可释为"号召"，也有可能是印刷厂名。书籍是传播知识、文明的载体，也是促进人类社会进步的法宝。诗以极富情趣的语言高度赞扬了装订女工的平凡而伟大。此诗可谓小题大做之典范，有尺水兴波之势，寻常笔墨不能到此。作者隆莲，曾任四川省佛教协会会长，国学功底极为深厚，亦娴于诗法。但此诗用韵较宽，没有遵守"平水韵"，这大概就是娴于法而不囿于成法吧？

不羡人

郑大谟

（作品见 117 页）

【点评】

先说说此诗的写作背景：作者是一位中学教师，"文化大革命"中被下放到农村劳动改造，诗即其时所作。对于一个从事高强度劳动的人来说，斤米三餐是常处于一种半饥饿状态的；每顿仅能以蘸盐下饭（真正的素食），可想其生活之艰难。然即使如此，作者仍"我行我素"，不为隔灶之肉香所动，其志亦坚忍矣！此诗即事言志，以自我调侃的语气道出了一个知识分子为了真理、正义而于滚滚浊流中坚守信念，不为外界诱惑所动摇的高贵品质。全诗从一"素"字着眼，联想到"我行我素"一词，据此为结句，即已完成了言"志"的目的，其余三句不过是据果求因作为铺垫而已。此诗看似平淡无奇，实则诗句背后不知隐藏着多少辛酸故事！然非过来人不得而知。诗类即兴之作，在格律上不无可议之处，然非如此，恐难达此自然效果，知此，可以言"不以律害意"。

龙池绝句二首

王文才

西峰残雪已融时，大壑春晴养玉芝。
行尽龙溪源上路，群山涌出古龙池。

地接羌方土俗淳，寒杉木屋近仙村。
云中灯火留人宿，黄豹巡更虎守门。

【点评】

　　第一首诗写登临龙池所见。龙池在都江堰市西30公里，山高林密，是消夏旅游的绝好去处。此诗作于20世纪80年代末。作者于一个"雪融""春晴"之日从都江堰市出发，取径龙溪，溯源蜿蜒而上，直至龙池。诗以简练而遒劲之笔，准确地刻画出了龙池雄峻高远之境。诗的第一句是"望"；第二句是"且行且看"。玉芝，《辞源》作白芝、黄精等解，这里不可拘泥，应是作者对龙溪野生植物或村民所种中草药之类的美称。三、四句有"行到水穷处""别有一山川"之概。因龙池是高山湖泊，第四句中的"涌"字就用得特别传神，可谓诗眼。全诗虽是句句写景，但也句句寓情，诸如作者久居城市的郁闷心情在亲近大自然时得到释放的惬意、初次见到龙池美景时的惊喜等，无不透露在行间字里。此诗脉络清晰，章法井然，气象雄浑，声韵和谐，允为纪游佳制。

　　第二首诗写龙池昼夜之景。汶川县属全国四大羌族聚居地之一。龙池旧属汶川县所辖，故说是"地接羌方"。龙池境内多杉林，房屋皆木制，故"寒杉木屋"是写实。"仙村"，比喻龙池灵奇秀异之景。龙池地势高峻，常有云雾缭绕，故夜有灯火明灭之奇。龙池境内多野兽，但绝无虎豹，即使是雕塑的虎豹也没有。联想起作者在游峨眉时曾把一只黑猫比作黑虎写入诗中，故结句中的"虎""豹"有可能就是把某家的猫犬比作虎豹吧？亦有可能是作者为营造一种神秘的意境所作的奇想、一种"笔补造化"吧？因为仙村中的仙人是能驯服虎豹为其巡更守夜的。此诗仅四句，写尽龙池昼夜之景。其用笔虚实相生，空灵缥缈，颇具神秘色彩，读后给人以无限的遐想。

鹧鸪天·雨中过民工工棚

安全东

秋雨潇潇乱若丝，工棚逼仄觉天低。可堪屋漏床床湿，浸我民工件件衣。饭钵接，面盆支，到头还是一身泥。出门愁看天公脸，依旧浓云遣不飞。

【点评】

　　词中的"民工"是指家在农村，进城从事建筑行业的农民工。他们的工作环境恶劣，居住环境简陋。工棚是临时搭建的房子，很难保证其不漏雨，词即写一个住着民工的工棚漏雨的场景。"饭钵接，面盆支，到头还是一身泥"，写民工一片忙乱狼狈相，刻画如生。关心民间疾苦是诗人的优良品德，也是诗界的优良传统。杜甫、白居易自不必说，就连"飞扬跋扈"的诗仙李白也有"田家秋作苦，邻女夜春寒"，自称"万事不关心"的诗佛王维也有"旧谷行将尽，良苗未可希。老年方爱粥，卒岁且无衣"的悯农诗句。此词的可贵之处正在其悲悯情怀，语言流畅、下字准确乃其次也。

桃花开

吴　江

　　碧草黄莺已报春，桃花红似女儿唇。
　　娇羞难掩芳心动，除了东风不许亲。

【点评】

　　自来写桃花的诗何止千万？要从此题出新太难了！把桃花比作女儿唇，甚为新奇，是本诗的亮点。"娇羞难掩芳心动"，用拟人化的手法写桃花，亦觉生动可爱；"除了东风不许亲"，是用情专一的意思。此诗读罢，有不知桃花似女儿还是女儿似桃花之感。全诗设色明丽，语言清新，体物写志，水乳交融，堪称佳作。

读靖节达旦忽忆三十年前栽秧事

冉长春

快趁天光快插苗，秋来无计避征徭。
田人效得陶彭泽，五斗米应千折腰。

【点评】

作者读《陶渊明集》读到"不能为五斗米折腰向乡里小儿"的故事时，忽然由"折腰"二字联想到当年插秧情景，灵感降临，便作了此诗。陶渊明不愿为五斗米俸折腰，是不忍人格的屈辱因而辞官而去。但农民的"折腰"意义不同，是插秧时的弓腰动作，不是低声下气受辱于人，只不过是为了生活，为了"征徭"而已。"千折腰"是极言其多，是概数，其实五斗米岂止千折腰？只是若要细算就成了沈括论"霜皮溜雨四十围，黛色参天二千尺"的笑话了。"千折腰"句有粮食来之不易，有"谁知盘中餐，粒粒皆辛苦"的悯农情怀，此也正是本诗的可贵之处。诗人以一种颇富情趣的语言道出，读后能令人会心一笑。

月夜种瓜

李德成

两三茅屋数丛花，寂寞山中树影斜。
一片蛙声明月下，撬开乱石种南瓜。

【点评】

南宋诗人刘翰有"自锄明月种梅花"句，千载而下想见其风雅。此诗题为"月夜种瓜"，想来其风雅情趣应与刘翰相差无几吧？答案是："非也！"你看他为什么不白天种瓜？为什么不选择肥沃之地种瓜？这分明写的是20世纪60年代初困难时期的事情。原来种瓜是为了充饥，农村劳动是天不黑不收工，作者是一位农村教师，可能更忙，所以要月夜才有时间。还有，那时农民没有自留地（后来虽有也很少），只有偷偷摸摸地在石隙间不显眼的地方开荒种瓜。全诗颇富画意，前三句充满了静趣，然而，诗人却没闲工夫去欣赏它。我们从诗中听到的是镐锄撞击乱石的声音和诗人的喘息声，看到的是镐锄撞击乱石的火星以及诗人的流汗和无奈的苦笑。此之谓"诗之外有事，诗之中有人"，总之，是很有生活气息的。稍感不足之处是：一、二句中"数""树"同音，且在同一位置上，宜避。

打工人家

李荣聪

（作品见 11 页）

【点评】

人生谁不想一家团聚，同享天伦之乐？出外打工是贫困村夫妇没奈何的选择。娇儿犹在梦乡，这对父母想到天明后已身在异乡，于是此时对孩子亲吻再三，不忍离去，舐犊之情跃然纸上。此诗朴实无华，几近俗白，然体物细致，写情入微，是以情胜，故不嫌语浅。能感人的作品毕竟不多，这也是此诗的魅力所在。

农家即事

郑 韬

四月农家一片忙，晴收菜籽雨栽秧。

屋前屋后无人管，几树枇杷兀自黄。

【点评】

"农月无闲人，倾家事南亩。"在抢收抢种的季节，除老、病等特殊人员外，农家往往会全家出动参加田间劳动。晴天固宜收打菜籽，即使雨天，披蓑戴笠也要栽插秧苗。诗的前两句属虚写，突出了一个"忙"字；后两句属实写，描绘了农家小院的恬静幽闲景致，两者虚实相生，忙闲互衬，使忙者愈忙，闲者愈闲。"几树枇杷兀自黄"有"闲着中庭栀子花"之致。

登 山

李治波

嵯峨万丈入云霄，绝壁何曾惧路遥。
待到峰巅极目望，那山或比这山高。

【点评】

此诗说的是一个登山过程的经验体会。当人在山下时，视线被"这山"全部遮完，故认为"嵯峨万丈入云霄"，高不可及。一旦登上顶峰，视野开阔，才发现山外有山，才觉得"那山或比这山高"。同样，在生活中，无论是研究某一门学术，还是学习某一门技艺，一旦你攀登到你曾经崇拜、仰慕的高度，你会发现还有更高的高度，你会觉得你曾经的眼光是多么短浅可笑。这就给我们揭示了"一叶障目，不见泰山"和"站得高看得远"的道理。诗写出了千万人登山的共同感受，是为"人人意中有，人人笔下无"，故易于引起读者的共鸣，不仅如此，诗还上升到哲理的高度，值得称道。

初 春

罗达志

引马南山过索桥，白云出岫雪初消。
春风不暖雅砻水，三月霜花挂树梢。

【点评】

这是一首纯粹的山水诗，虽无微言大义，放在当今大量的山水诗中还是比较出色的。首二句写自然风光妙入图画，三、四句写出了边远地区节令变化时迥异于内地的自然景象。首句的"引马"二字非常重要，作者把自己置身于大自然中，如山水画中的点景人物，使静止的风景中注入了生趣，全诗便活了起来。读此诗如对《春山行旅图》，料峭春寒，泠然之气扑人而来。语言整饬，声韵和谐亦是此诗重要特征。唯诗题的"初春"似与结句的"三月"相矛盾，不知是否传抄有误？若作"暮春"似更贴切，更能体现边远地区与内地的气候差异。

洞　庭
管遗瑞

烟波浩渺水连天，鸥舞帆翔碧玉田。
他日狂潮风浪起，来看砥柱是君山。

【点评】

孟浩然写洞庭诗"气蒸云梦泽，波撼岳阳城"，味其句，似写早晨景象；张孝祥写洞庭句有"玉鉴琼田三万顷，著我扁舟一叶"，是写洞庭月夜景色；此诗的"鸥舞帆翔碧玉田"，是写风日清和的洞庭，则别是一番景象。"碧玉田"似从"玉鉴琼田"化出。首二句：水天相连，鸥舞帆翔，一派生机。第三句笔锋一转，忽然想到"他日狂潮风浪起"，怎么样呢？要地覆天翻了！幸有岿然不动的君山赖作砥柱，始可挽狂澜于既倒。全诗气象开阔，写得有声有色。"来看砥柱是君山"，别有寄意，非徒写景。此诗有思想，有感情，不同于泛泛模山范水之作，读之令人志远情畅，胸胆开张，不愧佳作！

峨眉遇雨
武成炳

漠漠烟岚袖底飘，清凉世界路迢迢。
半山云木容奇雨，一壑雷声泻绿涛。

【点评】

峨眉山高，气候晴雨不常，作者在登临时偶遇阵雨，见山光物态变化之奇幻，触于目，感于心，故有是作。首句借"烟岚袖底飘"写出了作者潇洒放旷的意态。第二句有远离炎暑的惬意。第三句是"穿林打叶声"的描写。结句尤好，它写出了高山区人行于半山或山顶闻雷声响于谷底的感受。"绿涛",林木葱郁之喻。此诗造语笔力雄强,写景状物,意态逼真,可以用"活""飞动"来形容。三、四句作对仗语,流动不板,结句收束有力,使全诗更显神完气足,堪称一首优秀的山水诗。

推销员

章润瑞

剥啄声声破寂寥,裙裾楚楚一推销。
姓名不报忘施礼,牌品先夸直入刀。
阅尽阮家青白眼,吹残吴市短长箫。
拒君千里心何忍,且立衡门听絮叨。

【点评】

20世纪90年代没有网购,城乡多有上门推销商品者,这其中免不了亦有趁机以伪劣商品行骗者,是故,买方多有持怀疑态度者,这就促使推销员不得不费大量的口舌来宣传自己的商品,以博得买方的信任。诗以较为典雅的语言,生动地再现了一个推销员上门推销的场面,富有现代城乡生活情趣。颈联用典贴切,写出了推销员难堪和无奈的心理;尾联体现了作者的悲悯情怀。此诗题材新,内容新,语言颇见镕铸功夫,是一首雅俗共赏的好诗。

〔正宫·塞鸿秋〕邙山

王晓春

贫穷富贵王侯将,功名利禄南柯上。长生不老真虚妄,经幡锣鼓邙山葬,一坡野草黄,几度夕阳傍。无非有的坟头胖。

【点评】

邙山在洛阳市北,又称"北邙山",据说那里风水极好,故历朝帝王将相葬于此山者不胜枚举,平民百姓就更不用说了,久而久之,邙山就成了坟地的代名词。此曲即以邙山为题,表达了自己的看法。作者把世间贫富贵贱一切人等同等看待，认为最终还不都到这邙山来了吗？还不同样卧在这野草荒坡，日复一日地接受岁月沧桑的消磨吗？所不同的是"无非有的坟头胖"而已。"无非有的坟头胖"，肯定中带否定，其潜台词：不也是最终都要肉化为水，骨化为泥吗？终有一天恐怕连坟墓都要消亡，不是吗？谁见过万年古坟？这思想有点消极，像庄子的齐物思想，但为千万贫穷百姓吐气，亦觉畅快。长期读诗（包括词曲）的人有个经验，凡读后不忘的定是好诗、好句，"无非有的坟头胖"就是读后不忘的句子，并以此句结束全篇，尤为绝妙。

赴黑水县扶贫途中得句

周　煜

朝发磁峰天欲雪，心忧晴朗不胜寒。
奔波千里伸援手，要引春风出汉关。

【点评】

扶贫政策是改革开放后的一项新政策，它深得人心，在全国各地早已普遍推行。扶贫有具体的物资支援，也有特定的项目支援。此诗即是作者在执行一项扶贫任务时所作。磁峰镇在彭州市，与黑水县相距千里之遥，出发时是欲雪天气，作者因心系黑水县贫困区人民，生怕雪晴天寒，贫困区人民受冻（车上载有御寒冬装），故不辞"奔波千里伸援手，要引春风出汉关"。"出汉关"，黑水县在四川阿坝州中部，是藏族和羌族的聚居地，作者由彭州的磁峰镇出发，当然就是"出汉关"了。诗表达了一个基层干部关心民间疾苦，要把党的温暖送到贫困地区的责任感和自豪感。此诗的妙处在于以"伸援手"代"支援"，"引春风"代替"送温暖"，虽非自造之词却巧妙地避免了掉入"老干体"语的泥潭，从而也增添了不少诗味。

高阳台·吴颖吾教授周年祭

王荪青

异国南天，星空碧海，记曾目断归鸿。境隔嫏嬛，而今何处寻踪。经年怕入巴山梦，恐梦醒、细雨梧桐。更难忘万里风烟，半世飘蓬。

文章价重归何用？纵珍悬桂壁，难慰幽宫。地远天高，凭谁更寄诗筒。遥怜儿女奔临日，抚孤坟，泪洒鹃红。问何年化鹤来吟，故国春风。

注：予为先生所撰寿序，一直悬于多伦多故居堂上。

【点评】

这是一首祭奠卒于异国他乡的朋友的挽词，有海天遥阻，阴阳两隔的慨叹，也有对朋友生前的回忆和朋友死后的哀伤。"嫏嬛"，天帝藏书处，此处意指仙境。"巴山梦"，意指存殁双方曾同学于重庆"国立中央大学"事。"风烟"，战乱，意指抗日战争。"幽宫"，坟墓。"泪洒鹃红"，即"杜鹃啼血"的意思，比喻极度悲伤。"化鹤"，指丁令威化鹤归来的故事。此词条理清晰，措辞典雅，寄情悱恻，有诗中玉溪生、词中秦淮海风格，允称佳制。

沁园春·悼亡

卢剑予

夕夕朝朝，过了中秋，是汝生期。念生生世世，前缘未了；凄凄楚楚，往事堪悲。力尽心疲，只任心头一点痴。穷人命，但相看泪眼，没法求医。

噫嘻忍赋分离。剩一捧寒灰一捧泥。痛凄凉鬼哭，依稀可听；衰残我老，去住难知。叵耐今宵，难消永夜，薄奠虚呈酒一卮。更霜飞红橘，怎盼魂归！

【点评】

从词中"是汝生期"一句来看，此词应是为亡妻冥诞而作。与一般的悼亡词不同的是：此词作者当时已将近百岁，其妻去世时也应不低于九十岁，是真正的"头白鸳鸯失伴飞"。上片从当下写起，再逆向作生前的回忆，有相依相伴，一往情深的怀念，也有"贫贱夫妻百事哀"的悲叹；下片对景伤情，如泣如诉，既是悼亡，亦有自吊之意。而过片的"噫嘻"句不但增添了全词的感情色彩，也起到了承上启下不着痕迹的妙用。此词不用一典，纯以白描，107字，字字如泪，辞哀调苦，令人不堪卒读。

一剪梅·见深山青年农民大部出外打工有感

黄芝龙

唤友呼朋兄弟邦，一脸迷茫，一束轻装。打工出外别山乡。留下妻儿，留下爹娘。

珠海新疆走四方，多少沧桑，多少心伤。薪金拖欠似寒霜，包里钱光，家里田荒。

【点评】

农村青年外出打工是改革开放后的一种新的社会现象。当时有少数因打工发家致富了的，而大多数的仅能养活家庭而已，甚有被老板拖欠工资或被工头卷金逃走，民工被逼到乞讨还乡的，说来令人唏嘘不已！词的上片写农民工离别家乡时的情景，前四句实写，形象生动，"一脸迷茫"刻画细微，写出了农民工对打工前路未卜的担心情状。下片虚写，"多少沧桑，多少心伤"，概括力强，许多劳动挣钱的艰难苦楚尽已包含；"包里钱光，家里田荒"，道出了农民工的无奈和叹息，也体现了作者对这一现状的担忧。此词明白如话，不须注解，然作者的一片悯农情怀跃然纸上，值得称道。

题画芋头

郭广岚

乡村几处有炊烟，人祸天灾度日难。
疗得饥肠消得肿，赖渠撑过六〇年。

【点评】

现代人能吃饱芋头已不足拿出来说，但在1960年前后，能吃饱芋头已经是莫大的幸福了。诗的首句写的是"公共食堂"时期的农村情景；第二句指的是"三年困难时期"（即1959年至1961年）的情况；第三句说的是当时大多数的农村人都处于一种半饥饿状态，很多人得了水肿病，为什么会得这种病？这要医学专家才解释得清楚。总之，那时但凡能吃饱饭的，即使是仅能吃饱芋类的也不会得这种病。作诗要懂得借题发挥，要有超越时空的联想，此诗已做到了这些。由仅能填饱肚子的芋头勾起了数十年前的回忆，小小芋头承载了多少历史的隐痛，令人不堪回首，此之谓"小中见大"，二十八字抵得一篇回忆录。

李润点评

　　李润（1955—　　），四川南充市人，1979年毕业于西华师范大学（当年名南充师范学院）汉语言文学专业，留校任教。20世纪八九十年代先后在四川大学中文系进修古代汉语研究生课程，并在四川省社科院研究生部在职学习并毕业。2007年晋升教授。先后任四川师院中文系汉语教研室主任、系副主任，担任学科教学论、汉语言文字学硕士点导师，四川省语言学会理事。1998年调入广东石油化工高等专科学校（现广东石油化工学院），曾任师范学院院长、文法学院院长、校党委常委、副院长，中文专业教授。出版著作、教材5部，在《古汉语研究》《辞书研究》等刊物发表论文40余篇，多次获得省部级奖励。

哭一多师二首

郑临川

党锢摧贤达，匹夫百世师。
虚陈召穆谏，终化邓林枝。
探赜穷周易，哀时课楚辞。
赓歌黄鸟曲，岂独哭其私。

一仆千夫起，捐躯为国殇。
觉民奋狮吼，骂贼显鹰扬。
毅魄人钦敬，遗孤孰抚将。
春江明月在，懿范讵能忘。

【点评】

1946年7月15日，闻一多先生在昆明惨遭暗杀。噩耗传来，正在重庆等待闻先生一道赴京的作者有如霹雳当头，五内俱焚。激愤之中，写下了这两首诗。作者的感情无疑是非常愤怒的，因此开篇就直斥统治者以党锢之祸摧残贤良。虚设纳谏的民主之道，不过是玩当年周厉王弭谤的掩人耳目的把戏，竟让忠贞的闻先生献出生命，化为桃林。前面这四句诗，揭穿真相，盖棺论定，下面似乎难以深说了。然而作者正如丹青妙手，善绘峰峦，笔锋一顿，转而述说闻先生生前之事，不过是探究《周易》，教授《楚辞》，做的是研究学术、培养学生的文化教育工作，不过是一袭布衣赤手空拳的书生，统治者却必欲置之死地而后快，可见是多么的残暴，也是多么的色厉内荏。在这里，我们仿佛看见作者压住了怒火，却在嘴角浮起对统治者讥讽与鄙视的神情。一个在文化教育上成就卓著的学者，本可对国家有更大的贡献，却英年殒命，不由人想起《诗经·黄鸟》悲痛的呼喊："彼苍者天，歼我良人。"两千多年过去了，残害贤良的悲剧再次上演，怎不叫人痛心疾首。至此，作者的情感如悬泉叠瀑，愈下愈沉，从最初的激愤转为蔑视，再转为更加深广的忧国之情，令今天的读者也不禁为之叹息，掩卷沉思。

第二首的写法与第一首不同。前一首侧重叙事，此首则侧重描绘形象。作者首先为闻先生下了一个定论：为国捐躯。继而为闻先生画像：为启发民众而奋身怒吼，为揭露统治者而厉声骂贼，不顾生死。联想到闻先生《最后一次讲演》中"前脚跨出大门，后脚就不准备再跨进大门"的铿锵话语，一位大无畏的民主战士形象跃然纸上，呼之欲出。作者描绘到这里，又补上一笔"遗孤孰抚将"，这看似闲笔，实则大有作用。先生对家庭并非无爱，却罔顾妻儿，奋身而出，一个爱家却不顾家，为国家为民主甘于献身的斗士形象更加丰满地展现了出来。画人须点睛，须表现出人物的精神风貌。闻先生为什么会如此呢？作者自然要探究其思想渊源。正如作者在《永恒的怀念》一文中所记述的，闻一多先生极其推赞张若虚的《春江花月夜》。他所称赏的，不仅仅是此诗对宫体诗的反拨，也不仅仅是优美的词句和意境，而是在于诗中所凸显的对人类同情关怀的胸襟和意识。闻先生借诗中游子之口，表达了自己的心愿：愿像落月一样，用最后的光辉烛照着天涯游子乘月归家。这就是闻先生的精神之源。春江明月，象征着闻先生的精神，成为作者的懿范，成为暗夜的星珠，成为永远的丰碑，也点画出闻先生的精神风采。斯人已矣，而精神长存！

还乡杂诗

郑临川

总角辞家老大还，浮云春梦散如烟。
行来往日嬉游地，听得乡音便少年。

【点评】

说到还乡忆旧的诗，总会想到贺知章的《回乡偶书》，这首诗把少时离家老大回乡的感慨写得十分真切。本诗也叙写了相近的经历和情感，但读来感受却有所不同。首句"总角辞家老大还"，写出了少与老的时间反差，形成强烈对照。作者九岁就离开家乡湖南湘西，直到七十二岁时还乡，其间已经过漫长的六十三年。辞家时天真活泼，还乡时则垂垂老矣，对照中传递出作者的自伤之情。"浮云春梦"一句，紧承首句，概写漫长岁月的逝去，形象可感。作者怀着失落的心情，来到儿时嬉游的地方，一阵乡音传来，猛然勾起诸多回忆，仿佛穿越时光隧道，回到了儿时。这一细节，把作者此时的快乐和欣慰表现得细致入微，真切可感。贺知章《回乡偶书》叙写自己回乡的情感，感慨自己的老去，以喜衬悲，是悲喜交集。本诗前面所写，无论是岁月的反差，还是春梦的消散，都有自伤的情绪，沉重而无奈。然而结局忽转，柳暗花明，令读者感受到作者虽有岁月如驹物是人非的伤感，但终究幻化为少年的欣慰。其铺垫转换，以悲托喜的笔法，自然巧妙，让人深切体悟到时光的易逝与可贵，读来与贺诗有不同的情感体悟。

薛涛井

郑临川

乐籍沉沦事可伤，浣花笺纸姓名香。
须眉才子知多少，枉把风流附女郎。

【点评】

这首诗是作者在凭吊成都望江公园薛涛井后所写，表达了对一千多年前的才女薛涛一生不幸的哀婉之情。首句就对薛涛"乐籍沉沦"的身世深感伤痛。薛涛出身官宦人家，貌美才高，却因父亲猝亡而沦为歌伎。次句转而称赞薛涛制作的小笺被称作"薛涛笺"，广为流传，实则以笺誉人，赞誉她的才名远扬，虽在乐籍，却令人仰慕，这也为下面的众人追慕做了铺垫。而赞赏之外，也深潜叹惋，叹其虽有才华，但因身处贱位，不得尽展其才，仅以粉笺而名。三、四句再转薛涛广受追捧，酒宴陪侍，奉和作诗，假为校书，甚至还与大才子元稹有过一段刻骨铭心的恋情，烈焰鲜花，夺人眼目。但诗中一个"枉"字，把这表面的风光都否定了。薛涛名列唐代四大女诗人，虽有风骨高才，但在男权社会中，她也只能依附男人而生存。她曾写下悲伤的《十离诗》《春望词》，正是社会桎梏之下女性的悲鸣。诗中的"枉"字，指明既是才子之错，也是薛涛之误，更是社会之谬。作者哀其命途多舛，既是对薛涛之"伤"，也是对几千年来女性不能自主命运的深沉哀伤。薛涛已逝千年，她制笺的古井犹存，触"井"生情，岂不伤哉！

送弟子赵义山移教岭南

郑临川

送远难为别，斯文骨肉亲。
东川擢秀士，南海跃鳞人。
集义隆师道，出山存璞珍。
家临珠宝地，行止慎风尘。

自古以来，送别的诗浩若烟海，以致成为一类。离别之情本皆相似，但表现却有所不同，有的是望着孤帆远影久久伫立的身影，有的是青青客舍中频举的酒杯，也有的是天涯比邻的殷殷劝慰，虽然都是恋恋不舍，却终究舍去。而本诗不同，起首即言"难为别"。难在何处？难在斯子与己虽为师生，却是情同父子，骨肉之亲离家远行，岂不难舍？由此看来，"难"是本诗的诗眼，难的原因则是"骨肉亲"。如何体现骨肉之亲？作者为我们一一道来。颔联二句，概括了行者迄今的业绩，起于东川，跃于南溪。鱼跃龙门，这既表达了长辈的欣欣之情，也可见对行者的熟悉，若非骨肉，焉能至此？毕竟子弟远行，免不了有一番嘱咐。颈联的嘱咐别有意味，作者把行者的名字以燕颔格的方式嵌于诗中，以为鼓励。众所周知，古代婴儿出生三月，由父亲命名。名字蕴含着长辈的万千期望。因此这里作者叫着行者名字嘱咐"集义隆师道，出山存璞珍"，只有至亲之人方能如此。按常理，写诗至此，嘱咐就可以结束了，可是作者并没有住口，又叮嘱"行止慎风尘"。"风尘"乃是双关，既指行者将到之地的自然风沙，更指不良风气的侵袭。作者本是一位颇为寡言的长者，却一反常态地反复叮嘱，看得人感到有些好笑，先生怎么啦？但就在这一反常态的絮絮叨叨里，我们却感受到浓浓的亲情，也体会到这骨肉离别之"难"。

成都扬雄洗墨池[①]

周虚白

迟回苦觅草玄亭，萍里阴阴见墨痕。

尚有侯芭欲问字，荆榛满地不开门。

注：①作于入成都中学，池在校舍后，水草杂生，不可踪迹。

【点评】

此诗为作者早年所作，诗中记叙寻觅扬雄草玄亭的一次经历。事虽简单，却颇为曲折，作者心绪也几度变化，富有层次。从自注可以推知，作者是刚入学校，就满怀期待地到校园后面寻觅扬雄故居草玄亭，也即大名鼎鼎的西蜀子云亭，因为作者所入成都中学正是由以前纪念扬雄的墨池书院演变而来。得知草玄亭就在学校后面，岂不大喜过望？情绪为之而上扬。谁知世事沧桑，草玄亭已经湮灭无迹。作者徘徊往复，苦苦寻觅，也不见踪影，心中的失望可想而知，情绪为之一跌。在惆怅之际，却发现了一个浮萍满布似乎可见残墨陈迹的水池，这不正是扬雄的洗墨池吗？作者喜出望外，情绪又为之一振。一定要弄清楚这亭池的如烟往事，作者打算像求学于扬雄的侯芭那样，问道于知情人。但四处草木丛生，荒凉涧散，显然久已无人来此。旁边的房屋也似无人居住，拍门不应。作者又一次失望了。而这一次，则是深深的失落。第一次失望，可能是自己找错了地方，还可以继续寻找，还存有希望。现在已经找到故地，却已经荒芜沉寂，那是无可挽回的真实的失去。在这里，我们仿佛可以听到作者一声低低的喟叹，感受到他对文化衰败的深深失落。然而，我们也可因年轻的作者对乡邦文化的执着追求与向往感到慰藉。

贾智德点评

贾智德（1955—　），四川南部县人，从事师范及高中语文教学40年。《诗词四川》编辑部主任。

野　老

曾　缄

闲时扶杖过东津，野老相逢笑语亲。

亦拟杀鸡为一饭，可怜鸡更瘦于人。

【点评】

绝句《野老》善于从生活的细节中发掘诗意，以带泪的微笑反映大主题，突出时代特征，可视为"以诗证史"来欣赏。起笔平直道来，忙里偷闲，拄杖前行，郊外散步。出城之东，跨越小桥流水。时逢乡野老人，相见语依依，聊家常，话桑麻，情切切，笑盈盈，笔下完全是一派诗意盎然的祥和景象！这两句诗表面风平浪静却潜流暗涌，是蓄势，是铺垫。第三句宕开一笔，形成重大转折，引起巨大的感情漩涡。当家主人热情好客，"邀我至田家"，想"具鸡黍"招待好友，奇迹出现了，哪知"可怜鸡更瘦于人"，这一收束句真是神来之笔！与前面的铺垫形成巨大的反差，给读者以巨大的震惊，这句诗是想不到的好！它含蓄地描写了那个令人心酸的时代，以小见大，尺水兴波。一首小诗记录一个时代，正是这首诗为人们津津乐道，盛传不衰的原因。

春节盼归

刘道平

愁傍柴门望早归，逢人怯问百千回。

小名只在喉中哽，立尽斜阳泪暗垂。

【点评】

春节是中华民族的传统节日，其气氛之浓烈，场面之喜庆，是其他节日无法比拟的。它是阖家团聚，充满浓浓亲情的节日。《春节盼归》运用电影长镜头的特写手法，描写一位乡村老人盼望打工在外的孩子归来的情景。情溢纸端，感人至深！

首句"愁"是老人孤寂的内心独白，"傍"是写动作，表现老人年迈体衰，"柴门"交代环境，显示家庭的贫寒，"望"是神态，内心深处极度期盼的外在表现，"早归"点明"望"的目的。首句七字，字字珠玑，无一字虚设，生动地表达出一位年老体衰的乡间孤独老人愁绪满怀，傍门而望，望眼欲穿的焦急等待的情形，出神入化。如果说首句的主词是"望"，那么，次句的主词就是"问"了，写久等不至的询问。"逢人"和"百千回"表面上用语重复，实则是为了突出和强调见人就问，言其问之多，问之切，心之急。"怯"是修饰"问"的，问的胆怯，说明心里焦急外，还有怕失望的隐隐心痛！第三句结构上是转折，内容上是深化，由外在的"望"和"问"转到写内心深处的念叨和呼唤。孩子的小名时时念叨在口，"神经质"似的默默自语，喉头哽咽，表面上压抑着，没有爆发，而内心深处早已翻江倒海。这是多么深切的、痛彻心扉的情感啊！末句写盼望的结果，早早地"望"，切切地"问"，喃喃地"哽"，直到日落西山鸟归巢，斜阳翻过一重山，也不见孩儿的影子。看着家家户户的孩子一个个归来，老人的心呀，那个痛呀——只有暗自垂泪！

这首诗以人物为中心，以情为经，以景为纬。写人抒情，借之以景，人物形象鲜活，写景画面生动。力透纸背，情透纸背，以浓烈的情感深深打动读者。

咏 竹

刘道平

（作品见65页）

【点评】

　　在中国诗歌史上，咏物诗源远流长，"三百篇导其源，六朝备其制，唐人擅其美，两宋元明沿其传"。咏物诗是通过描摹物象来曲折地表达作者的情志，将创作者的情感寄寓其中。咏物隐然只是咏怀，盖个中有我也。周啸天先生在《论咏物》中精辟地指出："咏物诗大体有两个层面：一个是表示的层面，是诗的本质，须贴切；一个是暗示的层面，是诗的能指，须浑成。只有第一个层面的咏物诗，不能算好的咏物诗；同时具有这两个层面的咏物诗，才算好的咏物诗。"《咏竹》一、二句直接写竹，前句写竹的外在特征，"拔节"是竹顽强生长的姿态，"青山""翠微"是竹生长的环境；后句承接写竹的内在个性，"虚心"是本质，"惯见白云飞"是洒脱与浪漫。二句同写竹，笔墨变换，角度不同，从外到内，竹的完整形象跃然纸上，十分贴切，完成了咏物的部分，也完成了全诗的铺垫部分。用笔自然，水波不兴。绝句第三句是拓展句，亦是转折句，它决定全诗的成败。"一朝截作短长笛"，是诗人神来之笔。假设将竹子做成笛子后又会怎样呢？末句做了精彩的回答。啊，竹真是一阔脸就变！先前还"虚心"呢，现在"便喜人间横竖吹"。细读细思，这两句显然是以竹喻人了。在我们生活中，不是有这样的人吗？当他们生活在山林，淹没在茫茫人海时，"虚心""拔节""惯见白云飞"，而当他们飞黄腾达后，却喜欢"吹"，"吹"字一语双关，既吹嘘自己，好大喜功；亦吹嘘别人，阿谀奉承。咏物诗以物为歌咏的对象，但物只是一种铺垫，是作者借以抒情言志的媒介，表达作者的情与志才是目的。因而，咏物诗要求作者具有哲学家的冷静的思考，慧眼发掘物的哲理内涵，才能佳作迭出，让读者喜爱，进而打动读者的心灵，引起强烈的共鸣。

深山春早

陶武先

雾绕苍山千嶂画，春催绿叶半坡茶。
杜鹃破晓啼空谷，笑语村姑采朝霞。

【点评】

这是一首写得很美的当代田园诗。起句不凡，浓墨重彩勾画山村大背景：云雾缭绕，水汽蒸腾；苍山千嶂，峰峦如画。写远景，境界阔大，气韵沉雄，吐纳大气。二句紧承其前，由远及近，由高及低，由面及点，角度变化，突出山村春意盎然的特色。特别是"半坡茶"，侧面写出茶农辛勤劳作，丰收在即的欣喜，为后面伏笔。第三句不言雄鸡破晓而言杜鹃，显然是精心构思，既用典显其深意，又不沿旧路套路，力求创新。这句以动衬静，有"鸟鸣山更幽"的诗味。收束句照应"半坡茶"直写动态：采茶村姑成群结队，欢声笑语，构成一幅生动欢乐的采茶图景。大自然的画面有了人的活动，顿时充满活力，充满喜悦和诗意。特别是"采朝霞"的构词，虽拗句，但不因律害意，反而使诗句熠熠生辉，造句很美！古人强调"诗中有画"，这首诗不但"诗中有画"，而且是"立体动态画"，同时"画中有声"，村姑的欢歌笑语给美丽的图画配上了一段柔美的轻音乐，带给读者视觉与听觉的和谐美的享受。

新　娘

滕伟明

送亲小队过乡场，一样梳头一样装。
里巷小儿齐拍手，就中红脸是新娘。

【点评】

绝句《新娘》以清新流畅的自作语勾勒出乡村生动鲜活、热热闹闹的婚嫁场景，犹如一帧黑白老照片，又似一张历史风俗画。首句"送亲"点明事件，"乡场"点明地点，着一"过"字，看似毫不经意，实则用心良苦。是有意留白，给人留下想象空间。怎样"过"呢？那当然是敲锣打鼓，唢呐声声，笑语盈盈，穿红着绿，喜气洋洋，八抬大轿摇摇晃晃前行啦！满街的人潮涌动，看热闹的，看稀奇的，瞎起哄的——人人注目，个个翘首。这一句下语平凡，不枝不蔓。普通的日常口语，却深具韵致，笔墨老到。如果说首句是从宏观大场面展示，那么，次句就是从微观细节着墨，突出新娘发式与着装之俊俏。化用"半边儿"句式，构句甚佳，朗朗上口，形成抑扬顿挫语调，且为后面伏笔。前两句着重写主角的登场和打扮，"里巷小儿齐拍手"就转写配角。大家都知道，乡村逢这样的婚嫁，最感兴趣最活跃的是年轻人乃至小孩子，因为他们一路随行，热闹闹了，新娘看了，糖果也有了，既饱眼福又饱口福，何乐而不为？所以，他们一路跟随，拍手叫好。收束句甚妙。

锦里逢故人

周啸天

（作品见 25 页）

【点评】

古代交通不便，关山难越，相见时难别亦难，抒发友情离愁别恨的诗歌车载斗量。而今地球已成"小村"，万里之遥而朝发夕至。加之手机族之众，人们天天相见，身近咫尺而心远万里。写友情离情之诗则凤毛麟角。即使有作，感人心者少之又少。《锦里逢故人》承唐继宋，新人耳目，是难得的佳作。起句活用典故，语出《庄子·大宗师》："泉涸，鱼相与处于陆，相呴以湿，相濡以沫，不如相忘于江湖。"化有形于无形，代替初稿"比邻插队共星霜，夜夜挑灯语对床"事实层面上的兜圈子，言简意赅地表达了朋友间的深厚情感。次句写离别后茫茫人海各奔西东，难以相见。绝句前两句忆过去，叙友情，话别离，写怀念。是铺垫，是蓄势。七绝作法，明人胡震亨概括为"多以第三句为主，而第四句发之"，其言是也。这是说绝句起承转合的结构，也是说诗的内在韵律。诗人钟振振以排球为喻，说七绝前二句好比一传，三句好比二传，须到位，末句是扣球得分。作者第三句由回忆转现实，虚设本事，构建锦里相逢的场景，抒发难得一见不醉不归的深情厚谊。是激越，是高亢，是昂扬句，是二传球。为何"须沉醉"呢？第四句由喜转悲，形成强烈的反差，是对前句的生动回答，是扣球得分，从时间的角度，超越人生的长度，由"今生"写到"来世"。"今夕"与"来生"对举，寓意今生是好友，来生还做好友，这是翻出唐人手心的地方，是想不到的好句。

竹枝词

周啸天

峨眉自古路朝天，最是公来不禁山。
半边容我与君走，尚与路人留半边。

【点评】

这是一首写邓小平的绝句。作者自注，1980年邓小平来成都休假、视察，由四川省委书记谭启龙陪同上峨眉山。安全部门原计划封山，邓小平不同意，说："我们也是游客，人家也是游客，大路朝天，各走半边。"歌颂领袖人物是重大题材，又是政治题材，虽然有很多人写，但多数写得标语口号式居多，虽有政治激情却缺乏诗意诗味，广遭诟病。而这首诗却"大题小作"，不做宏观视野的泛泛而论，而是贴近生活，从微观入手，选择邓小平休假登峨眉山的生活小事写。峨眉路朝天，公来"不禁山"。"不禁山"三字，力重千钧，表现了邓小平亲民爱民的民本思想。诗的后两句是"不禁山"的具体表达，"半边"一词反复运用，起到突出和强调的作用。"我"与路人形成对比，各走"半边"，是平等而不是居高在上，是与民同乐。诗体为竹枝词，有民歌风味，既有为人民代言的意味，又体现诗的语言风格，行云流水，不滞不涩，明白晓畅，通俗易懂，随口吟唱就有"床上明月光"的感觉。

刘道平点评

刘道平（1956—　），四川平昌人，中央党校研究生学历。历任四川省司法厅厅长，四川省甘孜州委书记，四川省政协副主席，四川省人大常委会副主任等职。现任岷峨诗稿社社长。诗词作品散见于《光明日报》《中国新闻出版广电报》《中华诗词》《星星》《岷峨诗稿》等报刊。

庐　山

陶武先

层峦叠翠雾萦峰，洞府丛林道不同。

要识匡庐真面目，还须出入此山中。

【点评】

山有诗则名。庐山亦然。自古骚人墨客，游历庐山，诗性冲动，佳制流芳。北宋东坡"横看成岭侧成峰，远近高低各不同。不识庐山真面目，只缘身在此山中"最具代表性。前人写庐山佳作迭出，后人超越实难。本来，诗人武先，亦当如李白"眼前有景道不得，崔颢题诗在上头"，但他以自己独特的眼光看庐山，写出了前人未道之语。诗曰"层峦叠翠雾萦峰，洞府丛林道不同。要识匡庐真面目，还须出入此山中"。措语通俗，质朴无华。第一句短短七字便描绘出一幅山水画图，翠黛层次分明，岚烟缭绕奇峰。第二句洞府深隐，丛林密布，幽径相连，坎平相接，百转千回，人之欲达，其道（路）不同。第三、四句巧妙化用东坡语。东坡将因果复句倒装即"不识……只缘……"，而武先则用假设复句"要……还……"，新意便出。为诗，往往是，如果题同词异，意境维新。武先深得其法。更重要的是，言贵诗外。此诗中令人玩味的是"雾萦峰"，既是写景，亦是说世事朦胧；"道不同"即承载万事万物之"源"、之"理"

千差万别，警示世人为人处事要谨记"道法自然""遵循规律"。"出入"二字乃诗眼。何也？出则可"旁观者清"，入则便是"当局者迷"。反复"出入"便可克服"片面、孤立和静止"地认识事物。作者曾是具有丰富经验的领导干部，更具理性的哲学思维。深谙看问题必须"全面和动态"，深谙"出入"之理，"从群中来—到群众中去—再从群众中来""实践—总结—再实践""学习—思考—再学习"等等"道法"，在他的思想和实践中根深蒂固。也许受东坡之启发，触及了他的唯物认知和辩证思维，于是有了此作吧。

登庐山

李洪仁

人说庐山无好天，我来雨过白云闲。
心香一炷祭陶令，惟愿江天一色蓝。

【点评】

庐山"苍润高逸，秀出东南"，不知多少历代文豪伟人登过此山并发慨赋诗留墨。庐山景色美不胜收，而作者开篇即道"人说庐山无好天"，为后面埋下伏笔。次句写自己来到庐山，正是雨去日朗，白云悠悠。第三句写作者想用心中的一炷香祭祀已故名人。怪哉，不祭太白、乐天、东坡和陆游等到过此山者，偏偏祭陶渊明。这可能与作者久居官场而对田园生活的向往有关。按俗，既祭祀亦当许个什么愿吧？作者一语道破，"惟愿江天一色蓝"！不作小我愿，而乞山河壮，如果抹去那微不足道的几朵云花，一定是"天水一色"。"忘记过去，胸怀未来"之意尽融景中，言浅而蕴藉，诗之虽小，可供人遐想的空间颇大。

还魂引

周啸天

一曲还魂风细细，可不是，逢场作戏。解铃还须系铃人，大舞台，小天地。

爱到尽头生死以，好大个，男女关系。得饶人处且饶人，你干杯，我随意。

【点评】

此曲为作者《自度曲二首》之一。所谓"自度曲"即独创之曲牌，其内容是针对爱情悲剧这一社会现象而作。正如小序云："爱你爱到杀死你。世间亦时有悲剧发生。"曲分上下阕。上阕开篇，便联想到《封神演义》中伯邑考弹奏《还魂曲》使人起死回生的故事。接着指出，应将生命视为需要万般认真和慎重对待的大事，而非儿戏。但是，人处凡世，无论大天地或小空间，总有磕磕碰碰，无处无时不遇矛盾，爱情亦然。凡遇矛盾，各方都应做内心世界的深刻反思，都应思考自身是否是"系铃人"，谁系铃谁解铃便是解决矛盾的最佳方法。否则，极端事件在所难免。下阕直指"爱情"——用生死把爱推到尽头和极致，定会"爱有多深则恨有多深"，其结局必定是一场悲剧。"男女关系"在封闭年代被视为禁地，由于时代和观念发生变化，民间常用"好大个男女关系"调侃那些对小事纠结且不能自拔之人。作者在此巧借此语，并非不重视纯爱真爱之情，而是意在指出，人的生命只有一次，虽然"爱情价更高"，但"生命诚可贵"吧，以生死拼爱又何必呢？即使互相厮杀，也应饶人三分，不做痴汉或痴女吧！结尾用"你干杯，我随意"，又借用了民间一传闻语。据传：一下级给上级敬酒，为了上级健康而希望其少饮，而自己干杯以表达忠诚和尊重，本应说"我干杯，您随意"，可一紧张激动，反说成"您干杯我随意"了。作者借用此语，其引申含意在于化解纠结"一醉泯恩仇"。此曲反映出作者对社会现象观察细微，广采民间语言并以"心作诗囊"，看似非关联的一些现成语，经组合便成奇绝，其妙更在诙谐、风趣，初读便笑，细读使人陷入深深的沉思之中。

甲午正月初三游剑门关感赋

赵义山

（作品见30页）

【点评】

剑门关位于今剑阁县境，素有"剑门天下雄""剑门天下险"和"天下第一关"之称，李白谓之"一夫当关，万夫莫开"。其雄险闻名于世。此诗的作者乃川人，自当熟知剑门，游历之际难免慨叹。第一句描写剑门之峻拔，一个"出云天"的"出"字，极度夸张其高。第二句描写剑门之雄伟。刀削绝壁，人迹罕至，唯飞鸟横空往还。第三句笔锋跳跃到此关是"自古兵家争战地"，但高明之处，略去为什么是争战之地与争战何如，以留给读者去发掘和思考。末句写剑门关今之壮美。而今，剑门关已是国家AAAAA级风景名胜旅游区，国家森林公园，于是"游人只作画屏观"了。一个"只"字实令人玩味。昔日纵马驰骋万夫莫开之军事重镇，今日只有游人往来，英雄何在？也许万千游人只为赏心悦目而来，兴尽而归，谁还对那些陈年旧事感兴趣？此诗贵在内含深意，同时，善于遣词炼字亦合作者一贯诗风。

读陈寅恪诗集感作

张　健

负气平生为哪般？陶腰董项入时难。
青山青史蹉跎尽，独剩堂前一柳寒。

【点评】

陈寅恪乃国之大师级人物，曾有诗曰："一生负气成今日，四海无人对夕阳。"作者读陈氏诗集，也许对此叹息颇有感触而成此诗。起笔便突兀追问：平生为什么要凭恃意气？作者用一典故"董项陶腰"对陈寅恪性情和人生态度予以形象刻画，即东汉时董宣脖子硬和东晋末陶潜腰杆直的故事，喻其刚直清高。显然，在特殊环境中，"董项陶腰"者定不合时宜，只能任它"颠狂柳絮随风去，轻薄桃花逐水流"，只能"浊者自浊，清者自清"罢了。这就是作者为什么追问"负气"的根源所在。一个"负气"而又"入时难"的人，只能特立独行，山水为友，诗书作伴，浪迹青史，述作千卷，"出淤泥而不染"，这或许是一个有风骨者最好的归宿。然而作者以"蹉跎"二字道出遗憾之意，故结句以那饱经风霜雪雨的书斋——寒柳堂烘托悲凉气氛。此诗以问起笔，以典画像，以景作结，尾着一"寒"字，耐人寻味。

柿 子

崔兆全

曾斗风霜比菊高，一心飞梦脱青袍。
时来红透全身软，卖相虽佳骨气消。

【点评】

清代袁枚说"夕阳芳草寻常物，解用都为绝妙词"。凡咏物诗者，其形象于外而寄托在内，言在此而意在彼为妙。此诗咏"柿"，妙笔生花。谁都知道，"菊"自古以来被骚人墨客赞美其迎风经霜，精神可嘉。此诗首句为什么把"柿"与菊比？原来它也"曾斗风霜"。第二句着一"梦"字，拟人便活。柿也有一帘"幽梦"——脱去"青袍"换紫袍！其"梦"无可厚非。然而，没有顺时而"开花—结实—成长—成熟"过程是不可能的。"柿子"做到了。第三句特写"成熟"。晚唐罗隐有"时来天地皆同力"之句，此处作者则说"时来红透"，不仅仅说时节已到，还暗含"运气"之意。至秋"红透"却"全身"发"软"，这正是柿子的特征。如果将"红透"且炮软的它上市，肯定"好看"，"卖相"肯定不错。而作者末句发出"卖相虽佳骨气消"的感慨，明眼人一读便知，作者借柿子说话，暗讽某些人曾经奋争，梦欲青云，一时间红得发紫，风光于世，却折腰势利，骨气尽失！警示来者不要以"柿"为范！此诗生动形象，讽世入骨，余味悠长。

京都逢故人

何　革

莫问北漂事，十年滋味深。
未曾迁户口，岂敢改乡音。
额上风兼雨，杯中古到今。
华灯光影暗，知是夜沉沉。

【点评】

　　这是描写一对友人久别重逢之力作。友人久别重逢，不管谁埋单，固然是要酒宴招待的，此乃人之常情。席间定会将埋藏于心底的"天机"一吐为快。作者惜字如金，开篇不写友人说了什么，只用"莫问"一词，便知他的下句是"一言难尽"！其苦衷和泪水尽蕴于"莫问"之中。北漂打拼，万般滋味真是尝了个够。颔联"未曾迁户口"仅五字便具体地写尽北漂之艰辛和伤痛。户口一直是我国城乡二元结构的主要特征。一个平民欲求乡村到城市或从此城到彼城落户，因政策约束有如登天之难。时代虽已进步，但旧时痕迹依在。而今，如果没有城市户口，在城市买房、子女入学依然困难重重。何尝没有想过，一改乡音融入其中呢，但能吗？即使"鬓毛衰"也改不了"乡音"。乡音不改，既是难以融入大都市生活的无奈，也包含了对故乡的眷恋之情，漂泊愈久，乡愁愈浓。颈联笔锋一转，前写作者之观察：朋友啊，你比我小好几岁，可你那额头已皱痕满布，愁云缭绕，这些年经历了多少酸苦，可能只有你自己才能体悟。后写欢饮场面，举杯畅谈，可能天马行空，纵横古今，漫无目的；但老友相逢，更可能相互谈起这些年各自的经历，各自的成败得失，以及对今后生活的向往。作者只用"杯中古到今"五字，将可能的畅谈内容尽数包蕴其中，剪裁精当，应是受唐人"别来沧海事"之影响。畅谈既久，直到华灯影暗，方知夜已深深。该分手了吧？应该相互说点祝福语吧？但作者不说此而用"华灯光影暗，知是夜沉沉"作结，含蓄地表达了"黑暗即将过去，光明就在前头"，充满期望的美好祝福还须明言吗？诗是时代的产物，现实便是将来的历史。此诗紧扣现实，不沾一典，语朴意蕴，容量颇大，值得一读。

放　鹅

郭定乾

（作品见63页）

【点评】

　　该诗作于20世纪90年代。作者出生于地道农民之家，对农民、农村的体验和感悟颇深，因而写过不少田园诗，俱为佳作。作者也许并未亲手放过鹅，但他对乡村放鹅并不陌生。加之他虽为农民，却勤学好思，笔耕不辍，会想到和用到"换鹅"之典也是水到渠成。诗歌形象地描写出放鹅图景：一手高扬长竿，赶鹅入田园湖泊，一边漫步哼着乡村小调，多么轻松愉快！放鹅正当"春草青青"，一望门前，春色盎然，风光无限，暖阳和风，百花竞艳。何愁之有！蓦然想起那放鹅的农夫虽在山野且贫困不堪，却也有王右军之爱好和高雅，其心更如鹅羽一样洁白无瑕。

别

冉长春

　　门前一树柳依依，又是阿娘送子时。

　　不说自家头发白，说儿头上有银丝。

【点评】

　　这是一首写母送子的送别诗。据说，诗写的是大巴山深处一位现役军官每年回乡探视亲人后告别的动人场景。古人送别曾有过"十里长亭"，一站又一站难舍难分，而诗中的送别地点是在自家"门前"。未远送，也许是因山路崎岖且老母高龄，儿子出于对母亲的关心而一再拒绝远送吧。"门前"二字就暗含母子深情。"柳依依"也许实写也许虚构，但作者选此具象有意与送别相契。因为古人有送别"折柳"之风俗，"惜别怀远"意在其中。"依依"既有柳之轻柔披拂之貌，亦含母子难舍难分之情。第二句巧用"又是"两字，说明这样的送别何止"一次"！同时，"又是"

两字暗为末二句埋下伏笔。儿子青春年少，部队服役，从战士到军官，没有十年八年的磨砺绝无可能。青丝转白发，既是必然之理，也是艰辛的明证。老母送别之时，"不说自家头发白，说儿头上有银丝"。妙哉！不说自己老态，而说儿的"银丝"。这一"说"，母子双方肯定喉头哽咽，但作者不作如是语，而是抓住这一特写镜头，把山里人的朴实、真情跃然纸上，把无限的祝福、期待、关怀尽寓其中。诚如清代袁枚所说，"语必惊人总近情"。

下　厨

李治波

灶台之事亦非轻，哪有三餐免费成。
挽袖拿瓢忽感叹，真难一碗水端平。

【点评】

此诗作者是一位三十多岁的年轻人，阅历尚浅，涉世不深，宏大的诗歌题材尚少，但能捕捉生活点滴，以平实之语，发深邃之慨，为俄国车尔尼雪夫斯基关于"创作源于生活又高于生活"的文艺理论又添一注脚。诗歌首句即叹下厨绝非那么简单，也绝非小事，因为它关乎生存与健康，任何一个工序细节都必须心到眼到手到，决不能马虎。常言道"没有免费的午餐"，而次句将其化用为"哪有三餐免费成"，意即没有耕耘哪有收获？第三句隐去下厨的所有繁杂细节而只说"挽袖拿瓢"，足以见其下厨形象并为末句作出铺垫。用瓢舀水，才发现"真难一碗水端平"。如果没有亲身实践，岂能道出此语！这既是形象的真实，又是对公平的感叹。虽然公平是人类社会永恒之追求，但要确保绝对，难矣！同时末句句型变为"二三二"结构。全诗情理交融，寓理于情，小中见大，言俗耐味，可传。

罗扬点评

罗扬（1957— ），女，四川成都人。早年为量具刃具厂技工。成都市龙泉驿区诗词楹联学会会长，龙泉驿区作家协会副秘书长。作品发表于《星星·诗词》《诗刊》等刊物。

莺啼序·题旧照
蔡长宜

佳人绮年玉貌，更仙灵汇聚。眼波里、千万清纯，那识身世酸楚。最难信、红颜薄命，为人作嫁伤心句。出青山，遐想他年，必成梁柱。

美色天成，好女自许，耀家邦故土。对鸾镜、娇靥如花，暗抛多少情愫。绾乌云、香凝发辫，扎蝴蝶、痕留丝缕。相机前，神采飞天，目光惊鹭。

高唐赴会，洛水凌波，怎堪际遇处？未料得、运交华盖，足缚红绳，梦醒江湖，泪垂珠雨。春蚕作茧，鸳盟囚命，无穷羁绊萦凄旅。渡关津、每被风烟阻。天涯海角，孤帆远影飘萍，失群满腹愁绪。

情难与共，话不投机，忍戟言剑语。只落得、黄莺声断，噤若寒蝉，碧树桃僵，不知时序。三生石上，缘为何物？纠缠生死难自主。望蟾宫，空羡嫦娥路。先知恩怨情仇，早懂人生，汝还笑否？

【点评】

作者看到自己"佳人绮年玉貌"，笑靥如花时的照片，结合自己的身世而写下的这首从"千万清纯"少女到嫁为人妇的感怀词。整首词，用字精准，感情丰富，将自己一生的惆怅和情感纠葛跃然词中。每一个女人都有过天真烂漫的时光，有过云想衣裳花想容的遐想，谁也不愿意做红颜薄命的女人。对于少女时代的词作者，凭着自己的稚气，憧憬美好未来，从根本上"最难信、红颜薄命"，而是要立志"耀家邦故土"。可是，人生难料，谁也看不清前面的路上是玫瑰还是荆棘。在第三段中，仅用了八个字，巧妙绝伦地运用宋玉写的《高唐赋》和曹植的《洛神赋》就表达了"高唐赴会，洛水凌波"的男女相会。寥寥八字，就将爱情推向极致，将传统典雅带入无限的浪漫。至于他们之间的爱有多深、情有多重，词人没有明言细诉，而是将笔锋一转，写道"未料得、运交华盖""泪垂珠雨"。俗话说"男怕入错行，女怕嫁错郎"，婚姻的不幸是女人一生的痛。词人用"情难与共，话不投机，忍戟言剑语"等语言表达了夫妻之间的针尖对麦芒，不可调和的矛盾，最后发展到"黄莺声断""碧树桃僵"，连吵架的精力都没有了。当一个女人对爱情失望了的时候，她所表现出来的是对你不在乎，是无奈的沉默，是痛心疾首地自问"情为何物""缘为何物"。要早知道婚姻如此"纠缠生死难自主"，生活这样艰辛，"汝还笑否"？面对"那识身世酸楚"的女孩笑盈盈的照片，词人凄苦地问道：你还笑得出来吗？词人真挚的情感让人同情，读到最后，更是让人心酸不已。

踏莎行·脱贫

黄碧坤

劳燕添愁，归鸦暗苦，往年旧宅知何处？忆中茅屋了无踪，高楼寻遍皆新主。

柳堤岸花，塘荷伴舞，梯田绿浪清风抚。休闲漫步到村头，花香鸟语林阴路。

【点评】

这是一个紧跟时代步伐，响应国家政策性的题材。写不好，就很容易落入"老干体"或者是口号性的"高大上"。词作者用诗的语言来阐述"脱贫"，将一个政策性的话题诗意化，这是很难能可贵的。在上阕里，作者没有按照常理先叙说当地是如何的贫困，而是通过对仗"劳燕添愁，归鸦暗苦"来展开。劳燕为什么要"添愁"？归鸦为什么要暗暗叫"苦"？原来是"往年旧宅知何处？忆中茅屋了无踪"。用候鸟迁徙返回家园找不到"旧宅"、老巢而忧愁。诗情由此给读者答案"高楼寻遍皆新主"。整首词的高明之处，就在于上阕用拟人的手法，付与"劳燕""归鸦"以"添愁"和"暗苦"的情绪。下阕是写作者自身的感受。所到之处，是"柳堤岸花，塘荷伴舞"。笔调着墨犹如秦观的《行香子》"树绕村庄，水满陂塘。倚东风，豪兴徜徉"。当然，词作者的语调要温和一些，他是用"休闲漫步到村头"。全诗记叙自己的所见所闻，给人展示的是一个全新的村庄，全新的面貌，用脱贫后村庄的焕然一新来吟诵党的政策，赞美人民生活水平的提高。

偶　拾
文　敏

常备闲书乱打钩，几行诗句度春秋。
个中情趣无人识，细雨林花小径幽。

【点评】

窗外下着细雨，滋润着园林花草，一派宁静如画的场景。诗人在这润物无声的环境中，正"常备闲书乱打钩"安静地投入阅读，情不自禁地与书里句子产生共鸣。用手中的笔勾画出重点，完全沉浸在文字的海洋。从诗里行间能看出，诗作者酷爱诗词，不然不会说"几行诗句度春秋"。对诗词，她倾注了时间，倾注了自己的情感，而个中的滋味只有自己才知道，无须让人理解，无须与人分享，自己喜欢就行。这首小诗平白如话，晓畅如水。

浣溪沙·重九日登西山
傅叙伦

北雁南飞橘柚黄，苍山红叶闪秋光。晴冈衰草抹残阳。
落帽追风笑野老，萦心往事问苍茫。但将诗酒慰彷徨。

【点评】

重九又称为重阳节、登高节、老年节。词作者在这一天登西山赏秋，眼前呈现出"北雁南飞橘柚黄，苍山红叶闪秋光。晴冈衰草抹残阳"的情景。

作者写景时，用"橘柚黄""红叶""衰草""残阳"，这些带有浓厚颜色的景象烘托出晚秋的落寞，将词作悲秋叹惋的基调定了下来。下阕，"落帽追风笑野老"，词作者用"龙山落帽"的典故，寓意自己旷达不拘，从容应对生活。在经过山村野地偶然遇见一老翁自由自在地生活后，感慨自己"萦心往事"总是压在心间，夹杂着淡淡的愁绪。"萦心往事问苍茫"，于是趁着重九登高远眺，释放心中的疑惑，舒展身心，开阔视野。在人生道路中不可能一帆风顺，总会遇到很多困惑和彷徨，自己已经是"残阳"般的老年人了还没有弄明白一些道理，就只能借助诗和酒来抒发自己的惆怅和凄恻低回的情绪了。整首词，自然流畅，情随景生，情景交融，词境萧瑟而略伤感。

理　发

崔兆全

多年长发为谁留，在位常须外表牛。
今日歇闲无所谓，开心最是做平头。

【点评】

理发是人们生活中常见的平凡小事，作者却能在这平凡的生活小事中找到不平凡的亮点，将之上升到不平凡的思维层面，写出心中真实的感受。"多年长发为谁留"，首句提出疑问，让读者思考。一般来说，那肯定是"士为知己者死，女为悦己者容"，这还用问吗？一定是为了取悦于某一个人才留下"多年长发"。出乎意料的是，诗人并不是要取悦于某一个人，而是"在位常须外表牛"，原来他留长发是为了工作的需要，注意自己的形象仪表，是"取悦所有的人"。直到退休赋闲在家了，才不顾自己的形象，想要活得轻松、自然，对别人怎样看待自己已经无所谓了，干脆把几十年的蓄发剃成了平头。民间称老百姓为"平头老百姓"，诗人退休后无官一身轻，少了繁杂事缠身，做了真正的平头老百姓，身心轻松，非常高兴，再也不需要为了工作而去注意自己的形象，"开心最是做平头"。这首诗用平铺直叙的手法，表面上是说"理发"，实则是在说卸任后的心情。该诗妙就妙在最后两个字"平头"，一语双关，是全诗的诗眼。

刘庆霖点评

刘庆霖（1959—   ），黑龙江密山市人。中华诗词学会副会长、吉林省诗词学会副会长，《中华诗词》特约编审。

行香子·八台山日出
周啸天
（作品见 26 页）

【点评】

当今由于交通便利，世界仿佛变小了，人们行万里路、游"地球村"、亲近自然比从前容易多了。然而，真正走进大自然的人极少，更很少有人能够产生"自觉从大自然中汲取力量"的想法。2018年6月初，我们一些诗人参加了四川达州的一次采风活动。在大巴山中的八台山住了一宿，看了八台山的日落，又看了八台山的日出。大家都创作了八台山诗词，给我印象比较深刻的有两首，其中一首便是这首《行香子·八台山日出》。周教授看日出的时候，恰巧我也在场。那天早晨的太阳从大巴山升起到钻入云层，只有2分47秒。可就在这短短的时间内，天地的壮美被诗人抓住了，周教授把这一瞬间的天地，比喻为天工开物时的"熔炉"，"浑疑是、开物天工。阴阳一线，炉水通红。看欲流钢，欲流铁，欲流铜。"诗人不但看到了美，也感受到了力量，并将这种力量付诸笔端，有一种"天人合一"的意象。把天地自然和人放在平等交流的位置，我把它叫作"生命思维"。诗人捕捉到自然之力量，便会增添笔力。周教授这首词便是成功的一例。

邓建秋点评

邓建秋（1960— ），笔名山那边、玉箫清音，四川省渠县人。毕业于西南师范大学（今西南大学前身）中文系。四川省渠县人大常委会副主任，达州市诗词协会常务理事、渠江诗社名誉会长。

布达拉宫辞
曾 缄
（作品见45页）

【点评】

这是一首记事抒情诗，是曾缄代表作之一。虽题为"布达拉宫辞"，但实际抒写的对象是仓央嘉措。全诗浓墨重彩地记叙了仓央嘉措短暂的一生，对仓央嘉措的不幸给予深深同情。在本诗中，作者对仓央嘉措，"既叹其才，复悲其遇"，认为其悲剧结局为奸臣所致，而非世无"不负如来不负卿"的双全法，并化禅宗偈语为"花开结果自然成，佛说无情种不生"，撷取"僧院木鱼常比目，佛国莲花多并头"等现象，引用罗什吞针、阿难戒体以及"浮屠恩爱生三宿，肯向寒崖依枯木"等佛典作理论依据为其辩护，同时以"断尽拉萨士女肠""像前拜倒拉萨娃"之人心向背来表明人们对仓央嘉措的钟爱。作者为"广法苑之逸闻，存西蕃之故实"，一开篇即紧扣拉萨—布达拉宫—第六僧王这条主线敷陈其事，自始至终都围绕仓央嘉措的特殊身份着笔，叙其由先王转世、生长寰湖里、十五即坐床、理塘再转世全过程，以此突出其特殊身份与其所持之心、所历之事的冲突和纠结，而正是这种无解的冲突和纠结，让人倍感既惊心动魄又黯然神伤。全诗色彩瑰丽，情感浓烈，笔力恣肆，达到了很高的艺术水准。若将此诗与作者用七言绝句形式翻译的《仓央嘉措情歌》比照着读，则知作者堪称仓央嘉措的真正知音，进而将对这首诗的理解和感触更深。

雅安寄内

曾　缄

惜此春三月，想君天一涯。
怀归怨芳草，忍冻到桐花。
食少无人劝，衣单只自加。
枕边应见我，昨夜梦还家。

【点评】

民国时（1912—1949），作者曾任雅安县长，此诗应为这一时期作品。这是身处雅安的作者寄给家乡妻子的一首诗。首联由时间到空间，点明作者在这"暮春三月，江南草长，杂花生树，群莺乱飞"的"春三月"，更加思念远在"天一涯"的君，同时由景及人，对春越"惜"，故对君越"想"，景越美，而思越深。颔联承接首联而来，芳草桐花，春天之景也，怀归忍冻，想君之状也。芳草萋萋，每惹远道之思；桐花已开，则时光荏苒，春将暮矣。把"怀归"归咎于芳草，貌似无理，实则情深；忍冻直到桐花开落，经冬及春而春又将暮，可见思念之长、思念之苦。颈联攫取孤身在外生活的两个日常，深化"怀归""忍冻"之状。伉俪情深，往往体现在油盐柴米这些日常生活中，"无人劝""只自加"，写出客居之不便、亲情之珍贵，由此可见作者此时心情的落寞、思念的强烈。尾联由此及彼，以虚为实，忽然想落天外，想象妻子应该在枕边见到我，因为我昨夜梦到我回家了！把梦境当实境，把虚幻当现实，既见作者之痴，又见思念之切。作者情感经前三联层层蓄势，在尾联猛烈爆发。这种以假当真，与杜甫的"夜阑更秉烛，相对如梦寐"的疑真为假相比，真假虚实之间，我们既感受到杜甫的极度喜悦，也感受到曾缄的深沉无奈。

苍坪消夏

曾　缄

别馆青峦上，高门绿树边。

晴翻三径蝶，午闹一林蝉。

对客时挥扇，怀人懒擘笺。

微云不成雨，空缀远山巅。

【点评】

苍坪，即苍坪山，在雅安。首联对仗，摹写消夏环境。别馆之别，可见其僻，高门之高，以显其敞，这种建筑，正适合避暑。况且馆处青峦上，气温自然较平地为低，门开绿树边，正方便纳凉。青、绿，以冷色调点染环境，烘托气氛。颔联转折，写本欲在这消夏之地避暑，却仍然不得清静，侧面写热。三径，本是清幽隐逸所在，却因天晴，而蝶翻；树林，本是静谧闲适之地，却因午时，而蝉闹。蝶翻蝉闹，叠加作用于视觉听觉，让人目迷耳乱，直至心浮气躁，所谓心静自然凉的境界自然就土崩瓦解了。翻、闹，用在此处准确而生动，可称诗眼。颈联承上而来，正面写热。因为热，所以与客相对时唯有频频挥扇，即使思念某人，也懒得擘笺，因为除了挥扇，其他多余的动作包括思维都会消耗体力、增添热量。以此写夏天之热，入情入理，生动形象。尾联由近及远，既然微云不能成雨，那么缀在远山之巅干吗呢？写云而实则写热。一"空"字，则责怪之意自现。责怪云不成雨，无理而妙。

重登与点楼

曾　缄

为爱斯楼好，登临不厌重。

槛前金盏菊，天外玉梳峰。

水草堪游牧，山畲可力农。

此间客隐逸，何必忆巴賨。

【点评】

与点楼，在康定。楼名应取自《论语》，因其雅，而颇受文人雅士喜爱，作者就曾多次登临此楼。本诗即写重登之所见所感。首联点题，写自己不厌重登的原因，即因为斯楼好，所以让人非常喜爱。颔联具体写登楼所见，回答斯楼究竟好在哪里。"槛前""天外"，一近景一远景。近景纤巧秀美，远景阔大壮美，写景如画。金盏菊，草本花卉；玉梳峰，属大雪山脉，作者《望大雪山琼台玉梳二峰》有"朝来王母新妆罢，挂出天边白玉梳"。本联为自然景观。颈联写人文景观，仍然为登楼所见。望中水草丰盛，故可以游牧，山中田地，可以致力于农事。这里是游牧文明和农耕文明的结合部，有适宜游牧和农耕的自然条件，故农牧两宜，是各族人民安居乐业的共同家园。从作者登楼所见，就可以知道这里自然条件优越、人民生活富足。尾联抒发感慨，既然此间风景这么美丽、生活这么美好，自然引发作者在此隐逸之思，使之不再想念巴赛故乡了，也从侧面表现此间之好。"客"或是"容"字形讹。此诗词简义深，所涉之景看似随手拈来，而实际颇具匠心，非有极强的洞察力和概括力不可。

无遮馆晚坐

曾 缄

好此无遮馆，清虚四望通。
雨余山泼黛，日落树摇红。
花影欹苔砌，茶香度竹风。
兴来成隐几，一鹤下前空。

【点评】

无遮馆，馆在雅安。馆名或取自《楞严经》。首联点明无遮馆周围环境与馆名相合，这是作者喜欢这里的原因。颔联写晚坐所见，雨后馆周之山犹如泼了青黑色的颜料，日落时分馆周的树摇漾着绯红的晚霞。一般情况下，黄昏的景物是比较黯淡孤寂的，但着一"泼"一"摇"，则境界全出，给傍晚的景色增添了无限生机，充满诗情画意。"雨余"为"山泼黛"之因，"山泼黛"为"雨余"之果，"日落"为"树摇红"之因，"树摇红"为"日落"之果，营造出一种既意象密集又气韵流转的效果。本联抓住"雨余""日落"之景的特点加以精细刻画，契合物理，所以贴切生动，在色彩瑰丽中，给人以赏心悦目之感。颈联由上联的远景转而写近景，花之影依苔砌而欹，茶之香借竹风而度，花、苔、茶、竹，共同营造出一片清虚之境，而影与香的介入，是依砌而欹，凭风而度，则更给人闲适淡雅之感。尾联以鹤作结，与刘禹锡"晴空一鹤排云上，便引诗情到碧霄"异曲同工，余味不尽。

乙酉秋成都大雨十日感赋（其二）

曾 缄

门临穷巷是泥涂，积水侵街直到厨。
旧雨何曾枉车马，此身真个在江湖。
篱穿虑盗精心补，花倒呼童跣足扶。
欲借石犀防汛滥，九原能起李冰无。

【点评】

诗题中的乙酉，即1945年。城市内涝，不只是今日城市之患，亦是当年市民之痛。70多年后读此诗，依然感同身受。首联写大雨十日，整个街巷成为泥涂，积水从街上漫进屋里，直达厨房，不仅影响出行，而且影响正常生活。首联是正写十日大雨的严重后果及内涝造成的满目疮痍。颔联延伸出去，由惨状写到自己的窘况。出句写昔日老友或自顾不暇，或不肯稍施援手，无一在这期间上门探望，作者感叹不能像杜甫那样"漫劳车马驻江干"；对句写作者于此时此境，感慨"此身真个在江湖"，"在江湖"，即身处泽国也，此一层意思，同时还有更深一层意思，即陶潜"良才不隐世，江湖多贱贫"之意。颈联写在灾难面前，既然外力不可凭，就只有自救，不如此，则灾后不但生活难以维持，甚至恐有盗贼为祸，以致屋漏偏逢连夜雨。"篱穿""花倒"，可见雨猛水急，照应首联；"精心补"，描摹虑盗之心切，"跣足扶"，暗合首联泥涂积水之状，"呼童"，抗灾自救，唯全家总动员，老少齐上阵。尾联抒发感慨，"石犀"，镇水神兽也，常璩《华阳国志·蜀志》："秦孝文王以李冰为蜀守……作石犀五头，以厌水精。"作者欲借李冰的石犀以防汛滥，可是"伯禹亦不如"（岑参《石犀》）的李冰还能死而复生吗？此问既有绝望，又含希冀。全诗语言质朴，结构严谨，对仗工稳，特别是新颖的题材，让人兴今昔之叹。

二郎山上作

曾　缄

昔从元戎将大车，今携佳侣走肩舆。

好峰欢若觌知己，长路熟于温旧书。

雪岭岂容他处见，峨眉犹是此山余。

层城县圃穷登陟，更拟乘风上碧虚。

【点评】

"千里川藏线，天堑二郎山"，位于天全县的二郎山是川藏线上从成都平原到青藏高原的第一座高山。此诗写作者登览二郎山的情景。首联今昔对比，昔日是跟随长官驾车而过，今日则是与友朋乘坐轿子而来。一紧迫，一悠闲，今昔心境不同。颔联写故地重游，因为此前多次经过此地，所以美丽的山峰看见自己就像见到知己一样兴高采烈。不说自己欢喜，而是说山峰欢喜，则自己之欢喜已在不言中，此即王国维所谓"以我观物，故物皆著我之色彩"的"有我之境"；漫长的道路于作者来说熟悉得就像重温以前多次读过的旧书一样，因熟悉，故亲切。颈联由近及远，极言二郎山之高之大。"雪岭岂容他处见"，大有"一览众山小"之慨，就连横亘成都平原西部的峨眉山也只是此山的余脉而已。尾联极尽想象，"层城""县圃"都是指古代神话中昆仑山上神仙居住的地方，此处喻二郎山。"穷登陟"，表示游览已尽，但作者到此地步仍不罢休，任随兴之所至，便欲更进一步，乘风直上青天，去看看天上的景象，于此将写景与抒情推向极致。全诗境界阔大，气象恢宏，与所写之景和所抒之情相一致。

川陕铁路将通喜而有作（其二）

曾 缄

一道长烟比墨浓，连车奋迅似神龙。

惊心白昼行千里，回首青山失万重。

才向蜀中辞汉柏，已从岭上对秦松。

终南积翠君休顾，火急褰帷望华峰。

【点评】

  川陕铁路，即宝成线，南起四川成都，北至陕西宝鸡与陇海线相接，可直达西安，1956年建成通车，是第一条沟通中国西南和西北的铁路交通大动脉，改变了"蜀道难"的局面。此诗即为此而作，表达了作者的喜悦之情。"将通"，说明写此诗时，这条铁路还没有正式开通，所以诗中所写全是作者想象及展望之辞。以前出川难，而一旦川陕铁路开通，则变得不仅易，而且快，此诗即从这个角度展开想象和抒写。首联连用两个比喻，即烟比墨浓，说明火车力量大，因为当时火车的动力几乎都是蒸汽机；车似神龙，形容火车速度快。力量大，故速度快。而一道长烟，也给人一种快得像一溜烟似的感觉。颔联承接首联"奋迅"而来，火车昼行千里让人心惊，而一回头，万重青山已经抛在身后，远得都看不见了，不由让人想起李白的"轻舟已过万重山"。此联极言其快。颈联流水对，具体写火车怎么个快法，即刚告别蜀中的汉柏，就马上面对秦岭上的青松了。这种写法，与杜甫的"即从巴峡穿巫峡，便下襄阳向洛阳"相似。尾联继续写火车之快，作者煞有介事地提醒乘车之人，不要回头留恋终南山上的积翠，赶紧褰起窗帘往前看，因为华山已经在望中了。"火急"，形容时间紧迫，刻不容缓，仍然着眼在快。全诗从成都写到西安，一片神行，略无阻碍，给人以"千里江陵一日还"之感，读来甚觉畅快。

种菜三首（其二）

曾 缄

种蔬随地逐高低，冬苋夏菘杂一畦。

翻动土膏惊蚁穴，安排篱栅避邻鸡。

嫩芽初出银钩烂，新叶微抽翠毯齐。

不止菜根供膳食，兼看秀色媚幽栖。

【点评】

　　首联点题，总领全篇，后面三联依次铺陈。作者种菜不分地势高低，既见作者的随意，也见所种蔬菜的错落有致，并且一畦之中，四季皆宜。从空间变化带来的层次感，到季节变换带来的丰富性，时空交织，形成了一幅闲适安逸的田园生活图景。颔联具体写劳作，剪裁"翻动土膏""安排篱栅"两个劳动场面，前者见其力勤以及对耕耘技术的熟悉，后者见其心细以及对劳动成果的珍惜。颈联用初出嫩芽如银钩一样绚烂，微抽新叶如翠毯一样整齐两个比喻，形象地描绘蔬菜的喜人长势，也可从中感受到作者在劳动中的愉悦心情以及对收获的展望。尾联写这种劳动给作者带来的收获，不仅是物质上的，同时也是精神上的。全诗通体白描，写景如画，叙事入微，语言清新质朴，画面感极强，富有生活情趣。

读秦本纪

曾 缄

先人牧马事西周，岂意儿孙着冕旒。

嬴政不知胡在近，李斯翻与古为仇。

纷纭典籍燃灰烬，迢递神仙入海求。

却有风流唐杜牧，阿房一赋为君愁。

【点评】

此诗乃作者读《史记·秦本纪》所作。首联写秦之所自，概述秦自夏至周这一阶段，经过很多代人的努力，由牧马人变成一方诸侯，最终威加四海、一统天下的历史。"岂意"，怎么想到，没有想到。虽然让人感觉不可思议，但最终的结果既然如此，那么可以想象其实并非侥幸。颔联转折，以嬴政不明白亡秦的不是胡人而是胡亥（暗讽其穷尽国力、民力修筑长城以拒胡，而招致国衰民弊，民众揭竿而起），李斯则废封建、置郡县，与古为仇。这一联写秦朝灭亡之因。颈联承接上联而来，分写"焚书坑儒"和"入海求仙"，皆秦取死之道。尾联以杜牧《阿房宫赋》作结，意在警醒后人引以为戒。本诗对秦起自微末而建万世基业，却二世而亡的历史，既做全景式的鸟瞰，又以具体故实为支撑，词略旨远，寄慨遥深，同时结构严谨而流转，堂奥阔大而精深，不失为咏史诗中的佳作。

杨景龙点评

　　杨景龙（1962—　），笔名扬子、西鲁，河南鲁山人。二级教授，安阳师范学院中国古代文学学科带头人，河南省高校哲学社会科学创新团队首席专家，中国词学研究会理事。在《文学评论》《文学遗产》等刊物发表论文100余篇，著有《中国古典诗学与新诗名家》《花间集校注》等10余种。论著获评中华书局年度十大好书、中国读友读品节百社联荐文艺类优秀图书、中原传媒好书，多次获河南省社会科学优秀成果奖、河南省文学艺术优秀成果奖、夏承焘词学奖、全国优秀古籍图书奖等奖项。

Y先生歌

周啸天

　　自古读书得通人，成都今有Y先生。迩言杂字得甚解，作书瘦硬取风神。少谓躬逢时不忌，拈得好句辄色喜。造化小儿诗弄人，划作右派狗不理。罚为贱役守书城，乃效蠹鱼肆其勤。得成字汇补段注，在劫莫逃秦火焚。祸延慈母那便哭，痴绝红颜惜穷途。好水好山天下有，剩男剩女世间无。一为解匠归去来，几家高举几沉埋。我生竟为刀锯余，忍看大柴化小柴。故园惊蛰寒蜇鸣，迩来新诗绝无闻。不喜大人常闭关，偶娱小我颇为文。早起见鬼龚夫子，龙潭放尿云飞君。时月不见Y先生，鄙吝之心竟复生。不趋时尚且追星，彼岸还有Y先生。一只蟋蟀叫今古，真作假时假亦真。粗茶淡饭杂时蔬，厕上床前几卷书。兴来颜戳李敖厚，得间微挑金庸疏。市场炒作视行情，以不行行行不行。诗客或为门外汉，书家岂是社中人。时人错把比庄子，心中犹有杜意存。先生姓Y实不Y，瓦釜喧喧已雷鸣。

【点评】

作者作品集中最有创意者自然属于“歌诗”一体，其题材的无边宽泛性与即时新闻性，文本语言风格的谐趣滑稽，使这些作品的整体美感类同本色派散曲。《Y先生歌》较有代表性。歌中的Y先生，即本名余勋坦的著名诗人流沙河，1957年因散文诗《草木篇》被划为“右派”，举国声讨批判，被判劳改苦役20余年。“文革”结束后始获平反，旋以句式篇幅、语言风格都类似古典词曲的一组新诗《故园九咏》，获全国新诗奖，而再次闻名诗坛。在漫长的苦难生涯中，流沙河的人格心理和诗文风格也发生了贴近元曲家的畸变，如大家熟悉的《哄小儿》《焚书》等诗，以及此歌中化用过的余氏联句“斧影刀光锯声里，大柴纷纷变小柴”，联语“偶有文章娱小我，独无兴趣见大人”，题赠“龙潭放屎惊雾起，虎洞喝茶看云飞”等都是显例，幽默风趣，打油滑稽，以之化解人生的沉重、苦难、辛酸，成为他能够渡过劫难的有效自疗自救方式。这首《Y先生歌》，题咏“通人”流沙河，抓准主人公性格和其诗文风格的最大特点，通篇出以幽默滑稽之趣笔，时见调侃，不避粗俗，作者性格、作品风格与作品所写主人公性格及诗文风格，四位一体，完全统一，实为诗坛不易遇合的趣事奇事，此歌堪称当代旧体诗词领域的一首奇作。当然，在通篇谐语趣笔之中，此歌也不乏庄语正笔，如对题咏对象书法字汇、人格操守、学问交游的正面肯定，尤其是“时人错把比庄子，心中犹有杜意存”两句，的是知己知音之间的真赏体贴之语，脱略形貌，直探心源。

人妖歌

周啸天

（作品见3页）

【点评】

在周啸天的歌行类作品中，作者以纵恣之笔，铺陈排比，描画叙议，有必达之情，无难言之隐。虽多杂嘲戏，而美刺比兴，时有寓焉。或于篇中夹杂提点，或于篇末卒章显志，有为之作，非同泛泛。《洗脚歌》《人妖歌》二首，曾被王蒙推为"绝唱"。《人妖歌》取材更新，寄意更深。此歌从国内剧种诸如京剧、越剧的角色性别反串切入，类比人妖的雌雄双性，提醒好奇的国人观看演艺之妙即可，不必斤斤于艺人的性别变易。处理此等不易处理之特殊题材，破题即能揭出正义，确非俗手可办。但人妖表演毕竟是富于刺激性的声色之娱，不能流于刻板的道德说教，所以"五色灯光"以下八句，描写人妖形貌之美艳，歌舞之魅惑，笔法恣肆，极尽夸饰形容之能事。尤其是"回眸启齿略放电，伴舞女郎失颜色"二句，无限撩人，表演者虽不专于一人，但每一个观众都会产生色授魂与、如同过电的微妙战栗感。然后转笔交代人妖出身穷苦，为生计所迫，注射药物，逆天变性，这些艺人不惜自促年寿，为家庭挣收入，为观众奉绝艺，为经济做贡献。在此充分铺叙的基础上，结尾八句作翻案文章，认为人妖是"舍身奉献"者，他们绽放绚丽光彩的短暂舞台生涯，远远胜过碌碌无为长命百岁的庸人。作者于此亮明自己的态度：对于人妖不仅宽容而且敬畏，并提醒观众升华自己的审美趣味和精神境界。这就从根本上颠覆了世俗社会对于人妖的认知和判断。这首《人妖歌》的取材，亘古未有，然犹在其次。可贵者在于写此娱乐时代扭曲人性之变态奇事，而不猎奇炫异，不油滑调侃，不亵秽猥琐，歌中有一种深厚的理解体贴之同情在，闪耀着良善者的温暖的人性光辉。

念奴娇·舟过夔门

赵义山

（作品见 32 页）

【点评】

词咏夔门，而以"古城白帝"带起，欲赋江山先说人世，即此可见用笔之妙。此首纪行长调，内涵包括如下三个层面：一是描写江山形胜，夔门锁浪之险，二山隐雾之高，十二巫峰之危，江流劈山破门，百转千回，滔滔东去之势，写来无不惊心动魄。二是咏叹历史兴亡，西汉末年，公孙述据险筑城建号称帝，刘备兵败夷陵于此托孤，这里也曾是历史上的热点地区。三是抒发对夔门自然和人事的幽远之思，沧桑之感。夔门欲锁江流而为江流劈开，正所谓"青山遮不住，毕竟东流去"，作者在此借写江水礼赞了冲破阻碍、开拓进取、一往无前的精神气概。前后两结"强流依旧，笑盈舒绉千叠""千回百转，滔滔东去何歇"，均流露出冲决重围的胜利者的豪迈之情。词中对瑶姬助大禹治水的传说的否定，也是为了突出江水，突出大自然本身的排山倒海的伟力。公孙、刘郎一代霸业的弹指成空，更验证了人世短暂而自然永恒的亘古不变的律则。"万岭谁开掘"一句，虽有些许困惑，但在人世的"禹功"与自然的"造化功"之间，作者的价值判断显然是向后者倾斜的。"念奴娇"是豪放词主打词牌之一，以之咏写长江，有东坡《赤壁怀古》之名作在前，作者拈来表现夔门天险，借豪放之词调酬壮丽之江山，大声镗鞳，词雄笔健，谓之追摹东坡词风，与东坡赤壁词并为咏写大江形胜之双璧，不亦可乎！

鹧鸪天·咏梅寄远

赵义山

翠减红消薄暮凉，风霜无奈锦心肠。冰姿吐蕊娉婷韵，玉貌催春妩媚香。蜂怎戏，蝶难狂，芳馨只共梦魂扬。莫言月地思孤独，还有清辉影作双。

【点评】

此首为咏物寄人之词。起二句点出梅花面临的严酷的生存环境，"无奈"二字，已见出梅花不惧寒冷、不畏风霜之卓荦品性。接二句正面赋梅，落实咏物之题面，冰姿玉貌，娉婷妩媚，吐蕊催春，香韵幽远，描写形容之中融入比喻拟人手法，敷染出浓重的女性化色彩。过片三句既写寒梅因冰霜其操，免受蜂蝶狂戏；同时亦写出梅花不同时俗的持守，必然带来的生存孤独处境。"梦魂扬"三字，照应了题面的"远"字。结句直言梅花"孤独"，然"德不孤，必有邻"，月辉照临，梅影双清，是安慰也是陪伴，孤独之中自不乏暖意温情。词中梅花即远人，梅之锦心玉貌，品格节操，慎独自持，清影远思，其实都是在比拟所寄之人外美内美集于一身的完美。品赏这首词，让人不免生出对梅花如对远人之感，则其人真可思，此词真堪读矣！

解佩令·寄远

赵义山

蜀东赋瘦，岭南吟苦，晓人生、炎凉滋味。红烛江楼，不过是、自弹歌醉。谢相围、艳红香翠。

孤舟闻雁，僧庐听雨，已无缘、九霄蟾桂。幸有余馨，且属意、衡山湘水，纵消魂、也应不悔！

【点评】

作者以蜀人而之岭南，后再还蜀。若以知人论世的思路解读文本，此词当是还蜀之后寄赠远人之作。起二句即交代行藏，曰赋曰吟，知其身份是文人骚客。蜀人作赋者首推司马相如，相如以消渴而致瘦；蜀人居岭南者以东坡最著，也以东坡所历最为危苦。这两句词，有意无意之间，作者似以长卿、子瞻两位乡先贤自喻，这是才人自信自负的深层心理的披露。天性灵心善感，况兼辞乡客寓，既饱谙世态炎凉，则难免必瘦必苦。于是便有红烛江楼、自歌自醉之排遣。"自弹歌醉"化用《战国策》冯谖典事，透露作者客居异乡之不得意，因而引发的长铗归来之叹。幸有"艳红香翠"的在场围观，则作者之际遇，似聊胜于"花无人戴，酒无人劝，醉也无人管"之境况。既有如此遇合，心中岂能无感？但逢知音，歌者本不惜苦啊！于是我们推测，作者所寄之人，乃是异乡的红颜知己？过片二句熔铸蒋捷《虞美人》词意，再写中年以至迟暮的落魄索寞之状，寓居中乎，还乡后乎，二者兼之乎？不须猜详了。"九霄蟾桂"，寓意功名乎，寓意伊人乎？抑或又二者兼之乎？但结合下文"幸有余馨"，似应指后者，而喻之为九霄之上的蟾宫桂枝，则其人在作者心目中地位之高，已是无以复加矣。所以顺理成章，就有了"属意衡山湘水，销魂也应不悔"的指天誓日之表白。巴蜀才子，潇湘才女，彼此真赏，正是珪璧相映，旗鼓相当。毕竟人间有情，虽不免暌违思念之苦楚，但有此一种不休不歇之牵系，这人间终究还是值得的！

解语花·忆旧

赵义山

风柔雨润，四月晴明，心事总萦绕。想卿娇笑。江南忆，动魄便为斯调。相谈夜杪。卿虽去，别情未了。花解语，因甚无言？心事应难表。

忍看汀兰渐愀。望衡湘千里，雁去鱼杳。泪临清晓。相逢日，已在孟门环眺。长宵懊恼。数日里、痴狂年少。怀恨归，依旧相思，待发华心老。

【点评】

这首《解语花》可说是较为典型的铺排叙事之作。人间四月天，心事总萦绕，于是有了"想卿娇笑"的画面闪回，这是一个难忘的特写镜头，是新鲜如初的第一印象，是词人心事萦绕的焦点。江南乃旧事发生之地，相谈竟夕说明彼此的相得和投契，然女儿心性，若有不便言者，情态已转微妙。因情愫未尽吐露，所以"虽去别情未了"，这一句为下片的相思、重逢蓄势张本。下片接写"未了"之情，"环眺"见其渴盼相见之急切，"数日痴狂"见出其倾情投入和忘我程度。这是一段让人重回青春少年的有温度有烈度的情感高潮。然亦不能长聚不散，高潮不歇，潮头落下之后，还是不忍分别却又不得不别，也只能徒唤奈何，怀恨而归了。结句再表心迹，相思依旧，直到终老，哀感顽艳，一往而深。据词中出现的"衡湘"地域意象，可知作者所怀之人与《解佩令》中女子，应是同一人。对其人的刻画形容，妙在把解语花的比喻与同名的词调、与所爱慕的女子，打并一处，花耶词耶人耶，惝恍莫辨，绮语销魂，当行本色，韵致格外动人。

江城子·流连老屋

赵义山

百年老屋绕榆槐，我归来，户谁开。福寿花窗，俱已积尘埃。纵有画梁思旧主，情不怿，眼难抬。

垂髫记忆此间埋，事萦怀，泪盈腮。邻舍鸡声，唱晓一何哀。梦里慈亲犹苦别，空怅惘，独徘徊。

【点评】

词写对老家旧宅的依恋不舍之情。百年老屋，见证了几代人的出生成长，荫庇了几代人的日常生活，承载着几代人的悲喜苦乐，烙印了几代人的情感记忆。今我归来，户扃窗闭，积年尘封，亲眷散尽，尤觉难以为怀。一幕幕孩童时代的往事回忆，一声声惊扰梦魂的邻舍鸡叫，一句句慈亲苦别的殷切叮嘱，真幻恍惚，一时俱来，让人止不住热泪长流。胡马依北风，羁鸟恋旧林，狐死必首丘，物尚如此，而况人乎？词作语言朴质，感情真挚，情调感伤。词中展示的人去村空、故园荒芜景象，不仅是一家一户一地的个别现象，这是生存方式转型时期的广大农村社会普遍存在的现象。词里写的是个人经历和体验，但在客观上已成为整个时代变迁的缩影，词作因此具有了特殊的价值和意义。

江城子·祭拜慈亲

赵义山

野花浅草映斜阳，对春光，却彷徨。祭案平铺，燃纸且焚香。仿佛慈亲冥驾到，三叩首，奠椒浆。

清明岁岁总还乡，旧家邦，意何长。一草一花，缱绻抚柔肠。万事浮云空过眼，亲恩厚，永难忘。

【点评】

孝亲是中国人最重要的伦理感情，历代诗文对孝亲感情的表现已很充分，但是在词中这类写作尚不多见。这恐怕与人们对文体分工、对词体的特殊性、对词体容受题材的能力的认识有关。这首《江城子·祭拜慈亲》，填补了词体写作的一个空白，因此值得读者特别关注。词的上片描写清明时节祭拜慈亲的场面、过程、细节，下片抒发高天厚地之亲恩让人永难忘怀的追孝情感。岁岁清明的上坟祭扫，既是对人生来处的回望，也是对人生去处的瞻顾，更是在血缘亲情的恩液沉浸中对"我是谁"的一次次自我身份确认，所以才有了结三句"万事浮云空过眼，亲恩厚，永难忘"的返本之言。曷亦反其本矣！人生如寄，萍踪浪迹，浮云柳絮无根蒂，最容易迷失自我。因此别忘了在清明时节，跪倒父母坟前三叩首；或者静下心来，读一读作者这首《江城子》词。

临江仙·赏菊感赋

赵义山

玉蕊琼枝月露，冰魂玉韵霜华。众芳摇落独奇葩。何须蜂蝶赏，但得雪禽夸。

不畏风刀霜剑，只愁摘朵攀花。灌园老圃空怜嗟。辛勤花有意，折损恨无涯。

【点评】

此首抒写赏菊的感慨。上片形容菊花的外貌，写其在众芳摇落之时独自开放，不求蜂蝶赏爱的不俗品格。下片转写"不畏风刀霜剑"的菊花，只愁有人攀折。而这些折花的人，连"灌园老圃"都制止不了，空余怜惜嗟叹而已。冲风冒霜、凌寒绽放的菊花遭人折损，一片芳心被辜负，一季花事已消歇，留下无尽的遗憾。作者在词中批评了一些游人的不文明行为，同时寄托了关于命运遭际的更为丰富的寓意。

留春令·惜春

赵义山

小园芳艳，悄然别去，竟无留恋。手把空枝久徘徊，费思量，缘深浅。
艳杏妖桃归梦幻，叶底幽思满。一朵枝头似多情，应怜我，昨宵怨。

【点评】

词写惜春心理，而用"留春令"词牌，大类早期词的咏调名。起三句以花落春归之无情，衬出惜春之人的多情。接三句的徘徊思量，已不纯然是情绪的耽溺，而更多理思的成分。过片二句写"艳杏妖桃"的一场繁华，终归梦幻泡影，已是悟道之言。结三句于理悟之后，逆笔倒挽，再写不免于情，可见"情之所钟，正在我辈"。赏读此词，吸引我们的是作者以小语致巧的入妙笔法，如"小园芳艳"的取景，"手把空枝久徘徊"的情态，"叶底幽思满"的心理，尤其是"一朵枝头似多情，应怜我，昨宵怨"的结句，均能逼肖花间词的韵调风神。而其高过花间小令者，在于此词不仅有感性的情致，且有理性的思致。

绮罗香·和韵寄远

赵义山

万树红飘，千山绿染，何以此情难尽。叶底莺声，疑告春归难信。谁无情、早已姿残，谁有意、犹然色润。叹痴儿、惜玉怜香，魂销心碎肠萦损。

灵心不免天问，已过摽梅也未？琴音拟准。帝里名媛，惠我丽词芳韵。为解语、一任红销，惜多情、岂愁霜鬓。幸何如、相忆相思，日边人远近。

【点评】

与前几首的寄怀衡湘不同，此词远寄的对象是"帝里名媛"。词作内含的时间框架，是"万树红飘，千山绿染"的暮春初夏，以之展开春尽"此情难尽"的情感表现。上片即写抒情主人公"痴儿"于暮春初夏之时，惜玉怜香、"魂销心碎肠萦损"的极度痛苦情状。词的重心在下片，过片三句最值得注意，"天问"自是非同小可，已然逼近终极关怀，但其所问竟是"已过摽梅也未"，并猜测着"琴音拟准"的消息。《诗经·摽有梅》的题旨，按《诗本义》的说法是"急婿也"。相如琴挑文君或西厢莺莺听琴，都指向一个共同的目标心理。读词至此，真不免要感叹一声"问世间情是何物"了！"帝里名媛"点出人物身份，"惠我丽词芳韵"照应题面的"和韵"。"解语一任红销，多情岂愁霜鬓"应是一笔双写，兼顾人我，仿佛玉溪生《无题》之"晓镜但愁云鬓改，夜吟应觉月光寒"二句。后结"幸何如、相忆相思，日边人远近"，再次表明情感态度，有人系我一生心，让我长相忆，即是人生之大幸，日边天涯，虽远犹近。这后结三句，的确是深情之人的耽情之语。解读这首和韵词，关键在于对"痴儿"身份人称的认定，如见原唱，当有助于提高理解的准确度。但是，诗词解读原不必胶柱鼓瑟，刻舟求剑，"读者之意何必不然"，"每一个读者就是另一首诗"，都是说面对文本不能看呆，不必执一。不唯这首词，包括前几首寄怀词，理解为自抒固然不错，理解为代言，亦无不可。

满江红·致别乡赴鄂抗击病毒之白衣勇士

赵义山

送旧迎新，孰曾料、疫横肆虐。除夕夜、都停欢聚，良宵虚设。有罪蠢材贪己欲，无辜良善遭磨折。叹江城、困厄万千人，伤尤烈。

同胞难，兄弟疤。齐救助，毒顽灭！看川军今又，志诚心热。挥手登车黄发送，牵衣忍泪垂髫别。待佳音、壮士凯旋时，歌英杰。

【点评】

前面评点的几首词作，所写内容多为山川名胜、怀人念远、故乡亲情。这首词关注时事，撷取重大的现实题材加以表现，突出体现了作者的入世精神和现实关怀。己亥庚子之交，新冠病毒肆虐，为祸之烈，亘古罕见。武汉封城危殆之际，各省市组织医疗队，举国驰援。四川省医疗队出征之前，作者赋《满江红》一阕，以之送别壮行。词作从疫情严峻、新春佳节虚设切入，谴责失职的"有罪蠢材"，悲悯千万无辜的感染遇难者，描写四川医护人员与全国同胞众志成城、辞亲纾难的感人场面，表达对抗疫胜利的期待与信心。"川军"一词的使用，把眼前的抗疫与七八十年前的抗战一下子连接起来，激活了读者关于当年数百万巴蜀子弟奋勇出川、共赴国难的历史记忆，赋予全词一种慷慨豪迈、壮怀激烈的情感色彩。

董天策点评

　　董天策（1963—　），文学博士，重庆大学新闻学院院长、教授、博导，教育部"新世纪优秀人才"，新闻出版总署"全国新闻出版行业领军人才"，广东省"南粤优秀教师"，重庆市学术技术带头人，中国新闻史学会网络传播研究会名誉会长。曾先后在电子科技大学、四川大学、暨南大学任教。著有《仁智的乐趣：山水泉石》《消费时代与中国传媒文化的嬗变》等论著与教材十余部。1986—1989年攻读中国古代文学硕士学位，受业于郑临川教授门下。

游大观楼二首（其一）

郑临川

高阁斜阳里，风帆眼底遥。
题留名士句，型铸总戎标。
聚散嗟萍迹，兴亡问石桥。
忧时何限意，垒块最难消。

【点评】

　　临川师1938年考入西南联大，师从闻一多、罗膺中、朱自清诸先生，1942年毕业。此诗当作于1940年前后，是青年时代登临胜景的抒怀之作。首联写景，视野雄阔，气韵生动。诗人登临大观楼，放眼眺望，但见高楼耸立在斜阳余晖之中，滇池船帆尽收眼底而又遥不可及。一个"遥"字写尽大观楼前开阔的滇池景象。颔联写大观楼的代表性风物：大观楼前，悬挂着乾隆年间（1736—1795）名士孙髯翁所撰长联，所谓"五百里滇池奔来眼底""数千年往事注到心头"者也，共计180字，被誉为"天下第一长联"，让大观楼名传遐迩。近华浦广场中央，安放着为唐继尧铸造的戎装骑马铜像（后于1959年拆除）。唐继尧（1883—1927）是滇军创始人。在反对袁世凯复辟帝制、维护"中华民国"的护国战争中，他与蔡锷联合宣布云南独立，自任"中华民国"护国军总司令，护国战争结束，任云南督军兼省长。在反对北洋军阀独裁的护法运动中被推为护法军总裁之一，任滇川黔鄂豫陕湘闽八省靖国联军总司令。唐继尧执政云南十多年，兴办教育，筹办市政，发展实业，做了不少利民兴滇的大事。1936年8月，云南省政府在意大利为唐继尧铸成戎装骑马铜像，彰显一代地方统帅的风范。"总戎"即统帅，唐人称节度使为总戎，清代称总兵为总戎。"标"是标格、风范、神采之意。面对大观楼如此胜景，诗人感慨万端。颈联写诗人离家求学，漂泊他乡，行踪无定，聚散依依；辛亥革命以来，时局动荡，战乱不已，1940年前后，国家仍处于抗日战争的烽火之中，天下兴亡，感怀无际。"兴亡问石桥"化入"二十四桥仍在，波心荡、冷月无声"等古人诗词意象，亦实亦虚，给人以想象空间。颈联写尽家国怀抱之后，尾联直抒胸臆，点明主题：忧国伤时，满腔愁苦，郁积难平！读罢全诗，一位感时忧国的青年诗人形象，已跃然纸上。

登灌县离堆公园伏龙观后楼

郑临川

离堆雄观此登楼，西蜀平川眼底收。
四面云山张画本，一条铁索压飞流。
中兴漫忽前车鉴，长治须关天下忧。
老去元龙豪兴在，高歌犹胜少年游。

【点评】

秦蜀郡太守李冰父子修建都江堰水利工程，率领民众开凿宝瓶口，引岷江水灌溉川西平原，形成和玉垒山分离的孤堆，称为离堆。伏龙观就建筑在离堆之上，始建于晋，原名范贤馆，北宋初，民众怀念李冰治水功业，扩建殿宇，沿袭李冰父子"降龙治水"的传说，改称伏龙观。1982年，临川先生登临离堆公园伏龙观，乃有此览胜抒怀之作。从离堆公园登伏龙观，有42级台阶。首联写登临雄伟的伏龙观，极目远眺，成都平原尽收眼底。颔联写伏龙观后楼所见，又是另一番景象：玉垒浮云，岷江流水，天光水色，如诗如画；安澜索桥横跨岷江之内江，桥下飞流湍急，略有几分惊险。颔联遣词颇为讲究，"张画本"与"压飞流"，形成一种对比性的张力，把云山如画的情状、铁索架桥的态势刻画得活灵活现。都江堰建成两千多年来，防洪灌溉，从未中断，成都平原成为水旱从人、沃野千里的"天府之国"。但诗人并未顺势称赞李冰父子造福千秋万代的治水功绩，而是笔锋一转，由治水想到治国，在颈联中吟咏："中兴漫忽前车鉴，长治须关天下忧。"其时，诗人已年过花甲，终于迈进改革开放的新时期。诗人兴会空前地把这个新时期称为"中兴"，同时又深情款款地告诫，千万不要忘记前车之鉴，只有忧国忧民，造福天下，才能长治久安。尾联以三国时的陈登自比，抒发诗人老骥伏枥，壮心不已的情怀，以"老去元龙豪兴在，高歌犹胜少年游"收束全篇，写得兴会淋漓，豪放高迈，是临川先生诗中少有的狂放之句，令人拍案。

登岳阳楼

郑临川

杜范诗文壮此楼，千年湖水共悠悠。
古今多少登临客，几个凭栏天下忧？

【点评】

此诗是临川先生《还乡杂诗十二首》之二。1987年春夏之交，先生以72岁高龄从四川南充返回阔别大半辈子的故乡湖南湘西，顺道登临岳阳楼。岳阳楼位于湖南岳阳古城西门城墙之上，下瞰洞庭，前望君山，素有"洞庭天下水，岳阳天下楼"之美誉。岳阳楼除了建筑艺术之美，更凝聚着人文精神之美。杜甫《登岳阳楼》诗中那洞庭湖水之波澜壮阔与人生之命运多舛、伤时忧国的感叹，范仲淹《岳阳楼记》文中那"先天下之忧而忧，后天下之乐而乐"的爱国爱民情怀，早已化为岳阳楼的文化精魂。所以先生下笔即赞"杜范诗文壮此楼，千年湖水共悠悠"，写得兴味隽永，富于情思。那么，先生究竟在想什么呢？"古今多少登临客，几个凭栏天下忧？"语带反讽，也是反思，命意所在，主要是为了强调登临览胜而不忘忧国忧民，从而荡涤心胸、提升境界。岳阳楼那副千古名联说得好——"四面湖山归眼底，万家忧乐到心头。"先生这首七言绝句，通过登临岳阳楼的沉思感悟，抒写了自己始终关心民生疾苦、心忧天下的人生情怀，自成高格。

李银昭点评

李银昭（1963—   ），四川经济日报社社长、总编辑，《经营管理者》杂志总编辑。

破阵子·震难援情

陶武先

地动惊涛裂岸，山崩乱砾飞烟。霾压丛林留断壁，风啸边城落废垣。悲啼血雨天。

童叟相依冻馁，鳏独互慰孤单。疾度安危泥泞路，痛解离别破碎间。爱怜共宇寰。

【点评】

这首写"5·12"汶川地震的词，开篇就把地震发生时山崩地裂、楼摇房抖、飞沙走石的场景再现在读者的眼前。苍天无情，大地无情！然而，在苍天与大地之间的芸芸生灵，却在震难的废垣上上演了一幕感天地、泣鬼神的人间真情史诗剧。最后一句"爱怜共宇寰"，把细微之处的人间至情，人间至爱，一下铺展到天地间，铺满宇宙人寰。

临江仙·震难医情

陶武先

欹缝针联期盼，托瓶手挽蹒跚。杏林叠影鸟惊天。掌灯驱沌雾，护诊掩疏帘。

泪伴轻刀除患，汗催柔线还原。相思沁色素衣沾。但求人愈健，宁可我无眠。

词的上阕,写震后的废垣上,医者与被医者,救助者与被救助者,他们"敛缝针联期盼""托瓶手挽蹒跚",同是天涯受难人,他们感同身受,相互挽扶,蹒跚走向灾后重生。词的下阕,前两句写医生在与死神抢夺同伴的生命时,不仅"泪伴""汗催"里透出伟大的责任感,更关键的是"轻刀除患"里的一个"轻"字,和"柔线还原"里的一个"柔"字,把医生对被救助者的"爱心千般"的人道精神跃然纸上,感人肺腑。一句"宁可我无眠",似有雷霆万钧之力,词到此戛然而止,传递出医者极高的思想境界。

巫山一段云·震难居情

陶武先

雨打禾滴悴,星沉帐掩悲。残烛苦照泪光陪。故里几时回?

挺力撑梁臂,推窗握玉晖。稚童嬉戏燕喃飞。锁梦杜公归。

【点评】

写"居情",作者却绕开"居",不去直写,整首词里找不到一个带有居、房、屋、家、住的句子,读者读到的只是"雨打""星沉""残烛苦照","推窗握玉晖"。作者是以景喻物,以景喻情。先贤道:景到极处自有情,情到深处境自有。后面的境是境界的境。"稚童嬉戏燕喃飞,锁梦杜公归",此句化自杜甫。在《茅屋为秋风所破歌》中,诗圣留下了"大庇天下寒士俱欢颜"的千古绝唱。面对震后龟裂的大地,面对风雨飘摇的临时帐篷里的万千百姓,思"杜公",祈"安得广厦千万间""天下寒士俱欢颜",就成了作者的美好情愫和愿景。

陈坦点评

陈坦（1963—　），生于成都，中学语文老师。

自题黄河立马小照
刘锋晋

立马黄河望古今，千帆竞渡战云深。
排空浊浪来荒塞，跨地长虹凝冱阴。
南北英雄捐碧血，东西虎豹嗜人心。
中原自昔龙飞处，已听惊雷震耳声。

【点评】

印象中的刘锋晋先生就是一干瘦老头，所作亦多取材日常生活，不意还有如此关切时事的慷慨激昂之作。玩味诗意，似应作于1949年前后，彼时诗人也正是毛头小伙意气昂扬之际，地点或在晋豫？黄河是中华民族的母亲河，"黄河之水天上来，奔流到海不复回。"先生立马黄河，望浊浪滚滚，冰封千里（冱阴，指水因寒冷而凝结，想来此时必在隆冬时节）。虽说"望古今"，却并没有发思古之幽情，而是将目光投向现实："千帆竞渡战云深。"大军云集，是渡河南下争雄中原？或是西去经营大西北？不要紧，因为紧张的气氛已经营造出来，加上颔联的环境描写，不由让人想起"黑云压城城欲摧，甲光向日金鳞开"之句。诗人置身此间，又且立马，飒爽英姿不言自出。颈联"南北英雄捐碧血，东西虎豹嗜人心"，诗人摆明了自己的立场，可知锋晋先生当年必是热血青年无疑。"中原自昔龙飞处，已听惊雷震耳声。"古人说逐鹿中原，而今胜负已分，正可投身祖国建设，一展身手也。惊雷云云，是不是就是指毛主席当年在天安门上那一嗓子呢？

浣溪沙·咏天彭牡丹

刘锋晋

红艳娇香一段愁，恼人姿态却温柔。君家谱系是彭州。

花国称王夸富贵，洛阳争价说风流。多情明月照西楼。

【点评】

自古便有"洛阳牡丹甲天下"之说，提起牡丹，人们首先想到的地方一定是洛阳。其实西蜀天彭牡丹实可与洛阳牡丹媲美，陆游《天彭牡丹谱》云："牡丹，在中州，洛阳为第一；在蜀，天彭为第一。"锋晋先生长年居彭州，对天彭牡丹自有一份乡情，此咏可作天彭牡丹广告词用。"红艳娇香一段愁，恼人姿态却温柔。"两句以拟人手法写出了天彭牡丹的特点。天彭牡丹花期早于洛阳，前蜀花蕊夫人《宫词》有云："未到末春缘地暖，数般颜色一时开。"因含水分多，故花重，花茎略曲，花朵滋润。词人将其拟作娇羞少女，正是抓住了天彭牡丹不同于洛阳牡丹的这些特点。前两句摹状貌，第三句点主角：天彭牡丹。下阕以洛阳牡丹的风华绝代移美天彭牡丹，借势妙绝。毕竟当天彭牡丹"养在深闺人未识"时，洛阳牡丹早已艳名动天下（"唯有牡丹真国色，花开时节动京城。"——刘禹锡《赏牡丹》；"天下真花独牡丹。"——欧阳修《洛阳牡丹记》等）。词人将二姝并立，自然抬高了天彭牡丹的身价，可谓不著一字，尽得风流。末句"多情明月照西楼"，化用中唐李益诗"任他明月下西楼"却反其意而用之，倾诉词人对闺中少女（天彭牡丹）的款款深情，既是点明主题，也是对上阕的呼应。

柳梢青·高中六七级同学会，有四十年一相逢者

周啸天

竹马观花，青梅压酒，并长蓉城。巷尾悲歌，街头辩论，不是书声。

重逢乍见须惊，却道是、人间晚晴。六十年华，四十体魄，二十心情。

【点评】

这首词抓住了同学会的两个特点：一曰忆旧，二曰惊变来写，既写出了人情之常，更带有鲜明的时代特色和地域特色。"并长赉城"表明同学些都是在渠县这里长大的，这是地域特色；"巷尾悲歌，街头辩论，不是书声"，则抓住了高六七级正逢因"文革"而荒废了光阴这一时代特色。如果毛头小伙一别，再见已是耳顺，不吓一跳才怪，自然是"重逢乍见须惊"。然则惊则惊矣，惊过之后怎么办呢？莫慌，词人有办法！老年相见，最怕伤感唏嘘，徒生消极情绪。于是词人借李商隐之诗"天意怜幽草，人间重晚晴"，来与老同学们相互勉励。结尾更以数字化形式提出了具体目标："六十年华，四十体魄，二十心情。"心态好，身板好，自然经得老！愿我们一起朝这个方向努力！

"五一二"短信

周啸天

检得年前短信息，温情骤起一丝丝。
等闲三字君安在，发自天摇地动时。

【点评】

"五一二"是川人心中永远的痛，也是成都人日后借以"冲壳子"的资本。记得当年我也给老婆发过短信（因为电话不通）："我和女儿都在操场，你如何？"保存了好几年，直到手机报废。惊魂甫定之际是顾不上检索温情的，因为要操心眼前事。必得翻过年来，诸事停当，才有空"检得年前短信息"。这是写实，非亲历者体会不到的。"君安在"三字放在平时自然"等闲"，但当放到"天摇地动"这一特定的时刻，其震撼力恐非如此轻描淡写可以形容，诗人检看时心中泛起的温情怕也不止"一丝丝"吧！

王聪点评

王聪（1965— ），生于成都，祖籍四川省邛崃市，大专学历。1982年参加公安工作至今。四川省诗词协会理事、全国公安作协诗词分会理事。

独游玄武湖

黄稚荃

雨余湖上昧秋凉，洄溯蒹葭水一方。
剩有心情似丁令，输将釐笑共船娘。
花边楼阁今谁主，柳外烟波又夕阳。
莫向楸枰问遗劫，钟山无语送齐梁。

【点评】

检《杜邻诗存》，作者于1948年元旦由宁返蓉，此诗作于前一年秋。《诗经·蒹葭》："溯洄从之，道阻且长。"待返故乡的路何尝不是如此！因平仄的需要，"溯洄"倒装成"洄溯"。此时离抗战胜利南京光复不久，自然兴起丁令威"城郭如故人民非"之叹；且共船娘的釐笑，或许在心底又泛起一丝"商女不知"的悲悯。历时八年的乱离，"花边楼阁"早易其主了吧？而此时的夕阳正在"烟柳断肠处"。读诗至此，不觉想，此诗不过诗人临景兴感的常情耳，与时事何干？"闻道长安似弈棋"（杜甫），不，不是长安，是华夏大地正进行着一场大"博弈"，而金陵又将上演一出齐梁短祚的史剧吧！不久的"钟山风雨起苍黄"，足见作者的史识。

寄晦闻师

黄稚荃

长安棋局望生愁，忽忽芳春已素秋。

愿守藜床困辽海，不堪霜露悯宗周。

六朝词苑尊颜谢，两汉经筵数郑刘。

回首龙津风浪远，空堂听雨动离忧。

未作东平西靡枝，手拈香瓣寄遥思。

他乡滞病缄愁日，客里衔恩食德时。

讵有文章干贺监，差无鄙吝愧牛医。

关山直北烟尘暗，问字何年到绛帏。

【点评】

先摘录两段文字，有助对此两诗的理解。一是诗作者于诗前有序，兹录一节："壬申夏，愚躯患脊骨结核，住同仁医院经年。先生谓结核病须饮食营养，命其姬人间日以丰盛粤菜相馈，故所患得以早瘥。又别后先生来书，有'倭人寇华北，北客多南迁，仆始终未动'之言，甚有管宁藜床之意。"二是张中行《负暄琐话》"黄晦闻"一节："黄先生的课，我听过两年，先是讲顾亭林诗，后是讲《诗经》……讲顾亭林诗是刚刚'九一八'之后，他常常是讲完字面意思之后，用一些话阐明顾亭林的感愤和用心，也就是亡国之痛和忧民之心。"第一首诗首起感同杜甫"闻道长安似弈棋，百年世事不胜悲"之慨，乃指日寇在发动"九一八"事变后，于1933年元旦，又发兵攻击山海关，从此将侵略魔掌伸入关内（"倭人寇华北"）。此时"北客多南迁"，而晦闻师"始终未动"，宁似东汉末之高士管宁当年避居辽东，甘于困顿（藜床，藜茎编的床榻。泛指简陋的坐榻。北周庾信《小园赋》有"管宁藜床，虽穿而可坐"句）。"霜露"二字虽时承"素秋"，实取南北朝丘迟"故知霜露所均，不育异类；姬汉旧邦，无取杂种"之意。西周建都镐京，因"武王自丰居镐，诸侯宗之，是为宗周"，后平王迁都雒邑，是为成周，故"宗周"有故都意。颈联盛赞晦闻师文采与学问堪比古贤。"颜谢"，颜延之与谢灵运，南北朝著名文学家与诗人；"郑刘"，郑玄（东汉）与刘向（西汉），著名经学家。尾联表达对恩师的思念。第二诗"东平西靡枝"见《汉书·宣元六王传·东平王宇传》。唐颜师古注引《皇览》云："东平思王冢在无盐，人传言王在国思归京师，后葬，其冢上松柏皆西靡也。""未作"云云，言己尚存也。患恶疾而早瘥，亦仰恩师之厚馈，不禁拈香遥祝而思（一瓣之香，多用来表示对老师的崇敬之情）。想起自己在"他乡""客里""滞病缄愁"之日，先生"命其姬人间日以丰盛粤菜相馈，故所患得以早瘥"，能不"衔恩""食德"否！况己无青莲之才，而蒙先生期许与延誉。（唐孟棨《本事诗》载："李太白初自蜀至京师，舍于逆旅，贺监知章闻其名，首访之……由是称誉光赫。"）但幸自己尚无狭隘浅薄之行愧对贤者。（《后汉书·黄宪传》："父为牛医……同郡戴良才高倨傲，而见宪未尝不正容，及归，罔然若有失也。其母问曰："汝复从牛医儿来邪？"南朝刘义庆《世说新语·德行》："周子居常云：'吾时月不见黄叔度（宪），则鄙吝之心已复生矣。'"）尾联言北方正临战事，不知何年再能面聆师教啊！"烟尘"，烽烟与战场上扬起的尘土，指战火。"问字"，西汉扬雄多识奇字，刘棻曾向其学。"绛帏"，东汉马融"常坐高堂，施绛纱帐，前授生徒"，后以绛帐（帏）为师门、讲席之敬称。

绿洲歌

刘传莂

星月何朦胧，整伍渡瀚海。狂风卷飞沙，扶头惟坐待。一旽醒还惊，东方见启明。流沙亘万里，何来鸡犬声？寻声觅奇迹，蓦然见绿洲。如云万树拥，似玉一溪流。溪畔多野花，溪清可见底。拣花投水上，游鱼喋喋起。过桥复穿林，土屋若鱼鳞。黄童依白叟，疑是避秦人。绝爱小村前，油油尽稻田。谁知瀚海里，竟睹江南天。能不忆江南，江南寇氛里。去去不须留，前头号角起。

【点评】

此诗应作于抗战时期，在西北某地一次行军途中。"整伍渡瀚海"当是在夜晚，星月朦胧已兆不雨即风。果然不久风沙阻行，只能扶头坐待。于风沙暴虐中还打了一个盹儿，可见行军的紧张与劳顿。风沙终于过去，晨曦中天净星明。此时于大漠荒碛中却隐隐传来鸡鸣犬吠，真奇怪呀！寻声而觅见一绿洲，真若"桃花源"，令人惊喜莫名。作者其时二十来岁，童心未泯，拣花投水，逗鱼而乐（"水面风回聚落花"为唐诗名句）。片刻的欢欣化作悲愤，目睹眼前这大漠里的"江南"美景，怎不令人思想起沦陷了的大好河山？走吧，莫留恋了，催征的号角已经吹响！谢榛《四溟诗话》评誉《古诗十九首》为"格古调高，句平意远，不尚难字，而自然过人"，今观此《绿洲歌》遑让也！而作者战士加诗人的情怀，使此诗成为浪漫与现实创作完美结合的佳作。

朝中措·隔离反省

刘传茀

神疲意倦思昏昏，天壤此闲身。自索枯肠无句，输他贝锦成文。

欲眠还起，高楼人远，穷巷灯深。一夜潇潇秋雨，门庭遍布苔纹。

【点评】

词作者十七岁参加革命，中华人民共和国成立后主成都公安刑侦工作。曾经的据案审讯人者今日忽成了被审查者，怎不神意昏沉。天壤者，天壤之隔也。此"闲身"非是悠闲自在之身，乃停职就审，独囚请室之身。此时还有心思寻章摘句？否！实是被勒令写出"交代材料"——明是遭罹"莫须有"，欲自诬真还太难。"贝锦成文"见《诗经·小雅·巷伯》："萋兮斐兮，成是贝锦。"朱熹集传："言因萋斐之形，而文致之以成贝锦，以比谗人者因人之小过而饰成大罪也。"下阕怎一愁字了得！"暝色入高楼，有人楼上愁"，这人既是自己，也是思念挂怀之亲人；而此时的亲人何尝不在思念我、挂怀我呢！夜已深了，辗转反侧在这高墙之内，而窗外正是"秋风秋雨愁煞人"。来时的门庭已遍布苍苔，可见得隔离已久，隔离之严；这苔色毫无"苔痕上阶绿"的诗意，只有"阶苔逐恨新"的愤懑！刘勰在《文心雕龙》里诠释"用典"为"据事以类义，援古以证今"，此词足范。

南充地区党史座谈会上口占
刘传苇

果山依旧画屏开，嘉水含情绕郭来。
往日艰虞初阅历，故人生死总萦怀。
金泉莫问神仙迹，史局还期庶子才。
顾我朱颜今白发，旧盟鸥鹭不相猜。

【点评】

南充又名果城，其东临嘉陵江有果山。1949年前作者曾从事地下工作，任南充中心县委书记。"艰虞"，战乱与灾荒频繁的年月。今日在座谈会上回顾艰苦卓绝的历程，怎不思念当年的战友！金泉夜月为古南充八景之一，今故地重到非为寻幽探胜。"史局"，史馆；"庶子"，指三国时蜀汉及西晋时著名史学家南充人陈寿，曾拜太子中庶子。作者十七岁参加革命，于1964年罹"莫须有"身陷囹圄十几载，今白发换朱颜，唯丹心不改，"鸥鹭"辈莫疑猜耳！"鸥鹭"典出《列子·黄帝篇》。

攀枝花市
张幼矩

万山重叠绕金沙，地老天荒亦有涯。
灯火万家连晚照，钢城百里带朝霞。
劈将混沌开云路，惊破鸿蒙贡物华。
二十余年艰苦甚，蔽空高树灿红花。

【点评】

攀枝花市位于四川西部"攀西大裂谷"腹地雅砻江与金沙江交汇处，诗起首便以鸟瞰展现"万山重叠绕金沙"的雄奇与峻险，大有老杜"群山万壑赴荆门"之势。此地古来被视为"蛮荒",然"地老天荒"亦自"有涯",终有巨变之一日。颔联写出巨变后一座新兴工业城市蒸蒸日上的风貌,景中寓情,充满正能量。颈联倒叙,写出巨变的原因和壮举。尾联兴慨与点题:经过几十年的艰苦奋斗,在此"蛮荒"之地建设出了这座"花是一座城,城是一朵花"的英雄城。此诗将工业建设如此"硬性"的题材写得这样的美,歌颂中又不见口号类的干嚎与苍白,与作者身为画家分不开吧。

鹧鸪天·无题

王 煜

秋后心情薄似纱,经年故友隔天涯。残荷过雨无心举,老柳因风着意斜。
思往事,记年华,华年多在旧时家。已醒还梦依稀处,一夜清寒落桂花。

【点评】

秋后的心情缘何忽薄似纱,或是有感"世味"吧?"薄似纱"出自陆游诗。作者创作此词时当是三十岁左右,青春的理想与生活的现实难免有反差甚或冲突。思想起少年时代的铁哥们儿来,而他们却"各在天一涯"(《古诗十九首》)。秋深雨中的池塘已不见前时的"一一风荷举"(周邦彦《苏幕遮》),而池畔的老柳却"因风着意斜"——这其实是作者"不奈愁"(释文珣"老柳因风不奈愁")也。下阕写夜阑梦回之境:由思而梦,梦到居家时的美妙年华。这个家,是家乡,更是父母生育自己的那个家,多么温馨和令人思念;而眼前却"别梦依稀",独自在这秋宵寒气中想见庭中"冷露无声湿桂花"——不,应是"落花和雨夜迢迢""此时无声胜有声"。江西诗派主张从古人的成句中翻出新意,把此叫作"夺胎换骨""点铁成金",被一些人诟病。其实炼翻新句非腹笥富赡者不能。

古蔺偶成

陈天啸

边城尽在酒香中,欲醉何须问牧童。
但恐君家诗未就,今春负了杏花风。

古蔺县地处四川盆地南缘，对蜀人而言自是"边城"；这里出产"郎酒""潭酒"两大名酒，为中国著名的酒乡。酒乡遍是酒肆，买醉无须问津。这买醉者当不是"欲断魂"的"行人"，应是"诗酒趁年华"的吟家，但恐醺然而无诗，岂不辜负了眼前这大好的春光！此诗一气呵成，词句虽谐而意境已新，诚为佳作。

还 乡
陈天啸

迷路烟霄指顾间，殷勤寻梦也堪怜。
泸州江水迟如许，流到渝州四十年。

【点评】

诗作者为重庆人，中华人民共和国成立时入二野军大，后落户泸州，四十年后始回故乡，因有是作。何事在梦中频繁（殷勤）地寻觅，应是当年青云之志吧？"烟霄"，云霄；"指顾间"，瞬间。此句意为瞬间迷失了青云之路。"不舍昼夜""千里江陵一日还"皆言水流之速；泸州乘船顺水而下到重庆不过半日之程，在诗中这江水足足流了"四十年"——不，不是江流，而是诗人"迟迟归"啊！作者人生遭际未知，读此诗只可揣其坎壈。

八十自嘲
章润瑞

锦里三千六百天，平平仄仄遣余年。
磻溪垂钓钩常直，人境关门地自偏。
遗憾儿孙无荫庇，忘情睡梦尚酣甜。
举杯怕听期颐颂，空耗人民养老钱。

【点评】

作者七十岁那年定居成都，至今三千六百多天了。离休后任《岷峨诗稿》编委，作诗与编诗皆不离"平平仄仄"，此句幽默风趣自有会心人。当年姜尚八十岁垂钓磻溪用直钩（意不在鱼），此处喻己身常直也；陶渊明"心远地自偏"，今地偏无来人亦闲也。作者也属"当权派"，却无"荫庇"与儿孙，故能无愧于心而忘情梦酣了。人皆欲寿过百岁，此老却怕自己真的寿享期颐而于世"无济"，岂不愧对纳税人？诗读至此，作者思想境界出矣，与"邑有流亡愧俸钱"（韦应物《寄李儋元锡》）同是感人！

闻黄金宴感赋

但仲廉

仙家点石只空论，今把黄金和酒吞。
夸斗早输王恺富，效颦可是季伦孙。
当年痛洒英雄血，此月谁招帝子魂。
泪眼绿珠楼上望，乱红啼鴂有余痕。

【点评】

只要有"暴发户"膨胀的消费欲，就会有投其好者——黄金宴便是。神仙能点石成金不过传说耳，今日真有"吞金"者（将极薄的金箔点缀在菜肴上）。西晋皇室的腐朽，上层社会的骄奢淫逸，生出了王恺与石崇（季伦）斗富的历史丑剧，这也是促其政权速亡（五十一年）的重要因素。成俭败奢，由此思想起打天下时无数先烈的牺牲与提倡"艰苦奋斗，勤俭建国"那个时代来。"日暮东风怨啼鸟，落花犹似坠楼人"（牡牧《金谷园》）。当年石崇败亡，其宠妾绿珠坠楼自尽，足为后世奢极张狂者戒。

锦里逢故人

周啸天

（作品见25页）

【点评】

一个人来到这世上应是一个偶然；今不期而遇曾经相濡以沫的友人，"沉醉"却是必然。"今夕复何夕，共此灯烛光"，"十觞亦不醉，感子故意长"（杜甫《赠卫八处士》）。只是重逢的欢愉是短暂的，旋复"茫茫人海各西东"了。大凡赠别诗，不过道尊重、期再会，像"西出阳关无故人""凭君传语报平安"已是迥异于人，传颂至今的名句；今"万一来生不再逢"更是直击人心。此句当两解，一则设疑的是"来生不再逢"，则今生后会有时；一则"万一"并非肯定，则或有三生石上盟。读此可知"涸辙相响"之情深与"对君今夕"之珍贵。

曾令琪点评

曾令琪（1966— ），又名曾训骐，生于四川资中，1988年毕业于原南充师范学院（今西华师范大学）中文系。现为大型文学期刊《西南作家》杂志总编，中国辞赋家协会理事，中国西部散文学会理事，中外散文诗学会四川分会副主席，四川省社科院特约研究员，《人民文学》杂志2012年"古贝春杯"全国散文大赛一等奖得主。写作各类作品450万字，发表、出版作品400万字。出版专著《周恩来诗歌赏析》《末代状元骆成骧评传》，散文集《热闹的孤独》，长篇小说《天路》，中短篇小说《隆中钓》《最好的礼物》等。

念奴娇·舟过夔门

赵义山

（作品见32页）

【点评】

上阕"蠹尘外""沧桑惊阅""笑盈舒绽"，赋予白帝城以人的情感。写景之中，以"裂""切""叠"三韵字，极写白帝城地势之险峻。下阕以"弹指"引领，十二峰身姿收入眼底，数千年往事涌上心头。在词人眼里，曾经辉煌一时的公孙述、刘玄德诸人，在万古奔涌的长江面前，已为陈迹。"妄说瑶姬，虚传大禹，万岭谁开掘"，一"妄"一"虚"，辅以一问，配上结句"千回百转，滔滔东去何歇"这戛然的收束，于议论之中抒情，歌颂了大自然无比的伟力，充分表达出词人的辩证历史观。全词风格沉郁，开阖有度，具有很强的启发性和感染力。

解佩令·寄远

赵义山

（作品见 188 页）

【点评】

这首词，应该是词人流连香径、踯躅小园之所作。开篇，"蜀东赋瘦，岭南吟苦"，既点明地域，更以一"瘦"一"苦"，直切相思之义。"炎凉"二字，似乎在暗示读者，词人或许遇到工作的顿挫、情感的困惑、人际的迷惘，因此，"自弹歌醉"，借古人之杯酒，浇自己之块垒。人事茫远，知己难寻。上阕，词人以淡淡的忧愁、忧思，极写相思之苦。下阕，词人思接千载，以"幸有余馨"之"幸"，将沉郁的情感一转，表达出自己属意衡山湘水、九死不悔的决心。与南宋词人蒋捷《虞美人·听雨》中那种亡国之痛、黍离之悲的沉痛相比，此词所渲染的衣带渐宽、思而不悔的情感，细腻深沉，委婉多致，很容易引起读者的共鸣。

何革点评

何革（1967—　），四川旺苍县人，就职四川省广元市水利农机局。广元市诗词楹联学会副会长，《广元诗词》主编。

秋

安全东

万里长空一镜凉，晚来云树共苍苍。
儿孙更在南云外，独立柴门数雁行。

【点评】

秋天了，云树苍苍，北雁南飞，一片凄清景象。虽易撩动诗人愁怀，然自古如此，亦不足为意。所奇者，在云下之景。一位老者正独倚柴门，望着远去的雁行出神。雁群渐远，消逝在茫茫天宇；唳声犹在，悠悠萦绕于耳际。那大雁飞去的方向，正是儿孙打工的所在。动物尚知节候，可儿孙们呢，他们也能如这些候鸟一样，到时候就自觉地飞回来吗？作者用简洁的笔触，描绘出一幅新时期的"倚门候子图"，是当下农村"空巢老人"的剪影，读来颇感鼻头一酸。

入春有感云南大旱

安全东

人居环境几酸咸，涝旱交加苦不堪。
若是春风能化雨，乞分一缕到滇南。

【点评】

自然灾害是当下民众所极为关切的话题，这首作品就是在出现严重自然灾害时的有感而发。前两句直陈气候变化无常、人居环境日渐恶化所造成的后果：时旱时涝，时而高温，时而极寒，气象变化万千，仿佛多年规律被打乱。极端天气的出现，为害甚烈，给人类敲响了警钟。后两句借春风化雨之典，抒发良好心愿，同时寓希望于其中：世界最需要的，是各种维护环境的措施和手段，只有大家齐心协力，共同维护地球家园，生态修复、环境改善才会大有希望，风调雨顺、水旱从人的那一天才会到来。从诗中，我们感受到了作者强烈的忧世情怀，这正是作为一个诗人最可宝贵的品质。

鹧鸪天·雨中过民工工棚
安全东
（作品见 140 页）

【点评】

农民工作为一个特殊的社会群体，其生存状况如何，从这首词中即可管窥。老杜当年"床头屋漏无干处，雨脚如麻未断绝"，而今日民工之住所亦是屋漏床床湿、雨浸件件衣，"饭钵接，面盆支，到头还是一身泥"，两者何其相似，由此可知民工生活条件的艰辛。他们从事着繁重的体力劳动，为城市的发展贡献着自己的力量，但他们却始终难以融入城市，忍受着与亲人分离的精神痛苦，过着艰苦的生活。"依旧浓云遣不飞"，这遣不去的岂止是天空的阴云和绵绵秋雨，而是压在农民工心中那深深的忧虑：明天的早餐在哪里？诗写农民工的生活状况，不是亲眼所见，不是有着对底层民众真切的悲悯情怀，断难为之。

清明祭母
李荣聪

墓草青青节又来，杜鹃声里雨哀哀。
儿时懒散老尤甚，好想听娘骂一回。

【点评】

清明祭奠，古老的题材，老题材如何翻出新意，确是很考手段的。开场两句，场面描写，寓情于景，用一"哀"字烘托墓地氛围，奠定祭祀悲伤凝重的基调。此乃寻常手法，作诗者皆能为之。而转结却横空一笔，避开常见之从正面书写对亲人怀念的手法，忽发奇想，抓住一个常人所不愿接受的"挨骂"这样的事实，从自小因为"懒散"怕挨骂到而今"老尤甚"之后的希望再次被骂，从而把对母亲的深切思念，不露痕迹地化入这看似荒唐的意念之中，愈见情思绵绵，回味无穷。所谓年龄越大，对父母的理解越多、思念越深，于此亦可窥其一斑。

客　舍

李荣聪

醉眠乡宅梦回家，醒倚孤窗看月斜。
一树清辉应不重，三更压落紫桐花。

【点评】

醉眠乡宅而梦见回家，可见这乡宅与"家"之间在冥冥中有着某种契合，也许是乡宅中的这些景象太熟悉，跟自己生活多年的老家有着许多相似。回家的梦醒了，思乡之情却被撩拨起来，难以复睡，于是斜倚窗沿遥望明月。此时作者平静的外表下应该是心潮澎湃的，继续着回乡之梦，少年时代的一幕幕场景在脑海中翻滚着。可是，光阴不可逆转，那些人，那些事，都一一远去了。此时，四围寂寂，淡淡的月光洒在紫桐树上，几朵花瓣在悄无声息地脱落。花开花谢，本是自然规律，然而作者却忽生奇想，仿佛这些花瓣是给月光压落的。在诗人的眼中，月光是有质感、有重量的，亦得无理而妙之趣。料想作者此时内心惆怅之极，那一瓣瓣飘落的，岂止是成熟的花朵，更是岁月的匆匆脚步。怅望无声的冷月，作者也许有着张若虚面对春江花月一样的感慨吧：人生代代无穷已，江月年年只相似。

打工人家

李荣聪

（作品见11页）

【点评】

打工，是社会转型期一种新现象，农民工是这种新现象下产生的一个新的特定群体。随着农民工的不断增多，空巢老人、留守儿童之类社会问题也就愈发显现。作者写过一组打工诗，此为其中一首，表现的正是这种打工浪潮中的许多无奈与艰辛。

打工的人，大都离乡千里之外，除非家中发生特殊情况，一般都是年初出门，年底返回与家人短暂团聚之后又匆匆离去，有的甚至几年都不回家。新年刚过又离村，是大多数前往外地谋生的农民工们年年都需要面对的辛酸场面。临别之际，最牵心的，除了年事渐高的父母，就是那些尚未成年、跟着爷爷奶奶生活的孩子了。面对熟睡的孩子，即将远去的父母"低头脉脉亲"，其中有多少不舍、多少肝肠寸断啊。选择在孩子熟睡时候离别，是怕听到孩子与父母分离时那撕心裂肺的哭喊。等到孩子睡醒之后，父母已远在天涯，孩子又重复着留守儿童的生活。此诗用细节刻画分别场景，不着一悲字，但悲情自现。作者着眼现实，反映时代变迁时期底层人民的艰辛生活，若干年后，亦可当作史诗来读。

老 兵

冉长春

解甲已多年，山中两亩田。
新闻南海事，五指又成拳。

【点评】

此诗应作于中美南海对峙之时，其时群情激愤，野议汹汹。作者以白描手法，塑造一退伍老兵形象，借老兵之手，剖自家之心。退伍多年，回乡种田，家国之事，本已远离，可闻，亦可不闻，过自家小日子足矣。然南海风浪骤起，军人之血性立显。又者，一贯之行为也，暗示戎装虽褪，然军人之本色仍在。"五指又成拳"，寥寥数字，将大义当前，军人内心之正气、愤慨、义勇，含蓄托出，由读者自去心领神会。此老兵所示，岂唯军人之心声，实民心之所向也。此诗最大特点，乃用笔简洁，用意婉曲，刻画传神。较之同时同类"拔剑击案""将兵渡海"之壮语，高下自现。诗须用形象发声，此堪例证也。

某机关速写

舟长春

密密三重守，高高一座楼。
方庭平又大，正好踢皮球。

【点评】

讽刺时下官僚作风，可谓入木三分。"密密三重守"，可见门禁森严，等闲难以进入；楼宇高大，见其气象雄伟，庄严肃穆，仅此二者，就将这机关与社会、与底层民众割裂。这两句描写实况，为引出后文埋下伏笔。正因为有如此森严的戒备，在这样的楼里坐久了，也就不自觉地养成了一种优越感，一种懒散，一种对民众的冷漠。所以，这宽阔的门庭多年来就像一个足球场，每天都在这里上演着一场场的"踢球游戏"。民间将机关不作为、遇事互相推诿称为"踢皮球"。群众办事，往往要跑很多路，要找很多部门，有时绕几个圈子，又回到原点。一些机关人员深谙"踢球"之术，再简单的事情，到了他手里，都可能给办得很复杂，仿佛不如此，不足以彰示其权威。作者另有一诗写某些官员八小时之外的生活，亦是对官场陋习的揭露批判："葡萄美酒夜光杯，还在加班君莫催"（代某新提拔官员回复妻子短信）。从这些作品中，我们也可以感知到社会对整饬官场风气的期盼。

过文天祥墓

舟长春

血色江山入眼来，西天落日不徘徊。
低头更看零丁处，一树梨花寂寂开。

【点评】

写这样的题材，场面注定是悲壮苍凉的。由夕阳余晖涂抹的那一抹红色，联想到当年南宋王朝在血雨腥风中飘摇的河山，顿生凝重悲凉之气。落日无情，不管人间如何感受，依旧不作稍留，依旧那么毫无眷恋地落下山去。这里，作者一语双关。这西天落日，不就是摇摇欲坠已走到穷途末路的南宋小朝廷吗？然而就在南宋王朝已如落日无可挽救的危境之下，也依然有着像文天祥这样的爱国志士在明知不可为而为之，忠实地践行一位有着深厚儒家思想的知识分子忠君爱国、取义成仁的为臣之道。文氏的一生充满了波澜壮阔，他的"天地有正气，杂然赋流形""人生自古谁无死，留取丹心照汗青"，千百年来一直是中华民族的精神支柱，民族危难时刻，激励着一代代优秀儿女挺身而出，共赴国难。但英雄注定是寂寞的，他的人格力量，精神气质都超然物外。他的精神也必定是永恒的，就像墓前这一树梨花，虽然孤清，但年年都会应时而开，向世间昭示其顽强的生命力。如雪般晶莹、冷艳的梨花，不正是文天祥正气的返照，灵魂的重现吗？这一树梨花，还真不是可有可无的。

浣溪沙·剑山野藤

黄芝龙

古径深山未了缘，行踪知在白云边。一生不懈是登攀。
百尺腰身随俯仰，千秋雨露共悲欢。风流到死也交缠。

【点评】

藤萝为山中常见植物，正因其平常，历代鲜有吟咏，即便偶有提及，大多也从委身攀附这一角度予以针砭，少有欣赏赞许的目光关注。芝龙先生此词，推陈出新，通篇以拟人手法，寓藤萝以情感，洋溢着积极乐观的精神，体现了谦谦君子之风。因所写对象为剑门山中之藤，所以开篇就用了"古径""深山"这两个物象来营造一种幽密深邃的意境，"未了缘"，说明缘分之深厚，正因为有这未了之缘，所以后面才会"风流到死也交缠"，前后呼应，起句为后文埋下伏笔。藤萝能够高入云间，必是"不惮登攀"的结果，这句写出了野藤那种不断进取、攀登的精神，给人以积极向上的鼓舞。"百尺腰身随俯仰，千秋雨露共悲欢"这两句虚实相生，韵味醇厚，是全词的亮点。适应环境，随着环境的改变而不断调整自己前进的路线，与其他事物休戚与共，方能最终走向顶端，这是人生大智慧，蕴含着深刻的人生哲理。"风流到死也交缠"，这既是写实，更有着丰富的象征意义，我们可以看到古藤的坚忍执着、始终如一的优良品性。咏物诗贵在托物言志，不黏着于事物的表面，而深入事物的精神世界进行挖掘，生发对人生、对自然的感悟，使人从中得到教诲和启迪，得到美的享受。这首词从谋篇布局以及意向的营造上都颇具匠心，算是比较成功的作品。

插花扶贫

李俊生

定点帮扶不问因，小康路上插花新。
嘘长问短山中客，俱是南腔北调人。

【点评】

脱贫攻坚，是当下一个重要的话题。作为参与其中的作者，自当有许多切身感受。插花扶贫，此处指帮扶非贫困村中的零星贫困户。作者在这里巧用插花的本意，复着一"新"字，将脱贫攻坚、结对帮扶中的许多好政策、好办法以及所取得的新成效、新面貌等尽数概括其中，勾勒出一幅乡村欣欣向荣的画卷，令人振奋。而这些成绩的取得，除了得力于中央的政策、当地党委政府的领导外，还得力于结对干部的倾情帮扶，得力于"贫在深山有远亲"的风气变化。来山中"嘘长问短"的，都是"南腔北调人"，足见帮扶工作之深，干部作风之实。该诗紧密结合现实，从一个侧面艺术地表现了扶贫工作，可算为脱贫攻坚大业"立此存照"的成功作品。

金缕曲·访李依若故居

向咏梅

怅立空庭久。问平生，命途多舛，覆翻谁手？坠玉何郎频摧折，竟作先衰蒲柳。真应了，情深难寿？故卷遗踪何处觅，看长天仙乐催云袖。跑马曲，为君奏。

一春花事成枯守。叹西风，恁般情恶，恁般荒谬。纵有云鬟常作侣，留取琴心依旧。怎禁得，樊篱栏厩。看遍人间多少事，总不过，情理难参透。风雨里，雪霜后。

【点评】

李依若其人，世间鲜有人知，但说到《康定情歌》，可谓家喻户晓。作为富家公子，他在青少年时代接受过良好的教育，因与同姓女子相恋，为家族不容，爱情受到挫折，《康定情歌》的雏形也创作于此时。后因家庭出身及本人经历之故，政治上受到打击，不堪忍受，乃于20世纪50年代自杀。李依若的故居保存还算完好，是乡级文物保护单位。站在这个空荡荡的、早已萧条、荒凉的农家小院里，作者内心的波澜是可以想见的。她哀叹这么一位风度翩翩、才华横溢的音乐天才过早地凋落，感叹其未能逃脱"情深难寿"的生命定律，伤感其遗踪难觅、身后凄凉的人生际遇。李依若的一生，无疑是悲剧性的，在那个特殊的年代，他的思想不被人理解，才华得不到施展，他的不幸，也是那个时代千千万万知识分子共同的遭遇。"叹西风，恁般情恶，恁般荒谬"，这既是对那个荒唐时代的否定，也是对自由、和谐、人性回归自然的真切呼唤。此作没有沿袭一般凭吊词上阕写景下阕抒情的传统模式，而是景与情融，在写景的同时抒情，抒情的同时写景。于此可以感受到作者的情感脉动是不规律的，是不受压抑的，是随着眼前景象的铺开而恣意迸发的。这样情与景交相渗透，达到了较好表现主题的效果。

夜宿山村

吴　江

山乡偶为客，野蔌更加餐。
日落田园静，星明天地宽。
柴门花吐艳，土路犬追欢。
村妇多能舞，晒场歌未阑。

【点评】

　　偶尔到山乡做客，山乡的一切在作者眼中都是那么的新奇，平常难以吃到的野菜自是特别可口，难得大快朵颐。举目四望，太阳落山，农人还家，田园归于寂静；星空万里，天地显得格外辽阔。环绕篱笆的山花竞相吐艳，彰显着春意盎然；泥土路上，鸡犬在追逐撒欢，一幅多么和谐自然的田园风情图画。行笔至此，若结尾按惯例生发一点对田园生活的向往、寄身林泉的感慨，此诗也无甚新奇之处。出人意料的是，作者却将眼光投向了晒场上那些歌舞正欢的农家妇女，使诗的境界顿时提升。进入新的时代，城市的生活方式已经在渐渐浸入农村，那些忙完了农活的妇女们，也学着城里人跳起了广场舞，使我们看到了新时代的农民对精神生活的追求。正是有这种对美好生活的不断追求与向往，才孕育了社会发展的无穷力量，这正是这首诗给我们传递的最为重要的信息。

与妻忆旧

吴　江

（作品见 16 页）

【点评】

　　用小诗表现夫妻情意，读来颇感清新别致。黄昏时分，自家小院，两只茶杯冒着热气，丈夫读书，妻子在一旁侍弄花草，画面温馨，场景感人，颇有"红袖添香夜读书"的幸福感觉，于此可以看出家庭和睦，夫妻情深。也正因如此，才会引起下文，才会笑谈当年，那争说之话才不是吵架拌嘴中的恶语相向相互攻讦。书读累了，聊聊家常，说点逸闻趣事，乃夫妻间居家过日子的常态，任何夫妻都有过这种经历。"争说当年是傻瓜"这样的事情，也许你我在"笑谈初恋几多事"时都曾有过，但"人人心中有，个个笔下无"，只有吴江先生将这句写入了诗里，道人所未道，让人于轻松幽默中感受到夫妻间的其乐融融。好诗不在特意经营，而在灵光一闪之间捕捉到生活中最具有诗情画意的语言和场景。

相　思

卢　笙

君面久未见，君信久未闻。
我心如硬盘，一直存着君。

【点评】

语言是现代的语言，思维是现代的思维，甚至抓来个具有新时代特征的"物象"——硬盘，使整首诗充满了鲜活的气息。很久没见面了，甚至很久没听到音信了，这是友人间一种常见的情况，但是不是就彼此淡忘了呢？没有。"我心如硬盘，一直存着君"，你一直在我的心底好好地珍藏着，不能忘怀，更不能丢。古代表达爱情坚贞的，有"冬雷震震，夏雨雪，天地合，乃敢与君绝""在天愿作比翼鸟，在地愿为连理枝"等等，这些都是古人的誓言，今天的青年若再如此宣誓，就太没创意了。而"硬盘"是这些古人所没见过的，他们用不了。硬盘以其不容易损坏而作为保存电子文件的最佳选择，用来形容作者对友人之深情至死不忘，可谓物当其用。

下班途中作

卢　笙

归去雨霏霏，行人渐已稀。
长街一回首，灯火尽沾衣。

【点评】

下班时候已是满城灯火，料想是在冬春时节，加之细雨霏霏，天气较为清寒，在这个本来就人口不多的小城里，周围环境就更加冷清幽寂。此时，也许跟当年"独自彷徨在悠长、悠长又寂寥的雨巷"中的戴望舒一样，作者内心的孤独与长街的幽寂相互叠加，内心更加地惆怅起来。百无聊赖中，不经意地回首一望，也许是对自己孤寂行迹的流连，也许期望有"那人却在灯火阑珊处"的邂逅。一望之间，看到的依然是幽微的灯火，清寂的街巷。灯光本是没有质感、摸不着的，但作者突发奇想，在他的笔下，灯光似飘落的花瓣，似飞洒的细雨，一点点、一层层地沾到了衣服上，赋灯光以动感，营造出一种隽永的诗情画意来。至于作者看到了什么，想到了什么，似乎都不重要，都融化在这一片朦胧的灯火之中了。读者呢，从中感受到如咀嚼橄榄般绵绵的余味。

专家称风小致雾霾严重

卢　笙

一夜霾浮万里空，是谁张口欲呼风？
书生若有芭蕉扇，也为人民立大功。

【点评】

讽时刺世，历来是诗词创作的重要题材。而寓讽于无形之中，不作金刚怒目般地叫嚣，不作佛祖劝世般地说教，方为成功之作。这首因专家对雾霾的解释而引发的诗，可算寓讽于无形之中的成功作品。雾霾肆虐，个中缘由不必深究，但"风太小"是不是最根本、最直接的原因呢？面对日益恶化的生态环境，不从深层次思考、寻找问题的根源，却找来这么一个荒诞不稽的理由，真让人哭笑不得。作者借用"芭蕉扇"这个典故，将对专家的讽刺，对严重雾霾的无奈都融进这短短的文字中了。作者善用新词、口语，于此亦可见证。

采　荷

谢南容

隔水凝腮一点红，低头无语向西风。

无端采得馨香颗，掐断相思悔煞侬。

【点评】

第一、二句用拟人手法，将风中低垂的花蕾，比喻成一位低头无语美貌娇羞的少女，让人顿生怜惜之情。历来将美人比作鲜花甚多，将花比作美女则较为少见。既是如此楚楚堪怜，作者又是一位如荷般清雅的女子，物以类聚，亲近之，采摘之，似乎就是很自然而然的举动了。但当掐断茎秆，露出里面一根根雪白如蚕丝般柔弱缠绵的丝线时，却又忍不住后悔起来：这一根根丝线，维系了多少相思之情啊，经此一摘，活生生地将情丝截断，这无异于粗暴地扼杀一位纯情少女的感情。一般情况下，可能只有善良多情、心思敏感细腻的女性诗人才会有如此天真、不近情理的联想吧？而由此观之，将花看作有灵性、有情感的知己，对花倾诉心声，黛玉葬花等等行为，又都在情理之中了。

游水尾画稿溪

郑　韬

探幽知水尾，画稿一溪春。

瀑落生清气，潭闲驻白云。

桫椤随峡古，竹笋应时新。

偶遇山中牧，疑为世外人。

【点评】

画稿溪，位于叙永县水尾镇，顾名思义，此溪一定是风光秀丽如画。"一溪春"为全诗奠定了基调，接下来，作者用大量笔墨，尽情描摹画稿溪春日之胜景。幽瀑跌落，激起缕缕白烟，生出沁人心骨的寒气，朵朵白云倒映在清潭之中。写潭着一"闲"字，足状溪谷之幽寂，水潭之宁静。继续前行，寻幽访胜，忽有意外收获：见到了被誉为植物"活化石"的古老蕨类植物桫椤。桫椤自然生长之处，大都是地质构造形成非常久远，自然环境非常原始之地，由此更显示出画稿溪原生态的自然环境。同时，映入眼帘的，还有遍地郁郁勃勃的春笋，一古一新，既展现了溪谷中植物的丰富多样性，也暗示幽深宁静的外表下正孕育着勃勃生机。结尾将遇到的放牧者比作世外之人，更加突出此地的古朴宁静，仿佛桃花源一般远离尘世。此诗虽无新奇之句，但通体结构匀称，笔法清新雅致，用词凝练，不刻意雕琢，画眼前景，写心中意，如一幅淡雅的水墨画卷，足堪玩味。

西湖访故

王 雷

西湖一片水，十载梦曾经。
柳浪莺初绝，兰舟雨未听。
相留知昼短，恨别正衫青。
从此断桥路，无人问白蘋。

【点评】

十年入梦，料知作者与西湖的故事应该是发生在很多年以前了，且刻骨铭心。一直令人魂牵梦绕，断然不仅仅是因了那里美丽的风景，必定还有难以割舍的一些人和事。听莺鸣碧柳，雨打兰舟，本是西湖闲游中最具诗情画意的赏心乐事，但此番故地重游，这些，似乎都再也激发不起作者的兴趣了。是那曾经一起游玩的人已经远去，杳无踪影了吗？从这里，似乎感受到了作者幽幽的惆怅。也许，作者又想起了当年同游的一幕幕往事。在欢快的游乐中，一天时间很快就过去了，时光何短路何遥，还有那么多地方没有走到呢，又该分离了，怎不令人伤感呢？此处化用"空将酒晕一衫青"句，写宴饮之后的离别，酒入愁肠，化作相思泪，愈见凄切。行笔至此，再将断桥、白蘋搬出，岂不是愁上添愁，砌成此愁无重数吗？作者集中笔墨，极力渲染故地重游的深深愁绪，极易抓住读者的敏感神经，引人共鸣，使读者心中也久久难以平息，也为故人不复见、往事不重来而深深叹惋。

长沙访贾谊故居

杜　均

惝恍重回大汉初，繁荫草木绕庭除。
闲飞鹏鸟随风落，乍暗斜阳带雨疏。
异代伤心还一恸，他年怅望更何如。
古来多少英雄泪，湘水清波无限储。

【点评】

　　凭吊贾谊故居，走进那段历史，心中无疑是沉重伤感的。首联写故居格局，楼阁古朴典雅，嘉木苍劲繁荫，恍见大汉气象，一下将读者带入时空隧道，仿佛置身于两千多年前主人公生活的那个风云时代。颔联以虚笔写景，鹏鸟闲飞（用贾谊见鹏鸟入室而作赋之事）、斜阳疏雨，烘托环境，展现凄清落寞之景。毕竟斗转星移，物是人非，一切皆成过往，倍生"人事有代谢，往来成古今"之伤叹。颈联抒情，从老杜"怅望千秋一洒泪，萧条异代不同时"化出，感叹太傅身世，抒发自家情感。作为一介书生，空有经世治国理想，可现实却往往事与愿违，政治抱负难以施展。既难免谗臣嫉恨身遭贬逐，更有"不问苍生问鬼神"的君前冷遇。千百年来，如屈贾一样遭遇的文人不胜枚举，历朝历代，络绎不绝。虽处异代，然文人之情怀一致；千年怅望，心中之悲愤如出一辙。尾联更见沉痛，滔滔湘水，不舍昼夜，此中不知汇集了多少文人志士、英雄豪杰怀才不遇、壮志难酬的伤心之泪啊！也许，这是深受儒家思想影响的中国文人难以逃脱的宿命。此律章法井然，笔墨不蔓不枝，表达对历史人物的缅怀之情，颇具沧桑厚重之感。

春 望

郭定乾

（作品见63页）

【点评】

春日的川西坝子，菜花金黄，麦田翠绿，这种黄绿相间的景象如果出现在山区，因其自然割裂、分散，可能不太引人注目，但它出现在广袤的川西平原，连绵不断，自然就会给人以强烈的视觉冲击，美不胜收。作者用一个"泻"字，表现了在微风吹拂下菜花春麦的情态，像一幅流动的画卷徐徐铺开，无边无际。将自然风光比作一幅彩墨山水，将春日田园的色彩斑斓想象成是有人"泼彩"的结果，形象而生动。今天很多地方兴起了"菜花游"，将"一片青青一片黄"的田园美景转化成了旅游经济，让更多人享受大自然的美好馈赠。如果当时川西坝子也兴起了乡村旅游，相信这优美的田园风光一定是很多都市人的向往。

插 秧

郭定乾

白水汪汪万顷田，一田拟作一诗笺。
疏疏写下千行绿，如此文章最值钱。

【点评】

著名作家陈忠实说过：田园生活，只是文人的一种浪漫情结，几乎没有一个农民会认为田园生活是美好的，因为他们每天经历的都是艰辛与苦难。这首诗，或许可以说是对陈先生这句话最好的注脚。插秧，弓腰屈背、往后退行，本是一项非常艰辛的农事活动，可在诗人笔下，艰辛的劳动被演绎得十分轻松浪漫，充满诗情画意，对毫无农村生活体验的都市青年可能是一种善意的欺骗与诱惑。在这里，古人描写农事活动"足蒸暑土气，背灼炎天光""汗滴禾下土"的严酷场景被彻底改写，在诗人眼里，白水汪汪的万顷良田就是一张宽大的白纸，就是一张可以驰骋想象、挥洒激情的素雅诗笺。农人们用汗水插下的一株株秧苗，被看作是一行行美妙的文字，是一首首动人的诗歌。诗人用激情对劳动进行了歌颂和赞美，其骨子里的浪漫情怀在诗中得到了极大的展现，同时也包含了对农村改革后广大农民的活力被极大释放的欣喜，对农村未来充满了深切的希望。

犁　手

郭定乾

犁罢江村一片田，归来晌午日炎炎。

铁牛不用缰绳系，放在浓阴古树边。

【点评】

生产力发展的重要标志，便是生产工具的革新。千百年来，耕牛在南方农业生产中发挥着重要作用，以至于"牧童"的形象在古诗词中屡见不鲜，成为田园诗词的重要角色，如"野老念牧童，倚杖候荆扉""借问酒家何处有，牧童遥指杏花村""牧童归去横牛背，短笛无腔信口吹"等等，就作者本人而言，也有过"四蹄双足共兼程"（《叱犊》）驱牛耕作的经历。这首作品肯定写于《叱犊》之后，其时农业机械已经大量运用，"铁牛不用缰绳系，放在浓阴古树边"，正是农村生产力发展的形象写照，从诗中我们可以感受到农村正在悄悄地发生着变化，几千年来原始的生产方式正在逐渐被现代工业文明所改变。生产工具的革新，正是农村发展进步的一个缩影。作者善于提炼，从小处着眼，将农村发展变化的宏大场景，用一个极小的镜头予以表现，具含蓄凝练之妙。写农村的发展变化，这首诗或可作为代表。

抗　旱

郭定乾

> 叵耐炎炎日，山村似火燎。
> 望霖空叹惜，护稼忍辛劳。
> 勉汲清江水，来浇旱地苗。
> 可怜精卫力，其奈海波涛。

【点评】

　　作者家乡地处偏僻，属于川西平原边缘的一个如岛屿式的丘陵区，都江堰之水难以直灌，以致与"水旱从人，不知饥馑，时无荒年"的天府之国有很大差别。自古以来，水旱虫蝗都是农业生产最大的威胁，尤以旱灾为甚。这首诗以亲历者的视角，描写了在旱灾中农民的无奈与艰辛。"山村似火燎"，言烈日之毒，旱灾之甚。在这种情况下，农民们不得不百倍地付出，采取各种形式"来浇旱地苗"，有条件的地方可能是用机器抽水，而条件更差的地方，可能是车水、担水，甚至背水。这么辛苦的劳作，面对炎炎烈日，面对越来越严重的旱情，这杯水车薪能有多少用处呢？"可怜精卫力，其奈海波涛"，作者只有一声长长的叹息，这样的感受，恐怕也只有身临其境者才会从肺腑中发出。

银　杏

郭定乾

　　家有银杏树，高十余米，粗可合抱。有客以两千元问价，余实不忍卖，以境况所迫，遂从其请。彼约五日后偕买主当面议定交付事宜。届时，买方以道途艰阻为由，遂未能成交。然先此一日诗成矣。

　　银杏何亭亭，孤生西园里。耸翠拂烟宵，垂阴数十米。秀色真可餐，清芬来叶底。归燕识高标，幽禽时一止。行人每称羡，余亦窃自喜。如何深爱日，翻作别离始。抚干意依依，中心苦不已。不因家计艰，安忍遽舍尔。伤如失弟兄，痛如割妻子。我父亲手栽，我手亲移徙。卅年风雨共，相伴如知己。避暑息其阴，读书时一倚。念尔天涯去，未能卜生死。明朝即汝别，伤心泪不止。

【点评】

开篇用大量笔墨对这株银杏进行细致刻画，神形皆备。耸翠垂阴，禽鸟相绕，行人称羡，这一切都为下文的离别做足了铺垫。就是这么一株老父亲手种植、自己亲手移栽、寄托了自己无限情感的树木，就在女儿将读高中，用度难以为继之时，不得不忍痛出售，这对一个有着丰富情感的诗人来说，内心之沉痛是可想而知的。"抚干意依依，中心苦不已。不因家计艰，安忍遽舍尔。伤如失弟兄，痛如割妻子"，将一位落魄文人痛彻心扉的心理感受表达得淋漓尽致，读之催人下泪。"念尔天涯去，未能卜生死"，这哪里是对着一棵树呢，分明是对着弟兄、妻子，以及一切亲人才会有的深情流露。从这些字里行间，可以真切地体会到作者对这一棵银杏依依不舍的深厚情意，体会到作者内心撕肝裂肺的痛苦。虽是写自己卖树的一段情感经历，却也反映了当时的教育带给一个经济尚不宽裕的农村家庭的沉重负担。

张应中点评

张应中（1968——　），安徽岳西人。南京大学中文系硕士研究生毕业。现为安徽师范大学文学院教师，《学语文》期刊编辑部主任，芜湖诗词学会副会长兼会刊《滴翠诗丛》执行主编。著有《怎样写古诗词》《怎样修改诗词》。

劲　竹

马识途

劲竹生来多自爱，蛰居瘠壤却森森。

何能伟干冲天立，赖有盘根入地深。

未出土时先有节，及凌云处尚虚心。

坚贞一旦为人识，排闼出山荷重任。

【点评】

自古至今，咏竹之诗不计其数，佳句亦复不少，如"月明午夜生虚籁，误听风声是雨声"（唐彦谦），"千磨万击还坚劲，任尔东西南北风"（郑燮）等等，老题材欲出彩亦难。试读马识途《劲竹》，首联平平道来，于不经意间埋下疑问，在贫瘠的地方竹子为什么长得茂盛呢？颔联以流水对作答，那是因为竹子的根扎得深，根深才能叶茂。颔联已经略有起色，但仍在为后面蓄势，为佳句的出现做铺垫。颈联"未出土时先有节，及凌云处尚虚心"，异峰突起，教人眼睛一亮。小时存气节，高处尚虚心，将竹子的节操和品格写到了极致。"未出土时"承"盘根入地"，"及凌云处"承"伟干冲天"，咏物精当，对仗工整，足以流传后世。像一支球队里有球星一样，律诗有一联精彩足以使全篇生色，令人精神为之一振。尾联将劲竹当作能担大任的人才，缴足题意。按，"未出土时先有节，及凌云处尚虚心"实有所本。宋代徐庭筠《咏竹》有云："未出土时先有节，便凌云去也无心"，马识途改动下句四字，更切合竹之特点，对仗更工整，可谓后出转精。如同林逋改前人残句"竹影横斜水清浅，桂香浮动月黄昏"为"疏影横斜水清浅，暗香浮动月黄昏"一样，妙手点化便精彩百倍。

游荒寺

马识途

沐雨游荒寺，松涛满殿流。
枯林寒古塔，残叶坠危楼。
万木云中老，三江天外秋。
峨山随俯仰，孤桨寄沉浮。

【点评】

该诗写游荒寺之观感，以写景胜，境界萧瑟荒凉，颇类晚唐诗。情景一读便知，不必多说，值得一说的是诗法，读该诗可悟律诗之法。其一，字法。诗讲炼字，该诗之"流"字、"寒"字、"坠"字皆可圈点。"松涛满殿流"，风撼松林，声如波涛，故云松涛。波涛是流动的，推而及之，松涛声流满佛殿。如钱锺书说李贺诗"往往以一端相似，推而及之于初不相似之他端"（《谈艺录》），如"银浦流云学水声""羲和敲日玻璃声"等等。"流"字的用法类似李贺。又，通过视觉写听觉，"流"字又有通感的效果，故佳。颔联"寒"字、"坠"字亦佳，萧瑟荒凉景象赖此二字得以传出。此二字效果如同孟浩然"微云淡河汉，疏雨滴梧桐"之"淡""滴"二字。其二，句法。律诗中二联一言景一言情，是常见作法；如果都写景，则应力避雷同，李梦阳云"叠景者意必二，阔大者半必细"（胡应麟《诗薮》），郁达夫云"粗细对称"（《谈诗》），皆说得明白。该诗颔联写小景，颈联写大景，恰是大小结合。其三，篇法。起承转合乃律诗常见的章法结构，此诗亦然。首联平起，交代游荒寺，听松涛，切题。颔联承，具体写荒寺之景。颈联转，宕开去，写远景、大景，

"老""秋"二字明写物，暗写人。尾联以"俯仰""沉浮"寄托身世之感，情景交融，自然作结。

与传莪论诗纪念《岷峨诗稿》发刊二十期
马识途

漫道清辞费剪裁，浇完心血待花开。
华章有骨直须写，诗赋无情究可哀。
沙里藏金淘始出，石中蓄火击方来。
芙蓉出水香千古，吟到无声似默雷。

【点评】

自杜甫《戏为六绝句》出，诗家论诗多采用绝句体，受篇幅限制，一首论诗绝句只能抓住一点，将意思说透即可，而不能面面俱到。马识途此诗则为七律，字数相当于两首七绝，内容自然丰富得多。首联总起，以隐喻说明写诗之不易，写诗不只是推敲剪裁，乃是用心血浇灌、培育鲜花。颔联说诗的内容，要写出自家襟怀、风骨，反对情感苍白、无病呻吟，从正反两方面说明诗要言之有物。验之马识途、刘传莪之诗，确能写出革命者的襟怀，正直知识分子的风骨。颈联谈运思。沙里淘金当指立意，主题的提炼；击石生火当指灵感的闪现，感发兴起。两句皆寓理于象，极为妥帖，可称警句。尾联谈风格。一句化用李白诗句"清水出芙蓉，天然去雕饰"，表达清新自然的风格，绾合首联的"清辞"和"花"；一句化用白居易"此时无声胜有声"和鲁迅"于无声处听惊雷"句意，从有声到无声，表达沉郁顿挫的风格。清新自然似李白，沉郁顿挫似杜甫，以此为代表说明诗人要有自家面貌，自家风格。总之，该诗论及诗的内容、立意、灵感、风格，以及创作之甘苦，体验也深，立论也精。

无 题

何郝炬

身轻无事自心舒，劳动归来夜读书。
青市沽鱼且进酒，"老当"今日意何如。

【点评】

何郝炬早岁参加革命。抗日战争中，长期在敌后坚持对敌斗争。中华人民共和国成立后当领导干部，从事经济管理工作。"文革"期间，何郝炬被当作"老当权派"（诗中所谓"老当"）经受批斗，困处牛棚，劳动改造。《无题》写于1970年，"老当"二字透露出背景信息。诗的前三句写得轻快流利：不能工作，反觉得无事一身轻；有劳动的权利亦属不易，何况还能夜读书呢；又能沽鱼饮酒，岂不快哉！结句"'老当'今日意何如"，自问："我"这个"老当权派"现在的想法怎么样呢？这一问问得有意思。前三句不是说得明明白白吗？总而言之是"心舒"呀。但真的"心舒"吗？"心舒"不过是诗人的自我调侃而已，深层意思与表层意思构成矛盾，是反讽。挨批斗，受改造，不能正常工作，身心痛苦，忧虑时局，困处牛棚，无可奈何……有苦无处诉，有冤无处申，真可谓一言难尽。结句问而不答，引而不发，四两拨千斤，以不了了之，故而意味深长。如果写成"靠边何用独唏嘘"，反觉直白无味。

生查子·攀枝花

何郝炬

春来花自开，秀色映山谷。枝上喜攀援，凝重出尘俗。
千峰沉睡迟，感此破幽独。岂待叶相扶，却让花催绿。

【点评】

此系咏物词，所咏之物攀枝花即木棉花。木棉树高可达三四十米，二三月开花，花先于叶，雄伟的枝干上缀满红硕的花朵，极为壮观。词写早春的山谷里，木棉花冒寒盛开，打破幽寂，使沉睡的山谷鲜亮起来，生机盎然。该词妙在结尾两句："岂待叶相扶，却让花催绿。"俗话说"好花还得绿叶扶"，而木棉花不用绿叶相扶，先于叶开花，然后催生出绿叶，改变了常规。词人于不经意间有所发现，有所憬悟，说出了人人心中有，个个口中无的话，我们也仿佛第一次发现似的，不禁欢喜赞叹。我们说写人得其神，咏物得其趣，方为佳作。该词将木棉花拟人化，写出花的个性和热情，写出新意，得物之趣，是其成功之处。不过，该词在描写木棉花的形貌上略有缺憾，即没有写出它的色彩，使其形象不足。试看前人写木棉花，"最怜三月东风急，一路吹红上驿楼"（杭世骏），"亭亭十丈霭春烟，冠岭真同火树燃"（丘逢甲）等等，一般都会写出它的颜色特征。如若可改，将"秀色映山谷"换成"火色映山谷"即可。

阿　母

滕伟明

坠叶飘窗夜已阑，几番叩问得无寒。
可怜我已垂垂老，阿母一如褪褓看。

【点评】

母爱是文学永恒的主题，歌咏母爱之诗多矣，最为脍炙人口的莫过于孟郊的《游子吟》。我想，将滕伟明《阿母》置诸名篇之中也毫不逊色。初读此诗，心弦铿然一声，感动得几欲泪下。该诗截取日常生活中的一个片段，一个细节写母爱：在深秋或初冬的一个深夜，树叶飘坠，击打窗棂。诗人还没有睡，可能在伏案读书、写作、编稿。因为坐得太久，母亲关心孩子，几番询问，冷不冷？诗人灵光一闪，心想，自己已经垂垂老去，但在母亲眼里，还像褪褓中的幼儿一样需要呵护、照顾啊。容颜在衰老，母爱依然年轻；时光在流逝，母爱光辉永存。俗话说，不管儿女多大，在父母眼里都是小孩。诗人在此基础上推进一步，不止是像小孩，简直是像婴儿，语带夸张，但合情合理。好诗不过近人情，《阿母》将伦理亲情写到极致，故能动人。该诗也能给我们有益的创作启示：多关注身边的人和事，抓住生活中的细节和片段，以小见大，由此及彼，远胜于凌虚蹈空，人云亦云。

斗　室

滕伟明

君怜居斗室，我喜得勾栏。
三步行天下，两儿充百官。
河东常怒吼，江左且偏安。
些小兴亡事，无劳雅士看。

【点评】

计划经济时代，干部靠福利分房，级别高、官职大的分好房、大房，级别低、官职小的分差房、小房，甚至分不到房子，只能住集体宿舍。刘震云的小说《单位》便将两对小夫妻合住一套房子的尴尬痛苦表现无遗。诗人困处下僚，只能分得狭小的房子，故云"斗室"。如何写困处斗室的苦恼？诗不能像小说那样铺展开来，不能做生活化的叙述，而必须在立意、视角或修辞等方面取胜。"勾栏"，古代指戏曲演出的场所，此诗的立意便在"勾栏"二字，由此展开联想足成一首五律。诗人居住的"斗室"恰如旧戏台大小，更觉人生如戏，戏如人生。诗后有注释云："戏曲导演术语：'三步天下，四卒千军。'能悟此理，方知舞台调度。"别人怜悯诗人居室狭小，但诗人却说"喜"。身居斗室，却像帝王一样胸怀天下，两个孩子便代表文武百官。因为住房不顺心，妻子常发牢骚，自己偏安一隅，犹如东晋、南宋小朝廷。诗人故意小题大做，自我调侃，将一言难尽的尴尬化作轻松的幽默，让人会心一笑。实则为一种看破、放下的人生智慧。结句云，这里演出的历史兴亡之事都是小事，不值一提，不劳雅士观看。总之，全诗紧扣"勾栏"展开想象，以戏喻人生，小题大做，又将大化小，化俗为雅，举重若轻，允称佳作。

虞美人·东北碚王君

滕伟明

当年夜话巴山里，拔剑闻鸡起。那年夜话锦城中，报国无门相对听秋风。他年夜话知何处，只有情如故。我今老大一无成，遥想君推残卷此时声。

【点评】

该词仿南宋词人蒋捷《虞美人·听雨》而作。写作思路是：找准一个角度，截取生命历程中的几个场景，概括一生，抒发感慨。蒋捷词的角度是"听雨"，截取的是"少年""壮年""而今"的三个场景，书写悲欢离合之情，历来脍炙人口。滕伟明词的写作角度是"夜话"，截取的是"当年""那年""他年""今"的四个场景，概括一生，抒发壮志难酬的悲慨。所不同的是：蒋词只写自己，却具有普遍性和典型意义；滕词写双方，"王君"指王孝询，原西南师范大学历史系教授，滕词所写只代表他们那一代知识分子。他们少年立志，慷慨报国。青年时期恰逢"文革"，报国无门。晚年呢？作者感叹自己一事无成，遥想对方推开残卷，估计也很不如意，当然这里面有谦虚的成分。但不论何时，友情如故，变中有不变。蒋词按时间顺序来写；滕词穿插"他年"，有跳跃性。不论蒋词还是滕词，都有贯穿性的视角，将不同时段的场景串联起来，如同一串珍珠。而一生中的场景片段都有代表性，均点到即止。

人妖歌

周啸天

（作品见3页）

【点评】

有些从道德上、价值取向上属于负面的东西，也可以成为艺术和审美的对象。《人妖歌》尤其值得一读。该诗先写人妖表演的魅力，次写人妖残酷学艺的不幸，后写人妖的贡献。作者写此诗的心态比较复杂，但肯定了人妖表演的雅俗共赏，特别是说他们"昙花放异彩"，开出了一朵别样绚丽的花朵，这是非常有见地的，王蒙称之为"仁者之诗"。的确，《人妖歌》与《洗脚歌》雅而能谐，谑而不虐，故王蒙赞赏说：奇诗奇思，真绝唱也。

邓稼先歌

周啸天
（作品见1页）

【点评】

首句"八亿"，说人口就是说时间（1958年），不必更说时间。"不蒸馒头争口气"，是那个时代的俗谚，逗起下文"要陪美苏玩博戏"，这是中国研制原子弹——"放炮仗"的动机。这个开头与结尾的"人生做一大事已"，是遥相呼应的。这使得全诗结构紧凑。首句的"奔"字，定下了全诗以口语为主的基调。这样做接地气，便于书写当下，方便大众欣赏、接受。诗中吸收的口语元素还有"哪得""哪可""不知味""七六五四三二一"等等，以及俗谚"不蒸馒头争口气"。有些新词是古诗词中所没有的，如"倒计""号外""两弹元勋"等，与诗歌中的人物、诗歌主题密切相关，富于现代感。比喻亦通俗，如"放炮仗""蘑菇云""如山倒"等。运用口语不难，难的是同时做到文雅。《邓稼先歌》的做法，一是口语有来历，如"放炮仗"一语出自钱三强，"不蒸馒头争口气"出自俗谚。又如"人生做一大事已"，隐括陶行知："人生为一大事来，做一大事去。"并不直白，所以有味。二是摄入文言的元素，如"周公开颜一扬眉，杨子发书双落泪"，"开颜"即喜形于色，"发书"即打开书信。诗句如"惟恐失算机微间""百夫穷追欲掘地""一物在掌国得安"等等，皆浅近文言，既有口语的流畅感，又较口语简洁凝练。三是善于用典用事，使诗歌语言做到含蓄，精练，雅化。如"不赋新婚无家别"，语出老杜乐府新题（《新婚别》《无家别》），意谓邓稼先抛妻别子是为了国家事业，不同于杜甫笔下乱世之中人物的生离死别。

"夫执高节妻何谓"，语出古诗《冉冉孤生竹》："君亮执高节，贱妾亦何为"，意思是，丈夫为了崇高事业抛妻别子，妻子有什么可说的呢？"不羡同门振六翮"，用古诗《明月皎夜光》事："昔我同门友，高举振六翮"，意思是不羡慕同门友（例如杨振宁）的风光。"人百其身"用《诗经·秦风·黄鸟》之语典。"折屐"用《晋书·谢安传》语典"过户限，心喜甚，不觉屐齿之折"，形容兴奋的情态。最为可圈可点的，是"神农尝草莫予毒"两句，以中国神话和传奇中的神农尝草、干将铸剑，来譬喻邓稼先的献身精神，贴切深刻，可谓典重，且极富悲剧意味，是全诗的诗眼。除用古典，也用"洋典"，如"潘多拉"系"潘多拉盒子"的缩写，用古希腊神话的典故，打开潘多拉盒子意谓放出了邪恶和灾难，隐喻核弹头事故。古风中穿插对偶句（宽对），如"一生边幅哪得修，三餐草草不知味""周公开颜一扬眉，杨子发书双落泪""神农尝草莫予毒，干将铸剑及身试""门前宾客折屐来，室内妻儿暗垂涕"等。还有句中自对，如"夫执高节妻何谓""岁月荒诞人无畏""潘多拉开伞不开"等。这种以骈入散，骈散结合的做法，使得诗歌语言流畅自然，唱叹有味。总之，《邓稼先歌》的语言以现代书面语为基础，从口语和文言两个方面吸取养料，做到了有机融合，浑然无间。"看似寻常最奇崛，成如容易却艰辛"（王安石），它是诗人才情学识的综合体现，非功力深厚者不办。

翁杨恋

周啸天

二八翁娘八二翁，怜才重色此心同。
女萝久有缠绵意，枯木始无滋润功。
白首如新朝露冷，青山依旧夕阳红。
观词恨不嫁坡髯，万古灵犀往往通。

【点评】

事物被人争议，是由于该事物复杂、充满矛盾，或极端，或与环境相龃龉，因为不同于一般，往往最富意味。对有争议的人事进行评价、鉴赏，也最能体现一个人的学识水平和审美个性。八十二岁的科学家杨振宁与二十八岁的硕士生翁帆订婚，因是老夫少妻，年龄差异显著，难免与俗情不合，但"怜才重色"，此心相通，只不过世人难以突破观念的束缚罢了。周诗对他们予以热情肯定，并以赞语助之："万古灵犀往往通"，人性理该战胜俗情。此诗开头的"二八翁娘八二翁"，有三个字重复使用，而此"翁"（姓氏）非彼"翁"（老头），"二八"与"八二"在数字上则是回文式反复。将生活中纯属偶然，本无关联的东西，用游戏态度，做成天作之合，此之谓"字浅文刁"，谈何容易。

吴江点评

吴江（1969— ），四川遂宁人，毕业于四川师范大学，本科学历，遂宁市国开区上宁学校教师，遂宁市诗词学会副主席。作品发表于《诗刊》《中华诗词》《岷峨诗稿》《星星·诗词》等诗词报刊，在各级诗词大赛中获奖多次。

天泰园白鹭

周啸天

（作品见24页）

【点评】

在不少人的印象中，诗人多正襟危坐、刻板教条。这是因为他们并非真正了解诗人。读周啸天教授的《天泰园白鹭》，我们会发现，诗人其实是充满趣味的；生活是有趣的，诗当然也可以有趣。诗的首联看似平易，其实用心。首先提出一个疑问：白鹭是属于"漠漠水田"的，怎么从诗佛王维的诗中，从那世外桃源般的辋川山庄，飞到这花木繁茂、水池环曲的天泰园来呢？王维的《积雨辋川庄作》"漠漠水田飞白鹭"，清新淡远、自然脱俗，白鹭这一飞，就把辋川居与天泰园、古贤与今人，穿越时空连接起来了。"文似看山不喜平"，诗人在颔联开始回答首联之疑问，竟颠覆了白鹭高洁脱俗的传统形象。此地有鱼，"三餐不素"，偏偏要以偷为乐。非但如此，还佯装忍着伤痛，蜷着一只腿，以博人同情。这个"佯"字，令人忍俊不禁。这哪里是白鹭？这哪里是世人心目中的白鹭？分明是一个狡黠可爱的孩童。白鹭食鱼、拳腿的习性，在诗人眼中、笔下，却成了刻意为之，将鹭与人等同视之，便有良多趣味。颈联趣味不减。诗人截取蜀谚"贼惦记"入诗，说明白鹭常来，已有川人川语的幽默风趣；更把上联又"偷为乐"又"佯忍伤"的那位，称之为"贼"，再加一个一本正经的"劳"字，意思是说：辛苦您了；没有恼怒责怪，反而客气慰问——非蜀人不能为此语也！为什么没有恼怒责怪，因为对于天泰园来说，这是珍稀的鸟啊，人们欣赏还觉得不够呀。显然，天泰园的主人是有仁爱之心的。诗的尾联：主人欣赏拍照，是想留下珍贵的影像，却无意惊飞了这白鹭，孤单地飞起，像一片白雪，越过天泰园的围墙，又飞回王维的辋川别墅了么？留给人们几多感叹与想象。观此鹭，赏此诗，真一趣事也。七律句子多以"二二二一"或"二二一二"结构，但本诗颈联的节奏，却采用了"三一三"的所谓折腰句的结构，即"观赏鱼/劳/贼恬记，珍稀鸟/待/客端详"，更加灵动活泼，较好地克服了律诗常有的那种程式化的过于追求对称之弊。这种句式，不宜多用；此诗之中唯此一联，确是形式与内容很好的结合，也体现出一种风趣。显然，有趣味的诗人，才会生产出有趣味的诗歌来。

贵州某地斗牛，两牛于对撞一刻罢斗，同胞相认故也

周啸天

（作品见25页）

【点评】

斗牛的传统，世界多地保留至今，本初之意义已然不存，现在多已发展成为体育盛会、观赏项目之类，很多人喜闻乐见，而敏感的诗人从这一事件中看到的是人性。诗题较长，基本交代清楚了诗文内容与写作缘由，这样，诗的语言才能更大程度地发挥文字的传情达意、感人启思的功效。首联"声息潜通两觳觫，临场罢斗色凄凉"，乃诗题的内容，描写两牛罢斗的场面。觳觫，二意：恐惧战栗貌；借指牛。典出《孟子·梁惠王上》，乃说人们为了某仪式而杀牛，正与斗牛之事相类。二字述及斗牛事件主角之神情，稍生僻一点，但似无可代。首联已然可以看到诗人对牛的同情，而颔联是诗人对人心的认识：二牛罢斗，演出搞砸，观众失望、主人生气；历来兽类相争，是凶狠至极你死我活的，而今之状况，异乎寻

常令人不解。这两句，交代了两牛罢斗后的人心，显然人心不解兽道。颈联分述人与牛。"萁豆相煎"，出自曹植《七步诗》，喻同胞骨肉的相残；尺布，喻兄弟间因利害而冲突。同类相残、同胞互害，古今中外不胜枚举，这就是人。而二牛的愿望，只不过是在田野上为人们共同耕作一直到老。牛且如此，人何以堪？对比何其强烈，诘问直击人心。读及此处，能不思乎？能不愧乎？尾联用典，作者本着对人类、对人性的深刻认识，用以羊易牛事继续抨击人性的虚伪、贪婪与残忍。对动物如此，对人又会怎么样？前事未远，吾辈敢忘？本诗充满着批判的力量，洋溢着人性的光辉，具有极强的现实意义和极高的思想价值。

行香子·八台山日出

周啸天

（作品见 26 页）

【点评】

　　天下山水之名胜何其多也，终有不能亲临之处。但通过阅读优美的诗词，同样可以去领略。跟随周啸天教授的《行香子·八台山日出》一词，去观赏壮美的八台山日出。八台山位于四川省达州市，是四川最先看到太阳升起的地方。词的上片，写登八台，突出其高拔。八台山有"巴山第二峰"美誉。一、二句遥看，巴山为横，八台为竖，构图立体，立见八台之劲拔壮美，不教"大漠孤烟直"独美。三句写攀登，"几千转"，山高路长曲折艰辛；"跃上葱茏"，写登顶的所见，"跃"字表现出词人的喜悦与豪情。"气违寒暑，服易秋冬"，系山高所致。一路上气温变化，着装更换，乃攀登渐次向上。八台山上风云变幻，"霎时雾，霎时雨，霎时风"。一个"竟"字，突出因少见而惊诧和震撼。词的下片，写观日出，突出其壮美。过片二句，是写早起观日，雀跃欢呼、纵目远眺。日出刹那，天地相交之处，一线之间的阴阳变化，囊括天地、死生等宇宙间一切，疑为天地洪炉造化万物之景，真宇宙之壮观也，词人对此发出由衷的感叹。一线何其细微，此景何其宏大；火红的朝阳在此间升起，在此间熔炼，在此间流淌——此景此喻何其夺魄传神，岂不胜于"长河落日圆"的孤寂落寞？"看欲流钢，欲流铁，欲流铜"，是写置身于这初升的红日下和红日照耀的八台山上，作者的所见、所思与所感。王国维于《人间词话》提出："言气质，言神韵，不若言境界。有境界，本也。气质、神韵，末也。有境界而二者随之矣。"这首词颇具画面流动感，力量强大，状难言之景于目前，含不尽之意于言外，达到了浑成的壮美境界，显示了词人的深厚功力。原来，上片的八台山，只是观礼台与铺垫；而下片壮观的日出，才是主角与高潮。读周教授这首词，真如相随登八台山赏日出，精彩叠叠，壮景历历，纵未亲历，亦当无憾了。

村 饮
滕伟明

有山则可不须名，有酒便倾何必清。
巫峡行云殊恍惚，荒村流水也娉婷。
现烹赤鲤犹疑跳，才泡黄瓜略带生。
饮罢凉床扪腹卧，悠然大字向天横。

【点评】

诗人此诗曾有自注，且附于此："川东农家多蓄凉床，露天设置之，以供乘凉之用，故可向天横。"网上人多有问及末联，实乃无川人之福，无从得见更无缘享用凉床扪腹横卧的悠然自适也。让我们来观摩诗人在川东的一次村饮吧。首联叙事，补足题目之意，"有山则可不须名，有酒便倾何必清"，是在一个山村农家饮酒。语言流畅而简明，却句句有来处。刘禹锡著名的《陋室铭》开首就是"山不在高，有仙则名"，滕伟明这里不需名山，随遇而安。杜甫《羌村三首》其三："父老四五人，问我久远行。手中各有携，倾榼浊复清。"清是指好酒，不清的酒就是普通的酒，现在放开一饮，不须好酒。颔联写饮酒的感觉，是一种浅浅的醉态。已经迷离惘然的"巫峡行云"，与滕老的个人情爱相关，无须多讲，毕竟已经成为过去；而目前这偏远冷清的村子，小桥流水，也就像姿态美好的佳人可爱可亲。这一联，今昔、远近、真幻形成对比，景中有诗人的身世之感；"行云""流水"分列对仗，亦景亦事亦人亦情，尤见文字功力。更精彩的是下一联"现烹赤鲤犹疑跳，才泡黄瓜略带生"，浓郁的生活气息与独特的农村风味扑面而来。佐酒的两种食物，鲤鱼是即时烹制的，吃的时候疑心还在跳动；川东农家的特色泡菜"洗澡黄瓜"，泡不到半天即食用，口感爽脆。"跳"与"生"二字，何等鲜活美妙，不到川地农家，哪得如此美食？虽然仅此两种普通的农家菜，却令诗人何其欣喜与满足；这一温馨美好的场面，是质朴农友对诗人的亲切款待，也是诗人真切体验到田园生活的新奇与美好。尾联写饮罢，诗人已放开一切不必要的羁绊与烦忧，仰卧于院中凉床之上，四肢伸展摆成一个"大"字，忘我忘机、坦然向天。苏东坡扪腹，乃一肚子的不合时宜，而千年之后的滕伟明，其一肚子的不合时宜，尽被村酒家蔬所取代了。此律最可赞许的是诗人的形象与感悟，往昔何忧，如今何求？坡仙如在，亦当拊掌而笑，或欣然同饮乎？

别城口

滕伟明

长年茹苦怨穷荒，临别穷荒又感伤。
赴任诗书才一帙，归时儿女忽成行。
山川已纳行吟客，父老早容狂放郎。
路转溪桥猛回首，翻疑城口是吾乡。

【点评】

我爱滕公之诗，尤爱其诗语言之自然流畅、回味绵长，如他的《别城口》。知人方可论诗。诗后曾有自注如下："余以一九八五年十一月调四川省文化干部学院，于一九八六年春节取家小到成都。忆及一九六八年入城口时，余仅一人一囊，归则有子女三人矣。"对于自己入城口，作者另曾述及："那是1968年的冬天，雪下得很大……我被分配到大巴山深处的城口县。当时这个县城不通公路，我必须只身翻越两座雪山，才能如期赶到……这是我永生难忘的特殊经历：一个从未见过雪山的白面书生，在雪地里跋涉了四天……"《别城口》首联交代离别城口的感伤。诗人在城口这穷荒之地艰苦工作与生活达十七年之久，人生重大的转折变化都在此地，感伤更多的是自己人生的曲折经历。曾经怨恨，此时感伤，看似矛盾，其实是诗人临别的百感交集。中间两联是对城口生活的回忆。颔联仅选取到来之时与别离之日这两个时间节点，囊括了十七年来个人经历：当年来时只是孤单的一个年轻书生，别时却有子女三人了。简单罗列，鲜明对比，更多的经历与境遇，留给读者去想象、填补。诗讲究炼字，既可炼实字，也可炼虚字。"才""忽"这两个虚字，凸显了个人的渺小与时光的飞逝。"儿女忽成行"，乃杜甫诗《赠卫八处士》中的句子，滕公此处嵌入，竟浑然如天成。颈联对来时与别时两个时间节点之间的十七年城口生活予以充实，写自己不改狂放的性格，在此山水中行游吟咏，山川、父老对自己的接纳与包容，这是一种共生的纯真深厚情感。到尾联，作者不再回忆，而是回到当前，用一个特定镜头，生动刻画出诗人依依难舍却渐行渐远，在道路转弯之际猛然回头，想再多看城口一眼的临别场面。十七年"怨穷荒"，此刻却忽然觉得，好像此地才是自己的家乡，自己本属于这虽穷荒而山川绮丽、父老淳朴的城口。蜀人先贤苏轼之"此心安处是吾乡"，这才是滕公的把城口认作吾乡而临别感伤的原因吧。个人际遇跌宕，但诗人化怨尤为留恋，也是其放达率真使之然。人如此，诗亦如此。

浣溪沙·夜起自抚

滕伟明

早岁昂昂欲戍边，几回风雪梦天山。兵书自注十三篇。

久矣无心谈塞外，居然有味读花间。庸夫事业女儿笺。

【点评】

滕公曾对陆游的文学成就高度赞扬，亦对其缺憾颇为愧叹。滕公诗词各体兼擅，这一首《浣溪沙》似有陆游词的影子。词的上片，是对早岁的回忆。陆游七律《书愤》用"早岁"二字领起，滕公本词也于起处用"早岁"二字，化实为虚，点出所叙系指往事。年轻时期的词人怀有从军报国、建功立业的雄心壮志，"昂昂"者，何其意气风发。"几回风雪梦天山"，风雪天山乃是戍卫边关的典型意象，让人立感戍边的艰苦，"几回"不是在问有多少回，而是说有很多很多回，不可胜数；梦如此频，乃不畏艰险、报国心切。《孙子兵法》共十三篇，乃兵家必读之书。通过自注《孙子兵法》这一细节，一位年轻词人挑灯夜读兵书的形象便呈现在读者眼前，英姿勃发、壮志凌云。词人回忆当年，是与后文对照。下片回到现在，过片"久矣"一词承接转折，有无限感慨叹息，既是对岁月的流逝，也有对梦想的破灭，情感从激昂转为深沉。下片前二句，多用对仗。周啸天教授在《〈滕伟明诗词选〉序》中云："读到见了诗家三昧，不写则已，写必不落公共之言。滕伟明就是一个典范。他读书得间，语感好，铸句得法。""久矣无心谈塞外，居然有味读花间"一联，既流利，又工稳，既出人意表，又绝无生涩造作之感，确如周教授前文中另一评议："妙语自作，备见文心。""久矣"叹过往，"居然"说而今；"无心谈塞外"乃报国壮志的消磨，"有味读花间"为小我情怀的满足。"花间"不是方位，而是指《花间集》以及同类作品。岁月久矣，落差甚矣，理想与现实矛盾冲突。"居然"一词，却看到词人的不甘与自警——当年的雄心壮志何曾完全磨灭，只是暂时被现实与岁月折磨、倾轧、掩埋而已。此夜，作者忽然梦醒、再不能寐，披衣而起，往事浮现，感慨难平。末句"庸夫事业女儿笺"是自我总结与反省，短短数字也跌宕起伏，一如自己此刻的心绪，一如自己既往的历程。"庸夫"乃自嘲，"事业"乃大词小用，"女儿笺"乃薛涛笺，代指诗词创作，切合词人栖居蓉城、用功于诗词、沉湎于小我私情、深感英雄迟暮的现状。与陆游的《诉衷情·当年万里觅封侯》略似，本词语言明白晓畅，用典自然不着痕迹，感情自胸臆流出不加雕饰，如叹如诉，沉郁苍凉，饱含着人生的秋意，充溢着家国之情怀，有较强的艺术感染力。

见妻白发初生

舟长春

公园长凳那年同，五指摩挲秀发丛。

讶一银丝偏不说，轻轻拨入夕阳红。

【点评】

　　舟长春的诗作题材广泛，佳作多多，我最喜欢《见妻白发初生》这一首，大约是由于此诗所描绘的温馨场面及其所充盈的至真至贵情感吧。正如张问陶"好诗不过近人情"之论。这首诗写的事情很简单明了，不过是一件极琐碎甚至私密的小事。时间：一个傍晚；地点：某公园长凳上；人物："我"与妻；情节：发现妻子初生白发。短短四句却如剧本，要素完备，更包含今昔变化，波澜起伏。读这首诗，首先要抓住诗眼，即首句的"同"字。诗前两句是"同"，后两句是同中之异、异中之同。相同的有：公园长凳，"我"与妻，爱抚妻子的头发。此情此景，几乎人人都觉得司空见惯。"那年"表明是诗人的即景回忆，包含从当年到现今的春秋冬夏岁月流逝，浓缩了夫妻二人风雨同舟、甘苦与共的点滴。所不同者，乃妻子当年满头秀发，如今初生华发。"讶"字有力，乃诗人端详之下无意中发现，是对妻子青春已逝的惊诧，也是诗人对妻子这些年来操劳奔波的感激，也有诗人对妻子关怀不够的深深愧疚，而这一切都源自诗人对妻子的体贴与怜爱。"偏"字用心，诗人惊讶之下偏偏不告诉妻子，是心疼妻子而独自担当。在夕阳之下，诗人轻柔拨弄妻子的头发，或已暗自发誓，在今后的日子里要给妻子更多的爱让她更加幸福快乐。"夕阳红"既是实景，也是幸福余生的象征。诗中的妻子，并未正面出现，但她的勤劳贤惠、坚韧善良，已然尽现。岁月流逝，年华不再，所不曾变的，是夫妻之间生死与共、搀扶同行的那种深厚、浓郁、持久的爱情。这就是今昔之同，这是诗的情感主线。本诗采用小中见大的手法，通过对环境、人物言语、行动、外貌、神情的描写，撷取最有代表性的细节，刻画夫妻深情，虽非轰轰烈烈，却更真实感人。屠格涅夫曾说："谁要写出全部细节——那就失败了；必须把握一些有代表性的细节。天才即在于此。"此诗得之。

某机关速写

冉长春

（作品见 217 页）

【点评】

诗歌具有美刺的社会功能，"美"即歌颂，"刺"即讽刺。清人程廷祚指出："汉儒言《诗》，不过美刺二端。"（《诗论十三再论刺诗》）冉长春《某机关速写》这首小诗，不是一首美诗，而是一首刺诗，如同一幅讽刺漫画，瞄准的是某机关。这种题材的诗不好写，角度与力度不易掌控。周啸天教授多次阐述："题材不是问题，关键要看是不是你的菜。"冉长春供职于机关多年，对机关自然较他人有更多更深的观察体验，这类题材，写得过他的人，似乎少见。此诗确乎简单浅显如大白话，一览无余：首句写森严的安保，表明这是一个严肃的要紧部门；次句写楼宇高大，表明此机关有着良好的办公条件；第三句写机关的庭院，方正、阔大，这应当是机关工作人员们辛苦工作之余休闲的场地，视为良好的后勤保障吧；末句，机关工作人员正好可以经常在此踢皮球。但这首诗并非要赞美某机关的高端大气上档次，其巧妙在于最后一句的"踢皮球"三字，俗语中这三字更多时候不是指体育活动，而是比喻工作不负责任、互相扯皮推诿。诗的前三句，采用"赋"的手法，不动声色地描绘某机关的安保等级、办公条件、后勤保障，原来只是为了第四句最后这一转，使其"刺"的部位精准而力度适当：某些机关某些部门某些人员的官僚作风与工作态度应当批评，需要纠正。没有厉声斥责与愤怒谩骂，反而更有力更见效。本诗除前两句看似不经意地对仗，再没有精细的描绘，也没有确指某机关，但相关部门与人员，倒不妨对号入座，先行自查自纠吧，以不负群众的期待与要求。

网 络

刘道平

一点知天下，几敲成锦文。
千千结你我，都是网中人。

【点评】

传统诗词创作要与时俱进。现代词汇如何运用到传统诗词中，刘道平这首《网络》，虽然短小，四句二十字，却为我们提供了一个较为成功的范本。诗题即诗的内容，网络，是现代社会文明高度发展下的新事物，其强大的功能与作用对人类社会的进步产生了重大的影响。诗人将网络纳入视野纳入笔端，可以看到诗人所具有的终身学习、思想解放、与时俱进的勇气与素养。这是一首咏物诗，而且所咏之物是一种高度现代化的新事物，很容易落入生涩的境地。本诗没有这样的问题。"一点知天下"，是说点击鼠标，小小动作却又有小中见大、足不出户即可胸怀天下、运筹帷幄之中决胜千里之外等意，这固然是网络的功能之一，但又何尝不含有一种积极的人生哲理与人生理想？"几敲成锦文"，此"敲"是说敲击键盘，也指贾岛那样的推敲，指严谨艰辛的创作；此"锦文"固然指华美的文辞，也会令人想起前秦苏蕙寄给丈夫的织锦回文诗的典故。这里一句用二典，将传统与现代很好地融合起来，令人叹为观止。前两句写实，写上网的操作，后两句写虚，写网络的连接与沟通。这两句化用了张先《千秋岁·数声鶗鴃》中"心似双丝网，中有千千结"，"千千结"的"结"字既是动词，也是名词，形象生动地写出网络将人们的生活与情感凝聚起来结为一体，使人们彼此心心相通息息相关。"都是网中人"写网络已连通覆盖到每一处每一人，既是写互联网，更是写社会、写世界这张大网，对本诗的意义与境界予以提升。古往今来，广大诗人们在咏物诗中或流露出自己的人生态度，或寄寓美好的愿望，或包含生活的哲理，或表现作者的生活情趣。在写作上要求运用形象思维，"体物肖形、传神写意"，"不沾不脱、不即不离"（屠隆《论诗文》）。对于诗人如何深耕传统、拥抱未来，本诗的有益探索及成功经验值得赞许和学习。

壶口瀑布
刘道平

一倾壶口水，声响似惊雷。
未近衣先湿，黄河天上飞。

【点评】

黄河是中华民族的母亲河，壶口瀑布可说是黄河最壮观且闻名的景点，历来有"千里黄河一壶收"的美名与气概。古往今来，描写黄河的诗词数量蔚为壮观，力作佳句层出不穷，刘道平这首五言绝句《壶口瀑布》当毫无愧色地跻身其间。首句"一倾壶口水"是视觉描写，写滚滚黄河水从壶口瀑布奔涌而下。"一倾"这个短语用得好，黄河水本是被动地流泻，这里却令人仿佛看到：一只无形的大手，轻轻拎起山崖的水壶，举得高高的将水倾倒而出。壶何其大，口何其小，水何其多，倒何其久，能量何其巨大。想象奇特而大胆，令人顿生对伟大自然力的深深敬畏。第二句写听觉，写黄河洪流激石、狂涛拍岸那惊天动地的声响，给人以强烈的震撼。本诗前两句一摹形一绘声，将瀑布的雄壮声势已拔得极高，后两句似乎只能顺承而下了。偏偏诗人不走寻常路，下笔不同凡响。后两句诗是因果关系，"未近衣先湿"是果，而"黄河天上飞"是因，前果后因的安排，是为了把最紧要的留到最后关头。游人还在很远的地方，衣裳就被打湿了，这是写触觉，通过侧面描写来烘托壶口瀑布之高、水流之激。"未近衣先湿"这一句，或许很多人都写得出，但最后一句"黄河天上飞"却是只有刘道平才想得到才写得出。这句写作者立于壶口瀑布之下仰望瀑流奔泻的内心感觉，不但贴切，更是笔势陡起，想象勃发，以壮语唤起整首诗歌之精神。真奇句也！真健句也！真佳句也！不知后来诗人面对壶口瀑布，读到刘道平此诗句，会不会也发出"眼前有景道不得"之感慨。

天府春回

陶武先

风梳大地花千树，影画长空雁一行。
扫去峨眉三月雪，归来天府万家香。

【点评】

读此诗，很是亲切温馨。此感觉本于对天府之国的热爱与依恋，本于对大地春回的期盼与欣喜，还有就是诗人诗心的相近相通。人们常常用"如诗如画"来褒赞某一美好的情景，陶武先的《天府春回》一诗正是充满了诗情与画意。据题可知本诗的内容。春天本是最美好的季节，充满生机与希望；成都平原素有天府之国的美誉，当天府之国的春季到来之时，会是多么美好的画面啊。在殷切的期盼之中，让我们跟随春天的脚步，走进那美丽的天府之国吧。诗的前两句，内容与视角的安排和转换井然。"风梳大地花千树"，是俯视大地，镜头对准植物，写春风吹拂下草木芬芳、百花盛开，巴蜀大地一片万紫千红、蜂飞蝶舞的美丽景象。这时，春是一位慈祥的母亲，为心爱的女儿温柔细心地梳理头发，并将最美丽的花朵戴在女儿头上。"影画长空雁一行"，是仰望天空，镜头对准动物，写大雁北归，在天空中成行地飞过。这时，春是一位高明的画家，以广阔的蓝天为纸，画出春回雁归的美丽而空灵的图画。后两句写法改变，分别写春天所送走的与所带回的。峨眉山头的积雪渐渐融化，本是气温回升所致的自然现象，这里故意说成是春天亲自扫去积雪，也较奇特。春天归来，天府大地千家万户一片馨香。这里的香，象征繁荣昌盛、安居乐业的美好幸福景象，如果说扫去峨眉雪有些无情，为人们带来馨香就充满深情与美意。这首诗层次清晰、结构井然，一句一景，情在景中，情景交融，使读者不但欣赏到春回天府的美好景象，更能生发出对春天、对家乡、对生活的热爱与赞美。本诗通过拟人修辞增加活泼与灵动感，消除了前后两组诗句都用对仗从而易板滞生涩之弊，值得肯定。"一句一事，若不相连贯，要能构成一幅画面。"（刘拜山《千首唐人绝句》）此法源自杜甫"两个黄鹂鸣翠柳"之绝句，诗词代有传承，写诗人不可不知。

春　望

郭定乾

（作品见63页）

【点评】

中国是诗歌的国度，古往今来，以"春望"为题的诗词难以计数。若许同题诗词排列"座次"，首席之位非诗圣老杜的那首五律莫属。可喜的是，今人郭定乾这首七绝，似乎也能跻身前列。杜甫的五律《春望》，作于被安史叛军洗掠的长安，诗人眼见春回大地却一片荒凉，触景伤情忧国思家。郭定乾的七绝，作于改革开放时期的川西平原（方言称为"川西坝"），诗人目睹风和日丽、花木繁茂、美丽如画的春景，诗中洋溢着对春天、对家乡、对大地、对劳动人民的热爱与赞美之情。两首诗虽有很大的不同，但并不能否认郭诗也是一首好诗。郭诗首句应题，写出了春望的地点是在平坦广阔的平原之上，进入视野的景象给人以"浩然"的整体印象，表明春天的回归气势盛大壮阔不可阻遏。"浩然"一词奠定了全诗的写景与抒情基调。第二句将浩然之景具象化，写出经冬的麦苗与盛开的菜花在灿烂阳光之下生机勃发，仿佛流淌着生命的光彩。写诗当炼字，本句的"泻"字炼得出色，不仅仅在于其以动写静，更在于它让人感受到明媚的阳光与庄稼的生命之灵光交融奔泻。特别强调，阳光之泻是像瀑布一样从上向下的泼洒，菜花春麦的泻，则是在平原之上像波涛一样此起彼伏地流淌荡漾。春风吹拂，春潮涌动，浩浩荡荡无边无际，直达每个人的心田。诗人向我们呈现了多么美丽的春光啊。油菜与小麦，是川西平原春季最多见的农作物，"一片青青一片黄"是春季川西最显著的特点。绝句的第三句尤为要紧，郭定乾在这里故作疑问，问川西平原"一片青青一片黄""是谁泼彩"。"彩"是麦苗的青绿与菜花的金黄，表明长势喜人丰收在望；"泼"字，不但写出色彩的丰润，也写出了油菜与小麦的种植面积之广，预示着即将到来的是油菜与小麦的大丰收。作者提出疑问，以引发读者的好奇与思考，使全诗摇曳多姿。笔者不揣冒昧作答如下：创造出这美好景象的，是春天，是时代，更是勤劳智慧的劳动人民。可为什么诗人郭定乾就偏不回答呢？好诗之所以成为好诗，或许奥妙就在于此中。

犁 手

郭定乾

（作品见228页）

【点评】

中国古代的田园诗多以农村景物和农人劳动生活为题材，风格恬淡疏朴，多用白描手法。郭定乾的《犁手》这首七言绝句，描写农村，属于传统田园诗的范畴；纳入现代元素，是对诗词传统的继承与弘扬。耕犁，是农业种植劳动的重要环节，从古至今，都必不可缺。从事这一劳动的人，古时称"耕夫"等，如今诗人称之为"犁手"，已然透露出现代的气息。诗人没有完整地叙写耕犁的全过程，只是选取了午间小憩的一个片段。"犁罢江村一片田，归来晌午日炎炎。"时间是晌午，地点是江村，天气是艳阳高照，环境是一片田地，人物活动也略知，是犁田归来。此江村，或是杜甫当年所栖居之地，肥沃丰饶而充满诗意；这"晌午日炎炎"，会不会产生"锄禾日当午"那样的感受？"铁牛不用缰绳系，放在浓阴古树边。"若非"铁牛"一词，这首诗就是一首纯粹的古诗，也不值得夸赞。"铁牛"取代"黄牛"，自然"犁手"就取代了"耕夫"，这就是时代的发展。原来，这是一位现代农民，操作现代化农业机械进行耕田犁地的工作，工作效率的提高、劳动强度的减轻，自不待言。然而，这样的表述就不是诗的语言，缺乏了诗的美感，非诗人之所为。诗人故意仍然将现代农机当作传统耕牛来看待，缰绳牵系、放牧吃草，顿生趣味与美感；这里的"放"字，不再是放牛，而是停放农机。浓阴古树，是犁手小憩之处，可见其劳动之愉悦、休息之安适，也可见在现代化的滚滚进程中，江村依然保存着良好的生态环境——这是诗人以及大家的美好愿望与呼吁。诗中的主角"犁手"，作者用了"犁""归""系""放"四个动词来描写其动作，并未直接写其相貌、衣着以及神态心理，但一位现代农村有志青年的形象已呼之欲出，可亲可赞。现代田园诗当如何着笔，这首诗给我们很多启示。

登牛头山

卢　笙

阳光此日最温柔，漫遣诗心作浪游。
一字长空横雁影，几番高论到牛头。
回身树隐千阶石，放眼云舒万里秋。
缥缈危亭倾耳处，松风听得似江流。

【点评】

年轻诗人卢笙所登牛头山，是不是当年诗圣杜甫流落蜀地所攀登的梓州牛头山？无妨，反正后来许多诗人都在追随先贤的足迹。此诗很有章法。首联就题平起，交代天气与事由：在一个阳光温柔的日子，诗人去牛头山游玩。是不是诗人在很多时候都感觉阳光并不温柔、诗心难以放纵呢？读者或可作如此猜想。颔联顺承。第三句承接第一句，写天空雁行，何其高远空阔、自由潇洒；第四句承接第二句，写一同游玩登山的诗人与朋友，因"漫遣诗心"而"几番高论"，可想见常日之拘束压抑。颈联似转还承。第五句承第四句，写登山之途，"树隐千阶石"固然是山高林密路远行险之景，又何尝没有人生道路的隐喻与感触，"回身"亦转，乃回望，应有回忆反省之义。第六句承第三句，写望天之举，"云舒万里秋"是秋高气爽天开云散之景，也是诗人心胸与眼界开阔、阴霾尽消之意。律诗讲究开阖，以扩大容量与境界，此颈联出句（第五句）视线向下，指向过往；对句（第六句）目光向上，指向未来，可谓得法。诗的尾联作结，写登上高处、凭倚危亭、俯瞰江流、倾听松风。诗人这里没有明确表露自己的内心活动，但读者自可以感受到其无尽的慨叹与开悟。长风浩浩，江流滚滚，不可阻遏、不可休止，不正是作者自我寄慨？登牛头山而得大觉悟，收获甚丰啊。回应篇首，愿阳光待诗人以温柔，愿诗心不再为拘束。

晚望赤甲山最高峰

胡焕章

冉冉日西沉，茫茫夜雾升。

众山皆入睡，犹有一峰青。

【点评】

长江三峡夔门两侧的高山，北曰"赤甲山"，南名"白盐山"，拔地而起，高耸入云，历来有"赤甲晴晖"等胜景。杜甫等前人曾有诗吟咏。胡焕章这首五言绝句《晚望赤甲山最高峰》，不是为了写景写"赤甲晴晖"，而是为了寄兴。所谓兴寄，简而言之，就是不正言直述，而是托物兴情，有所寄寓，即"诗以言志"。诗是为了表达诗人的某种思想感情而作，不借助于一定事物、不通过具体物象而直陈其情，就不成其为诗，至少不成其为好诗。明白这一点，我们才不至于把一首好诗读浅、读薄。"冉冉日西沉"写时间将晚红日西沉，太阳是光明与温暖的制造者，"冉冉"是日落的情态，诗人目送红日徐徐西沉，有所不舍。"茫茫夜雾升"，承接上句日落，写夜色弥漫渐渐笼罩大地，"茫茫"是夜雾的形态与范围，不只漫延到诗人的眼中，也漫延到诗人的心中。前两句写时间的推移，景象的变化，兴寄还不明显。后两句"众山皆入睡，犹有一峰青"，将众山与一峰作对比。众多的山都已经被夜色浸染吞没，唯有此一山峰仍然可以看见其青葱本色。此一峰，乃诗题中所指的赤甲山最高峰。本来，山是没有什么睡与醒的，众山皆隐一峰犹现，只不过是地球自转日落天晚的自然现象。很明显，这里用了拟人的手法，句中"睡"与"青"都有字面之后的含义。我们很容易会想起屈原《渔父》中的千古名句："举世皆浊我独清，众人皆醉我独醒。"原来，诗人不是说山，而是借山说人、借山喻理、借山言志。这就是兴寄。兴寄之诗，一方来源于自然、人生，另一方则走向情感、态度、思想与精神。兴寄得自然贴切又深厚，才可能是好的兴寄诗。

白帝城怀古

安全东

白帝城危峙，天秋我独来。
孤云依断壁，落叶满晴隈。
社稷三分国，君臣一代才。
杜陵千古韵，吟罢久徘徊。

【点评】

"人事有代谢，往来成古今。江山留胜迹，我辈复登临。"（孟浩然《与诸子登岘山》）怀古诗是中国古代诗词中内容、思想较沉重的作品，主要以历史事件、人物、陈迹为题材，借怀念古迹、咏叹史实来感慨兴衰、寄托哀思、托古讽今等。白帝城东依夔门，西傍八阵图，三面环水，雄踞水陆要津，为历代兵家必争之地，历代文人墨客在此留下大量诗篇，有"诗城"之美誉。此地最经典的历史事迹当是"白帝托孤"。品读当代诗人安全东的《白帝城怀古》，或能帮助我们了解怀古诗这类作品的写法和特点。首联"白帝城危峙，天秋我独来"，交代作者登临的古迹与时间，"危峙"突出了白帝城雄踞水陆要津、扼三峡之门户、为历代兵家必争之地的特点，把秋天说成"天秋"意味更加深厚，"独"是登临古迹的诗人形象。首联奠定了本诗色调。颔联分承写景，"孤云依断壁"承首联出句的白帝城，断壁孤云切合白帝城的危峙，"依"字既是写云但不只是写云；"落叶满晴隈"承首联对句的"天秋"，山或水弯曲处称隈，"晴隈"与"断壁"相对，皆各有意味。这一联乃作者所见，写所见所闻是怀古诗必不可少的内容，是兴慨寄思的基础。颈联用典，"社稷三分国，君臣一代才"乃诗人览古所思，他只将三国前事的四个名词组合成两句，不要一个动词一个副词，将国家运势与个人际遇对立并列，其间内在因果关联、得失成败皆交由读者思索。尾联"杜陵千古韵，吟罢久徘徊"，诗人不说自己作诗，而是吟咏杜甫的千古诗作，诗吟罢心难平，故久久徘徊。杜甫对诸葛亮怀有特殊的感情，而安全东谒白帝、念故事、怀诸葛，当有现实与历史的际会、个人与时代的交集？或为三国往事，为武侯遗憾，或为杜翁情怀，为自我遭遇，乃有太多感慨难以言说也不必说也。这里体现了怀古诗手法委婉的特点。不知令安全东"吟罢久徘徊"的"杜陵千古韵"，是否就是"出师未捷身先死，长使英雄泪沾襟"（杜甫《蜀相》）呢？

临江仙·观手风琴演奏《梁祝》有感

卢　笙

十指翻来似浪，曲音流畅如泉。声声入耳总悲欢。在心中起伏，到恨里缠绵。无奈时光老我，情思不复当年。泛黄光线落窗前。咖啡拌往事，忆灭一支烟。

【点评】

有时候，读过一首诗词，却根本无感。这种情况，相信很多朋友都遇到过。我最初读卢笙这首《临江仙·观手风琴演奏〈梁祝〉有感》，是被最后一句中的一个"灭"字所震撼警醒。这或者可以说明：有时凭一个好字或一个好句，就可能提振起一首诗词。这首词的题目较长，"观手风琴演奏《梁祝》"是写作缘由，"有感"是写作内容，所以不能少。既然写"有感"，词中直接写演奏的仅上片的头两句"十指翻来似浪，曲音流畅如泉"。第一句是视觉描写，写演奏的手法娴熟，比喻很贴切，带有音乐的律动。第二句是听觉描写，写演奏的曲调优美，把乐音喻为泉并不新鲜，但这里的"泉"随上句的"浪"而来，就显得自然。"声声入耳总悲欢"，作者开始写聆听感受。《梁祝》讲述的是一个凄美的爱情故事，会给听者一种代入感，觉得故事讲述的就是自己的事，不知不觉重归于往事之中。音乐在耳，往事萦心，悲欢离合、爱恨情仇碰撞交织，即作者所说"在心中起伏，到恨里缠绵"。至于情感往事中的男女双方是谁，不须交代也不必追问。下片，是演奏终了。过片"无奈时光老我，情思不复当年"两句，叹息时光无情，时过境迁，我亦渐渐无情。"泛黄光线落窗前"，交代时间与处所，时间是一曲终了，地点是某咖啡馆里，泛黄且落的不只是灯光，还有过往的人、事、情。最后两句写词人所为，喝咖啡与吸烟。咖啡自是苦咖啡，且与结局凄美的爱情往事有关。"忆灭一支烟"，"灭"字太狠、太有力！真男人所为！灭掉的是一支又一支的香烟还是往事与旧情？是词人伸手灭掉还是在回忆中不知不觉地自行慢慢熄灭？是词人果敢还是词人绝情？灭掉之后是否学会再次点燃？……词戛然而止，而情感与思绪却激荡滚涌经久不息。

登剑阁

李荣聪

百战硝烟尽，关楼落日闲。
西风情未了，吹皱数重山。

【点评】

李荣聪爱写绝句，擅写绝句。他这首《登剑阁》是一首五言绝句，清代张谦宜在《茧斋诗谈》中说："五言绝句，短而味长，入妙尤难。"此论或可以此诗验之。剑阁位于四川盆地北部边缘，守剑门天险，扼蜀道危途，诗仙李白在其《蜀道难》中赞叹："剑阁峥嵘而崔嵬，一夫当关，万夫莫开。"诗圣杜甫在《剑门》一诗中有句："惟天有设险，剑门天下壮。"且看李荣聪这首《登剑阁》如何着笔？全诗写诗人登剑门关所见所思。起句"百战硝烟尽"，是写虚，写所思，是对历史的回顾与感慨。剑门关自古就是兵家必争之地，大小战争难以计数，造成的破坏更难以统计。承句"关楼落日闲"，是写实，写所见。关楼是剑阁的标志建筑，是古代最重要的军事设施；落日交代登剑阁的时间，也带有历史的沉重感与沧桑感。前两句用对仗以合力，再加上"尽"与"闲"二字，营造出一种历史沉寂、万类平静的氛围。第三句转，由前两句的静态转为动态，由"尽"与"闲"转为"未了"，妙在明明是诗人自己情未了，诗人偏说是"西风情未了"，这是移情于物的手法，委婉含蓄地表达了诗人复杂深沉的内心世界。第四句结，写西风情未了的证据与后果。全诗"皱"字最为紧要。"天下第一雄关"剑门关所在，大小剑山连山绝险，七十二峰绵延起伏，本是地壳运动地质变迁所致，诗人想象奇特而大胆，说是被情犹未了的西风吹皱了的。情之未了，西风不休。哪里是西风，分明是诗人的情。被吹皱的也不只是数重山，而是永远无法平静的人心、世态、历史与天地万类。至于这是什么样的情，读者自行去品评把握吧——这就是诗味。

小儿读初中住校第一夜

何 革

十载牵于视线中，今朝终得出樊笼。
不知这个冷清夜，你我谁先做狗熊。

【点评】

这首诗简单明了，造句平常，用词普通，难能可贵之处在于颇见深情。这是一首亲子诗，所抒写的是诗人对儿子的父爱之情，真实感人。常言"严父慈母"，中国父亲在孩子面前，通常是严格甚至严厉到无情的形象。其实，父爱无言是表象，父爱如山是实质。诗题"小儿读初中住校第一夜"交代写作的缘由，诗的前两句即诗题内容。首句是从父亲角度写，"十载"是概数，是指孩子从出生以来一直在父亲的精心呵护之下；"牵"是父子之间的连接，但这里更多的是指父亲对孩子的"牵"，即父爱。次句是从儿子角度，写孩子逃脱父亲严密监控和严厉管教的感受。"樊笼"是关鸟兽的笼子，比喻受束缚不自由的境地；"终得"表明孩子忍受了十多年，离开家去住校如同"出樊笼"。这未必是孩子的真实感受，应是父亲检讨反思自己时的臆想。前两句，诗人是一位严父；后两句，诗人是一位慈父。从小学到初中，是孩子从童年期向青年期发展的一个过渡时期，也是孩子从幼稚变得成熟，从依赖变得独立的过渡期。孩子第一次不在家过夜，夜晚的冷清，是往昔父子温馨的场景不再，更是父亲内心的巨大落差。"你我谁先做狗熊"，好句！"狗熊"一词是戏谑之言，尤见父子平日的亲密与父亲的言传身教。"狗熊"的反面，是英雄，是坚强、勇敢、独立的男儿品质，是父亲一直以来对儿子的言传与身教、要求与期望。至于今夜父子谁先作狗熊，估计不是孩子而是诗人自己……情感如此细腻纠缠而深厚激荡。能把父爱写到如此程度的诗词，真未多见。

新　居

王　聪

三十有三方有家，已无多喜已无嗟。
艰难世运犹如此，荣辱人生莫管他。
寒士房忧高价住，浮图日造七层爬。
今朝做得顶天事，楼上编篱学种花。

【点评】

乔迁新居终归是件高兴事，毕竟而今都市"居大不易"。诗人终得新居，从此再无杜甫当年茅屋秋风之遭遇，真是可喜可贺。但诗人就是诗人，诗人乔迁新居自有不同于常人之处，从他的这首《新居》可一窥端倪。首联"三十有三方有家，已无多喜已无嗟"，诗人拥有新居时的年岁几何，从"方有"可以想见诗人为了购房奋斗多年艰辛无比；新居得之不易，似乎苦尽甘来，诗人却既不甚喜悦也无甚嗟叹，不知是已经麻木还是淡定。颔联"艰难世运犹如此，荣辱人生莫管他"，诗人购房只是世事艰难的一个缩影，作者由此及彼、推己度人，可见襟怀；人到中年，诗人看尽尘世间种种，得失荣辱早已淡然，可见超脱。诗人自称"无嗟"，其实襟怀超脱之下有一股淡淡的抑郁不平之气。颈联"寒士房忧高价住，浮图日造七层爬"，是诗家语，普通的句法应当是"寒士忧住房高价，日爬七层造浮图"。出句的"寒士"之忧反映社会现实，是广大民众的普遍关注与忧虑。对句由忧转喜，写诗人每天步行爬楼回到新居，诗人不说劳累却说是造浮图。"造浮图"是佛教语，指建造佛塔，被视为建功德，七级浮图是七层塔就表示大功德；这是诗人自我宽慰的说法，当然也是作者洒脱豁达的表现。尾联接第六句继续写诗人仅有的不多的喜，诗人把住顶楼这一无奈之事当作可喜可贺的顶天立地大事，是诗意的说法。"顶天事"是大词小用，不过是"楼上编篱学种花"，诗人把新居视作田园，仿效"采菊东篱下，悠然见南山"的不为五斗米折腰的陶渊明，可见诗人的高洁与坦然。虽然只写自己的新居，反映的却是一个普遍的社会问题，正如杜甫

《茅屋为秋风所破歌》的呼吁是为天下寒士所发。至于诗人自己，虽然新居得来不易、纵新亦陋，却"不以物喜不以己悲"，就像苏轼一样的豁达、超脱，就像陶渊明一样淡泊、高洁。

清 明

何 革

化帛焚香情意真，何堪身后复清贫。
残灰今日高三尺，也怕阴间房价新。

【点评】

社会发展进程中会存在未能尽善尽美的方面。"诗可以兴，可以观，可以群，可以怨。"（《论语·阳货》）何革这首诗，委婉地指出某一社会现象，既是诗人不平则鸣的责任担当，更是孔子"温柔敦厚"诗教的实践。清明节是中国传统节日之一，是人们祭祖和扫墓的日子。这首《清明》的内容，是诗人清明节在逝去亲人的坟前祭拜时的内心独白，切入点很小，但小中见大。清明时节，天南地北的人们回到家乡，在逝去亲人的坟前烧钱化纸，真诚地祭奠逝者，感怀着逝者历尽艰辛尝尽苦难的一生，祈愿他们死后不再像生前一样的贫苦。这里的逝者不再是某一家人的谁谁；其哀思，也不再仅仅是某一个人或某一个家庭的情感。诗人这次给逝者烧了更多的纸钱，是担心阴间房价高涨令逝者无力承担。这是上坟者情意真的表现，但更是诗人的社会审视与批判。"也怕"二字令人想到，活着的这一代人经受着房价高企之苦，甚至还可能重复逝者清贫一生的命运。这是一首关注当下关注民生的诗，是一首有技巧有思想的好诗。

再访东坡故里感怀

蔡　竞

东坡故里隐蓬庐，夜色凄清觉钝愚。
忧患始由多识字，坦言率直不阿谀。
文章自可翻江海，竹韵飘然入画图。
一去岭南谁慰藉，雪泥鸿影世间殊。

【点评】

　　苏东坡是中华文化史上最富于天才的伟大文学家、艺术家。四川眉山乃东坡故里，本诗作者再访凄清夜色中的东坡故居，居然有"钝愚"之感觉。"忧患始由多识字，坦言率直不阿谀"这两句是慨叹苏轼的从政经历。苏轼《石苍舒醉墨堂》首句就是"人生识字忧患始"，他自从读书识字便有济世报国安民之心，终生坦荡磊落、刚正不阿，为民众争权利做实事。"文章自可翻江海，竹韵飘然入画图"这两句倾慕苏轼的文化成就，苏轼在诗、词、文、书、画等领域都达到了很高的成就。但是苏轼这位命途多舛的诗人，无法把他过人的才华和智慧全部用来"兼济天下"，反而被一贬再贬，贬至岭南甚至海南无人慰藉；虽然他的一生，就像"飞鸿踏雪泥"一样（苏轼《和子由渑池怀旧》："人生到处知何似，应似飞鸿踏雪泥。"），却是世间最美好的人生。本诗作者拜谒东坡故里，概括苏轼一生的才华、人格、抱负、成就与际遇，抒发无限的追慕与感慨。诗中的苏轼，带有作者的自我投射。

探中虎跳峡

邓建秋

大江到此落千寻，顺势开山裂地心。
留与两崖容虎跳，倒从半壁听龙吟。
罡风过眼叹苍莽，浩气冲宵化肃森。
欲借天梯成勇者，举头冷汗已涔涔。

【点评】

虎跳峡以"险"名天下。这首诗刻画了中虎跳峡的奇险雄壮，抒发作者的观感。首联刻画峡深，写江流急剧下跌，劈开大山、撕裂地心，下笔不凡，落字有力。颔联突出峡险，用传说中的虎跳与想象中的龙吟来写峡谷的逼仄和水声的轰鸣。颈联渲染峡的气势，劲风吹过眼前，何其深广开阔，水汽直冲天空，何其肃杀森严。诗的前三联通过摹写虎跳峡所在的江流、深谷、山崖、石壁、山风、水汽等，生动地刻画出虎跳峡的险要雄奇，很是贴切，移换不得。诗的尾联写游人攀登勇者天梯的感受。"勇者天梯"是去中虎跳峡所必经绝壁上的一道险峻悬梯。冷汗涔涔，乃是内心惊惧，也从侧面烘托了虎跳峡的雄险。写山水诗，不仅要写出山水的奇特，更要借山水写出自己的心境与胸襟。本诗结构井然、条理明晰，多角度多手法灵活运用，准确而有力地突出了景物特点，作者的感受自然真实可信，且若有深意。

张金英点评

张金英（1970—　），笔名英子，祖籍广东，定居海口。《中华诗词》《诗刊》特约评论员，海南省诗词学会副会长兼《琼苑》执行主编。有"英子评诗"公众平台。

青海湖所见
周啸天

水出天蓝蓝愈加，白云翻滚自天涯。
横施一色黄绸带，青海湖边油菜花。

【点评】

如何表现一处景点的特色，与诗人对景物的捕捉能力有密切的关系。青海湖范围之大，怎样才能将美景呈现呢？此诗是一个很好的范本。作者巧以空间转移的顺序，描绘出一幅动静相宜、色彩鲜明的青海湖画卷，给人以美的享受。首句描写、议论相结合，表现了水天一色的静景图：湖水之蓝，出于天之蓝，而更胜于天蓝，正如"青出于蓝而胜于蓝"一般，富含哲理。次句化静为动，"自天涯"一语巧妙道出白云在湖底的倒影，描绘了湖底生趣盎然的景致：白云翻滚。如此，静谧的湖水也随之动了起来，使人联想不尽。湖里蓝白相间，清新美好。转句富于想象，妙趣横生，"施"字巧以拟人手法形象地表现了青海湖边的美丽点缀，将湖边的油菜花比作黄绸带，使得青海湖的美更增三分。全诗摹景顺序井然，章法有致，以自然流畅的语言呈现了青海湖的静态美、动态美和色彩美。语淡而味浓，当是诗词的高境界，此诗是也。

题鱼庄

周啸天

人生无欲不成欢，莫厌素鳞行玉盘。
得忌口时须忌口，上钩容易脱钩难。

【点评】

想要写好一首说理诗，要善于"借此言彼"，方见其妙。此诗可说是一首劝诫诗，然作者没有直接说理，而是巧借他物做文章，虽然语言见浅，然含义深矣。首句以双重否定的形式点明人皆有欲，此"欲"是"成欢"的前提。作者善用谐音，"欲"乃"鱼"也，诗人用双重否定句式强调了肯定的意思：有鱼才会有快乐。难道真是这样吗？然诗人在次句中没有顺承着写，而是以"莫厌"一词进行逆转，说明很多人对"鱼"这样的美食已经吃厌了，故而诗人发出"莫厌"之劝诫。此句巧妙化用了唐代杜甫《丽人行》的"紫驼之峰出翠釜，水精之盘行素鳞"，且有异曲同工之妙。《丽人行》里用色泽鲜艳的铜釜和水晶圆盘盛佳肴美馔，写出了杨氏姐妹生活的豪华奢侈。然而，面对如此名贵的山珍海味，几位夫人却手捏犀牛角做的筷子，迟迟不夹菜，因为这些东西她们早就吃腻了，足见其骄矜之气。诗人在此处以劝诫之口吻，间接反映出食客对美食的挑剔，从而说明他们生活的挥霍。转结再次宕开，道出另类含义——虽然厌倦了美食，但该忌口时还是要忌口的，因为"上钩容易脱钩难"，若不忌口，"上钩"了就脱不了干系。如此，一幅讽喻图即在眼前，对现实生活中尤其是某些官员的"吃喝风"给予了入木三分的披露。诗人善用"以鱼钓鱼"法，将这群"鱼"的形象刻画得生动饱满。题目为"题鱼庄"，实为"题鱼群图"也。

将进茶

周啸天

（作品见3页）

【点评】

这首歌行体从篇章结构到布局安排，从语言运用到韵脚转换，从思想深度到情感表达，都别具一格。虽然李白曾写过《将进酒》，但此作与《将进酒》的结构、内容与风格不一样，具有不同的时代特色与诗人情怀。全诗五次换韵，亦可根据不同韵脚分为五部分：第一部分从开头到"不如吃茶去"；第二部分从"世人对酒如对仇"到"体己同上九天楼"；第三部分从"宁红婺绿紫砂壶"到"清香定在二开后"；第四部分从"遥想坡仙漫思茶"到"宣得茶道人如花"；第五部分从"如花之人真可喜"到结尾。第一部分总起，点明每个人应该正确对待"无常"之"世事"，莫要自寻烦恼，若有烦恼，当"吃茶去"。第二部分写出自己与世人不同的认识观。世人皆认为"诗酒不分家，能诗必能酒，有酒必有诗"，而诗人则持不同的看法："诗有别材非关酒，酒有别趣非关愁。"作者巧妙化用宋代严羽的《沧浪诗话》中的"诗有别材，非关书也；诗有别趣，非关理也"之句，说明诗人作诗之别材与酒无关；饮酒之别趣也未必与忧愁相关。这两句化古人句而来，别具意趣，且富含独特感受。为了说明自身观点，诗人巧以用典："举世皆浊我独清，众人皆醉我独醒"的屈原能行吟；"醉翁之意不在酒，在乎山水之间也"的欧阳修，意在与民一齐游赏宴饮的乐趣。说明吟诗与酒是没有必然联系的，进而突出"茶亦醉人"之理。第三部分说明了吃茶的美妙，尤以"紫砂壶内天地宽"一语含义隽永，足见吃茶对修身养性之作用，其佳境更是妙不可言，令人回味无穷。第四部分继续用典：宋代苏东坡不仅是一位大文学家，也是一位熟谙茶道的高手。他一生与茶结下了不解之缘，并为人们留下了不少隽永的咏茶诗联、趣闻逸事，说明茶与诗的密切关系；一部《红楼梦》，满纸茶香味。从来佳茗似佳人，深谙茶道的妙玉天赋聪慧，淡雅清丽，资质不凡，仙风道骨，貌美如花，正是"气质美如兰，才华馥比仙"，说明饮茶对气质的熏陶。第五部分紧承"人如花"之意，戏谑酒狂刘伶怎不会怜爱其妻却依然沉浸于酒肉生活呢？并由古人自然过渡到当今之凡人，柴米油盐酱醋茶，是每个人的寻常日子，当珍重如茶的平淡人生。全诗古今交错，用酒与茶对比，突出吃茶对人生的启迪，对身心的净化作用。没有酒的张狂，唯有茶的清淡，足见作者的人生价值观和生活态度。

土溪长廊

滕伟明

湔水①淙淙伴客行，万竿摇绿绿风生。
谁裁一段山阴道，搬到土溪听鸟鸣。

注：①湔水为沱江上游，发源于彭州。

【点评】

写景诗重在抓住不同景点的典型景物，方能表现其特色。此绝句选择了湔水、竹林、山阴道等景物，表现了土溪长廊幽静怡人的景致。首句描画了一幅动态图：淙淙湔水陪伴着游人，一路前行，以湔水的流动衬托出游人的欢快心情。次句虚实结合，描绘了翠竹森森、竹浪滔滔的画面，尤以"绿风生"一语出彩，化无形之风为视觉可见的绿色，"生"让人感觉到风的形成。因竹林绿意盎然，方有丝丝凉风，从而表现了清幽的景致。转结独出心裁，行走在山阴道上听着清脆的鸟鸣声，诗人不由突发奇想：这一段山阴道是谁裁剪出来的，搬到土溪这里，好让游人行走在长廊里惬意地听着鸟鸣。如此化静为动，呈现了曲径通幽、鸟语花香的美好景色。全诗前两句写动景，后两句动静相宜，以动写静，意境悠然。

薛涛井

膝伟明

枇杷旧巷杳如烟，照影空留石井栏。
薄幸元郎都不见，何人再买薛涛笺。

【点评】

此绝采用词韵，由薛涛井生发开去，巧以典、事议论，派生出含义隽永的主旨，令人感慨万分，思绪难止。诗以"造境"式开头，前两句描写了今日薛涛井的景象，营造凄凉之境。薛涛曾寓居于成都西郊浣花溪畔，院子里种满了枇杷花。而今，枇杷旧巷已杳无痕迹，如烟散去，步入了历史的风尘，再也寻它不着。相传，中年的薛涛曾与比她小11岁的大诗人元稹有过一场轰轰烈烈的"姐弟恋"，度过了三个月的幸福时光之后，元稹调离川地，任职洛阳。两情远隔，此时能够寄托她相思之情的，唯有一首首诗了。薛涛对当地造纸的工艺加以改造，自井取水造笺，将纸染成桃红色，裁成精巧窄笺，特别适合书写情诗，人称"薛涛笺"。"薛涛笺"已然成为表达爱慕思念之意的信物，在当时及后世极为流传。"照影空留石井栏"令人唏嘘不已，石井依旧在，而造笺的人呢？或许清澈的井水曾经映照出的美丽影子空留于此，而此影亦只是一个名字的影子罢了，徒增伤感耳。

转结自然由承句之意宕开，由典拓展出另一番意味，言简意深。元稹是个用智而不是用心去谈恋爱的人。才子多情也花心，最终辜负了薛涛的一片深情，故诗人为薛涛制笺写情诗而感到不值。负心汉已经远去，满纸的相思也只是空付痴情罢了，还有什么比"诗成无人寄"更让人伤怀的呢？既然如此，就不必再空劳牵挂了，更不必写情诗了，而寄托情思的"薛涛笺"还有意义吗？既无意义，还会有谁买"薛涛笺"呢？既然无人再买，还有必要再造"薛涛笺"吗？以此回扣与造"薛涛笺"有关的"薛涛井"，使得全诗语意贯通，浑然一体。在这里，作者已不仅仅是就薛元的故事而言，而且也是在劝诫天下痴情的女子不必再为负心汉付出真情，因为那是毫无结果的。从这个角度来说，此诗亦有一定的现实意义。全诗前两句写景造境，以景蓄情；后两句议论说理，反意而慨，深沉蕴藉。宋代刘攽《中山诗话》有云："诗以意为主，文词次之，或义深意高，虽文词平易，自是奇作"，笔者以为然。

寒山寺

滕伟明

江枫瑟瑟两三星，为觅孤舟客子情。
夜听寒山情味减，倭铜不是旧时声。

【点评】

　　提到寒山寺，绝对要联系到唐代张继的《枫桥夜泊》这首诗。此诗写得有景有情、有声有色，是写愁的代表作。时过境迁，同样是秋天的夜晚，作者滕伟明来到寒山寺"为觅孤舟客子情"。虽然江枫瑟瑟，似乎在述说着当年张继的哀愁。疏星暗淡，隐隐有着当年萧瑟的情景。然而，夜半听到的寒山寺的钟声，其情味已减，因为这不是寒山寺的旧时钟声，而是"倭铜"之声。据说，在中国唐诗三百首中，日本人独钟情于张继的《枫桥夜泊》。现在的苏州寒山寺，是近些年重新翻建的。新修建的钟楼里悬挂的大钟，也不是张继诗中所提及的大钟。那座大钟据说在苏州"遇倭变"时，被日本浪人掠走，偷运回日本。后来在日本引发了一场大搜寻，没有结果，现在的钟是日本人捐赠的。即便是同样的钟，不同时代不同境遇的人听到夜半钟声，其情味是不一样的，更何况是改变了"国籍"的"倭铜"呢？"倭铜不是旧时声"，如何寻得"孤舟客子情"？想必当年张继的哀愁落寞已经转嫁到作者的心里了。如果说张继在诗中表达的是羁旅之思、家国之忧，以及身处乱世尚无归宿的顾虑，那么作者在此诗中表达的则是对中国文化和国人情感丧失的一种深深的忧虑，这种忧虑是有担当的诗人的情感体现。全诗布局合理，前两句写景叙事，交代缘由；后两句叙议结合，情寓于中。诗中的"情"字重复是作者有意为之，起强调作用，因为作者来寒山寺的目的是"为觅孤舟客子情"，结果"夜听寒山情味减"，其原因在于"倭铜不是旧时声"。环环相扣，章法严谨，韵味卓然。

乡村夜宿

李荣聪

柳摇春梦到农家，醉倚风窗看月斜。

一树清辉原不重，三更压落紫桐花。

【点评】

此诗紧扣题目，将夜宿乡村的所见所想通过自然清新的语言恰如其分地表达出来，营造出乡村春夜空静清幽的意境，给人以美好遐想。起承以虚写实，选择"柳树"这一典型物象进行描绘，赋予柳树以人之心理、神态与动作，拟人得法，形象可感。起句统领全诗，概括乡村春天的景象。"柳摇春梦"虚实相衬，"春梦"为柳树之"心理"，"摇"字状写柳树的婆娑之态，极富浪漫色彩，此乃诗家语也。承句深化，"醉"为柳树之"神态"，"倚""看"为柳树之连续性"动作"，一幅"柳看月斜"的清逸画面定格在乡村春夜里，且"月"之意象为下文做好了铺垫。转句顺势宕开，是为全诗妙笔。诗人化无形为有形，想象奇特，将飘落的紫桐花想象成被"一树清辉"于三更压落了，"无理而妙"也，以此作结，余味无穷。全诗立意新颖，布局合理，诗语空灵，平淡中见真味，朴素中见绮丽。

打工人家

李荣聪

（作品见11页）

【点评】

能以浅显之语道出辛酸之感，是为妙笔。此诗聚焦打工人家，仅以一对打工夫妇离乡之前对孩子的恋恋不舍这一镜头，凸显打工人家在现实社会中的无奈：新年刚过，还没有来得及享受温暖的亲情，为了生活，又要背井离乡外出打工，心中有多少不舍，又有多少话语，诗人均不着笔，而是用夫妇俩对熟睡的孩子"亲又亲"这重复的动作，将打工夫妇的复杂心理表现了出来。孩子尚小，却没法照顾他，这种辛酸，唯有自知。转结将镜头转换，主角亦由父母换为孩子。当孩子醒来之时，父母已不在身边，早已在他乡了。这时孩子的心情又如何呢？全诗至此戛然而止，留下空白，给人想象的空间，充分地表现了打工人家艰难的生活，这在同类题材中亦是独出心裁的，充分显示了诗人的构思之巧。

老 兵
舟长春
（作品见216页）

【点评】

此绝格律完美，结构合理，章法有致，情感炽热，充分地表现了一位老兵的爱国情怀，虽没有豪言壮语，但浅显的语言折射出的是一腔爱国之心，读来感人肺腑。起承写老兵退伍归田，侍弄着家中的二亩田，过着平淡闲适的田园生活。然而这种田园牧歌式的生活却被近来的南海之事所打乱了，心中难以平静，始终记挂着祖国的安危与和平。一种不容外敌入侵的军人意识即刻被唤起，"五指又成拳"这一瞬间动作足见老兵内心的怒火，可以想见他意欲出征急不可待的心情。祖国遭遇侵扰，作为一名军人，保卫祖国是义不容辞的责任。虽然老兵已经卸下军装，但军人的情怀依旧。全诗以通俗易懂的语言刻画了老兵的形象，极具立体感。

独 坐
邓建秋

已知天命更何求，貌渐风霜神自游。
尚可观棋分黑白，毋庸煮酒说曹刘。
寒山坐久溪云静，澹水望穷木叶秋。
醒醉无关些个事，聊将白眼对闲愁。

【点评】

这首感怀诗抒发了作者对人生的认知与个人淡泊的情怀，然诗中同时透露出隐隐的无奈之感，情感稍显凝重，在凝重中寻求超脱，心理流程相当细腻。全诗结构稳健，笔法娴熟。首联总起，道出自身已届天命之年，别无所求，虽然相貌已经渐渐衰老，但多了泰然自若的神情，这是由内在的恬淡自然散发出来的表情。颔联出句以棋局喻人生，"尚可"一词足见作者低调的为人处世风格，世间之黑白尚能分得清楚，这既是谦虚，也是客观，谁能说自己明了世间的一切呢？即便到了"天命之年"也难以保证能看透这纷纭的世界吧？对句用"煮酒论英雄"之典，化而无痕，"毋庸"说明自身已经不再与他人争，淡看名利，一世英雄又能如何呢？颈联由理入景，然寓理于景中，耐人寻味。诗人借景抒怀，表达恬静、安然、平和的心态，"坐久"足见诗人思索之久，"望穷"更见诗人思索之深。在人生之秋，还有什么看不开呢？于是在尾联生发出"醒醉无关些个事，聊将白眼对闲愁"之人生至理，彰显豁达之态。是醒是醉无非就是那些事，何必为此而生发过多的闲愁呢？当以白眼对之，不屑于此。全诗章法井然，以情理胜。

打工诗人

刘善良

身在工棚心在群，打开微信把诗吟。
指尖敲碎寒江雪，不见春风来叩门。

【点评】

随着当代诗词的发展，诗人队伍也日益壮大，尤其是一些被称为"草根诗人"的诗人对诗词的痴迷更是让人感动。此绝真实地表现了一位打工诗人的写诗生涯，极具典型性。起承平白如话，道出打工诗人对写诗的痴迷，即便在简陋的工棚里，心里想的却是微信群里的诗词交流。转结寓意深刻，含蓄隽永，表现了打工诗人的深度无奈，饱含辛酸。虽然工作条件极为不堪，但是并没有泯灭他对诗词的追求，"指尖敲碎寒江雪"写出了诗人的努力付出，想以此改变自身的命运，然而却是徒劳的，"不见春风来叩门"道出了无尽的伤感与无奈，诗人的生活依然如故，看不到春天，毫无希望。转结无理而妙，极富艺术感染力。

留守村姑

贾智德

犹忆窗前绽杏花，南山沃土种桑麻。

蒹葭弯月挂长夜，钓得相思发了芽。

【点评】

作者将笔触指向留守村姑，关注底层人民的生活状态，实为可赞。此诗既有亮点，亦有不足。全诗因结句而放彩，充分表现了留守村姑的寂寞，起到了画龙点睛的作用。起承写留守村姑对往昔"夫唱妇随"的日子的回忆，充满幸福感。转句逆行，用今天的情形与之对比，突出漫漫长夜的孤独，唯有弯月照着空房。暗示村姑的丈夫为了生活已经离乡。弯月如钩，将村姑在长夜里疯长的相思钓起，一发而不可止。"钓得相思发了芽"实乃妙想，用语新颖，凸显了留守村姑的心理活动，细腻委婉。个人觉得，此诗有以下两点略显不足：一是起句前有"忆"，后再用"绽"，语法略有瑕疵；二是"蒹葭"用得不妥，或许作者欲借《国风·秦风·蒹葭》之意表达留守村姑的惆怅与苦闷，然将"蒹葭"挂上长夜终究不够合理。想象须从实际出发，达到"无理而合情"的境界当为最妙。一首诗，能有出彩的一句已然成功了百分之九十，所以可说，此诗以结句而挽救了全篇。

秋雨中谒宝林禅寺

郑 杰

纷纷暮雨叠烟波，花木禅房恨事多。

骋目放怀临阁上，时光许我漫消磨。

作者于秋雨中谒宝林禅寺，写出了独特的自我感受，亦将身心寄托于此，感受禅寺带来的别样意味与情怀。首句自上而下地写出一派迷蒙之景，营造凄清之意境：暮雨纷纷落下，在湖面上荡起雾蒙蒙的烟波，相互交叠。因了这蒙蒙烟雨，自然让人生发出"花木禅房恨事多"之句，跨越时空，留有余地，给人想象的空间，富有一定的人文内涵，使人不由得去追溯宝林禅寺之历史。转结写自身感怀：诗人任目光驰骋，放开情怀，尽情感受着宝林禅寺丰富的内蕴，不计时间，完全沉浸在此中。"时光许我漫消磨"以拟人手法很好地表现了诗人的忘我之态，且富有一定的禅味：禅寺静得可以让人感到时光的流动，似乎可以听到时光的声音。在快节奏的红尘中，有多少人迷失了自我，于此清心，方能寻找到生命的本真。此结为全诗点睛之笔，足可点亮全篇。

乐　游

吴　江

乐游今趁闲，竟日已忘还。
音韵高低瀑，丹青远近山。
绕身花脉脉，盈耳鸟关关。
莫道无同伴，随行月半弯。

【点评】

此律将游玩中的所见所感通过流畅自如的语言表现了出来，布局合理，章法有致，句式错落。首联出句交代趁闲乐游之事，对句道出游兴甚浓，以至于"忘还"。为何"忘还"？中间两联铺展描绘了一幅美景：颔联从声音、色彩两方面去表现此地的美，列锦手法的运用使得语言更加凝练，留下了很大的想象空间，尤以"高低瀑""远近山"出彩，虽语言普通，却营造了空间之美，表现了山水的特色；颈联人景交融，情景互生，描绘了一幅鸟语花香、令人陶醉的画面，"花脉脉"拟人之形象，真可谓"花木含情"也。尾联尤为精彩，"随行月半弯"余味悠长，间接表现了诗人乐游忘返的情态，唯有半弯月相随，是他的同伴。全诗虽没有某地独具的景物特征，但从写法上来说不失为一篇较好的游记。

天柱山

刘道平

拔地未忘盘古情，共工虽怒却难倾。
若非此柱撑天壁，纵有人间无月明！

【点评】

天柱山，顾名思义，撑天之柱也。此绝巧用"天柱山"之名，由此及彼，拓宽诗境，意蕴丰富，引人深思。此"山"知恩图报，能够拔地而起却从未忘记开天辟地的盘古之情。次句巧化典故，善用烘托，突出天柱山之稳固。《列子·汤问》云："共工氏与颛顼争为帝，怒而触不周之山，折天柱，绝地维，故天倾西北，日月星辰就焉；地不满东南，故百川水潦归焉。"一个懂得报恩、高大稳健的天柱山形象立在眼前，为下文蓄势。转结以假设句突出天柱山的巨大作用：若无天柱山的撑天之力，即使盘古开天辟地有了人间，也不会有明月普照。人间有了光明，靠的是天柱山的力量。若无天柱山这个"顶梁柱"，能有开阔的天空吗？能有闪亮的人间舞台吗？全诗立意独到，寓理深刻，思想性是其亮点，容易引发读者更深层次的联想。其实，一切作品皆源于生活，若没有真切的生活感悟，是不能寓理于物的。

打吊针

刘道平

怀疴卧望吊瓶悬，滴滴相连落九天。
玉液无非身外物，缘何最易入心间？

【点评】

说起打吊针，人人感受有，可是下笔难。刘道平先生总能选取常见的题材，生发出让人意想不到的理趣来。其诙谐的语言让人忘却了打吊针的难挨时光。你看，他眼望着高高的吊瓶，吊瓶里的滴液一滴一滴地落下来。病中的他，竟然还能想到李白的"落九天"呢，其夸张风趣的语言比吊针的药效还好吧！要不他怎么会称这"滴液"为"玉液"呢？可是，这"玉液"到底是身外之物，怎么就偏偏这么容易入心了呢？试想想，我们何尝不是这样呢？常常把一些身外之物看成最重要的东西记在心间，而且不停地去追求。心里容纳了这么多的身外之物，怎能不得病呢？作者转结的一问，问出了我们心中的疑惑，很容易引起我们的思考，亦有矛盾的统一性蕴含其间："玉液"既是身外之物，又是治病的药水，是这种身外之物导致生病，却还得靠它来治疗。这大概就是生活的悖论吧！

鼠啃书

刘道平

慵斋白日影踪无，夜发摸爬乱啃书。
未见耽思文字碎，磨牙枉自费功夫。

【点评】

老鼠过街，人人喊打；老鼠啃书，滋味如何？这狡猾的老鼠在白日里慵懒得很，不见其踪影，可是到了夜间，它才出来活动，一阵摸爬滚打之后，这貌似聪明的老鼠将目标锁定在"上层建筑物"的身上了——它竟然"读"起书来了！它"读书"可是够用功的，不是随意地翻过纸，而是"啃"字。唉，如此地"咬文嚼字"，可是不得法啊，终究是一番"乱啃"啊！看看我们身边，这种"乱啃书"的现象似乎挺多的。他们从不思考，只是一味地啃书，将文字都"嚼碎"了又有何益呢？这或许就是"死读书"吧！这种读书方式花的功夫不少，可收效甚微，正是"磨牙枉自费功夫"啊！大教育家孔子不是教育我们"学而不思则罔，思而不学则殆"吗？他告诫我们只有把学习和思考结合起来，才能学到切实有用的知识，否则就会事倍功半。书本是客观的事物，里面的文字是富含思想情感的客观存在，只有边读边思考，才能读活书本的内容，或借鉴，或批判，或综合，不仅要真正地读进去，还要懂得走出来，而这"一进一出"，靠的得是思考。只有思考，才是源源不断的"活水"，才能保持思想的活跃与进步，从而达到最佳的读书效果。此诗的外延范围极其广泛，除了上述所讲的"死读书"要不得之外，我们不妨联系当下，类似"鼠啃书"的这种现象比比皆是。在这信息爆炸的时代，铺天盖地的信息通过各种媒体呈现在我们眼前，即使我们一目十行甚而一目千行，恐怕也来不及阅读。所以，我们往往是大致浏览膨胀得无处安放的信息。如此一来，常常是未及思考，更谈不上去消化这些阅读内容。没有冷静的思考，对信息的辨识往往会良莠不分，更是无从筛选有益的信息。这种现象，值得我们深思。老鼠啃书，作者认为有三大特点：一是"乱"；二是不耽思；三是囫囵吞枣。"乱"在不加选择、毫无方法地读书；不思考则难辨稂莠；囫囵吞枣则无法消化阅读内容。这种"鼠啃书"的读书方式导致的结果就是"磨牙枉自费功夫"，实要不得。全诗寓哲理于生动形象的比喻之中，不堕理障，富于理趣。作者观察细致，思考深入，且以浅显的语言道出实实在在的哲理，给我们以启迪。

晨洗漱

刘道平

轻揩尘面振衣衫，更刮银髭已再三。
明镜无声相与笑，一身干净向人前。

【点评】

我们每日晨起的第一件事就是洗漱，为何？因为我们要面对新的一天。如何清洗昨日留下的"尘埃"呢？一阵"轻揩尘面振衣衫"之后，"更刮银髭已再三"，洗得干净，理得整齐，刮得溜光，好不精神！如此这番，再好好地对镜一笑，自我打量一番，看看还有哪里"对不起"观众的。这明镜应是作者的知音，他无声地欣赏着爱清洁的好友，相视一笑。是啊！我们总是要将自己最好的一面展示给众人看，也只有干干净净的，才会在人前坦荡自如，光明磊落。而且，我们留给别人的，也应该是干净清爽的形象。每个人都当如此，为官者更应该洁身自爱，一身干净，清廉自守，才能无愧地站在人前。所以，每日晨起时的对镜梳理、打量自己，实是一种自我反思，看看自己是否也如明镜一般全身干净而明澈。此结语浅意深，极具现实意义。全诗叙事寓理浑然一体，显得自然真切。

散　步
刘道平

暮带夕烟随意飘，低山贴月树尤高。
前行不载心中鬼，何惧身旁影乱摇？

【点评】

　　散步，是我们生活中的常事。刘道平先生散步于暮色之中，又有什么发现与思考呢？他发现夕烟随意飘游，远山显得很低很低，一眼望去，月亮似乎贴在了低矮的山上，而树木，则显得比山月还要高。这实际上是一种假象，而我们却很容易被这种假象所迷惑。这个发现引起了刘先生的思考："前行不载心中鬼，何惧身旁影乱摇？"是啊，漫漫人生路，时常会碰到迷惑我们的鬼魅，但只要我们心中澄澈，没有阴暗的鬼作怪，岂会害怕身边乱摇的"鬼影"呢？正可谓"不做亏心事，不怕鬼敲门"啊！此结的"影"即是一种假象，和承句的假象相照应。我们也可以从此结联想到一见"风吹草动"而怀疑"草木皆兵"等现象，那都是因为心惊导致的结果。假若我们从容自若地走在人生路上，又何惧这些重重"鬼影"呢？全诗先写景后议论，起兴有法，议论深沉，遣词造句自然贴切、生动形象。

插　秧
刘道平

埋头只为稻花香，何顾行人说短长。
身退边缘腰更直，笑曾种绿万千行。

【点评】

　　虽然没做过插秧这活儿，但是知道插秧须一步步后退，然后将秧苗种在水田里。劳动者们在水田里挥汗如雨，埋头插秧，一心只为了日后的稻花飘香，哪有闲心顾得了行人的是非评价呢？当插了一行又一行，身子退到水田边沿的时候，直起腰来看看，眼前已是满田绿意了。这种成功的喜悦难以言表，自豪感油然而生。由插秧一事我们可以联想到多少劳动者在自己的岗位上默默无闻地埋头工作，当身退之时，回望自己所做的一切，可以舒心地笑笑，腰板子也可以挺得直直的。为何？因为自己无愧于心，种下绿意千行，就是为了获得丰收，再苦再累的付出也是值得的，身退又何妨呢？其实，这一方水田就如职场一般，我们在其中劳作，而岸上之人往往会议论插秧的速度与插秧的水平如何如何，甚至是非不分。这种情况在任何职场中都会遇到，尤其是官场，为官者的决策与行为正确与否常常被议论。任何为官之人，总有卸任的那一天，那么，如何面对呢？诗人的回答是：即便身退边缘了，也要把腰挺得直直的！因为自己一心"种田"，只为了丰收这桩事业，腰板子从来都是直直的，退何不直？光明磊落，何惧之有？从中我们看到了一个不计个人得失、襟怀坦荡、独具气骨的"插秧者"形象，极富感染力。全诗自然流畅，立意角度新颖，主题呈多元化，并恰如其分地融入了自我的形象，超然淡泊的心态尽显其中。

刮胡须

刘道平

修得边胡一阵忙，人前免为鬓毛伤。
平生不做留须事，更是扬眉脸有光。

【点评】

刘道平先生一直注意自身的形象，刮胡须实是为何？原来是"人前免为鬓毛伤"，是为了在众人面前避免因留有"鬓毛"而引起某些影响。难道此"鬓毛"仅仅是鬓边留下的毛发吗？非也。他觉得如果刮须未净，留下了些许"尾巴"，是会有损形象的。刘先生为人干净利落，自然不会因残留的"鬓毛"而影响自己的。因为他"平生不做留须事"，读者是否注意到这"留须"二字别有意味呢？表面上是留下胡须之意，再读，那不就是"溜须拍马"之意吗？诗人的高明之处就在于巧妙运用了谐音词，"留须"乃为"溜须"，从而表达了双重的意味。刘先生从不做这种"溜须拍马"之事，襟怀坦荡，所以在人前自然能扬眉吐气，脸上有光。此绝言浅意达，很好地表达了自己的情志，且充满一种自我检阅后自我欣赏的自豪感，人物形象鲜活饱满，极其可爱。其实，我们每一个人为人处事也应如此，不盲目唯上，光明磊落，保持正直的内在，这样才会由内而外地散发出人格的魅力。

夏日读书并示孙至婷

刘道平

长夏何言正好眠？窗开不废读书天。
有情风恐人将老，总是来回为我翻。

【点评】

刘道平先生也许是一个"书痴"，总是深感自身读书不足。你看，在这让人昏昏欲睡的长夏里，他依然与书为伴。小时候，父辈们常常这样调侃或批评我们不好好读书："春来不是读书天，夏日炎炎正好眠，秋有蚊子冬又冷，背起书包等新年。"细想想，谁说长夏正好睡眠而非读书天呢？如果觉得热，就打开窗户，捕捉几缕凉风，这样不枉费读书的大好时光不是很好吗？我想，诗人写"开窗"应是别有含义吧，大概是觉得闭门造车，读书所得会非常有限吧！所以，千万不要独守自我的小世界，只有"开窗"，才能面向外界，才能汲取更多的知识营养。风儿也做多情样，见诗人如此用功读书，害怕诗人将要老去，读书的时日不多了，所以总是不停地为他翻书，似乎在催促着诗人抓紧时间读书。读到这里，我们仿佛看到一个如饥似渴的读书者形象。凉风为诗人翻书，这是多么有趣的场景！是啊，诗人年华渐老，依然在抓紧时间读书，何况小孙女乎？这大概就是诗人写此诗的目的吧！如果说陆游的《冬夜读书示子聿》（其三）是以议论之笔告诫儿子要将书本知识与实践结合起来的道理，此绝则是诗人以身作则，让孙女懂得珍惜时间读书的道理。全诗议论具形象性，不显生涩，生动地说明了读书的重要性，刻画了一位书痴形象，尤以结句最为有趣可爱。

暑热吟

刘道平

烧煮煎熬烤又蒸，太阳莫不也超生？
空调偷滴千行泪，恨到三更复五更。

【点评】

丁酉年盛夏，暑热难耐，出现了很多调侃天气的作品，非常有趣。正像刘道平先生所说，这暑热天气"烧煮煎熬烤蒸"样样齐全，这热度可谓惊煞人也。人们备受热浪的煎熬，苦不堪言，不由得叩问这是为什么，回答则是"太阳莫不也超生"了？都说远古时代有十个太阳，烤得大地寸草不生，被后羿射掉了九个，留下一个太阳应是最好的。刘道平先生想象也许是太阳超生了，才会有这让人忍受不了的暑热天气。到底超生了多少太阳呢？看来和"十个太阳"的力量有的比拼，受苦的可是人们啊！如此的想象大胆新奇，却在情理之中，真切而形象地表现了暑热的程度。转结则以拟人化手法去写，侧面表现了热浪席卷了白日与夜晚的情形，人们不得已从早到晚开着空调，以至于空调滴了"千行泪"。超负荷的工作让空调"恨到三更复五更"，恨谁？自然是恨这个暑热的天气了，这一"恨"字，形象生动地表现了人们对暑热天气的抱怨。

访夏威夷

刘道平

大海长天一色蓝，漂洋无事不新鲜。
东乡日出西乡夜，黑白奈何颠倒间。

【点评】

作者访问夏威夷，漂洋过海，水天一色，异域风情，无不新鲜。但最让人难以接受的恐怕是时差问题吧："东乡日出西乡夜。"由此，诗人自然生发感慨："黑白奈何颠倒间。"这就不仅仅是时空上的黑白颠倒了，自然的时空颠倒我们奈何不得，而人世间的黑白颠倒，谁奈之何？诗人的疑问想必我们人人心中都有吧，可是在刘道平先生的笔下被直接道了出来，难能可贵。人世间的很多事情就是黑白颠倒，我们总可以鸣不平之声吧？全诗顺畅自然，毫无阻隔之感。

打工告别

刘道平

惜别依依步又停，回头掩袖泣无声。
哽喉一句叮咛语：莫让手机空响铃。

【点评】

读了不少描写打工者告别场景的作品，然只有刘道平先生的这首绝句给我留下的画面感极强。他紧紧抓住告别的一刹那间人物的动作和语言，三言两语就把告别场景生动地描绘了出来：告别却"步又停"，足见"惜别依依"之情；"回头掩袖"已是"泣无声"，伤感之情跃然纸上；转句之"哽喉"更见人物情态，好不容易道出的叮咛，更让人难以开颜："莫让手机空响铃。"告诉亲人，别后只有用手机问候了，如果手机长响未接，是多么让人着急啊！此结为全诗出彩之笔，道出了送别者的心声，能够引起所有人的共鸣。仅此一句，全诗已然成功。

再游景山

刘道平

芳树无私鹊满门，景山深处会知音。
归来对饮路边店，各自吹瓶下半斤。

【点评】

生活之趣，在乎山水之间也，更在于知音与酒也。好一个"芳树无私"，那应该是鹊儿的安乐窝吧，君不见喜鹊盈门，给树木带来更多生趣。此种情境，不由得让人雀跃，更让人欣喜的是"会知音"也。何处相会？景山之中；何趣之有？却未明说。此诗将相会的全过程有意略去，但从诗人归来的心情便可想象出相会的过程是一番怎样的景象，这种"留白"，让人回味。你看，"归来对饮路边店，各自吹瓶下半斤"，足见知音是因兴奋而豪饮。这也许是"酒逢知己千杯少"的又一例证吧！知音相对，开怀畅饮，真乃人生一大快事。写知音相会饮酒畅谈之诗不在少数，然此诗能还原生活本真，让人感受到作者率真的性情与愉悦的心情，读来亦是畅快矣。

夜游茅台镇（孤雁出群格）

刘道平

赤水河边夜色深，天君把酒宴群臣。
未曾杯举闻风醉，谁是同行清醒人？

【点评】

赤水河边，夜色深浓，此时此刻，"天君把酒宴群臣"，此宴或许是庆功宴吧。在这夜幕笼罩之下设此大宴，用意何在？"群臣"的表现又如何呢？一景一事之间，扑朔迷离，让人揣摩不透。读者带着悬念走进去，云里雾里之中，作者悄然暗示，却又发出惊天之语："未曾杯举闻风醉，谁是同行清醒人？"宴席上，酒杯未举，闻风而醉，酒不醉人人自醉也，既写出了茅台镇的酒厂酒气香浓、香飘万里的特点，又写出了"群臣"陶醉的状态。同行之中，莫不醉也，有谁是清醒的呢？难道作者仅仅是写同游茅台镇的人陶醉于酒香吗？非也！在人生道路上，仕途之中，就如在夜色中行走，难以看清前方的道路，许多人"闻风而醉"，难以保持清醒的头脑。其实，越是清醒者越是目光如炬，即使在黑夜里行走，依然能够分辨清楚周边的人与事。然，清醒者往往是痛苦的，因为看得太真切。全诗流畅自如，将景语与事理相结合，言此即彼，意在言外，涵盖面甚广，引人深思。

观风景照

刘道平

好水好山何处逢，寻寻觅觅画图中。
迷人或在巅峰上，别有烟云一万重。

【点评】

作者观风景照，看到了什么呢？首先映入眼帘的是一派好山好水；其次，他观察了风景照的重点：巅峰。诗人认为，或许风景的迷人之处在于巅峰，因为那儿有万重烟云笼罩。都说"无限风光在险峰"，然作者认为巅峰上的万重烟云最是扑朔迷离。巅峰，不仅是山的最顶峰，亦可引申为人生的巅峰。我们对这个巅峰往往是仰视着并抱有好奇之心和向往之欲的，觉得顶峰上很神秘，但因烟云笼罩，很难了解其真实情况。或许巅峰这一环境，其间的种种关系也是烟云万重吧！如果轻易涉足此峰，恐怕就要三思而行了。此诗观图说理，意在言外，耐人寻味。

观焰火

刘道平

火苗一着入云涯，直摘苍穹万树花。
光彩娇人童也赞，即时落地有谁夸？

【点评】

作者观焰火，看到了焰火直入云霄的璀璨之景。起承生动地描写了焰火升天的过程，以"万树花"形容焰火的美丽无比。如此娇艳的景观，孩童自然禁不住叫好。可是，短暂的辉煌之后，当它"声消玉殒"而落地之时，还有谁会夸赞呢？此诗虽然语言浅显，但可感受到作者的感慨尤为深沉：当一个人平步青云，处于事业的顶峰之时，正可谓光彩照人，就会受到众人的夸赞；而当他"落地"之后，已无用武之地了，又有谁会夸呢？此诗批判了见风使舵的现象，此种世风世态由来已久，引人深思。全诗先写景后议论，铺排有序，言简意赅。

观颐和园古柏

刘道平

碧漏疏光如碎银，直腰舒臂抱闲云。
身旁朱阁龙犹在，惯见秋风换主人。

【点评】

作者游颐和园，看到了什么呢？原来他把目光集中在饱经沧桑的古柏身上了，并巧妙地一语道出此诗的主旨，手法可谓灵活。起承以精工细描之法写出古柏的高大挺拔，"碧漏疏光如碎银"状古柏繁茂之景，"直腰舒臂抱闲云"状其高大之态，比喻、拟人之手法恰到好处，形象生动。转句则将视线落在古柏身旁的朱阁上，彩色之雕龙依然存在，而秋风总是不以人的意志为转移，这古柏是历史的见证者，感受着日月的交替，看尽了朝代的更替。此诗转结含义隽永深刻，"龙"与"秋风"均是具有丰富含义的意象，"龙"一般指代历代帝王，"秋风"象征朝代没落。这真是一种讽刺，朱阁上的"龙"一直都在，欲求永恒的光彩，但是可能吗？古柏已经告诉我们答案了："秋风换主人。"正可谓"千古龙已旧，主人各不同"。如此一来，历史的沧桑感自然而生。全诗流畅自如，慨而不怨。

黄全彦点评

黄全彦（1970—　），四川德阳人，内江师范学院文学院教授。毕业于四川大学，获博士学位。《唐诗鉴赏辞典》（商务印书馆国际有限公司）撰稿人，著有"最爱读国学书系"《唐诗三百首》等。

布达拉宫辞

曾　缄

（作品见45页）

【点评】

近年来，仓央嘉措诗歌风行海内，迷倒众生。最早发现并翻译仓央嘉措诗歌的，是曾缄。曾缄同时还写了《布达拉宫辞》这首长诗来歌咏仓央嘉措。六世达赖喇嘛仓央嘉措颇具威仪风度，乃是一著名高僧，同时也是一个多情种子，一次偶遇拉萨一个卖酒女子，互生爱慕情深义重，周旋数月。不料事情败露，仓央嘉措宝座被废，遭遇治罪，死于青海，年仅二十三岁。仓央嘉措留下情歌数十篇，哀感顽艳，令人黯然销魂。读其情歌，悲其遭遇，由此而有《布达拉宫辞》。仓央嘉措成为六世达赖，"诸天为雨曼陀罗，万人合掌争膜拜"，深受众人拥戴。只是仓央嘉措具智慧，亦多情，"只说出家堪悟道，谁知成佛更多情"。一个夜晚，"行到拉萨卖酒家，当垆有女颜如花"，一个类似当年司马相如和卓文君的才子佳人故事，就在拉萨上演。只是文人多情，实属正常，而高僧堕情，佛法不允，所以仓央嘉措的宝座被废，抑郁而终。但"剩有情歌六十章，可怜字字吐光芒"，阅其事，读其诗，面对这样一个诗僧情种，诗人感叹"愿将世界花千万，供养情天一喇嘛"，完全是顶礼膜拜，一片倾服。仓央嘉措事迹，和当年唐明皇杨贵妃故事类似，其实就仓央嘉措而言，他用情之深用情之纯是超过唐明皇的，他的情歌，就是见证。难怪诗人称赞他"情天一喇嘛"。仓央嘉措有首情歌写道："曾虑多情损梵行，入山又恐别倾城。世间安得双全法，不负如来不负卿。"一边是神佛，一边是佳人，两份情感，试问如何安顿？在我看来，佛祖教人，绝非让人做一个只知吃斋念经的麻木之人，而是以一颗善心作精纯之行，从而获得生命的丰盈。就此而言，仓央嘉措既"不负卿"，也"不负如来"。他作为一个诗僧情种，也许正是上天的安排。如本诗所言"还我本来真面目，依然天下有情人"，人间世界，"情"是最珍贵的。仓央嘉措用自我的生命，做了最好的诠释。

戏题朱半楼藏如意馆画名伶谭叫天像

曾　缄

天下好戏推北京，戏中难唱是老生。晚晴此色谁第一，内廷供奉程长庚。长庚而后有三派，桂芬嗓高菊仙大。歌喉一寸随高下，窄处容针宽走马。做功更比唱功奇，技进乎道请勿疑。白刃双飞王佐臂，金盔巧卸李凌碑。当时万口称歌圣，尽拨淫哇归雅正。颐和优孟古衣冠，常得慈禧青眼看。古董先生杨啸谷，偶向燕台得此幅。归来持赠朱虚侯，名伶像许名票留。为君翻阅廿四史，从古到今一戏耳。君爱清歌学叫天，我今太息草此篇。绝代销魂谭叫天，千回万转鸣天籁。龙吟凤啸一两声，梨园子弟皆喑哑。一曲曾经动九重，莫谓叫天天不应。宫内早开如意馆，功臣不画画伶官。凛凛英姿入画来，只少隔声从纸出。一髯仿佛曾相识，两净骨是金黄流。试看世上假排场，何似画中真戏子。愁来高唱空城计，却少知音在面前。

【点评】

清代戏剧繁荣，花部雅部竞相争胜，因此而有京剧独占剧坛。唱戏看角，名角出场，一举手、一投足、一抬眼，万人喝彩，举座如狂。晚清伶界大王谭鑫培，主攻老生，名震宫廷内外，又称"谭叫天"，"绝代销魂谭叫天，千回万转鸣天籁。歌喉一寸随高下，窄处容针宽走马。龙吟凤啸一两声，梨园子弟皆喑哑。"谭鑫培声音曲折如意，千回万转，诗里用窄处容针、宽处走马这一夸张手法，形象地写出了谭鑫培妙到毫巅的唱功本领。唱功之外，做功亦绝，"白刃双飞""金盔巧卸"，都见出其功底。唱做俱佳，真正一流，"一曲曾经动九重，莫谓叫天天不应"，叫天天不应，本是俗语，讲的是一个人蒙受冤屈，诗歌这里巧妙借用，说的是谭鑫培声音直达九天，就连上天都要感动。谭鑫培的唱做功底令人留恋，清宫专门为他画像，待遇超过功臣，"凛凛英姿入画来，只少隔声从纸出"，一方面见出画像逼真，同时也见出膜拜和臣服。为何世人这般迷恋谭鑫培？诗里回答道"为君翻阅廿四史，从古到今一戏耳"，在诗人看来，古往今来的王侯将相、芸芸众生来来往往不过也是一场戏罢了，用语很是惊警。"试看世上假排场，何似画中真戏子"，戏剧有高于现实之处，世上多假，戏中多真，只因世间多虚情假意，反倒不如戏里的真精神、真情感。人生一场戏，看君如何解，最是耐人品。从舞台戏剧到世间人生，戏耶？人耶？一首诗歌，竟具有这般尺幅千里的不尽之意，令人低回三思，俯首不去。

双雷引并序

曾　缄

（作品见 47 页）

【点评】

"问世间情是何物？直教生死相许。"念叨此句，总是浮起一层悲意，令人怆然泪下，《双雷引》即如此。由序言见出，成都蓝桥生爱琴成痴，家藏唐代名琴"大雷"，后娶妻沈氏，又得"小雷"。珠联璧合，天作之合，两人沉浸艺海，自得其乐，完全忘却人间。后蓝桥生因地主出身，田产充公，家道中落，只得卖物度日。倾尽所有，最后仅剩"双雷"，南桥生叹息说道："吾与卿倚双雷为性命，今若此，何生为！"于是捶琴焚之，夫妻俩仰药而死。以人殉情，以琴殉人，如此志诚种子，令人震撼。《双雷引》开篇写了蓝桥生得到"双雷"的欢愉，"此似干将与莫邪，双龙会合在君家"，可见夫妻二人潜心琴艺怡然自得的神仙日子。只是"那知春色易阑珊，花蕊飘零柳絮残"，时事变幻，家业萧条，生计无着，内心酸苦，"忍将神物付他人，我固蒙羞琴亦耻。何如撒手向虚空，人与两琴俱善终。不遣双雷污俗指，长教万古仰清风"，这样的和世间诀别，无限沉痛。夫妻无言，月亮西沉，最后奏起这名琴，"清商变徵千般响，死别生离万种情。最后哀弦增惨烈，鬼神夜哭天雨血"，何其痛彻心扉。决绝而去，"郎殉瑶琴妾殉郎，人琴一夕竟同亡。流水落花春去也，人间天上两茫茫"。这样一个故事，委实震撼心魂，怎不令人中夜长叹，哀感缠绵。以致诗歌结尾叹道："从此九京埋玉树，更谁三叠舞胎仙。声声犹似当年曲，只有杜鹃啼空山。"玉树尘封，杜鹃啼血，人去琴碎，何其悲恸。从春秋时期的钟子期俞伯牙，到现代的蓝桥生沈氏夫妇，相隔千年时空，共同刻画出人的命运就是琴的命运，"艺术足以占据一个人"，有道理哉。《布达拉宫辞》有似《长恨歌》，《双雷引》有似《琵琶行》，现代诗坛，出现这两首诗歌，堪称传奇。当年是"童子解吟长恨曲，胡儿能唱琵琶篇"，曾缄先生这两首诗歌音韵和谐，情意深沉，名章警句，层见错出，必将和白居易诗篇，如珊瑚玉树，交相辉映。

过秦岭隧道

曾　缄

地轴横通一径斜，居然鼠穴可通车。
此身疑化穿山甲，去意难遮赴壑蛇。
浪说襄城迷七圣，何曾秦岭阻三巴。
临风忽忆登坛者，暗度陈仓起汉家。

【点评】

中华人民共和国成立后，有一重要举措，即蜀道的开通，本诗即对此事的歌咏。翻越秦岭古蜀道，"蜀道难，难于上青天"，千年以来，一直令人望而生畏。宝成铁路的建成，秦岭隧道的打通，改变了这一切。首联"地轴横通一径斜，居然鼠穴可通车"，写了秦岭隧道的神奇，笔调幽默，更见出一种惊讶。苏轼《守岁》写道"预知垂尽岁，有似赴壑蛇"，以游向幽壑的长蛇，比喻时光的易逝。颔联以"穿山甲""赴壑蛇"作比，一贯的幽默笔调，写了秦岭隧道的神异。颈联"浪说襄城迷七圣，何曾秦岭阻三巴"，《庄子》载，黄帝等七人将见大隗于具茨之山，结果是至襄城之野，"七圣皆迷，无所问途"，这里是说曾经的蜀道让人迷失，今朝通畅，不再迷路，高峻之秦岭，再也阻隔不了巴蜀之地。尾联"临风忽忆登坛者，暗度陈仓起汉家"，韩信当年登坛拜将，后又设明修栈道暗度陈仓之计，汉军终于击败项羽，获取天下。这里"起汉家"，暗示中华人民共和国将像当时的汉王朝一样繁荣昌盛，颇有期待之意。自清末黄遵宪等人提出"诗界革命"，号召用诗歌写作新事物，这首《过秦岭隧道》，寓古诗以新意，切合时代，笔墨洒脱，是成功的典范。

镇华自南京得李香君眉砚，无量赋诗，余亦成一绝

何　鲁

晚烟笼水忆秦淮，话到兴亡事总哀。
多少闲情付儿女，初三月影入帘来。

【点评】

"《桃花扇》里送南明"，《桃花扇》通过对侯方域、李香君的爱情叙写，刻画了南明王朝的消亡过程，令人痛惜感动。友人自南京得到明末秦淮名妓李香君的砚台一块，作者目睹此物，甚是感怀。唐人杜牧《泊秦淮》写道"烟笼寒水月笼沙，夜泊秦淮近酒家"，此诗起承借用这一黯淡低沉意境，书写一片惆怅。一方砚台，也这般缭绕着家国兴亡的哀愁遗恨，令人神伤。既然这样，那还不如放下家国，谈谈儿女闲情。儿女闲情，其味如何？诗里没有直接叙写，只用"初三月影入帘来"一语，甚有意味。白居易有诗"可怜九月初三夜，露似真珠月似弓"，写的是一种清新可爱之情，这里化用其意，讲的是儿女闲情的自然欢悦。借用古诗典故，古今交错，打成一片，古人，从没走远；今人，流连其间，这就是诗歌的魅力。

傅家坝浅山

庞石帚

荒茅丛竹有人居，滴翠层岩眉黛斜。
男出耕山女编笠，田翁身是四朝余。

【点评】

　　古来诗人，往往有一山中情结，甚是动人。现代诗人写来，也是颇有意趣。诗人来到傅家坝，这是浅山丘陵地带，一眼看去，百姓就像居住于荒草竹林当中。岩间石上，尽是花草藤蔓，苍翠欲滴。男人出门耕田山中，女人在家编着斗笠，一切显得安闲幽静。且问那悠闲老翁，今年多大年纪？老翁说已历经了四个朝代，这首诗写于1930年，"四朝"也就是咸丰、同治、光绪、宣统，算来老翁已年过花甲。清代最后四朝及至民国，于国家而言，是城头变幻大王旗，经过多少劫变。老翁居住山中，日子却是十分淡然、宁静，如同岁月改换对他毫无影响一般。山中生活，引人向往，就在于这种时间凝固般的安宁，就像那苍翠层岩，不见变迁，四季依然。

秋日彭云生先生约访江楼诗碣

刘东父

千古才人恨，江声咽暮潮。
风尘悲薄命，佳丽惜前朝。
古井犹能鉴，芳魂不可招。
何时一樽酒，香冢带愁浇。

【点评】

　　成都的诗意和浣花溪畔的杜甫草堂与锦江边上的望江楼有很大关系，望江楼一带是唐代女诗人薛涛曾经居住过的地方。诗人来到此地，多有感怀。首联的"恨"字和"咽"字，书写了为薛涛深感不平之意。薛涛身世飘零，辗转来到成都，尽管一身才华，可难得有情郎，就这样孤单一世，令人沉痛。颔联的"悲"和"惜"，即作者这一情怀。望江楼一带有薛涛井，古井犹在，清澈如鉴，而当年的井边佳人，却已经不见。多想携上樽酒，祭奠佳人。诗人心中显然多有郁结，乃是借古人酒杯浇自我块垒，由此起笔的"千古才人恨，江声咽暮潮"，才真正具有震撼人心的大力量。

疏　雨

缪　钺

疏雨夜犹滴，秋灯冷不明。
西风吹落木，一夕满孤城。
北雁难传信，中原尚阻兵。
天涯几亲故，远梦正关情。

【点评】

日军入寇中原，北方不幸沦陷，诗人忧心家园。秋雨淅沥，凄寒入怀，灯火黯淡，恰似诗人冷清寂寞的愁情离绪，寓意多少忧伤。秋风凛冽，吹落树叶，一夜之间，落叶堆满孤城。此风、此叶、此城，一片衰飒，无限哀苦。秋天来临，大雁从北方飞往南方，这北来的大雁，却带不来家乡的讯息。中原，依然兵戈，难得安宁。消息不通，亲人不知，就连睡梦中都在思念他们。一片情怀，何其殷殷。温庭筠写有"春梦正关情"，显得欢悦，诗人将"春"改为"远"，顿时满纸忧伤。本诗意象极好，疏雨、秋灯、西风、落木、孤城、北雁、天涯、远梦，将兵戈天下时的离人之痛，刻画得十分深刻。

古　意

缪　钺

冰蚕长七寸，生于员峤山。结茧霜雪下，弱质凌风寒。织成五彩锦，水火不能干。奇情寄壮采，抗节期贞坚。有客赏我趣，恻然鸣心弦。贻我绝妙辞，美如金琅玕。灵均求佚女，乘龙翔九天。陈思赋洛神，绵邈区中览。岂若赠诗者，悟赏在人间。远海通微波，呼吸生芳兰。古人不足慕，托思徒空言。吾愿宝真契，试写故意篇。

【点评】

缪钺先生书房名冰茧庵，著书《冰茧庵丛稿》，为何以此命名？此诗做了说明。《拾遗记》载，冰蚕作茧，其色五彩，织为锦绣，不怕水浸，不怕火烧，真正神奇。世上是否真有这样一种五彩冰蚕？很难说，但这一神异之虫，显然打动了诗人心灵。一个人文笔优美，人们爱用"笔裁五色"形容，又有"五彩笔"传说，可见诗人看重的是文章的传世。诗里先是写了冰蚕织茧经过，赞美道"奇情寄壮采，抗节期贞坚"，"奇情壮采"指文章风格，"抗节贞坚"指文章风骨，由此见出诗人本意。在他看来，写有这般奇情壮采和抗节贞坚的文人，一是"灵均求佚女"，即屈原；一是"陈思赋洛神"，即曹植。由此见出诗人怀古之意和自我期许。"远海通微波，呼吸生芳兰"，遥接古人，喻指写出芳草兰花的馨香文字。缪钺先生以文史研究著名，但他高于大多研究者之处，在于情意的动人和文辞的优美，堪称传世。这和他的一颗诗心密不可分，如今读着他那五彩文字，真正不负冰茧之名。

念奴娇

缪　钺

癸酉初夏，余以事至北平，时值胡骑冯陵，都人惶恐。两月之后，重复北来，势异时移，不胜凄黯。适张孟劬先生出示《槐居唱和诗》，记事哀时，无愧诗史。感赋此阕，并呈孟劬先生。

江山如此，听几声啼鸩，乱愁难醒。匝地胡尘迷紫塞，膻雨腥风无定。劫后残棋，危时故剑，此意谁能省？灵均虽老，犹余词笔哀郢。

两月流水光阴，神京重到，举目悲风景。乔木也知人世换，都共斜阳凄暝。瓦黯觚陵，波沉太液，中有沧桑影。金瓯残缺，待看何日重整。

【点评】

1933年，词人来到北京，当时正值"九一八"事变之后，日寇猖獗，人人惊惶。因伤时感事，乃以词记之。起笔"江山如此，听几声啼鴂，乱愁难醒"，辛弃疾《贺新郎》写道"绿树听鹈鴂"，啼鴂，啼叫的鹈鴂，鹈鴂，鸟名，有的认为是杜鹃，有的认为是伯劳。叫声悲切，引人哀愁。下边即就这一"悲"字进行渲染，"匝地胡尘迷紫塞，膻雨腥风无定。劫后残棋，微时故剑，此意谁能省？"语言迅疾，写出了敌寇的嚣张和国家的残破。这幕情景，就像屈原笔下的《哀郢》一幕。两月当中，两次入京，都是这般凄惶，"乔木也知人世换，都共斜阳凄暝"，五代后蜀灭亡，词人鹿虔扆写道"烟月不知人事改，夜阑还照深宫"，此处意境似之。"瓦黯觚陵，波沉太液"，瓦黯波沉，压抑低沉，多有悲痛；"金瓯残缺，待看何日重整"，山河破碎，何时才能整合？本词颇类辛弃疾词风，通篇都是黯淡抑郁，悲哀彻骨，可最后"金瓯残缺，待看何日重整"，却一下振起全篇，给人一种振奋之感，顿增前途信心。"诗有史，词亦有史"，华夏山河，危亡关头，古来词人，总是尽到一份心力，给人信心、力量。

读秦史

周虚白

燔书何与苍头事，偶语难禁陇上声。
可惜秦臣不识鹿，中原留付两雄争。

【点评】

关于秦的灭亡，有贾谊《过秦论》等高文典册。诗人却用一首诗叙写秦的灭亡缘由，颇见功底。诗人以为秦的灭亡，在于其愚民政策，秦以法家之术治国，最是刻薄残酷。秦焚书坑儒，偶语弃市，毁弃文化，杜绝言论，起首的"燔书何与苍头事，偶语难禁陇上声"，讲的正是这一现象。这样的结果如何呢？"可惜秦臣不识鹿"，这里讲的是赵高指鹿为马的故事，讽刺秦的愚民政策，最后愚弄的恰恰是秦的君臣。朝堂之上，如果尽是指鹿为马颠倒黑白的愚君蠢臣，其后果可想而知。由此，结句说"中原留付两雄争"，秦失去天下，中原最后是楚汉争雄。安徒生有《皇帝的新装》童话，讥讽愚蠢的君臣。其实指鹿为马，何尝不是现实版"皇帝的新装"？谎言终有被揭穿之时，受愚弄者恰恰是自以为是的主宰者，历史教训，值得三思。

高阳台·静居书室观电视故事片书慨
刘克生

托古谈空，盗名欺世，伪书早乱真经。忌服雷丸，应声愈显虫灵。论传变体无休止，到今朝、加厉荧屏。事荒唐、枪口床头，情秽血腥。

闭门虚构哗观众，尚狂言不讳，取宠忘形。黄毒文盲，合当涤垢清醒。如何字幕淆鱼鲁，读音乖、最不堪听。笑啼非、谁挽颓风，谁称明星。

【点评】

作为现代生活的象征之一，电视早已霸占很多人的业余生活，因此而有了古装剧的火爆。一些古装剧为了吸引观众，赚取钞票，经常都是篡改历史以哗众取宠，词里的"托古谈空，盗名欺世，伪书早乱真经"，就是一种斥责。观众也仿佛成了应声虫，随他乱涂乱抹，以致"事荒唐、枪口床头，情秽血腥"，污秽情事和刀剑血腥经常充斥荧屏。古装剧就这般闭门造车，哗众取宠，他们自以为"俘获"了观众，洋洋得意。可在词人看来，粗制滥造的古装剧，字幕多有错字，读音也是不准，可这些演员，竟然一个个都成了家家迷狂的"明星"，实在让人无语。作为一个文明古国，华夏文化在于其高雅亲切，一些电视剧用一种错误的解构影响一代年轻人，确实值得警醒。

诉衷情·晌午收工
李伏伽
（作品见 134 页）

【点评】

词人写的是夏日劳作,此时地要收麦,田要插秧,正是一年最忙。"水田漠漠绿新秧",田里插上秧苗,青绿一片,十分养眼。"风暖日初长",风也暖和,日子悠长,令人愉悦。忙活一个上午,渴了、饥了,暂且回家,北窗高卧,感受一下陶渊明的生活,显得有滋有味。卧在窗下,可以看见蜘蛛结网、飞鸟呼朋、蝴蝶成双。墙外有翠竹、竹外有青山、山外有斜阳。这等景致,让人陶醉。海德格尔说道:"人,充满劳绩,诗意地栖居大地上。"农人生活就是这般。在词人看来,一边是面朝黄土背朝天的艰辛,一边是追逐秀句酬江山的欢悦。白居易说"诗者,根情、苗言、华声、实义",如此妙语,真正深得"农耕三昧"啊!

北碚雨夜

黄稚荃

群山如墨夜迢迢,暂息烦忧味寂寥。
灯有余明照四壁,雨无停响彻中宵。
老亲念远情怀苦,稚子憨眠睡态娇。
敢怨劳生负孝慈,人间何处不风涛。

【点评】

诗人一度客居重庆北碚,恰值雨夜,写成此篇。"群山如墨夜迢迢",山黑夜长,间接见出内心的压抑,由此而有下边的"烦忧"和"寂寥"。灯光暗淡,照着墙壁,雨势不歇,直到深夜。诗人夜半听着雨声,不能入眠,内心难受。难受的不光自己,随同的父母也因为离家遥远,情怀苦恶。只有不知愁为何物的孩儿,一夜憨眠。在外流荡,累及亲人,诗人愧对"慈",愧对"孝",颇为自责。最后"人间何处不风涛",人间处处,哪里没有风波浪涛。自我排解,见出常情,足堪咀嚼。"人生如逆旅,我亦是行人",生命就是这样,风尘跋涉,身心疲惫。在这场跋涉当中,体悟人生,升华人生,方算不负此生。"人间何处不风涛",其中的感悟与宽慰,足为红尘众生之写照,值得珍视。

不羡人

郑大谟

（作品见 117 页）

【点评】

经历过饥饿岁月的人，谈到吃，总有一种惶恐畏惧心理。诗里写一家人的一日三餐，无油无菜，只是蘸点盐巴吃饭，着实艰辛。渴思水、饥思食，这种境况下，要是能够吃上一顿肉，打个牙祭，该是何等幸福。恰恰邻居家买了肉细细烹调，阵阵肉香搅动人的肠胃，别家有，自家无，许多人都会生起一种怨恨和失落，诗人却达观说道"我行我素不羡人"，我做我事，不羡他人。"我行我素不羡人"，颇有意味，佛家说，人人皆有自家宝藏，值得品读。这一至高宝藏，即一种自尊自强自立精神。有了这一精神，才是贫贱不能移的大丈夫态度。当今社会有句流行语，"羡慕嫉妒恨"，由羡生妒、生恨，于己于人，极为不利。不羡人，自进取，方是人间本色。

归　田

段枕流

田园归去伴春鹃，只羡溪山不羡仙。
家住渠江浓绿处，几间茅屋一村烟。

【点评】

中国传统文化以农村为基石，传统文人一般都和乡村有着亲密关系，陶渊明《归园田居》所抒写的，也是中国文人的心声。为何归田？除了多出些逍遥自在，重要的还有乡村诗意。本诗所写归田，正当春天，声声杜鹃鸣叫，仿佛是一种亲切呼唤，作者喜欢这山清水秀的生活，就连神仙也不愿做。你看渠江蜿蜒，树林浓绿，掩映几间茅屋和一村烟火，真乃居家好地方。从古到今，虽口念田园，但真正归去者毕竟极少，很多时候的田园歌吟，更多是给心灵的暂时休憩。本诗亦是，春鹃、溪山、绿林、茅屋、村烟，有这片刻的心灵栖居，忘怀尘世，欣然有托，也是一乐。

归故园

马识途

江湖浪迹十三年，风雨黎明归故园。
斗志未酬悲白发，河山零落哭黎元。
激昂鸡唱将明夜，慷慨剑啸欲曙天。
七尺堂堂安所用，誓将热血荐轩辕。

【点评】

投身革命，多有磨难；回归家园，感慨万千。"江湖浪迹十三年"，十三年当中，作者辗转漂泊，内心酸苦。究竟如何苦楚？诗人不说，只用"江湖浪迹"四字简单概括，颇有举重若轻的洒脱。黎明将至，仍多风雨，伤心故园，泪流潸然。壮志未酬，白发横生，山河零落，百姓艰辛。无论自身还是天下，足以让人沉痛。下边一转，听得激昂的雄鸡高唱，黑夜就要过去。作者慷慨抚剑，一声长啸。为了即将到来的光明，堂堂男儿，该用心何处？誓将热血洒给祖国。鲁迅言"我以我血荐轩辕"，可见鲁迅的这种精神，曾激励过多少后人。本诗慷慨洒脱，男儿豪情于其中纵横往来。正气奇气，充溢其间。

栖 迟

马识途

无端获罪此栖迟，正是江山摇落时。
残菊独寻访草地，寒鸦晚噪冷霜枝。
文章有骨身当罪，宦海无能命似鸡。
忍看严冬笼四野，春花怒放曷能期。

【点评】

遭遇冤屈，无端获罪，流荡此地，正是江山摇落的深秋时节。俯首残菊委地，荒草一片；抬头乌鸦鼓噪，霜冷枝条。残菊、荒草、寒鸦、冷霜，心情着实萧瑟、凄苦。道义文章没想到会成罪证，只能说宦海浪高，自己无力避过。命如待宰之鸡，战战兢兢、诚惶诚恐，可怜可叹之状，令人寒心。"忍看严冬笼四野"，严冬就这样笼罩了四野，一个"忍"字，何其哀恸。但全诗最后写道"春花怒放曷能期"，颇具力量。前头尽是阴霾黑暗，这里的"春花怒放"，顿时振起全篇，于心灰意冷间给人一线希望。希望何来？前面的"文章有骨"，堪为留意，文章有风力骨气，正是自我人格的体现。有这等人格，一定能够走过四野寒冬，迎来怒放春花。

岷山流放中登华严寺

马识途

苍郁华严浮雾海，巍峨金顶耀高空。
回头万岭烟霞里，迎面千岩雨雪中。
路断遥闻梵鼓急，途穷喜看巨轮红。
巉危何畏雄千丈，坦道从来出险峰。

【点评】

诗人一度遭遇冤屈，流放岷山，登临峨眉，因以抒胸怀。登上顶峰，看茫茫雾海，峨眉金顶，光芒闪耀。回首一望，千山万岭，烟雾笼罩。迎面一看，千岩万壑，雨打雪压。前头路断，只听得梵鼓声急。眼见途穷，却见一轮红日当空。峨眉高峻，千丈之上，处处巉岩危石，令人生畏。可这又有何惧，平坦道路，从来都从险峰出来。忧来登高，古人多有，但往往登高一望，忧者愈忧，愁者愈愁，令人怆然。诗人这里却是一片昂扬奋发，哪怕面临路断途穷，仍然果敢自信，振奋坚毅。"坦道从来出险峰"，堪为志者座右铭。

拟新乐府·养蚕苦

王仲镛

阳春二三月，蚕事正匆忙。劳劳农家妇，携筐采陌桑。一眠复二眠，只望蚕眠早。免得蚕儿饥，那顾蚕儿饱。辛勤三十日，人瘦蚕儿肥。蚕眠人虽瘦，买桑质破衣。孰意雨连绵，十日无或已。乍寒乍暖中，蚕儿先后死。小心加调护，始获存少许。得茧不盈筐，犹复勤抽煮。吁嗟时事艰，新丝贱如土。空自费辛勤，仰天悲命沮。寄意纨绮者，须念蚕家苦。

【点评】

汉乐府有首名诗《陌上桑》，采桑养蚕，十分优美浪漫。其实，农事般般辛苦，哪有这等轻松，本诗即是一个写照。阳春时节，蚕事忙起，"劳劳农家妇"，何其繁忙劳累。蚕有一眠、二眠、三眠，越到后来，吃得越多。辛苦一月，人瘦蚕肥，喜在心头，没想到一下子阴雨连绵，气温陡降，蚕儿娇弱，经不起这冷热剧变，死去不少。蚕家战战兢兢，小心调护，终于让少许蚕儿活了下来。"得茧不盈筐，犹复勤抽煮"，虽然所得不足一筐，仍然认真抽丝熬煮。总算得到一些蚕丝，无奈时事艰难，新丝价贱如土。辛苦了这么久，付出了那么多，却是"空自费辛勤"，到头来一场徒劳，只能仰望上天，悲叹命苦。"寄意纨绮者，须念蚕家苦"，希望那些穿丝着绸的贵人们，可一定要想着蚕家辛苦才对。"新乐府"自唐代树立，都是"惟歌生民病"，这是一个很好的传统。诗是广阔生命的书写，它的内核是一个"仁"字，对苦难者的呼吁、关怀，正是诗歌仁心种子的撒播。

双双燕·念嫂

李维嘉

毁家也罢！纵儿女啼饥，慈亲悲诉，柔肠寸断，阿嫂一肩担负。那更分羁燕侣！放眼、谁家不苦？应惭累你千般，念我天涯何处！

回顾。云乡鄂楚。向锦里漂流，强颜歌舞。绮罗金粉，旧梦泪珠难数。寻遍人间道路。望北斗、倾心相许。听取午夜荒鸡，隐隐秣陵鼙鼓。

【点评】

自己投身革命，连累家人，嫂子也一度被拘捕，起句"毁家也罢"，即感叹。嫂子一力承担家务，一旦被捕，儿女饥饿啼哭，父母悲切哭诉。"阿嫂一肩担负"，嫂子不惧，勇敢面对；"应惭累你千般，念我天涯何处"，自己有种深深的自责之意。家在鄂楚，流荡蜀中，"绮罗金粉，旧梦泪珠难数。寻遍人间道路。望北斗、倾心相许"，都写的是对故乡亲人的深深思念，以及对嫂子的愧疚。结句"听取午夜荒鸡，隐隐秣陵鼙鼓"，显示出作者不屈的革命斗志，回应开头的"毁家也罢"，见出革命家的豪迈心理。本词由叙写亲人痛苦、亲人思念，归结到革命意志，是关于"家""国"话题一个很好的个案。

沁园春·悼姊

李维嘉

霜鬓秋宵，残睡疏钟，峭寒薄衾。忆蓉城负笈，少年落魄；姊尤怜我，一饭千金。触目飘零，御街偕步，飞絮蒙蒙春昼阴。风华茂，似相依姐弟，濡沫情深。

兰闺悒悒芳心。望北国、茫茫鱼雁沉。任白头遗怨，采蘼抱恨；回天无力，徒抚孤琴。何以分忧？予怀渺渺，长路漫漫费苦吟。凄凉甚，待斩蛟归日，梦已难寻。

【点评】

这一首"悼姊"，显示了作者对姊子非同一般的感激之情。革命早已胜利，人生走到暮年，一切颇显寂寞。在这个寂寞的夜晚，细数从前，"忆蓉城负笈，少年落魄；姊尤怜我，一饭千金。触目飘零，御街偕步，飞絮蒙蒙春昼阴。风华茂，似相依姐弟，濡沫情深"，自己一个穷家小子，来到成都学习，姊子无论是物质上还是精神上，都对自己多有帮助照顾，两人相处，就像姐弟一般，相濡以沫，情深似海。只是自己后来飘零四方，消息茫然，"任白头遗怨，采薇抱恨；回天无力，徒抚孤琴。何以分忧？予怀渺渺，长路漫漫费苦吟"，自己深感婶子恩情，思量有朝一日用心报答，而婶子却已逝去，作者深感痛心。"回天无力，徒抚孤琴"，着实心酸。结句"凄凉甚，待斩蛟归日，梦已难寻"，胜利归来，本该高兴才对，而对婶子的感恩，不说报答，梦里也找寻不见，真正凄凉无比。男儿有泪不轻弹，只是未到伤心处。再怎样刚硬之人，面对亲人，总有温情。岁月荏苒，依然缠绵。

西江月·咏红苕

刘传弟

（作品见 135 页）

【点评】

和稻、麦、豆等作物相比，埋于地下的红苕，显得并不美观，也少有诗人歌咏。红苕传入中国，养活了大量国人，功劳大焉。词人首先从红苕的生长环境进行叙写，一般作物要求好水良土，红苕不是这样，它耐旱，土地贫瘠也不怕，在那些"砾壤坡田"都能生长。它栽种方便，只需"寸金片叶"插下田土，都能繁衍一片，长满"朱藤翠蔓"，一派翠绿。红苕的根茎生长地下，"不矜不露"，从不招摇，却是"憨然硕大香甜"，最是可口。"憨然"，一种欢欣之意，呼之欲出。红苕秋天收成，迎着霜从土里挖出，黄泥满面，报知丰收。词人写的是红苕，也可以说是朴实农民的写照。农民耕种田间，黄泥满面，厚养天下，从不自夸。就像那埋藏于地下的红苕，默默生长、默默奉献。

山坡羊·忆南充旧事

刘传弟

纸伞布包，麻鞋草帽，轻装轻步嘉陵道。江涛高，江峰峭，一天云锦稀星少。白露清霜洒树梢。山，冥迷了。水，自潇潇。

【点评】

这里写的是作者在南充时行走道上的情景。行走道上，随身不过是纸伞、布包、麻鞋、草帽，十分简朴，但"轻装轻步嘉陵道"，显得颇为潇洒。跋涉道上，波涛汹涌，江风扑面，天空漆黑，星星也稀。白露清霜，洒满树梢，山脉昏暗，流水迅疾。一切景象，很是不堪。面对此景，是畏惧退缩？是豪迈前行？作者显然是一往直前，本诗的诗眼即是"轻装轻步嘉陵道"，道路崎岖，多有艰辛，轻装迈步，无所畏惧。曲的审美特征在于"酣畅淋漓"，洒脱怀抱，笑傲世间颠簸。此曲往内里看，亦是这般。

推销员

章润瑞

（作品见 145 页）

【点评】

经济浪潮扑面来，四面都是推销员。你在家中忙活，只听得门口剥啄之声响起，打开门来，站着一个模样齐整的女推销员。推销员既不通报姓名，也不施礼问候，直接就对自己产品夸夸其谈。推销员这般直奔家门，卖力推销，究竟是怎样的生活状态？诗人写道"阅尽阮家青白眼，吹残吴市短长箫"。晋人阮籍，见着自己喜欢的人就青眼看待，不喜欢的人，就白眼看待；春秋时楚国的伍子胥逃亡吴国，在市上吹箫乞食。借用这两个典故，也暗示出推销员的尴尬和难堪。正因为作者知晓推销员的辛苦，将其拒之千里也是于心不忍，所有只能站在门前，听她一味絮叨，说个不休。"且立衡门听絮叨"，这等无奈，让人无语。一般情况下，人们比较容易接受的乃是踏踏实实用心用时把事情做得精益求精，而不是一味吹嘘。直奔家门扰人扰己的推销员，可以休矣。

调笑令·炒股

章润瑞

牛市、熊市，天地悠悠万事。谁家袖里乾坤，可叹芸芸众生。生众、生众，地狱天堂一梦。

【点评】

经济大潮，催生股票。游荡其间，流连忘返。后果如何？此曲分辨。股民眼里，天地之间，悠悠万事，最关心的只是是"牛市"还是"熊市"。别看小小一票，真正有袖里乾坤之妙，轻轻松松就网罗了芸芸众生。作者最后慨叹"生众、生众，地狱天堂一梦"，赚钱欢喜，赔钱心痛，一如在天堂，一如在地狱。对股市，词人显然是冷眼相看，"可叹芸芸众生"，一个"叹"字，多有同情。"地狱天堂一梦"，赚钱天堂，赔钱地狱，不过都是一场梦，何必在乎。为何这样说？因为"悠悠万事"，世上除了金钱，还有大量有意义的事情可做。一味沉溺股市，忘却其他，浑在梦里，有何意义？好在如今人们对股市已能清醒认识，但陷入偏执、忽视生活者，却也不少。此曲堪为清凉之帖。

教师营商

雍国泰

夫衣犊鼻妻当垆，东席叨叨西席呼。
客座未空钟已响，上堂犹自数青蚨。

【点评】

起句"夫衣犊鼻妻当垆"，语调幽默，汉代的司马相如带着妻子卓文君来到成都，生活无着，没办法，司马相如只得穿着短裤卖力干活，卓文君也是当垆卖酒。诗里用这一典故，讲的是教师和妻子开了一个小饭馆，一个跑堂，一个收钱。"东席叨叨西席呼"，也颇幽默，东席、西席，古时均指教师，这里却是指饭店里东边的顾客唠叨不休，西边的顾客高喊点菜。"客座未空钟已响"，生意兴隆，客人坐满，奈何时钟已响，自己还得赶去学校上课。"上堂犹自数青蚨"，"青蚨"指钱，在去教室的路上，教师还一个劲地数着钱，看收益如何。本诗很是幽默，但也让人心寒。教师更多是精神的高地，而人格的树立有赖经济的支撑，从此诗中的情形来看，社会对教师的关心，并非是有一个教师节的慰问就行，还有许多基础工作要做。

荒　村
刘君惠

压顶黑云路欲穷，树如奇鬼飞蒙茸。
荒村夜色寒如许，赖有篝灯一点红。

【点评】

诗人行走荒村，因所见所感，而有此诗。黑云压顶，不见道路，眼前林木，蒙茸一片，恍如鬼怪一般。荒村夜色，如此凄寒，令人心惊胆战。诗歌结尾却是一转，"赖有篝灯一点红"，"篝灯"，三角形竹架中搁置一灯，这里应该是指灯笼。周遭漆黑，全靠灯笼之光，照亮前方。从某种程度而言，"荒村"只是一种比喻，凡俗人生，总要经过黑云压顶的穷途末路，总要面对鬼怪林立的黑暗昏昧。在这荒寒凄苦当中，扫除阴霾凄寒，全靠心中明灯。"赖有篝灯一点红"，一个人，切莫忘记了自家心中那盏明灯。

虞美人
刘君惠

兰期初七闲追省，望断斜河影。可怜秋泪向人红，不道十年尘事太匆匆。
芙蓉绦子霜华叶，怀袖双双叠。时如春梦了无痕，剩得心头小影自温存。

【点评】

这是一首追念往昔之词。"兰期初七"，指美好的日子，"斜河"，指银河。上阕意为，往昔那美好的岁月，如今只是追忆罢了。中夜不寐，银河望断，见出深深思念。一襟秋泪洒落，十年尘事，就这般匆匆而过。下阕说，往事有如春梦，了无一痕，只是心头留存的美好印象，依然温馨。由此可见，词人怀想的是十年之前的秋天时节的美好相约。往事无踪，如今追忆片刻，哪怕只是捡拾一枝半叶，亦感温存。人海茫茫，时间悠长，往往是那如惊鸿一瞥的片刻之美，最是难忘。

临江仙·群峰即事

何郝炬

眼底青山多妩媚，峰回路转林深。斜阳流水绕孤村。荷锄归且去，牧笛两三声。

此处人称流放地，我言是快活林。可堪林牧又地耕。种田了夙愿，学稼慰生平。

【点评】

作者遭遇冤屈，被下放至农村，人所不堪，作者却是豪情无限。农村风景优美，放眼望去，青山妩媚。峰回路转，树林茂密。斜阳流水，静绕乡村。农耕生活艰辛，劳作一日，荷锄归去。牧童笛声，缭绕空中。种田欢喜，学稼欣慰。好运厄运，关键是看自己如何一副心胸和一双眼睛，宽广心胸能将坎坷化为平地，美的眼睛能从平常中看见神奇。"此处人称流放地，我言是快活林"，可谓别具心眼。苏轼曾言"人间无正味，美好出艰难"，能从艰难当中获取美好，真豪杰也。

忆　昔

李煜生

飒爽书生万里行，孤舟暗渡已三更。
夔门凄厉闻猿啸，江岸稀微见豆灯。
栈道凌空波撼动，荆藤遍地露纵横。
眈眈虎视何曾惧，神女无言送远征。

【点评】

作者由三峡去到中原，路途遥远，前途多艰。"飒爽书生万里行"，见出不凡心胸。离去是在一个夜晚，孤舟渡江，三更时候。夔门险绝，猿猴长啸。遥遥江岸，一灯如豆。栈道凌空，水波撼动。荆藤密布，纵横满地。一切看来，令人恐惧，作者却十分轻松地说道"眈眈虎视何曾惧"，这里的"虎"，很可能不是老虎，而是指敌人。因为此诗写于1945年，三峡地带还是属于敌人控制，奋笔写来，更增豪迈。大到革命事业，小到个人奋斗，都少不得这份黑夜中的豪情。

怀念老母

姚　诚

不堪回首忆儿时，冷暖穷愁总未知。
月下嬉游同弟妹，灯前调笑杂尊卑。
赵钱孙李牵衣读，雨雪风雷接踵随。
记得鸣篁新制后，连番缠母插针吹。

【点评】

本诗题为"怀念老母"，但诗中更多的是对儿时天真岁月的回顾。起笔"不堪回首忆儿时"，一般说到"不堪回首"，都是艰辛苦难之意，本诗却不是这样，读完全诗就知道，这里的"不堪"有种虽处艰难却多有愉悦的留恋。留恋的是什么？留恋的是不知冷暖不知穷愁，和兄弟姐妹月下游戏，和长辈老人灯前调笑。还有童蒙开学，齐读《百家姓》《声律启蒙》。这样概写一番后，诗里最后写了一个细节，"记得鸣篁新制后，连番缠母插针吹"，最难忘是将竹筒做成话筒，几次三番缠着母亲让她把两个竹筒穿线连在一起，然后相互各吹一头，听那嘟嘟响声。诗里最后一句才写到母亲，这样一个细节，母子之间的亲密无间流溢而出，十分动人。

浪淘沙·川江纤夫

吕子房

号子应山梁。蜀水情伤。千年血泪诉沧桑。万里纤夫滩路险，脚印天长。曲背赶时光。雪雨风霜。一船苦难一船粮。几步鬼门关上过，喊破川江。

【点评】

四川多大江大河，旧时船只停泊靠岸，多赖纤夫牵扯。纤夫们个个身背绳索，匍匐身子，喊着号子，拼命向前。纤夫们常年拉纤，没有停歇，"万里纤夫滩路险，脚印天长"，万里、天长，见出这漫长岁月的艰辛苦难。纤夫一年四季，不论烈日阳光、雨季风霜，都一律弓着背，承受这苦难。生命简直就像走在鬼门关前，何其艰险。"千年血泪诉沧桑""一船苦难一船粮"，纤夫的艰辛苦难令人动容。然而结尾"几步鬼门关上过，喊破川江"，这"喊破川江"，只给人一种百折不倒的豪情壮志。有这般豪情，就没有什么难关走不过来，就没有什么苦难挺不过去。纤夫如今多已被尘封在历史当中，只是这一豪情却不能泯灭，听川江号子，当奋起。

山坡羊·叹世

李云鹏

何来豪富，钱钞无数？花天酒地人嗔怒。不荷锄，不知书，蝇营狗苟权门路。缄口不言百姓苦。忙，麻将赌。闲，红袖舞。

【点评】

经济的飞速发展，催生了一批"富豪"。顿然成豪富而不加节制，由此带来一些社会怪象，本曲即由此而发。"富豪"金钱多多，一味花天酒地，由此招来不少人侧目。"富豪"不耕地，不读书，蝇营狗苟，巧取豪夺，整日奔走于权贵之门。"富豪"生活奢靡，不知百姓艰难，忙的时候，麻将赌博；闲的时候，红粉歌舞。曲子讽刺的虽是个别现象，但"富豪"的花天酒地，很可能会败坏世风，导致人心堕落。古今中外，有识之士均对金钱可能会产生的罪恶，抱以警惕之心，看来深有道理。孔子当年说过"富之""教之"，富裕之后，教养更加重要。由此，传统商人，其境界高者，亦以"儒商"自许，即有文化的商人。可见教育乃人人之事、一生之事，切莫小视。

新乐府·买书叹

曾道吾

昨日进城上书店，思购之书多所见。价昂令我只摇头，无能购得空相羡。而今多少有钱之人不买书，寒士欲买钱却无。君不见，七宝楼前拥若云，其中几个读书人？老夫迂拙贫收入，用作买书难买食。权衡还以食为先，徒手归来长太息。

【点评】

书价高昂，书生寒窘，乃古今读书人所叹。进城来到书店，得见心仪之书，无奈价格高昂，望而却步。再看一些有条件买书的人，虽挥金如土，却绝不买书。寒士迂腐笨拙，收入贫乏，每一块钱都要精打细算，买书与买食，精神与物资，如何权衡？好不艰难。再三思量，书，一人事；食，全家事。一家自然重于一人，"权衡还以食为先，徒手归来长太息"，这种叹息之声，含有多少无奈。杜甫的《茅屋为秋风所破歌》写出了寒士"住"的辛酸，其实对于囊中羞涩的寒士而言，衣、食、住、行，哪一样不艰难，哪一门不辛酸？

柳梢青·春归

曾道吾

孰送春归？春归何处？南北东西？花落无言，人愁不语，鸟答难知。寻来未去天涯，却只在园林暗栖。曲曲枝头，青青叶下，结子低垂。

【点评】

"孰送春归？春归何处？南北东西？"美好春天，人人喜欢，春天离去，多有挂牵。起头的三个问句，就是这急迫心情的体现。只是，"花落无言，人愁不语，鸟答难知"，春天去到哪儿，花儿、人儿、鸟儿，个个都不能作答，见出内心的失落寂寞。可作者终究心有不甘，依然遍寻春天。春天是否去到天涯，再也不见？细细寻觅，顿然发现，春天其实并未走远，它栖息在园林当中，"曲曲枝头，青青叶下，结子低垂"，青青枝头，累累硕果，丰硕的夏天，你是春的绵延。本词语句清新，别具意境。古来写春归之词不少，今人能自辟新意，确属不易。

麦 收

杨析综

五月川西遍坝黄，抢收抢插一村忙。
仰天挥汗成油雨，匝地飞镰趁月光。
渠引李冰鱼嘴水，畦生望帝鸭头秧。
农家喜作尝新客，今者方知菽麦香。

【点评】

五月收麦，乡村如何？五月的川西坝子，遍地麦黄，入目令人心喜。就在此时，既要抢收麦子，还要忙着插秧，一个村子没有闲暇的时候。白天田里苦干，挥汗如雨，夜晚还要趁着月光，挥动镰刀，忙着收割。麦子收割完毕，马上又得忙着引来江堰渠水，赶插秧苗，整个田里，一派青绿。只有插完秧苗，农民才得安闲，磨好麦子，做饼做面，品尝到新收麦子的清香味道。确实，凡为乡村农人，都体会过"面朝黄土背朝天"的辛苦，"一粥一饭，当思来之不易"，确是至理名言。如今川西乡村，早已普遍用上了机械化，收麦插秧，再无以前熬更守夜手脚忙碌之苦，但农村生活曾经有过的辛勤，值得永远铭记。

南歌子·六华山居夜话

黄 稼

老柿亭如盖，秾桃灿若霞。山阴幽径踏冰碴，忽见炊烟袅袅几人家。

嫁女羊羔酒，迎宾土豆瓜。火塘夜话问生涯，怕说书生沦落话桑麻。

【点评】

"火塘"，彝人多用，可见此诗多半是借宿彝家所写。彝家风景美丽，柿树亭亭如盖，桃花灿烂如霞。而在山阴之处，却还有些许冰碴，残留道上。远看炊烟袅袅，散落几户人家。彝家民风淳朴，嫁女有羊羔美酒，迎宾有土豆瓜果，都是自家生产。吃完之后，围着火塘，各人叙说平生经历。轮到自己，自家一介书生，沦落道上，备感凄然，说来都是伤心。何必言说，倒不如谈谈桑麻收成算了。本词颇富意味，书生落拓，风尘仆仆，很是凄恻，而眼前景象，却是明朗热烈。由此来看，个人的些许失意烦恼，在美好的自然人情面前，算得什么？纯净的自然，淳朴的人情，总给人以愁苦的消解。

浣溪沙·伤贫

黄 稼

豌豆花繁粉复朱，何期贵客降吾庐？触怀含泪摘青蔬。

石漠横侵耕地少，霜风穿刺体肤粗，唯余心血热乎乎。

【点评】

许多人都经历过贫穷，那种难以言传的滋味，不堪回首。正是黄昏豌豆花开时节，忽有贵客降临。作者家里贫穷，没有好菜供应，只得含泪摘些蔬菜。此地怪石纵横，耕地稀少，气候恶劣，霜风凛冽，刺人肌肤，只有一片心肠，依然火热。本词书写贫穷，地瘠民贫，生活寒窘，可这贫瘠当中，却有温暖和感动，"唯余心血热乎乎"，这内里的情怀，早已超越贫穷，给人以满心的感动，这难道不是一种"富贵"？托尔斯泰有小说

《穷人》，写的就是穷人的高贵。确实，有时物资匮乏，精神反而高贵。在今天走向富裕的道途中，如何葆有精神的富足，却也值得思索。

高阳台

陈其超

值戊戌变法百年之际游颐和园，览玉澜堂光绪帝幽禁处，感作。

骤雨才过，游船竞逐，昆明万顷粼粼。古树荫浓，玉堂深掩重门。檐牙高啄宫墙柳，忆昔年、风雨神京。叹时艰，荆棘铜驼，豆剖瓜分。

男儿有志弥天裂，奈刀光剑影，血染京尘。百日维新，遗踪旧谁寻？帝魂杳杳归何处？最惹人、怨愤难平。上高台，极目平芜，烟霭沉沉。

【点评】

"戊戌变法"，一页痛史。值"戊戌变法"百年之际，作者游颐和园，览玉澜堂，颇为感怀。来到颐和园，昆明池碧波万顷，园内古树浓荫，深掩重门，依稀还是当年。可曾想百年以前，国难时艰，中国面临瓜分豆剖的亡国之虞，男儿有志，掀起"变法"风潮，"奈刀光剑影，血染京尘"，参与变法的君子被杀，令人沉痛。"百日维新"，就这般一闪而过，着实让人心绪难平。今天登上高台，"极目平芜，烟霭沉沉"，给人一片苍茫之感。中国历史，总不乏先知的悲剧，这是民族的悲哀，"戊戌变法"即典型。但在杀戮维新志士，扑灭变法之后，清廷也并没维持多久。腐败的清廷被扔进历史的垃圾堆，逝去的英烈却为后人铭记，"人间正道是沧桑"，由此来看，尽管经历沧桑，人间正道，最终不可阻挡。

纤夫吟

胡力三

苍凉号子伴滩声，水复山重又一程。
篝火江滨苫作饭，夜寒衾薄听潮生。

【点评】

往昔岁月，轮船穿江过峡，停泊靠岸，全仗纤夫拉扯，列宾有油画

《伏尔加河上的纤夫》，其实川江之上的纤夫，更为艰辛。纤夫们拉纤时候，为鼓舞精神，必然唱着激昂的川江号子，歌声苍凉，伴着滩声轰鸣，很是悲怆雄壮。纤夫们在这山水当中来来回回，走过一程又一程，无比艰辛。可他们却是红苕当饭，生活劳苦。寒冷的夜晚，纤夫们盖的都是薄薄的被子。临到夜半，潮水涌起，明早的拉纤，看来愈发艰难。纤夫生活艰辛，却没有一味哀叹，而是有一种豪情横亘其间，"苍凉号子伴滩声"，就有一种不惧风浪的豪迈勇敢。纤夫，俯下的是身子，昂起的是精神。

候鸟老人
曾忠恕
（作品见 131 页）

【点评】

当今社会，儿女们往往在外打拼，不在身边，老人思念儿女，赶去儿女身边，因此而有"候鸟老人"一说。女儿在西安，儿子在上海，家居四川的父母，就像鸿雁一般，一个飞往关中，一个飞往沪上，"各分一半夕阳红"，看似洒脱幽默，却也透着一层无奈。这种情形很可能出现在春节时候，老人期盼儿女归家团聚，儿女却因种种原因难以回返。父母惦念儿女，于是各自分飞，前去探看。有首歌叫《常回家看看》，确实，中国传统追求一种儿女绕膝的团聚愉悦，儿女常回家走走，让老人享受一些天伦之乐，也是孝心之体现。切莫让父母望眼欲穿，做了此诗所写的分飞的鸿雁。

采 茶
罗大千

清明时节好春光，负篓村姑采摘忙。
才撒满天欢笑语，又留一路嫩茶香。

【点评】

四川气候温润，各地多产好茶。采茶时节，正值清明，春光明媚，村里姑娘背起背篓，忙着采茶。采茶欢悦，撒落满天笑语。采茶归家，留下一路茶香。中国是个农耕文化发达的国度，劳作当中，有插秧歌、采茶歌、竹枝词等等，让人一边劳作，却也不乏诗意温馨。当今机器化时代，虽说活路轻了，那愉悦之感，却也淡了。这份劳作当中的欢悦，有时甚至超过劳动所得，"才撒满天欢笑语，又留一路嫩茶香"，即其体现。诗意的乡村，动人的茶歌，确实令人神往。

清平乐

罗　渊

锦江南去，人伫夕阳暮。半世梨园何处在？陋巷蓬门筚户。

梦中舞袖翩翩，镜中皱面银髯。怕听笙箫鼓板，苦寻柴米油盐。

【点评】

词调《清平乐》，一般都是书写清新欢悦，本词开头"锦江南去，人伫夕阳暮"，似乎给人一种残阳铺水的欢欣。但词人的情感显然不是这样，"半世梨园何处在？陋巷蓬门筚户"，只是自己这半辈子的梨园生涯如何安排？如今不过是蓬门陋巷的寒碜，由此来看前面的"夕阳暮"，寄寓乃是对梨园消散的悲愁。只是痴心难移，纵然白发飘散面带皱纹，梦里也是梨园的生旦净末和舞袖翩翩。但是这梦终有醒来的时候，一旦醒来，真是害怕听到那笙箫鼓板。只因为在艰难的岁月里，光是那柴米油盐，已足够让人心酸。词人感叹，甚有道理，在时代大潮面前，一些艺术种类就这样被裹挟而去，只怕将来待要寻觅，却已渺茫不见。梨园之叹，有如此类。

学友家中聚会

黄　力

昔年童稚鬓皆霜，言语依然乡土腔。

呼叫诨名齐喷饭，沧桑难改旧时框。

【点评】

岁月如梭，光阴似箭，转眼已是须发皤然，万事看淡。只有那乡风乡音，童稚亲情，益发炽热。当年是孩童，现今是老人，毛根朋友聚在一起。虽然大家平时分散于天南海北，此刻相聚，顿然回到乡土乡音，一团热乎。顽皮时代，都喜欢给人起个诨名绰号。如果说姓名是父母所赐，那么绰号就只属于朋友同学，这时一旦叫出口来，顿时满堂喷饭。是的，一个诨名绰号，拉近的是时光，往昔亲切岁月顿时又到面前，面对这时空的反差，心中顿生一种喜欢。一事能狂便少年，尽管走南闯北历经沧桑，只是这一声呼叫，少年情怀便顿然蓬勃。乡土，童年的梦，老年的根。

〔双调·拨不断〕巴蜀

萧自熙

古巴蜀，世情殊。怎剑门风峨眉雪嘉陵雾，把泸州酒蒙山茶雅水鱼，变东坡词升庵曲相如赋？怪不得这搭儿俊才无数！

【点评】

现代人写出这般散曲，确实让人眼前一亮，心头一喜。关于巴蜀，多有诗词的挥洒书写，这里却用一首散曲来做概括，甚见功力。巴蜀之地，风情独特，这独特风情体现在哪里？乃是"剑门风""峨眉雪""嘉陵雾"，还有"泸州酒""蒙山茶""雅水鱼"，正是这等上佳山水、一等美食，由此而有"东坡词""升庵曲""相如赋"。作者最后感慨"怪不得这搭儿俊才无数"，显得俏皮幽默，这也是川人特性，尤其"这搭儿"，平常口语，显得戏谑轻快。成都平原古称"天府之国"，和山水奇特、物资丰饶大有关系。山清水秀、俊才奔走，这才是真正的物华天宝，无愧"天府"之称。

〔双调·沉醉东风〕山乡

萧自熙

邻里鸭春宵梦好，呼友朋逐水轻漂。喜钻研燕筑窝，爱缄默青山笑。放牛坡画笔难描。生蛋鸡婆语调高，料想是它嫌蛋小。

【点评】

这里写的是山乡野趣，颇有奇逸之美。"邻里鸭春宵梦好"，笔墨很是奇峭调皮，作者怎知道鸭儿春梦？原来是春江水暖，群鸭逐水漂流，潇洒自在。看燕子筑窝，作者说它是"喜钻研"，看青山含笑，作者说它是"爱缄默"。山乡美景，令人流连，就连那放牛坡，也美如画卷。"生蛋鸡婆"，很可能是头次下蛋的母鸡。第一次下蛋，母鸡高兴，所以欢唱鸣叫，作者却说它是"嫌蛋小"，因为母鸡头次下蛋，鸡蛋确实较小，语气很是俏皮。此曲好在截搭巧妙，因鸭儿泛春水，说它"春宵梦好"；因燕子筑窝，说它"喜钻研"；因青山无语，说它"爱缄默"；因母鸡头次生蛋鸣叫，说它"嫌蛋小"。这般截搭，使此曲生动俏皮，天真烂漫。曲和诗词相比，妙在"接地气"，这里写的"山乡"，深得"地气"的滋味。

〔商调·知秋令〕我与他

萧自熙

你走那吹皂泡的阳关道，我过这苦读书的独木桥，咱两个河水井水不相交。贵则贵他怀忧患，贫则贫我心不焦。他自是舔肥抱腿不逍遥，反笑我两菜一汤皆素炒。

【点评】

人生意趣，各有不同，"你走那吹皂泡的阳关道，我过这苦读书的独木桥"，由曲中可知，这里的阳关道指官场道路，独木桥指刻苦读书。官场热乎，读书冷清，一般人都是向着官场，作者这里却说甘愿过清苦的书生日子，因为在他看来，做官虽然华贵，但"他自是舔肥抱腿不逍遥"，人活得太累不自在，自己虽然清苦，"两菜一汤皆素炒"，内心坦荡，反倒自由自在。一个正常社会，人各有志，本没有"阳关道"和"独木桥"之别，只是中国几千年的"官本位"思想浸淫人心，所谓"出门不带长，放屁都不响"，对"官"的迷狂着实有些走火入魔，由此也才会不惜胁肩谄笑、曲意奉承，人格扫地。如作者这般，实为难得。

感 时

孙晓辉

尽将成败看青蚨,谁为孤贫振臂呼。

大腕有人金作土,小民无计口难糊。

热肠阅世嗟时弊,冷眼观潮与众殊。

闻说牢骚肠易断,奈何难得是糊涂。

【点评】

市场经济之下,"以经济为中心",看重的是民生,有人却改头换面,说成是"一切向钱看",一旦改易,效果大有不同。"青蚨",指钱钞,"尽将成败看青蚨",即"一切向钱看"的体现。在这样的金钱滚滚、物欲横流风气之下,"谁为孤贫振臂呼",谁还会为孤苦贫乏之人振臂一呼?"大腕有人金作土,小民无计口难糊",对仗很是巧妙,有钱"大腕"挥金如土,贫穷小民糊口艰难。后边的"热肠"与"冷眼"相对,也颇精当。只有热心肠者才会感叹时弊,从而才在这股潮流当中看到一些真相。有人规劝说,牢骚太多,妨碍身体健康,作者却洒脱说道"奈何难得是糊涂",都说难得糊涂,奈何自己却做不到糊涂以对。诗人是时代症候的敏感者,自然是要针砭时弊、大声鼓呼,为政者切莫等闲视之。

诉衷情·盼郎归

戚永希

离乡背井打工人,异地去淘金。行南闯北三载,妻小守空门。

田半芜,几经春,待耕耘。望穿秋水,杳杳归程,但见残云。

【点评】

市场经济,打工时代,大量农民走出家门,来到沿海,拼命挣钱。丈夫一去三年,没有回家,只留下妻子小儿守着空门。田地缺少耕种,大半荒芜,几年不管,待人耕耘。望穿秋水,盼丈夫归来,奈何只是见到残云片片。为何不回家，一任妻儿望眼欲穿？是没挣到钱无颜见父老？还是异地生活好，不愿回家乡，确实，本诗有一种"麻木"之气，"空门""半芜""残云"，即其体现。在金钱面前，激活的是欲望，麻木的是人心，令人伤情。飘荡异乡的人们，切莫忘记家人殷殷盼归的目光。

国家破天荒免除农业税

何正德

世代人言应悯农，镜花水月总成空。
喜闻今得免田赋，禹甸齐歌尧舜风。

【点评】

"锄禾日当午，汗滴禾下土"，唐代李绅的《悯农》，成为农民的代代写照，也见出农民的艰苦辛劳。千年农民，匍匐田亩，所得微薄，奈何还有沉重赋税压身，令人难得喘息。虽一直在说减轻农民负担，却久久未能实现，令人失望。"世代人言应悯农，镜花水月总成空"，即言此。2006年开始，免除农民一切赋税，这确实是值得浓墨书写的历史里程碑。古来诗歌，多有仁人之心流露，值得用心阅读领会，此诗即属此类。

送梁上君子

罗子华

凌晨两点整三更，后院翻窗未破门。
我患失眠犹卧读，客来不速已光临。
书房堆卷违尊意，寝室藏衣只自珍。
咳嗽一声当送别，愧无钱物可扶贫。

【点评】

自古多有小偷，人们称之为"梁上君子"，颇有戏谑意味。三更半夜，小偷不曾破门，直接翻窗进到屋内，身手着实不赖。这一时候，家家酣眠，没想到的是，这家主人却因为失眠，依然还在床上读书。家无长物，只有几卷书册和必备衣物，小偷想来也看不上。结尾颇具意味，"咳嗽一声当送别，愧无钱物可扶贫"，小偷进屋，主人发觉，但他并没像一般人那样大喊"捉贼"，而是一声咳嗽，以示警诫，让小偷知趣而退。其实做小偷者，一般也是因为家贫，"愧无钱物扶贫"，调侃当中，不乏同情之意。主人家"书房堆卷"，小偷进屋，依旧能如此泰然处之，间接见出主人家书生意气的潇洒和自信。

楼顶落花

周开岳

仰看花飞若散霞，花栽楼顶是谁家。
主人有意分春色，许我朝朝扫落花。

【点评】

现代社会是个"陌生"社会，幢幢高楼当中，住着什么人家，互相之间往往不知，甚至就连隔壁邻居，也很难往来。这首诗写的却是现代高楼之下颇为温馨的一幕。不知道是谁家在屋顶栽了花树，春天时节，花开如霞，花谢犹如红霞飞散。飞落的花儿就这样飘到了自家屋顶，一些人可能会生发不满情绪，这里作者却会心说道"主人有意分春色，许我朝朝扫落花"，落花飘来，是因为那家主人有意将春色和我分享，让我得到打扫落花的意趣。这一情怀令人称叹，诗里除了体现一种邻里之间的和谐友爱之外，分享春色，清扫落花，这发自内心的欢悦，更流露出一种对美的欣赏。许多存留千年的古诗词，之所以依旧打动心灵，其魅力正在于对美的欣赏。现代人依然对创作古诗词乐此不疲，也是对美的传递。

木兰花慢·重阳

周开岳

看荷花谢了，更风雨，到重阳。有秋水盈湖，秋萍铺锦，秋实流芳。匆忙，欲登绝顶，乍携筇披笠出城坊。烟锁西山林莽，泥泞小路踉跄。

辉煌，忽浴晴光。云天阔，雁成行。顾来时坡岭，黄花簇簇，叶醉寒霜。沧浪，一江如带，绕石岸沙洲向东方。壮丽江山不老，人生易老何妨。荷花凋谢，风雨重阳。

【点评】

这首词起笔似有悲情，下边笔墨一转，"有秋水盈湖，秋萍铺锦，秋实流芳"，三个连贯的秋水、秋萍、秋实，称赏当中，见出一片欢悦。重阳登高，怎能少掉？就算风雨正急，手携竹杖头戴斗笠也要出去。果然不易，西山烟雨迷蒙，小路尽是泥泞，行走踉踉跄跄。到得山上，忽然之间，天空放晴，阳光扑面而来。天空阔大，大雁成行，再看来时山岭，也是黄花朵朵，密密簇簇，红叶披霜，令人心醉。流水沧波，一江如带，绕过汀洲，迤逦而去。"壮丽江山不老，人生易老何妨"，人生易老，江山不老，这不老江山，正是作者自我年轻心灵的展现。人生风雨路上，应揣一颗不老之心，大胆走去。

破阵子·采桑女

袁承禧

飞燕惊开杏蕊，啼鹃唤醒黎明。细雨霏霏江草碧，薄雾蒙蒙柳叶青。采桑陌上行。

忙煞几多村女，欢歌笑语盈盈。非忆昨宵鸳梦好，只为今年茧似金。满筐堆绿云。

【点评】

燕子飞掠，杏花开放，杜鹃啼叫，唤醒黎明。细雨霏霏，江草碧绿，薄雾蒙蒙，柳叶青青，春天的一切，令人欢喜。这一时节，"采桑陌上行"，采桑女一边采撷桑叶，一边将大好春光享受，令人好不羡慕。春光活泼了心灵，"忙煞几多村女，欢歌笑语盈盈"，这里的忙忙碌碌和欢歌笑语，都是沉浸春光的愉悦。"非忆昨宵鸳梦好，只为今年茧似金"，宋人晏殊写道"疑怪昨宵春梦好，元是今朝斗草赢"，这里不着痕迹化用其意，写的是蚕收喜悦。结尾"满筐堆绿云"，满筐堆积的桑叶，就像绿色云朵一般，想象奇妙，益见欢喜。良辰、美景、劳作、丰收，农家生活，多有快意。

意难忘·打柴

帅慕颜

霍霍锵锵，把天开斧刃，好试锋芒。高低迷草径，次渐入深荒。崖壁立，木苍苍，隙剑冷霜光。有断樵，欣然立定，仔细端详。

高歌长啸何妨。正流云如带，隼视鹰扬。洄溪传远籁，丛灌隐幽香。藤三紧，柴两厢，人影逐新篁。趁风轻，肩挑熟路，伴我斜阳。

【点评】

山里人家，煮饭烧水，大多用柴火。上山打柴，多有艰辛，诗里却颇有欢快，手执斧子砍刀，一试锋芒。山路高低不平，路径迷失，渐入深山荒草。面对悬崖峭壁，老木苍苍，看那断去的枝条，显然有些危险，立定、端详，可也成竹在胸。砍柴路上，可以长啸高歌，看流云飘飘，雄鹰飞扬。还有叮咚泉水，悦耳动听；丛丛山花，幽香扑鼻。砍了两担柴火，用藤条捆好，看那人影和竹子比高。一阵清风吹来，备感清爽。担柴回家时，有夕阳相伴。这篇樵子歌唱，颇有古风意味，给人一种醺然之快。人生何处不艰辛？打柴当然也是如此，但用一种欣然心怀应和这自然生机，艰难也就变得美好，辛苦也就变得甘甜。

小重山

李光富

同戏苍鹰捉小鸡。鸡娃孙女扮，笑嘻嘻。鸡妈派定是荆妻。吾鹰老，奋翅且穷追。

弱势岂容欺？母雏团结紧，不分离。盘旋几次力难支，投降了，乐坏小调皮。

【点评】

老鹰捉小鸡，是每个孩子儿时玩过的游戏，这里祖孙三人也兴致勃勃地玩起了这个游戏。爷爷当老鹰，奶奶当母鸡，孙女当小鸡。"老鹰"奋力去扑"小鸡"，"母鸡"紧紧地护住"小鸡"，团结一致，对抗老鹰。老鹰终于力竭罢战，无奈投降，"乐坏小调皮"，孙女高兴无比。这一天伦之乐，令人称羡。老鹰捉小鸡游戏，颇有意味，它告诉孩子，妈妈是最爱自己的人，只要大家同心，面对强大的老鹰，也不用害怕。当然这更是游戏，重在有趣，"笑嘻嘻"才最重要。由此来看，一个人要具备一些童心才对。诗人是嬉戏的孩子，更当如此。

小重山·野逸

何焱林

绝岭云深谁作家？门前悬玉黍，绕南瓜。两三儿女未粘纱，生客至，向屋哭咿呀。

相对久吁嗟，白云逾十载，绝繁华。不知"文革"更灾邪。留客饭，荞面赤粱粑。

【点评】

山里人家，住在绝岭之上。白云深处，门前挂着玉米，地上堆着南瓜。还有两三个儿女衣服也没穿，从没见过生人，一旦有人来访，儿女吓得咿呀哭泣。和山里人相对座谈，唏嘘不已，自从十多年前来到这山里，与世隔绝，就连"文革"是啥也不知道。留客吃饭，吃的都是荞面和高粱粑。陶渊明的《桃花源记》，给世人留下了一份对世外桃源的千年追慕。其实人间世上，世外桃源难寻，山野人家不少，且绝非一味地怡然自得，其乐陶陶。扶贫与治愚，两者不可少，切莫让"两三儿女未粘纱，生客至，向屋哭咿呀"，让山村融入现代文明，让尊严回到每个人的脸上。

调笑令·麻将

郑楚

麻将、麻将，休说接班无望。碰和气势如狂，孩童默入染缸。缸染、缸染，句造红中一坎。

经济浪潮下，娱乐盛行，一些人对麻将几近痴迷，甚至为麻将误了工作，误了婚姻，也绝不回头。这种迷狂之下，就连小孩子也加入其中，眼看父母长辈亲戚邻里都热火朝天地奋战在麻将桌上，碰与和气势如狂，干劲十足，"孩童默入染缸"也就不足为奇了。正所谓言教不如身教，大人这般痴迷，小孩自然会受影响，于是不知不觉就被"染缸"浸泡了。孩子们被浸染得久了，当课堂上老师让用"红"或"中"来造句时，孩子们竟造出了"红中"一词，这情景，着实令人啼笑皆非。曲语幽默，其中的道理值得思索。

有感于川剧团星散

萧　炬

荒台忍看蝠尘飞，川剧中兴众望归。
枕侧常回斑彩梦，楼端难见锦绯衣。
自随阿堵欺天肆，便叹梨英逐日稀。
非是高腔离不得，粹华旦失总依依。

【点评】

中华人民共和国成立初期，四川每个县市都有川剧团，川剧成为人们茶余饭后的重要消遣娱乐。后来随着电影、电视的兴起，加上生活节奏加快，川剧受到巨大冲击，各县市也纷纷解散川剧团。剧团解散，作者伤感。眼看戏台空空，蝙蝠来往，灰尘扬起，见其荒凉。本来希望川剧兴起，如今只是一场徒劳。痴迷川剧者，睡梦当中也能见到川剧演出，可戏楼上再也不见彩袖飘舞。"阿堵"，指钱。凡事皆随金钱起舞，梨园自然萧条冷落。川剧高腔，最具特色，让人怀想，可以后再难听闻。精粹之物，眼看消失，总是令人不舍。"非是高腔离不得，粹华旦失总依依"，生活中多少经典的艺术种类就在这样的不知不觉当中流逝，有情之人，总会五内涌动，感慨系之。

草原冬景

罗达志

飞雪盖群山，玄冰凝野渡。
罡风欲射目，驽马犹停步。
鹰隼掠长空，寒鸦啼矮树。
彤云怯晚霜，夕照村边路。

【点评】

生活在内地的人，出门看见的冬天，一般都是灰蒙蒙一片，苍茫模糊。草原上的冬天，大异其趣。冬天的草原，飞雪覆盖群山，层冰凝结荒原。罡风劲吹，直射眼眸，骏马驻足。老鹰掠过长空，寒鸦啼叫于矮树。夕阳西下，红云晚霞，布满天边。本诗中所描绘的草原冬天，生气勃勃，豪迈大气，让人胸襟开阔，颇具阳刚激昂之美。有首歌叫《向往神鹰》，草原的冬天，看来也是富有雄鹰精神，令人振奋。

民工吟

任丕堂

背井离乡为挣钱，奔南走北受煎熬。
严寒酷暑身非己，黑夜明朝汗似泉。
睡梦箱包存物满，充饥画饼惹愁添。
妻儿父母盼归日，老板欠薪家不圆。

【点评】

改革开放后，兴起打工热潮，许多农民走出家门，为经济发展做出巨大贡献。民工背井离乡，都是为了挣点养家的钱，走南闯北，受尽多少煎熬。他们大多干的都是力气活，无论寒暑冬夏，白天黑夜，都是一身大汗。眼看春节来临，一夜睡去，梦见箱包当中装满了回家的物品。但这不过是画饼充饥罢了，醒来反把愁添。是的，父母妻儿都一心盼望着民工回家过年，奈何老板欠薪耍赖，民工有家难回。本诗直白通俗，刻画出了民工在外打工的劳累艰辛，以及心灵的煎熬。日有所思，夜有所梦，满心期待过上一个好年，无奈遇上黑心老板，令人泪流潸然。"惟歌生民病"，乃是诗的一大职责。展卷读来，切莫轻视。

鹊桥仙·盼归
李永熙

秧田整后，早春时节，他爸只身北渡。打工京邑筑高楼，已年许，牵肠挂肚。

忽闻鹊叫，当真电告，已上回家铁路。稚童拍手欢歌，娘儿俩，抓鸡捉兔。

【点评】

早春时节，秧田整好，农民抓住农闲空隙，北上打工。农民去到建筑工地干活，一干就是一年多，家里人分外牵挂。真个是喜鹊叫，喜事到，民工告知家人，已经坐上回家的火车，即将归来。一听这话，儿子拍手放歌，欢喜无限，娘儿俩赶紧抓鸡捉兔，准备好好款待归来之人。无论身在何方，亲人最是难忘。民工在外边可能会受到不少白眼轻视，可承想，他们也是有家有口之人，一家人的殷殷期盼，一般也是望眼欲穿。

斥游医
唐正环

扯个圈儿心口嘈，胡拳乱舞两三招。
千金散可疗心疾，百宝丹能治肺痨。
活血端凭鸡骨草，安胎惯使狗皮膏。
诸般杂症皆宜用，包治雷轰电火烧。

【点评】

社会上常见一些"江湖郎中"，俗称"游医"，混迹市上，自我吹嘘，常有老人被骗。游医骗人，自成一套，随地扯个圈子，信口胡诌，卖弄拳脚，吸引观众，但其真正目的，还是贩卖药物，骗取金钱。在他们嘴里，有这一张膏药，什么心疾、肺痨、活血、安胎，甚至雷轰、电烧，一切都不在话下，简直是包治百病，无所不能。这样一通吹嘘，真还骗了一些人。《水浒传》中的李忠就是这等人物，小说对其多有讽刺。往事越千年，奈何此风依旧不歇，看来丰富民智，保障民生，依然任重道远。

重庆棒棒军

滕伟明

君不见嘉陵长江锯华蓥，石头凿出重庆城。君不见重庆街头棒棒军，石磴千级走如奔。彩电冰箱图腾柱，君家宝器一肩负。泰山压顶汗淋漓，主人摇扇行且顾。君家高楼十二层，左旋右旋咬牙登。可怜棒棒陷肩胛，心忧压价不稍停。主人坐堂主妇呵，指挥布置再三挪。自知卑贱敢作色，所幸豪发无差讹。拜谢得钱如受拯，饥肠辘辘胡可等。烤鸭喷香馋涎滴，心念妻儿市一饼。身居闹市觉凄凉，赖有方音辨同乡。商场门外日中立，且看何人呼棒棒。

【点评】

山城重庆，搬运物品须爬坡上坎，在这里务工的"棒棒军"，全凭一根棒棒，打拼天下。"君不见重庆街头棒棒军，石磴千级走如奔"，可见棒棒军的高超身手。如此身手，多见艰辛，"君家宝器一肩负""泰山压顶汗淋漓"。棒棒军就是当年茶马古道上背夫的现代版，身负重物，爬阶梯，上高层，最是劳苦。"君家高楼十二层，左旋右旋咬牙登。可怜棒棒陷肩胛，心忧压价不稍停"，棒棒军辛苦也就罢了，还得担心主人压价导致自己收入减少，所以只得拼命干活。活路做完，"拜谢得钱如受拯，饥肠辘辘胡可等。烤鸭喷香馋涎滴，心念妻儿市一饼"，得到一点微薄收入，又是饥肠辘辘，本该好好打个牙祭才对，可想着家中妻儿老小都得用钱，只得忍住饥饿，买上一个烧饼充饥罢了。肚子稍一填充，"商场门外日中立，且看何人呼棒棒"，对棒棒军而言，日复一日的劳作，是生活的常态。一根棒棒打天下，棒棒背负是全家。其实天下辛劳者，还不都是棒棒军，读《重庆棒棒军》，当以小见大。

阿 母

滕伟明

（作品见235页）

【点评】

儿时的我们，都想着走出家门，闯荡天下，把贫寒的家抛在脑后。经历过一番风吹浪打，于清夜寂寞时，我们才会想到故乡、念到家园。时光飞驰，当我们回到老家，还是当年那间房、那张床，还在找寻当年那份情。夜里风吹，落叶飘窗，这时母亲又起床来，数次在窗外问儿道："儿啊，你冷不冷？要不要加床被子？"这声声呼唤，依然一如当年。"可怜我已垂垂老，阿母一如襁褓看"，在母亲的眼里，孩儿永远都是孩儿，这份温暖，多么令人感动。白发苍苍，回到母亲身边，再做一回孩儿，该是多么幸福。慈母之心，永远是最动人心魂的歌吟。

行香子·老夫妻

邓天宇

我选中伊，你应承斯。同锅灶，吃饭穿衣。没争过福，未怨过饥。是冤家命，同林鸟，连理枝。

白头偕老，形影依依。那缘分，只有天知。酸甜有共，苦辣扶持。这方为爱，堪称道，应深思。

【点评】

老夫老妻，滋味如何？夫妻二人，情意深长。几十年柴米夫妻，"没争过福，未怨过饥"，确属不易。"是冤家命，同林鸟，连理枝"，这等心甘情愿的相依相守，令人叹服。几十年风风雨雨，还这般相搀相扶，步步跟随，"酸甜有共，苦辣扶持"，由此会心说道"这方为爱"，点出本诗核心。十年修得同船渡，百年修得共白头。"那缘分，只有天知"，夫妻之间，就当珍惜这缘分才对。看如今年轻夫妻，生活轻松，物资丰裕，但往往经受不住风雨洗刷，稍不如意，就起了离婚的念头。这般视婚姻如儿戏，读此词，当反思。不品五味，哪知人生？同甘苦、共患难，不争不怨，相互扶持，人生路上，应看重缘分，领会"这方为爱"的深厚意味。

股市咏叹调

靳朝济

股市风烟似战场，青春白首竞奔忙。
争传某股一翻十，新进诸君慨而慷。
出货庄家赢满贯，追高散户痛清仓。
崩盘在即忽疯涨，舌结目瞠悔断肠。

【点评】

"股市风烟似战场"，一个股市，别轻视小小数字的变动，那可是能导致万夫踊跃、蹦跳呼叫，其热烈疯狂不亚战场。且看这场"战役"，"争传某股一翻十，新进诸君慨而慷"，某只股票一翻十倍，股民热情万丈，颇有天翻地覆慨而慷的架势。只是转瞬之间，风云突变，"出货庄家赢满贯，追高散户痛清仓"，提前跑掉的庄家，赢得满贯钱财，大量散户却只能吞下苦果，痛心清仓。"崩盘在即忽疯涨，舌结目瞠悔断肠"，谁承想快崩盘时忽然疯涨，令人瞠目结舌痛苦断肠。痛苦皆因欲望过高，多少人在欲望的挣扎中销蚀年华，一回首，多痛悔。阅此诗，当三思。

抛 荒

林福民

打工人去半村空，竹外桃花映日红。
杜宇声声唤不转，野田荒草舞东风。

种田收入微薄，难以养家糊口。春节一过，村里人竞相外出打工。劳力出村，田地抛荒，目睹此景，诗人感慨。"打工人去半村空，竹外桃花映日红"，打工者离开家乡，村子一下显得空空荡荡。尽管青竹茂、桃花红，可村子人气不旺，上好风景，也是等闲。"杜宇声声唤不转，野田荒草舞东风"，蜀地多杜鹃鸟，鸣叫悦耳。尽管杜鹃鸟声声叫唤，打工之人也充耳不闻。本该是麦香苗青时节，春风吹来，田野却只见荒草飘扬，你会是如何心情？乡土中国，农村是所有中国人共同的"根"，乡村空心化，国家应警惕。希望今天的新农村建设和扶贫工程，能重现乡村生机，切莫让"野田荒草舞东风"。

山道遇村姑

黄芝龙

手机不响惹心烦，一唱彩铃山路欢。
满脸春光关不住，见人喜告丈夫还。

【点评】

丈夫在外打工，夫妻交流，更多是靠手机。已经多日没有电话响起，内心不悦。一旦听到电话彩铃，心中欢喜，陡峭山路，也走得很是轻松。古诗有"满园春色关不住"，这里写的是"满脸春光关不住"，都是一种喜悦，而"见人喜告丈夫还"，内心的喜悦，更是流露无余。打工社会，手机时代，诗里也间接地呈现出乡村社会的现状，给人某种启发。唐人权德舆有诗"昨夜裙带解，今朝蟢子飞"，由喜蛛的飞舞，想到丈夫的回家。五代冯延巳有词"终日望君君不至，举头闻鹊喜"，因喜鹊想到丈夫的归来。现代社会，联系方便，手机一摁，天涯也在眼前。只是人和外物的通感，也就少了，诗意也就淡了。现代科技之下，如何葆有那份诗心，值得思索。

拟古诗

殷明辉

并世盛炒作，炒项且纷纷。炒庄多如雨，炒手密如云。炒市由来久，炒技日翻新。小炒破冷局，大炒造热氛。慢炒推新秀，爆炒出巨星。被炒台前跳，炒家幕后营。炒家藏深算，被炒有会心。炒家抖猛料，被炒喜不禁。被炒领风骚，炒家进斗金。谁知不炒者，闻风抱膝吟。窃恐被人炒，懒慢力难任。

【点评】

社会上有段时间盛行炒作之风，往往将小事夸成盛事，把凡人夸成"神人"，甚至无中生有，炫弄技巧，掩人耳目。这般投机取巧，弄虚作假，目的只有一个，那就是"钱"。他们的炒作花样百出，"炒庄多如雨，炒手密如云"；他们一个个手法高超，"小炒破冷局，大炒造热氛"。就这样催生一批新秀、巨星，引人注目。其实这都是炒家和被炒者的双簧戏，"炒家藏深算，被炒有会心。炒家抖猛料，被炒喜不禁。被炒领风骚，炒家进斗金"。引领风骚，财源广进，这就是炒作的真正目的。炒作是人心浮躁、急功近利的极端表现。人们都知道，再漂亮的肥皂泡也只能看看，只能玩玩，不能用作肥皂，奈何人们却将炒作的"肥皂泡"当成"肥皂"来用，可真是荒谬又荒唐。一个正常的社会，炒作之风，当息矣。

插 秧

靳朝忠

雨过村村啼子规，如烟小满水盈时。
千丝万缕留针迹，绣出行行碧玉诗。

【点评】

宋人翁卷《乡村四月》写道："绿遍山原白满川，子规声里雨如烟。乡村四月闲人少，才了蚕桑又插田。"本诗的前两句"雨过村村啼子规，如烟小满水盈时"，化用的是翁卷诗意。本诗的意味在于后边两句，"千丝万缕留针迹，绣出行行碧玉诗"，这个比喻很是新颖，把插秧比作刺绣，将棵棵秧苗插在田里，和挥针舞线，真还有几分相似。而秧苗插上之后，田野一片碧绿，用"碧玉诗"形容，一种亲切浪漫直扑人面，令人心生喜欢。现代人写古诗，是对古诗的致敬，也是在面对古诗的挑战。如何写出自己的心声？确实得用心出巧才对。

一剪梅·丁丑年到宋家乡

裴继光

碧野青青烈日高，熟了葡萄，黄了香蕉。高粱玉米满山腰。一阵风摇，一阵香飘。

镇日辛劳不歇稍，汗似珠抛，背似火烧。收完夏熟间秋苗。郎把田薅，女把肥挑。

【点评】

词人来到宋家乡，深为农村风光倾倒。上阕写景，这里原野青绿，葡萄、香蕉、高粱、玉米，"一阵风摇，一阵香飘"，美得令人心醉。下阕写人，农民整日劳作，收完夏天的作物，又忙着种植秋天的作物，"郎把田薅，女把肥挑"，一番忙碌。全词绘景写人，其实是在告诉人们，乡村之美，都是勤劳所得。正因为"汗似珠抛，背似火烧"的辛劳，方才有"一阵风摇，一阵香飘"的收获。乡村四季，劳作不断，收获不断，这劳作中的收获，才能给人以蓬勃的生生不息之感。

将进茶

周啸天

（作品见 3 页）

【点评】

现代人写古体诗，必须要有一些胆识和能耐，才能翻出古人手掌心。

《将进茶》是个很好的范例。《将进茶》，名字显得俏皮幽默，《将进茶》，《将进酒》，一字之别，搭构颇见精巧。本诗好就好在这种搭构之妙，诗里写道"诗有别材非关酒，酒有别趣非关愁"，宋人严羽《沧浪诗话》写道："诗有别材，非关书也；诗有别趣，非关理也"，这里稍加变化，说写诗并不一定是酒的激发，酒也不一定能够解忧浇愁。而且这两句兼具对仗和顶针之妙，颇有谐趣。接下来的"灵均独醒能行吟，醉翁意在与民游"，屈原《渔父》写道"众人皆醉我独醒"，欧阳修《醉翁亭记》写到"滁人游也"的欢欣，此处借用，很得体地讲出了文人不一定硬要喝酒方能助兴。下边的"我生自是草木人，古称开门七件事"，"草木人"自然是要亲近茶事，常言说"开门七件事"，茶即其一。"诸公休恃无尽藏，珍重青山共绿水"，"无尽藏"出自苏轼《前赤壁赋》，讲的是大自然；接下来的"青山""绿水"，一方面应和大自然，一方面恰恰就有一种名叫"青山绿水"的茶叶，话语着实巧妙。除了搭构之妙以外，本诗行云流水般的奔放潇洒，深得歌行之妙。开篇的"世事总无常，吾人须识趣。空持烦与恼，不如吃茶去"，写出人生道理，见出潇洒无羁。后边的"宁红婺绿紫砂壶，龙井雀舌绿玉斗。紫砂壶内天地宽，绿玉斗非君家有"，将茶具和茶名罗列，朗朗上口而又飘逸爽快。搭构见匠心，奔放见才华，好的诗歌就是这种才华和匠心的融合。熟读古诗，忘记古诗，捕捉事物精魂，言从真心流出，心手相应，妙笔点化，自然是"高高山顶立，深深海底行"。

人妖歌

周啸天

（作品见3页）

【点评】

泰国人妖，举世闻名。许多人抱着猎奇心理，前往一观，回来津津乐道，颇感奇妙。诗人得见人妖，却并非专为猎奇而来，而是对人妖做细心考察，"五色灯光人其顾，初见烟雾蒙玉质。回眸启齿略放电，伴舞女郎失颜色"。人妖确实很美，试问人妖来历如何？"人妖本出里巷中，父母养儿为济穷。勾栏一入深如海，绝世无由作顽童"，人妖原本是平民人家男儿，父母为生活所迫，将其变易为女子，但这种性别转换，很是残酷："注射自戕违养生，服食尤惜年光促"，身体、性命均遭戕害。由此，诗歌最后写道："亭亭净植宜远观，尤物从来拒亵玩。海外归为知者道，莫便逢人作奇谈。"看见人妖，切莫当作一般尤物看待，当悲其身、悲其命，怎能再作奇闻笑谈？古今所论诗歌要旨多矣，而"人道主义"绝对不可或缺，欣托居主人在众多现代格律诗中，立得稳、站得直，其中的"人道主义"，尤堪注意。《人妖歌》即显例。

锦里逢故人

周啸天

（作品见 25 页）

【点评】

茫茫人海，相识相知，即是缘分。但对大多数人而言，这缘分何其短暂，往往一朝相识，往后即各奔东西，再难相逢。正因为这短暂相聚，长久离别，所以我们格外珍视这种缘分。"涸辙相呴以湿同"，庄子写道："泉涸，鱼相与处于陆，相呴以湿，相濡以沫，不如相忘于江湖。"泉水干涸了，鱼儿都困在陆地，它们就这样相互润湿，以期活得更长久一些。作者用此典故，写出了与故人患难与共的真情。"茫茫人海各西东"，共同经历过患难之后，然后各自就投身于人海不知东西。正所谓"风波一失所，各在天一隅"，尽管满怀思念，却是杳无音信。偶然相逢锦里，这意外之喜，多么令人感动。"劝君今夕须沉醉"，就像杜甫当年得遇故人，"十觞亦不醉，感子故意长"一样，这一时候，我们也要好好喝上一场。本来不善饮酒的我，也要豪饮一回，只因为"万一来生不再逢"，今生有了这场难忘相聚此次相聚，只怕来生不知身在何处，到时是否还能得以相逢？由此应倍加珍惜此次相聚。"万一来生不再逢"，看似平常，其实大有深情。只因为这昔日患难之情最是难忘，所以就连对来生也满含希冀。黄庭坚论诗推崇"平淡而山高水深"，讲的正是这种四两当千斤的大力量。

草 船

周啸天

今夕凭君借草船，逄逄万箭替身穿。
同舟诗侣休惊惧，与尔明朝满载还。

【点评】

  船上装载尽是草人，万箭射来，都在草人身上。切莫惊惧，待看明朝，满载而归。草船借箭，一个看似为大家所熟知的三国故事，内里却颇富深意。人怕出名猪怕壮，一旦出名，是非口舌也就如影随形缠绕过来，想躲也躲不过，影星阮玲玉留下"人言可畏"四字，含恨而逝，即明证。诗人写诗写出了名堂，赢得了赞赏，获得了大奖，赞誉上身，毁谤随之，不明不白招惹了一些是是非非，深感心烦意乱。许多人不免为此耿耿于怀，诗人却十分洒脱地说道，万箭射来，不过都是射在草人身上，并非真我之身，何必介意？何必恐慌？"与尔明朝满载还"真正潇洒之至。面对世间的是非流言，人们都当具备这一宽广、豁达胸怀才对。是的，心中一片光风霁月，何惧黑影暂时遮挡明月？

一剪梅·重访狮子山

周啸天

（作品见 124 页）

【点评】

  词作起句诉说了当年内心的哀苦，只因为面临分别。今生不知能否再相见，可若寄希望于来生，又是多么渺茫。此时我们千里相逢，一同行来，窗外眼眸分明，柳边鲜花开放，大好春天，少年辰光，令人难忘。一旦分别，十载不见，又是一个春天，重游故地，依然人年轻，依然绿树亭亭，只是彼时在芙蓉城成都，此时在牡丹城彭州。"弹剑当年奏苦声"，起句哀苦，本以为会是凄惨之曲，接下来的"窗外眸明，柳外花明""鬓尚青青，树尚亭亭"，显得是明亮洁净。思念离别，一种是"念去去，千里烟波，暮霭沉沉楚天阔"的凄暗，一种是"洛阳亲友如相问，一片冰心在玉壶"的明亮，本词显然是"玉壶冰心"的明亮之情。

满江红·上山下乡
蔡长宜

宵月晨鸡，香梦里，骤然惊觉。忙洗漱，刷锅烧饭，折柴操勺。一碗稀糊苞谷面，半斤生脆洋山药。涎欲滴，虎咽入饥肠，翻沟壑。

斗天地，凭赤脚，挥汗水，湔魂魄。与贫农一道，垦荒耕作。炙火骄阳薅草魅，倾盆大雨登山岳。待归时，又复点油灯，眠茅屋。

【点评】

20世纪六七十年代，兴起一股"上山下乡"之风，许多知识青年来到农村，这是就农村劳作写的一首词。月亮还在天上，睡眠正香。晨鸡鸣叫，顿时惊醒，赶紧洗漱煮饭，"一碗稀糊苞谷面，半斤生脆洋山药"，见出生活的艰辛，很是形象。接下来写下地劳作，"斗天地，凭赤脚，挥汗水，湔魂魄"，赤脚走在田地，汗流浃背，垦荒耕种，何其艰辛；"炙火骄阳薅草魅，倾盆大雨登山岳"，这一刻还是骄阳似火，滚烫炙人，下一刻又是倾盆大雨，淋湿全身。收工回来，太困乏了，饭也顾不上吃，点上油灯，整理床铺，赶紧睡去。本词由早到晚，写了一天的生活，从起床到睡觉，生活的粗朴、劳作的艰辛，很是逼真生动，堪为苦难年代的历史注脚。

鹧鸪天·春回大地
许天林

点点鹅黄绽桑拳，菜花铺锦柳如烟。几株桃杏招蜂舞，数架蔷薇任蝶眠。莺转媚，鹭蹁跹。乡村四月少人闲。赶集姑娘偎伴笑，光腚儿童依牛眠。

【点评】

辛弃疾有词写道"城中桃李愁风雨，春在溪头荠菜花"，确实，春的消息，最好是在乡村捕捉。乡村的春天，桑叶初长，带着点点鹅黄。菜花如锦，杨柳堆烟，群群蜜蜂围着桃树杏树，几只蝴蝶停歇在蔷薇架上。黄莺婉转鸣叫，白鹭翩跹飞翔。乡村四月，没有闲人。且看那赶集姑娘和同伴一道，一路尽是笑语。还有那光屁股儿童靠在牛的旁边，酣然而眠。本词写春回大地，着力写的是春天鲜嫩的活力，柔桑、菜花、蜜蜂、蝴蝶、黄莺、白鹭、姑娘、儿童，尽皆如此。就像朱自清《春》所写的那样："春天像刚落地的娃娃，从头到脚都是新的，它生长着。"本词即是生动写照。

石板路

何少飞

青青石板接蓝天，古道千年悲喜传。
仿佛驼铃声脆响，沧桑岁月渺云烟。

【点评】

现代已经很少见到石板路了，诗人行走古道，走在青石板上，颇为感怀。"青青石板接蓝天，古道千年悲喜传"，青青石板路，仿佛和蓝天相接，看上去极有气势。天下哪有这么长的石板路，这里其实只是一个象征，因为这是千年古道，上演过多少悲喜之事。"仿佛驼铃声脆响，沧桑岁月渺云烟"，这古道之上，也曾响起驼铃声声，如今行走道上，恍若有闻，但千年的历史故事，渺茫有若云烟，一切只能凭借猜想。本诗由石板古路引发联想，将沧桑的岁月、渺茫的历史和无言的石板路结合起来，寓意深沉，多有感慨。

山中独行偶得

马　春

青霭悠悠意，鸣泉飒飒风。
故乡千里外，游子万山中。

　　独行山中，颇有意兴。青青树林浮着一片雾霭，潺潺泉水流过，飒飒风声吹来，一切显得悠然自得。看着这等景致，诗人却说道"故乡千里外，游子万山中"，故乡，在那千里之外；游子，在这万山之中。何时才能走出山里，回到家乡？"故乡千里外，游子万山中"，颇堪咀嚼，一个人为了生计打拼，不得已离开家乡，而外面世界里的拼搏，多么艰辛。唐人陈子良写道"故乡千里外，何以慰羁愁"，写的就是游子的羁旅漂泊之苦。游子陷在其中，挣脱不出，就像一个人被万山所围一般，杨万里写道"正入万山圈子里，一山放过一山拦"，山高路险，更有不知尽头的茫然，真正令人心寒。本诗不着痕迹借用典故，脱口而出，就像出自自我手笔一般，生发新意，正见点化之妙。

春日赏花戏题

马　春

一方水土一方人，蜀地民风趣又淳。
院坝梨花开正好，蹄花佐酒对芳邻。

【点评】

　　俗话说"少不入蜀，老不出川"，其实许多四川人，对四川从小爱到老。而大量外来户，也是少小入川，老大不离，爱得发痴。为何如此？除了温润的气候和好吃的川菜以外，别的还有什么？诗人道出了这一秘密，那是"趣"和"淳"。四川人风趣幽默，"冲壳子""摆龙门阵"就是表现。四川人热忱淳朴，到处的"哥子""妹儿"，听得很是热乎。诗里写的四川乡村人家，环境优美，家家户户都有一个院坝，可以晒粮食，可以待宾客，可以玩游戏。院坝旁边还有丛丛花木，春天梨花如雪，煮一锅蹄花，来一壶白酒，把邻居也招呼过来，一起高兴地对饮。杜甫当年居住成都，最是愉悦，有了好菜好酒，"肯与邻翁相对饮，隔篱呼取尽余杯"，这里所写的"蹄花佐酒对芳邻"，情怀似之。看来历经千年，淳朴民风依然，怎不令人心喜。

母亲祭

孙和平

油灯又忆亮三更，夜梦童年喜光明。

麻线针针操持意，衣裳件件剪裁情。

江山破旧何堪补，黎庶贫穷怎地生。

念我母亲家国计，追怀儿女泪吞声。

【点评】

诗题"母亲祭"，开篇的"油灯""三更""麻线针针""衣裳件件"，很容易让人想起唐人孟郊《游子吟》"慈母手中线，游子身上衣"的千古吟唱。本诗下边却是一转，"江山破旧何堪补"，衣服破旧了，还可以缝缝补补，再次完好，只是山河破旧了，试问如何缝补？江山破旧的体现即是"黎庶贫穷怎地生"，黎民百姓，一贫彻骨，试问如何生存？苦难年代，生计维艰，令人痛心。正是因为这样的转折，作者笔下的母亲也不单是生我之母，而是国家，"念我母亲家国计，追怀儿女泪吞声"，国家就像母亲，贫穷哀苦，让她的儿女不禁悲从中来，吞声饮泣。本诗由"麻线针针"到"江山缝补"，转折跳跃，升华了诗歌题旨。

黎寨风情

刘静松

黎妹情多似海涛，迎新送旧日千遭。

一背一抱完婚礼，笑被温柔宰一刀。

【点评】

现今旅游业发达，各个地方为招揽游客、留住游客，翻新出巧，花样百出。作者来到黎寨，这里有个新奇项目，交些钱钞，安排一场游戏，和黎家姑娘背背抱抱，完成一场婚礼。有的人也许会说，几十元钱做个游戏，不划算。作者却十分洒脱说道"笑被温柔宰一刀"，也许是被宰了一刀，但这温柔一刀，心甘情愿，所以是洒脱一笑。还有"黎妹情多似海涛"，至少在这场游戏当中，黎家妹子的热情还是真的。人生本是一场戏，来到游戏场，潇洒走一回，有何不可！

乌江歌
赵义山

骚人竞赞长江美，只缘未见乌江水。墨客争吟三峡诗，只缘未见乌峡奇。乌水流春碧玉色，峡峰耸翠峥嵘姿。乌江水，万古流，何时净洗长江明如秋？乌峡峰，千年长，何时再闻巴东猿鸣泪沾裳？我作乌江歌，我歌咏我怀，乌江不污长江污，我有好怀何日开！

【点评】

本诗赞的是乌江乌峡之美。"乌水流春碧玉色，峡峰耸翠峥嵘姿"，乌江春水流淌，如同碧玉；两岸峡峰耸翠，英姿峥嵘。江流碧水，高峡耸峙，兼具妩媚和雄壮之美。本诗表面是写乌江乌峡，其实在为长江和三峡感叹。"何时净洗长江明如秋"，关于长江，李白写有"碧水东流至此回"，杜甫写有"湛湛长江去"，只是如今长江被污染了，秋水洁净再也不见，让人神伤。"何时再闻巴东猿鸣泪沾裳"，郦道元《水经注》写道"巴东三峡巫峡长，猿鸣三声泪沾裳"，三峡猿鸣，乃是三峡的重要景观，如今也是再难见到，令人伤感。长江被污染了，猿鸣不闻了，虽然是同样山河，景致已经不同，作者心情定然寥落，"我有好怀何日开"，也是自然之事。怀古伤今，本诗是一个典型。

念奴娇·舟过夔门
赵义山

（作品见 32 页）

【点评】

夔门天下险，本词上片即就"险"字着笔，"峻险夔门，曾锁浪，终被飞浪劈裂。白盐破云，赤甲隐雾，两壁危如切"，白浪滚滚，滔天而来。白盐赤甲，二山高耸。两壁危崖，如同斧削。夔门堪称奇险。下边就人事进行叙写，夔门之内，汉代的公孙述，三国的刘备，他们都曾经据险称帝，英武一时。人们又说这夔门开凿，是大禹瑶姬夫妻所为。往事过矣，无论大禹瑶姬、公孙刘备，如今皆成陈迹。只有这山，"十二碧峰终古在，逶迤千寻成阙"；只有这水，"千回百转，滔滔东去何歇"。人间豪杰一时，万古江山雄壮。正因为这一时豪杰，增辉山河，从而成就这江山胜迹、人文遗踪。

旅日纪行诗·奈良博物馆

周裕锴

高髻云鬟仿大唐，文明丝路接扶桑。
开元通宝元和镜，锈迹犹凝日月光。

【点评】

日本与中国，一衣带水，自古以来多有接触交流。诗人来到奈良博物馆，见其文物，如观故国，颇为感怀。日本在中国唐代时候，和中国交往最多，日本走上文明之路，离不开对中国的模仿学习。他们全方位学习大唐，诗里所写的头饰即是一个代表，除此之外，文物当中，还有唐代开元年间的钱币，元和年间的镜子，如今虽带锈迹，但穿越千年的风尘，走到今天，依旧令人震撼。2019年10月22日，日本第126代天皇"即位礼正殿之仪"盛大举行，世界各国政要均来观瞻，中国人恍然发现，这场仪式当中的大量装饰源自大唐，妇人的"高髻云鬟"即是典型，一时富丽堂皇，炫人眼目，也见出中华民族文化的生机。明月之光，从古到今，一般明亮。传统，不仅在于思古之幽情，也在于今日之力量。

晒玉蜀黍

郭定乾

平生诗句乏豪吟，大半嗟贫怨苦音。
今日居然成暴富，庭前扫叶落黄金。

【点评】

这是一首戏谑诗，颇有意趣。自己家庭贫困，诗句自然多是哀苦之音，"平生诗句乏豪吟，大半嗟贫怨苦音"，也是自然之事。诗歌接下来一转，"今日居然成暴富"，难道是中了彩票一夜暴富？正要为他高兴的时候，诗歌最后却来这样一句"庭前扫叶落黄金"，终于明白暴富原因何在，原来是扫去地上落叶，曝晒玉米。玉米金黄，和黄金倒有几分相像，话语很是幽默。确实，生活中就当有这种自嘲心态才对，人比人，气死人，世上不平之事如此之多，何苦生一肚子闷气惹自己不快。对这首诗也可以做一个小小的诗艺探讨，日本学者厨川白村说诗是"苦闷的象征"，就是书写苦闷。中国古代的钟嵘说诗歌乃是"使穷贱易安，幽居靡闷"，在于祛除苦闷。本诗前头"大半嗟贫怨苦音"，可以说是"苦闷的象征"。最后"庭前扫叶落黄金"，可以说是"幽居靡闷"。诗，就是在这样写闷、解闷当中，扩展个人的心胸。

〔北双调·沉醉东风〕休闲

袁祖辉

打老后对万事旁观袖手，乐山水游林泉无虑无忧。呷一口龙井茶，交几个忘机友，吟几句打油诗晃脑摇头。管甚么沧海桑田春与秋，酡颜常醉陈年老酒。

【点评】

有人说"人过中年万事休"，有人说"最美就是夕阳红"，其实用达观眼光看来，每一个生命阶段，都自有其美丽景致。诗人退休之后，生活潇洒，乐山水、游林泉、品清茶、交好友，吟诗作词，快活无比。常饮陈年老酒以致两腮酡红，很是欢悦。人，就当如此，有一个词叫"放浪形骸"，正因为完全的释放，才有无限的欢悦。老人家，经历万事，看惯风云，"打老后对万事旁观袖手"，只有这样，方能"管甚么沧海桑田春与秋"，在这里，就连时间也完全忘记了，庄子所谓"坐忘"的境界，大概也就是如此吧。心静心宽，生命绵延。有理。

月　夜

刘道平

月透轻云薄似纱，露凝芳草便成花。
世间几个闲如我，竹椅瓜棚盖碗茶。

【点评】

"月透轻云薄似纱"，月光透过轻云，轻云有如薄纱，比喻颇为亲切。"露凝芳草便成花"，露水凝结于芳草之上，便如花朵一般，这一感觉很是神奇。露珠如花，也见出作者的好兴致。何以会有这般好兴致？只因"世间几个闲如我"，原来是深得闲中之趣。古人云"江山风月无主，闲者便是主人"，看来甚有道理。"闲"是超脱功利的悠然自得，由此和大自然相融合、共亲切。"竹椅瓜棚盖碗茶"，一把竹椅、一棚瓜架、一碗清茶，这是多么平常，但能享受这等平常，从这平常当中获得心灵的欢悦，只有一份闲心方能如此。月透轻云、露凝芳草、竹椅瓜棚，要接受这自然的馈赠，获得身心的宁静，少不得一个"闲"字。

节日信息

刘道平

手机频作响，信息夜连晨。
抄袭加群发，掏心有几人。

信息爆炸的时代，一旦出门，四周皆是翻动手机神情专注之人。人们离不开手机，手机已成为身体的一部分。尤其是春节这些大型节日，更是信息不断，手机闪烁不停，"手机频作响，信息夜连晨"，概括得十分准确。这般机不离手、埋头苦干直至深夜，效果如何？其实大多收到和发出的信息，不过都是抄袭，然后群发，发出的内容，大概连自己也是懵然不知，试问其中的真正情感还有多少？"抄袭加群发，掏心有几人"，讽刺很是到位。

将退吟

刘道平

晴光又染锦江头，屈指宦游两鬓秋。
心欲长奔千里骥，力难更上一层楼。
浪中孤鹭裁春影，柳下闲鸥卧草丘。
回首夕阳天尽处，余霞尚有几分留。

【点评】

人将退休，多有叹老之语，本诗却不是这样。"晴光又染锦江头"，锦江水面，阳光灿烂，见出作者的欢悦之情。在这时光流转当中，不觉已是白发生起。"心欲长奔千里骥，力难更上一层楼"，仍然有心作千里之马驰骋一回，无奈精力已经不如以前。既然这般，那还不如享受自然之趣。你看那江上白鹭追逐浪花，如同在裁剪春衫。一个"裁"字，最见炼字之妙。还有柳树之下鸥鸟闲卧草坪。孤鹭、闲鸥，也是自我逍遥的写照。结语"回首夕阳天尽处，余霞尚有几分留"，你看那天边夕阳尽管退去，还有晚霞留在天边。刘禹锡写道"莫道桑榆晚，为霞尚满天"，讲的是一种昂扬奋进，本诗也是这一意味，由开头的"晴光"到结尾的"余霞"，通篇都见不老之心和进取精神。进取的人生，不论在什么位置，从没"退休"二字。

婚　礼

刘道平

结亲唢呐吹，请帖满天飞。
郎抱新娘去，客循旧路归。
人人存面子，处处有榔槌。
薄礼今朝挂，明天又是谁。

【点评】

中国社会是一个人情社会，三亲六戚，请客送礼，八面应酬，着实复杂。一旦结婚，排场盛大，请客更不可少。像模像样地参加婚宴，这种场合，新朋旧友相见，往往打个照面，吃上几口，话没几句，然后就分手再见。即使留下来，也是麻将牌桌，不得安闲。可别小看这种应酬，有时遇着国庆、春节，请柬蜂拥而至，尽管分身乏术，礼金也要送到。挣钱辛辛苦苦，撒钱大手大脚，一些刚出道的小青年，因送礼金，弄得生活困窘，也不是个别。"死要面子活受罪"，不是不知，只是没法。"人人存面子，处处有榔槌"，说得十分准确，日常口语，却鞭辟入里。平常事，平常语。本诗平易近人，切近人心，莫作等闲视之。

鹧鸪天·中秋思乡

罗　扬

金桂飘香又一秋，时光飞逝奈何留。嫦娥添岁吴刚老，玉兔流年人白头。思故土，念乡州，寄回月饼到村楼。不知山路有无月，归梦悠悠似水流。

【点评】

又是一年中秋来到，时光流逝就是这般无情，"嫦娥添岁吴刚老，玉兔流年人白头"，这两句甚是奇特，月宫中的嫦娥、吴刚、玉兔，他们个个都是神仙，都说神仙是不会老的，这时还不是皆已老去？话语有些无奈，有些悲愁。"思故土，念乡州，寄回月饼到村楼"，这时候说明了悲愁原因所在，原来都是因为对家乡的思念。"不知山路有无月"，很有意味，"月"在诗词当中，一般都有种思念之意，也不知山路今晚有没有月亮？能否带去我的一片思念？结句"归梦悠悠似水流"，无论月光能否把我的思念带去，只是我这归家之梦有如流水悠悠，早已经回到故乡。本词平淡中寓沧桑，荡人心魄。

古镇吊脚楼
李荣聪

小楼江畔坐，翘着二郎腿。
垂下柳丝丝，钓来舟一尾。

【点评】

"小楼江畔坐"，小楼位于江边，这里用一"坐"字，拟人手法，很是幽默。下边的"翘着二郎腿"，更有意味，小楼坐落的模样，就像是一个人翘着二郎腿一般，十分形象。小楼旁边，"垂下柳丝丝"，丝丝，这一词语也颇为奇妙。"钓来舟一尾"，设想十分动人，柳树下停歇了一艘小船，柳条牵绾，拂在船上，这小船就像是柳树钓来的一尾鱼，显得很是新奇。本诗颇有奇趣，即在诗中拟人之妙。坐、翘、垂、钓，几个动词连缀，十分生动。奇趣、生动，由此给人以孩童的天真之美。

打工归来
李荣聪

丢开行李入泥墙，小狗尾摇儿却藏。
门边露出半张脸，只接香蕉不叫娘。

【点评】

本是"草根"，故土难离。虽说在外打工，但穷家难舍，挣了些钱，有了些闲，总要回家乡一趟。回到家来，小狗识得主人，摇尾欢迎。但儿子刚刚生下，就出门打工，由老人抚养，回来的虽然是父母，儿子却当成陌生人，因此害怕得躲藏起来。尽管说这是你爹，这是你娘，可是儿子岂能相信，只是从门边露出脸来，接上递来的香蕉，却不敢叫娘。诗歌捕捉一个情景，平常写来，真是让人心酸。因为打工，连孩子都对父母陌生疏离，当作外人看待，这样连父母亲情都缺失的孩子，人生肯定是不完整的。打工时代，一边是生活压力，一边是亲儿亲女，如何取舍，整个社会当思之。

村　晚

吴　江

薄暮山为枕，烟村竹作帘。
花香飘院落，燕语歇房檐。
灶孔干柴火，盘中嫩菜尖。
风闲云挽月，好酒与妻添。

【点评】

"薄暮山为枕，烟村竹作帘"，薄暮时刻，山看起来就像一个枕头；烟雾朦胧，竹林就像一个帘子。设想奇特，山村的诗意也是油然而出。"花香飘院落，燕语歇房檐"，更妙的是，落花飘在院落，燕子歇在房檐。"灶孔干柴火，盘中嫩菜尖"，灶膛里烧着柴火，盘子里盛着蔬菜。"风闲云挽月，好酒与妻添"，风儿吹来，好云伴好月，把这好酒给妻子斟上一杯。这里的"风闲云挽月"，云月相挽，巧妙地书写出夫妻相伴时的情景，手法颇见精巧。本诗由远及近，由山外到院落、到屋里，最后落笔在夫妻二人，书写出了乡村夜晚的静谧与安逸。闲淡诗意，恍如舒伯特的《小夜曲》一般，给人岁月静好的安然温馨。乡村是中国的根，留住乡村的诗意，存留的是人们共同的精神家园。

王刚点评

王刚（1971—　），网名沉淀，四川成都人。毕业于成都理工学院（现成都理工大学）机械工程系，现为西安中兴精诚通讯有限公司电信工程师。中华诗词学会会员、四川省诗词协会会员。

青城掷笔槽
郭定乾

降魔异迹两痕凹，游客惊呼掷笔槽。
我愿神仙重出手，远抛南海镇波涛。

【点评】

青城山"掷笔槽"，亦称"涮笔槽"，裂槽从岩顶直到山足，深约70米，宽约18米，两岩断裂，下临深谷，古代以木飞架其间，令人心颤目眩，后依岩凿壁成通道，旁置石栏。到此，头顶丹岩，俯瞰深谷，景色奇险，名为偏桥。《蜀中名胜记》引《五岳真形图》云："龙桥处，二山相去百余步，峰峦急竦相对，两边悬岩，俯临不测。山旁有誓石，天师张道陵与鬼兵为誓"，喝令魔王不得再为害百姓，朱笔画山，笔迹成槽，留下奇观。

我亦曾到此一游，只觉惊心夺魄，正如同诗人前两句所言："降魔异迹两痕凹，游客惊呼掷笔槽。"看似平淡无奇的两句，为下文埋下伏笔。第三句陡然急转："我愿神仙重出手"，出手干什么？远抛南海镇波涛！力有千钧。时逢外国舰船在南海搞事，诗人胸中一股愤懑之气喷薄而出，爱国之情，拳拳可见。与"我劝天公重抖擞"，异曲而同工。神仙、天公，皆是诗人对于当政者的期许，期望不同，而爱国心相同。在游历中，诗人能根据景色联系时局，视敌寇如妖魔鬼怪，立意之妙，只在毫端。诗人不在象牙塔里寻章摘句，而是用自己的诗进行感悟，与时局息息相关，恰是现代诗人的担当与责任。在诗人平易的诗句里，我们看到了深沉的思想内涵与道义担当，堪称妙笔。

大风高拱桥

邓建秋

鲁班对此计嗟穷，神迹于今成网红。

万里路从头起步，百年身似月当空。

拱高或可观沧海，天远谁犹唱大风。

却看行人桥上过，不知已在画图中。

【点评】

大风高拱桥位于达州城东29公里处的达川区大风乡街头。其形如弯弓高高地横跨在两山之间的明月江峡谷上。自古以来，这里就是达州通往开江、万州的必经之路。此处原为铁索桥，现存之高拱桥为清同治七年（1868）建成。桥两侧石栏交错衔接，毫无堆凿之痕，此桥"跨若长虹，为郡邑诸桥之冠"。

诗人开篇即以鲁班都对此无能为力说明高拱桥的建造难度，接着直接转换到现代，用了"网红"一词，使人眼前一亮。颔联巧妙借用了万里之行始于足下之意，对仗地点出了桥的历史沿革与建筑特点。颈联豪气顿生，用观沧海与赋大风两个典故，既隐说此地为大风乡，又赋予了石桥孤高伟岸的气质，真乃神来之笔。尾联巧妙地化用现代诗人卞之琳的《断章》之意："你站在桥上看风景，看风景的人在楼上看你。"每个人都与高拱桥浑然一体，构成了一幅美不胜收的图画。整首诗收放自如，化用了无痕迹，体现出作者渊博的知识面和深厚的诗词功力，是不可多得的写景力作。

渡江登火峰山

樊旭东

再渡陵江水，身孤复遇冬。
烟舟惊野鹭，梵呗压霜钟。
身似崖边菊，心如涧底松。
岂因寒气阻，我亦向云峰。

【点评】

樊旭东先生工作在基层，有着很深的文化底蕴，我一向深为推重。这首诗从面上看，是冬天渡江登山，这是他作为畜牧局基层防疫工作人员下乡工作的一部分。再渡，是说作者多次渡过嘉陵江，孤身在隆冬季节也坚持工作。领联描绘了嘉陵江两岸的冬景，苍凉而静谧，有声却又无声，也说明了环境之艰苦。颈联崖上的菊花和涧下的苍松，岂非作者本人的写照？坚韧而执着，高渺而低调。尾联有如神来之笔，就算寒气再深再冷，也不能阻挡作者登峰的意志。其中又含有作者对自我的激励与肯定，暗含的是虽然出身于寒门，却也有积极向上的心态，不屈服不认输，体现出当代贫寒文人的气节；也有着岷峨的精神：刚健、质朴，体现出四川人的坚韧乐观，这是尤为可贵的。

己亥岁末感怀

樊旭东

忙碌经年竟未休，猪瘟祸乱几春秋。
此身惟寄农人事，今日仍随疠疫愁。
每叹平生心似玉，空嗟半世梦成沤。
寒冬无雪苍凉甚，西水烟津困晚舟。

【点评】

2019年下半年非洲猪瘟爆发，疫情肆虐导致肉价飞涨，作者身为畜牧工作者，惭愧而且忧虑，遂有感而作。此诗忧国忧民之心颇切，自惭自悔之心颇深。整首诗平直但不俗，情深意切，工稳而流畅，一气呵成。尾联用景做结，一幅苍茫冬景，再着一"困"字，使作者激切却无奈的心情跃然纸上，增加了更深的艺术感染力。

归乡叹儿时溪中戏水

樊旭东

乡村零落隐溪边，杨柳残桥隔暮烟。
最忆儿时流水澈，裸身亦可抱云天。

【点评】

绿水青山，就是金山银山，可持续发展，需要有一个美好的生态环境。作者工作需要常常下乡，看到农村的静谧景色，不由想到儿时的那种环境，清澈的流水里，孩子裸身也能随意嬉戏，心生感慨。结句精警，又隐藏着一种只凭赤手上青天的豪气，亦是贫寒人士之理想愿望，不甘沉沦，力争上游也。

清白江

胡永忠

为官此地五芳春，无愧苍天不负民。
云里楼台烟漠漠，雨中草树碧粼粼。
源澄质白流方净，心正行端影自真。
江水有灵应识我，清风满袖一空身。

【点评】

清白江"在新繁县北一十里。宋赵抃过此，尝曰：吾志如此江清白，虽万类混淆其中，不少浊也，因名"。作者作为一位农村出来的军队转业干部，拥有农民的善良本色，军人的豪放气节，诗人的乐观风骨。青白江是作者为官五年的地方，作者对之有着深深的感情。他故意将诗题写成

"清白江"，是有寓意的。诗歌开篇即深情地回顾了此地是自己工作了五年的地方，无愧无怨无悔，不愧苍天不负民，这是为官一任，造福一方的最简单质朴的表达。颔联写青白江如今的美景，不由引发诗人的感叹。颈联用清白江自比，心地纯良、行为端正，正是官员应有的品格。尾联以江水为证，写自己两袖清风、为国为民，恰是一片丹心，赤诚可鉴。作者以清白江自许，江水清白，人生清白，时常以古人赵抃自励自警，读者实可为之感动。

冬至空中感怀

胡永忠

往年至日聚家中，今岁航程行色匆。
人去人来皆过客，机升机降似飞鸿。
凌霄但觉彤云矮，落地方知急浪疯。
常叹此生无远志，平安着陆亦英雄。

【点评】

作者以乘机出差，在飞机上的感受为喻，描写了对人生"起落"的感悟。首联点明了在冬至日团圆的时候，自己也不能像往年一样与家人团聚，侧面说明作者公务的繁忙。在机场，看到人来人往行色匆匆，飞机起落像飞鸿一般，作者心生感慨：我们也不过就是人世的过客而已，何必过多追逐名利呢？飞上云霄，看到云在脚下，或许会有一丝豪情，但是落地那时候，又会感觉急浪汹汹。作者深刻的忧患意识，让他始终不越雷池半步；道德感与危机感使作者意识到：哪怕平生不需要实现大志，能够兢兢业业地工作，平安落地，做一个循吏，在平凡的岗位上做出自己的贡献，也就是做出了英雄的事业。如果领导干部都有这样的忧患意识，就会少很多贪腐。

农民工

杨先义

烟外霓虹看不真，合租斗室寄微身。

层峦望断家千里，工地归来月半轮。

汗与砂灰磨老茧，楼同房价入浮云。

遍停宝马开盘处，谁跪秋风为讨薪？

【点评】

　　这首诗是作者前几年的作品，作者当时身为成都电力部门的工程师，常与工程建设公司有所来往，对一些现象深有感慨，对参与工程建设的农民工的辛苦悲欢有着深切的同情。此诗有着一种天生的悲悯情怀，对底层人民的生活感同身受，并为之呐喊与呼号，这也是每个有良知的文人应该做的。首联意有所指，霓虹灯是城市的繁华景象，起句隐喻农民工虽在繁华的城市打工，这繁华却并不属之。颔联与颈联，从吃、住、工作各个角度对农民工的生活现实进行刻画与描述。尾联用豪车、开盘与秋风中跪地讨薪做了强烈的对比，有很深的现实意义。诗作层次分明，步步推进，将贫富悬殊的现实做了艺术加工，揭露并讽刺了某种世相。诗作有着刚健质朴的诗风，值得推荐。

逛　街

向咏梅

长街柳色又青青，过客闲游第几程？

只道擦肩无肯顾，红颜应是不倾城。

【点评】

　　这首小诗写得清新可喜。前二句柳色青青下，过客闲游，寥寥两句，春季闲行的美好景致就如在眼前。第三句一转，擦肩而过的人为啥没回顾呢？看来是红颜不够倾城啊。诙谐的自嘲，韵味十足，作者的心态轻松自由，表现出当代女诗人的心思灵动，不由让人眼前一亮。

庚子宅居小记（八首选二）

陈本厚

殷勤弟妹巧当家，口味频调食欲佳。
犹恐宅居多寂寞，储间翻出手搓麻。

意欲健身何用愁，客厅敞亮户型优。
日行不减三千米，直抵南墙又掉头。

【点评】

陈老先生的诗常用词韵，韵字上就不强求了。从这两首小诗里面，我们能够看到因新冠疫情而宅居时大家的坚强与乐观精神。病魔肆虐的时候，我们都在见证历史，而我们都没有被病魔吓倒。为了不使病毒扩散，大家都在家里宅居。但是，四川人的乐观精神处处都在。我们自己制作美食，我们自寻娱乐，我们自己想办法锻炼，为控制病魔肆虐，做出了自己的贡献。这两首小诗，用平白无奇的语言，讲述了四川人热爱生活、坚强不屈的乐观精神，这是我们四川的特色，因此值得推崇。诗里处处呈现出作者的淡然与喜乐，完全不为世事所扰，让人不由为之赞叹。

韩倚云点评

韩倚云（1977— ），女，河北保定人，现居北京市海淀区。工学博士后，泰国皇家理工大学教授、博导，法国INSA大学特聘教授、博导。研究方向：航天宇航技术、人工智能、工程可靠性、诗词与科学。北京诗词学会副会长。

鹧鸪天·咏梅寄远

赵义山

（作品见 187 页）

【点评】

古人咏梅之作甚多，而蜂蝶不侵，乃词人神思。结拍梅与月成双，可见词人之敏感，又写出梅之孤洁。如苏轼之"与谁同坐，明月清风我"，可谓异曲同工。"冰姿吐蕊"与"玉貌催春"对仗工整。

留春令·惜春

赵义山

（作品见 191 页）

【点评】

此词的写作背景是这样的：词人到园中，见诸芳悄然离去，独剩梨花一朵挂于枝头，且与一果同枝，花似在枝头待人，于是词人将此花果同枝的奇景拍下，因心生感慨，遂为此词。构思颇见新意。将花喻伊人，古已有之，而此作却才思别具。与"人面不知何处去，桃花依旧笑春风"相比，更进了一层，明写花之多情，实则写词人多情。季节更替，百花辞别，乃自然现象，而词人目睹此现象，因无计留芳，而生不尽幽思，可见内心之敏感。从技法上，此词韵律美而雅，上片赋笔描述自然现象，下片抒发词人之感慨，技艺纯熟。

向咏梅点评

向咏梅（1978—　），女，重庆奉节人。毕业于奉节师范学校。先后任奉节吐祥中学、成都洛带中学语文教师。四川省诗词协会会员。多篇词作发表于《星星》《漱玉》等诗刊杂志以及网络论坛。

雨后戏作
曾　缄

漫云造化属天公，今日天公似我穷。
雪雨风雷都卖却，更无一物有清空。

【点评】

这是一首雨后作者以戏谑口吻所作的感怀诗。整首诗充满了调侃和自嘲语气，读来诙谐轻松却又为作者虽处清贫却乐观幽默而感叹。起句说"漫云造化属天公，今日天公似我穷"，就带有揶揄之意，本来自然界的一切造化都是由天公自己安排，按理说天公应该为自己打算将自己安排得比较富裕才对，然而今日的天公却和"我"一样贫穷，把风雨雷雪都"卖完"了，什么都没有留下，只剩下一天清空。这本是写新雨后的天空很干净，和王维的"空山新雨后"有异曲同工之妙，然而诗人却说天空也像"我"一样贫穷了，此想象新颖，让人读来不觉眼前一亮，也为作者的才华而击掌赞叹。

戏占一绝
缪　钺

欲辨妍媸本自难，谁言西子美无端。
东施亦有倾城色，留待知音仔细看。

【点评】

　　写诗重在立意出新，能据常理反其意而立之，无非是很高明的手法，然而思维禁锢者不能为之，能反其意而用者是较少数，故能让人过目不忘。自古至今的观念都是认为西施是美人，东施是丑女，并且经过"东施效颦"的故事演绎，人们觉得东施的行为更丑。但是本诗作者却打破传统观念，起句就表明"欲辨妍媸本自难"，作者认为美丑要辨明是很难的，按照相对论的观点，美丑本来也是相对的。所以作者由此发问"谁言西子美无端"，谁说西施美而东施不美呢？每个人都有自己的特点，东施也是有倾城倾国的美色的，只不过没有遇到欣赏她的知音罢了，任何一个人或者物都要放在合适的位置方能体现他的价值。由此推来，其实作者便是几千年前的东施的知音了。人们常说"情人眼里出西施"，情人眼里，"东施"也便成"西施"了。

仙人球仙人掌之歌

卢剑予

　　仙人球、仙人掌，以拱以揖来相访。推诚许与共朝夕，勿用暮云春树系遥想。昔贤论友重三益[①]，此球此掌得其两。直则不偏不欹守其正，谅则情高意真可与见肝脏。长与三春芳草共一碧，驰逐时宜矜好色。一抔之土大可畅生机，不向玉砌雕栏希一席。或言遍生芒刺有何用，不闻君子守身唯自重？圣言不重则不威，那许妄人狎亵辄摸弄。退休庐，小闲斋，幸然执手乐偕来。颇谓主人市隐甘朴拙，天光云影还与共徘徊。避世避人往往多憎愤，试问首阳二子如今安在哉？君有言，我颔首，我为君歌君击缶。乐与闲闲然也否？恬静生涯谓非苟。何必魏紫姚黄羡封国，扑面红尘一日几升斗。何必望眼云天碧桃红杏花？云间往往吠苍狗。何如绿蚁红炉自己煨，月下风前共进一尊酒。此情合与地厚天高共长久。

　　注：①"三益"出《论语·季氏》："益者三友……友直，友谅，友多闻。"

【点评】

这首歌行托物言志，借咏仙人掌，描写了作者退休后淡泊名利、守正自重，享受读书和清闲恬静生活的高雅情趣。诗歌开门见山，呼仙人掌为"友"，并赋予它正直仁厚的品格，与之为友不仅表明作者守正自重的处世态度，还反映出年长宽厚的性格。"长与三春芳草共一碧，驰逐时宜矜好色。一抔之土大可畅生机，不向玉砌雕栏希一席"四句，第二句疑漏掉"不从"两字，补足以后，此四句采用正反句式，两句相叠，写仙人掌始终长绿，不以颜色自夸的朴质无华，在艰难困苦中即能生长，不向往荣华富贵的品质。紧接着写仙人掌全身芒刺，不容玩弄，语气端肃。然后笔锋一转，开始写退庐主人退隐读书的恬静生活。诗句中跳动着欣然情绪，并规劝世人，退隐之后莫带憎愤之气，莫学伯夷、叔齐，要接受现实。当然，这里的所谓"看开"与前文的守正形成了一定的冲突，私以为这是本诗没处理好的地方。诗歌接下来写作者与仙人掌惺惺相惜，采用拟人手法，写自己与仙人掌击缶而歌的默契，自陈恬静生活是真实可贵的。到结尾部分，采用正反对比写法，两个"何必"句，写出追逐荣华富贵的可笑与追逐美色情爱的难以永恒，再咏唱在美丽的自然风景下悠闲地小斟小酌，那种轻闲自在与快乐。诗人与仙人掌，这一人一物的相得之情，深厚而长久。从全诗的韵来看，采用的是新韵，基本落韵在仄声，三声居多，所以读来较厚重。这也使得诗作想要表达的恬淡自然之气被消解了一些，说理意味就浓过了抒情意味。从全诗的语言特点看，多用典故，使得诗作有厚度，首阳二子与白云苍狗的典故用得略显随意，但整体来说，从容自如，旁征博引，显示了作者高深的学识素养。另外，诗作在典雅之余，略杂个别如"退休庐"这样的白话词，也别添了一些活泼的趣味。卢剑予先生是四川合江人，读书的时代是民国，1949年后长期奋斗在教育战线上，退休后笔耕不辍，有《退庐诗稿》存世。

枕函辞

周啸天

连日候派遣，意气尽消磨。五日见分晓，雪毛乱如鹅。铁轨指吾渠，公路通汝竹。临歧君持枕，赠我泪盈掬。枕腹何所充，嘉陵江畔芦。君之手所采，十指伤拔蒲。枕函双飞鸯，双飞复双宿。君之手所绣，此意吾自熟。为莲爱并蒂，于鳞羡比目。君称拙于辞，衷曲在枕腹。冰炭刺吾肠，枕乎尔何物。收汝泪纵横，眼枯即见骨。经年莫浣洗，忍教泪痕没。

【点评】

周老师曾多次称我所写的词为"断肠词"，我则说周老师此诗可肠断数十截矣。本诗题为"枕函辞"，除有为作者心爱之人所赠芦枕题诗之外，亦可理解为作者会将此诗放于枕边。唐《司空表圣诗集》卷三《杨柳枝·寿杯词》之六有句"偶然楼上卷珠帘，往往长条拂枕函"，"枕函"，乃中间可以放置物件的凹形枕头。在等待毕业分配之际，在事业迷茫之时，本心焦烦躁，百无聊赖，然因有爱人赠枕的这份情意，亦慰藉此心不少。临别之际本已难过，爱人送枕更让诗人热泪盈眶。况且这枕头来之不易，是由爱人亲手所采芦花填充而成，这其中饱含爱人对诗人的一腔痴情。而最难得的是诗人亦爱她，细心的诗人发现了她的十指因为采蒲而受伤，自然明白爱人所赠枕头之寓意："枕函双飞鸯，双飞复双宿。君之手所绣，此意吾自熟。为莲爱并蒂，于鳞羡比目。君称拙于辞，衷曲在枕腹。"这明白洗练的感情表白和回应，正是相爱之人甜蜜幸福达到极致的体现。董卿曾说过："一个女人最大的幸福莫过于当她去拥抱一个自己所爱的人时，而这个人会把她抱得更紧。"而诗中的男女主人公便是如此，由此也让旁人感受到女子的满腔痴心没有白费，纵然采蒲伤手，然得真情，此生何憾？因为"爱情价更高"。作者曾说，爱情的最高境界便是"相看两不厌"，诗人的至情之处也表现得淋漓尽致："冰炭刺吾肠，枕乎尔何物。收汝泪纵横，眼枯即见骨。经年莫浣洗，忍教泪痕没。"因爱而生怜，怜而生痛，痛而珍惜。故这枕头以后都不会再洗了，要留下枕上泪痕以作此生纪念，从而也将此情推向最高处。至情之人写至情之辞，委实感人肺腑。

学风叹
滕伟明

久不登讲堂，世风已大变。学子烨然仙，裙服斗新艳。见面笑盈盈，口中嚼香片。时时忘带书，绝少动笔砚。进关复出关，访戴颇随便。曲臂梦周公，支颐想鸿雁。对镜涂红唇，扫眉长且淡。彩照共传观，忘情作身段。后排坐陈潘，宛在电影院。感悦复惊龙，调笑无忌惮。亦有好学人，拍案斥雀燕。霎时息群蛙，俄而故态现。传道不可为，解惑嫌汗漫。比譬取卡通，慎勿涉史传。古道日已微，新潮未曾惯。我亦畏后生，岂是仲尼叹。

【点评】

未上过讲堂之人，无以解此诗之妙；而上过讲堂，未教过学风很差的学生之教师，亦不能解此诗之妙。而我，不知是有幸还是不幸，平生所教，偏遇上过似此诗所描述之学子，故对此诗关于学风的描述深有感触。于灯下细读数遍，益叹此诗之妙不可言。作者起句点题，写出自己的感受："久不登讲堂，世风已大变。"此一叹，是感叹现在的学风大不如从前。接下来描绘学生的穿着，因为作者是在一所职业学校上课，学校没有要求学生统一着校服，故学子们奇装异服、争奇斗艳。然后写学生们的神态面貌，见面笑盈盈，同学之间关系和谐，相处得轻松愉快，口中嚼着口香糖，轻松悠闲，完全没有学业的愁苦和担忧。上课经常有没带课本的，更不用说动笔做笔记了。进出教室也是非常随便，此处作者用王子猷"雪夜访戴"至门前不入而返的典故以描写学生随意进出教室的常态。而学生上课的状态就更是让所有教师无奈，有的趴在桌上睡觉，不睡觉的心思也不在教室，神游象外去了——"曲臂梦周公，支颐想鸿雁"，"鸿雁"一词用语甚妙，写出了学生课堂上胡思乱想以致走神时所思。作为职业学校的学生，爱化妆也是常态，涂口红、画眉，上课传阅彩照。而更过分的是，有的男生居然去扯女生的头发和衣服，肆无忌惮地调笑打闹。当少有的想要学习的同学大声斥责后，教室瞬间安静下来，然而过一下又恢复了常态。对于这样的一群学生，教师打不得骂不得，维持教室纪律就很困难，何谈"传道授业解惑"呢？讲课得用卡通人物做比喻，稍微讲点有历史内涵的东西学生都是听不懂的。韩愈曾叹"师道之不传也，久矣"，而作者发出了仲尼之叹："古道日已微，新潮未曾惯。"如此学风，如此不好学之学生，是教师之不幸，还是教育之不幸？此诗描写精妙，作为古风，用语典雅，刻画精准，气脉流畅，一气呵成又层层推进，一波三折，读来令人叫绝。

赏丹景牡丹

郭定乾

谁分天女手中香，散入名山启瑞祥。
丽质别增三月胜，芳声久占百花王。
一枝露绽佳人妒，万朵晴开粉蝶狂。
我愿人间皆富贵，移根何日到穷乡。

【点评】

历代诗人写牡丹，皆离不开"富贵"的话题，本诗也不例外，写出了牡丹的天生丽质和芳香醉人。作为百花之王的牡丹，花开时的艳丽引得佳人妒忌，粉蝶疯狂。这些写法都不算新颖，没有步出前人樊篱。但结句"我愿人间皆富贵，移根何日到穷乡"，便将整首诗的思想境界瞬间提升了，诗人大有杜甫之"安得广厦千万间，大庇天下寒士俱欢颜"的情怀，希望将这"富贵之花"移栽到所有穷乡僻壤，让人间再无贫穷，此仁者爱人情怀之外现也。

清 明

何 革

（作品见262页）

【点评】

历代写清明的诗词非常多，主题不一，但大多是怀念逝者、寄托哀思、纪念寒食节、踏青之类。本诗却不落俗套，另出新意，实值得一读。起句写为逝者烧香，一番真情，点明清明的主题。第二句便用"何堪身后复清贫"写出逝者的悲哀，活着时清贫，死后不能再清贫。活着的人希望逝者在阴间能过得富裕，所以转结便写生者的美好愿望，希望通过多烧纸钱来让死者在阴间有房住，一个"也"字既点明人间房价太高，逝者清贫买不起房，又把作者的美好愿望寄托在这一堆纸钱上，希望死者利用这一堆纸钱在阴间变得富裕起来。人活着无奈，买不起房，只能寄希望于死后活得幸福，这种愿望虽有点唯心，却表现了中国人民的美好愿望，也升华了本诗对当前高房价予以针砭的主旨。

州河达城段三座大桥同时开建
李荣聪

三枚订书钉，钉住浪千叠。
人到古通州，来翻新画页。

【点评】

白居易说"文章合为时而著，歌诗合为事而作"，本诗在反映现代化建设的同时，利用传统诗词，却又能打破传统、不落俗套，用现代词语入诗，这是很值得推崇的具有时代感的写法，体现诗歌"为时而作"的现实性。本诗的起句想象新颖，作者将达州城当作一本书，将州河比喻成一条装订线，而将同时开建的三座大桥（中坝大桥、野茅溪大桥、徐家坝大桥）比喻为三枚订书钉，这个比喻新奇而大胆，采用缩小夸张，给读者巨大的想象空间。由此自然推到转结，外人来到古通州，欣赏美景之时，便欣赏到了古通州的新气象。本诗既描写了现代建设给古通州带来的变化，反映了时代特征；又用充满新奇想象的现代词语"订书钉"这一比喻，形象地再现了建桥的情形，生动形象如在目前，不失为一首灵巧的小诗。

清明归乡

吴 江

归来复对拆迁村，春草深深掩旧痕。
怜我乡愁无所系，两株桃树共看门。

【点评】

"拆迁"作为这个时代发展特有的名词，深深地牵动了一代人的乡愁。本诗作者从外归来，面对村里已经一片荒凉、杂草丛生的拆迁景象，内心也是充满凄凉和无奈的，一身乡愁无所系，只有荒草入人眼。而本诗巧妙在最后一句，将乡愁记挂在唯一剩下的两株桃树上，房前屋后已是面目全非，只剩两株桃树看护家门，而桃树承载了作者多少童年的美好回忆，此处用拟人手法寄托自己的乡愁，颇有韵味。

建福宫①夜泉

张天健

一水送君一水迎，莫言流水本无情。
赤城阁②外寒溪水，客枕潺湲话到明。

注：①②建福宫、赤城阁俱在青城山。

【点评】

本诗是一首比较典雅的小诗。人们常说"落花有意流水无情"，这已经形成了一种惯性思维，而诗人在简短的篇幅里，却翻出了一种新意，那就是"流水有情"。起句就点明了青城山都江堰这里的水是有情的，"一水送君一水迎"，两个"水"的有意重复没有累赘之嫌，这是水的有接有送，中国的待客之道，充分显示了流水有情。"莫言流水本无情"，此处可以倒过来读，"莫言流水本无情，一水送君一水迎"，两句是因果关系。接下来转结补充描写，为什么不能说流水无情呢？不信你可以看看赤城阁外的那一片溪水，一直在窃窃私语，与客人唠嗑到天明，这分明是诗人自己细心又多情。结句写出了青城山的山水好客多情，结得非常自然。本诗起承转合意脉畅通，衔接自然，语言典雅，整首诗意味较深，值得品味。

〔商调·知秋令〕我与他
萧自熙
（作品见317页）

【点评】

这首曲是一首极具现代感的讽喻之作。首先标题"我与他"取得颇具匠心，表明了"我"和"他"的不同。起句就表明"我"和"他"不是同一道上之人，他走他的梦幻的阳关道，我走我辛苦读书的独木桥，接下来由一句俗语"井水不犯河水"化用而来，表明两个人永远不会有交集。第二句表明作者心志，他虽然富贵，自有忧患、自有负累；而我虽然贫穷，却穷得坦然、穷得轻松。最后揭示出他的嘴脸，他自己过得不自在，反而笑我吃得太差，没有油水。本曲妙在通篇用对比手法，鲜明地表现出"我"和"他"的志趣不同、追求不同，所以生活态度也不同。两种不同的人生态度对比，高下立见，留给读者深思。本曲语言诙谐，运用俗语娴熟自然，亦得散曲之妙。

悼 亡
蔡 逸

刻骨相思二十年，教人何处问苍天。
伤心有泪浮江海，泣血无魂化杜鹃。
中夜月明悲梦觉，满腔忧愤对谁言。
平生不信鬼和神，每为相思盼鬼仙。

【点评】

作为悼亡诗，感人者较多。如潘岳《悼亡诗三首》、苏轼《江城子·十年生死》、元稹的《离思》《遣悲怀三首》、贺铸的《鹧鸪天·重过阊门万事非》以及纳兰性德的悼亡词，都是特别感人的悼亡佳作。而本诗也和传统悼亡诗词写法一样，情真意切感人肺腑。起句即直陈胸臆，向苍天发出悲痛的感叹"刻骨相思二十年，教人何处问苍天"，既点明逝者已去二十年，也表达作者这二十年都对逝者充满了深深的怀念之情，可见诗人对逝者的爱之深思之切，也给读者塑造了一个痴情的诗人形象。颔联用杜鹃泣血的典故来寄托自己的哀思，表达自己整日为失去伴侣而伤心啜泣，魂化杜宇。颈联具体描述自己夜半梦到妻子，醒来后满腔的悲痛之情无人诉说的情形，传达出深切的悲痛和孤独寂寞之情。结句道出自己的信仰因失去所爱而改变，诗人本不信鬼神之言的，但却因为相思宁愿相信这世上是有鬼神的，如此便可以和所思之人再次相见了，如此作结让人读来唏嘘泪流。本诗情感饱满，手法平稳，文脉畅通，结句让人印象深刻。唯颈联"忧愤"一词可商榷。

酷相思·无题
李德成

白发红颜无可兑。老来意，谁能会？笑秋梦、多情成自醉。春老也，花堪畏。人老也，情堪畏。

每忆当初心欲碎。酒中月，眸中泪。算离别、经年难入寐。花谢也，重开未？君去也，还归未？

【点评】

"酷相思"这个词牌，在宋金元词苑中，仅程垓的一篇，据《词苑丛谈》记载：程垓与锦江某妓感情甚笃，别时作《酷相思》词。词虽传诵，又曾选入《花草粹编》，但因其是一种"僻调"，形式奥妙，写作难度大，不易效仿，所以后人继承这种词风的很少。此调有如下特点：其一，此词上下片同格，在总体上形成一种回环复沓的格调；上片的结拍与下片的歇拍皆用叠韵，且句法结构相同，于是在上下片中又各自形成了回环复沓的格调。这样，回环之中有回环，复沓之中有复沓，反复歌咏，自有一种回环往复音韵天成的韵致。其二，词中多逗。全词十句六逗，而且全是三字逗，音节短促，极易造成哽哽咽咽如泣如诉的情调。其三，词中还多用"也"字以舒缓语气。词中的虚字向称难用，既不可不用，又不可多用，同一首词中，虚字用至二三处，已是不好，故为词家所忌。其关键在于，凡虚处皆有感情实之，故虚中有实，不觉其虚。凡此种种形式，皆是由"酷相思"这种特定词牌的内容所决定的。此调重在情浓，上下阕的叠句和情感与虚词的把握。这首词是李德成老师七十多岁时所写，作为一个年过古稀的老人，还在回味这一份浓浓的感情，可见此情于作者来讲是终身刻骨的，读到作者这首词，也能感觉到作者的情感浓郁而深沉。起句就说"白发红颜无可兑"，"无可兑"一词写出了年岁的伤感和沧桑，虽然白发，但心中的红颜仍在，白发红颜色彩相应，读来具有很美的画面感。接下来进一步讲"老来意，谁能会"，老来的情感谁能意会？一个孤独的形象赫然出现在我们面前。然而老了老了，梦还在的，只是这秋梦无痕，故只好自嘲地笑笑。这春花秋月，这情起情灭，都只在自醉之间。春已老，赏花堪畏；人已老，谈情亦畏。年老之时回忆起当初，忍不住心碎，经年的离别让人难以入睡。由此推出结尾叠句的问语："花谢也，重开未？君去也，还归未？"表达对爱人深切的思念。此词气脉流畅，层层推进，感情强烈，体现了"酷相思"词牌的特点。

候鸟老人

曾忠恕

（作品见 131 页）

【点评】

这是一首反映当前养老问题的小诗。整首诗语言朴实，以近似白话的口吻叙述老人的养老情形，描述了当前很多老人必须得为儿女而老来承受分离之苦的孤独的现实。家家有本难念的经，养老问题也是各家各户的一件大事。独生子女的情况当然是一处养老，或者给儿女带孩子多；而有几个儿女的，往往是儿女平均分担养老任务，由于各方面条件的限制，很多都只能把老两口分开，一家养一个，这种情形在农村很普遍。遇着媳妇孝顺的，老人的日子就好过，遇着媳妇不孝顺的，这个老人的养老就面临很多问题。像此诗反映的儿女不在一处，一个在东，一个在西，相隔几千里路，所以夕阳也只能红半边了，这就是现实的无奈。本诗语言质朴，但也比较凝练，结句"各分一半夕阳红"炼句是很到位的。

鹧鸪天·雨中过民工工棚

安全东

（作品见140页）

【点评】

"农民工"作为一个时代产生的称呼，深深烙印在一代中国人的心里。看到过诸多关于农民工的文章，但是古典诗词关注农民工生活的相对不多，而本词是写得比较真切的一首。农民工在工地上的生活是非常艰苦的，本词选取雨中农民工在工棚里的一个画面，真切地反映了农民工生活条件的艰苦，表达了对农民工生存环境的担忧与对农民工的同情，同时不露声色地呼吁我们多去关注农民工的生活。本词上片写秋雨潇潇，工棚逼仄拥挤，因为下雨屋漏，导致农民工的床、被子、衣服全部被雨淋湿。读此句使我想起了杜甫"床头屋漏无干处，雨脚如麻未断绝"的诗句，这种体验只有底层百姓才有。下片写农民工面对如此环境的无奈之情。过片的三字句写用饭钵和面盆来接雨的场面很真实，手忙脚乱地忙活一阵，到头仍然弄得一身稀泥，农民工卷起衣裤一番忙活的情形如在目前。结句写下雨天气还要持续一段时间，而这样的天气最是让农民工发愁，不但是因为住宿条件无比简陋，还因为下雨天气让农民工无法干活而没有收入。这和"心忧炭贱愿天寒"却也有异曲同工之妙。本词画面感极强，用语朴实自然，饭钵、面盆这样的现代词用入古诗词，富有时代气息，生动地再现了农民工生活的场景，关注了现实，不失为一首现实主义佳作。

八台山独秀峰

舟长春

（作品见70页）

【点评】

独秀峰是八台山的著名景点，一柱独峰屹立在八台山半山腰上，险峻而峭拔。作者将独秀峰比喻成一支巨笔，将长天比喻成平铺的白纸，这广阔的视角和夸张的手法，顿时使诗的境界变得阔大起来，并且起句就说"一笔正生花"，说明关于独秀峰还将有美文出现。然而作者后面并没有写美文如何，而是回到独秀峰的重量上来：如此巨大的笔，三千八百吨，看尔如何使得动。其实那一柱独秀峰岂止三千八百吨呢？此处是为了形容这支笔而采用了缩小夸张和虚数的手法，但即使是缩小，又有谁使得动这样一支巨大的笔？此处采用数量词，使诗更具有质感和更具体化，把独秀峰写活了，形象生动如在目前，也让整首诗具有一种俏皮的感觉。

花　椒

刘道平

曾经忍刺度青春，高挂枝头香可闻。
一着紫袍开口笑，含珠吐玉更麻人。

【点评】

本首诗是一首咏物诗，张炎在《词源》中说："诗难于咏物，词为尤难。体认稍真，则拘而不畅，模写差远，则晦而不明。要须收纵联密，用事合题。"作为咏物诗而言，要写得"不即不离"，摹其形会其神而又不拘泥于物方可为上乘。本诗是一首咏"花椒"的咏物诗，也可以说是一部小型的"官场现形记"。作者刘道平曾任四川省司法厅厅长、四川省政协副主席、四川省人大常委会副主任等职，一直身居官场，阅人无数，这也使得作者在观察事物时眼光往往与常人不同。在官场，作者接触了形形色色的人物，不管是大人物还是小人物，在各自不同的职位上都有着不同的表现，都在扮演着高傲或者卑微的不同角色，都在演绎着各自不同的人生形态。记得前几年有一部很火的电视剧《人民的名义》，里面的祁同伟就是一位从卑微的"小人物"一步步成长为"大人物"后，因权欲熏心而丧失初心的一个典型。而在他成长的这一路，人性的自私、无赖、卑鄙的阴暗形象和他在人前的大义凛然的光辉形象截然不同。本诗借花椒的形态和特点，描写了一位官场人物从成长到成熟后的表现和特性。在年轻时，忍受着各种挫折和百般挑剔而艰苦奋斗，终于没有辜负自己的青春，茁壮成长起来；而在成长高升的阶段，品行还依然保持，诗句中的"高挂枝头香可闻"，此"香"便指人品人格。然而随着时间的推移和官位的高升，人性也开始慢慢变化，结尾两句"一着紫袍开口笑，含珠吐玉更麻人"，"紫袍""开口笑"既指花椒成熟后的颜色和形态，也指人上升到一定位置后的形神表现。"紫袍"指高官朝服，在唐代指三品以上的官员所着官服。"开口笑"也是非常形象的，作为官场之人，人前一脸笑，这是必须具备的常态。但是一出口又是如何呢？"含珠吐玉"意为尽说好听的话，"更麻人"乃四川方言，即更麻痹人、糊弄人的意思。这既是花椒老后的特性，也是有的人上升到一定官位后的人性以及处世态度的表露，可谓形象深刻。本诗抓住花椒的形态和麻人的特性，以物喻人，托物言志，深刻地描写了一部分官场人的表象，不失为一首讽喻现实的佳作。

楼顶落花

周开岳

（作品见 320 页）

【点评】

这是一首书写居家闲适心情的小诗，整首诗体现了诗人闲逸、淡然的美好情怀。一、二句描写楼顶落花飞舞的美丽景象，只是不知这落花来自何处。这是一种邻家花开在我家的感觉，与"蛱蝶飞来过墙去，却疑春色在邻家"有异曲同工之妙。结尾两句"主人有意分春色，许我朝朝扫落花"，本来落花是随意乱飞，飞到我家楼顶，使得我每天要去打扫，按理说这是比较烦人的事。然而诗人却说是邻居主人有意将春色分与我，从而让我见识了落英缤纷的美景，所以即使每天早上起来打扫楼顶的来自别家的落花也是很有情趣的事情，没有丝毫埋怨之色。任何一件事，都有它的好与不好的层面，就看你以何种心态去看待。而对于落花，以诗人的眼光看来却是如此的充满诗情画意，这也是人的心境和品性修养的体现。整首诗气脉流畅，起承转合很自然。

香肠情事

杨 毅

麻辣千般味，相思一段肠。
无钱营口福，放眼羡邻墙。
好梦时流唾，香风夜逼床。
垂帘闭门紧，四壁独灯凉。

【点评】

这是一首调侃自己生活的自嘲诗。每到入冬，四川的风俗是家家户户都开始做腊肉香肠，当然这是对于很多正常家庭来说，而对于一个独居的人来说，这做香肠可是一件大事，做不做都有些纠结的。诗的首联"麻辣千般味，相思一段肠"直接点题，点出了生活的千般滋味中，麻辣最好，这是川人的味道偏好。然而对这一段香肠的思念却也让人"断肠"，此句既谐音又用了拆词法，将香肠分开成句，又写出了诗人因相思而断肠的感情，深得炼句之妙，一语双关。颔联写因无钱让自己一饱口福，故只能眼巴巴看着邻居墙上的香肠而羡慕。颈联进一步具体描写羡慕的程度，因晚上夜风吹过香肠的味道来，让诗人做梦都馋得流口水。结句收束，写自己只好赶紧将门窗紧闭，面对四壁孤灯而独自发愁。本诗标题为"香肠情事"，作者本意应是借羡慕邻家香肠的味道而羡慕邻家的家庭和睦、情意浓浓吧，至于更深层的意思，留待读者想象。本诗结构严密，气脉流畅，起承转合非常自然，表达出诗人对自己生活状态的一种戏谑和感慨，很具有生活气息。

绝 句

向咏梅

长街柳色又青青，过客闲游第几程？
只道擦肩无肯顾，红颜应是不倾城。

【点评】

作者进入自媒体写作以后，因为自身没有把握到自媒体的特点与读者群体的需求，还是沉醉于自我表达式写作之中，写了作品却无法抓住读者的心，阅读量难尽人意，心中苦闷。遂作此诗来表达一点失意的怅惘。这首七绝作于作者失意之时，前两句因物起兴，柳树青绿，而路人对这充满春意、充满生机的柳色，毫不在意，"闲游"一词写出路人无所留意之态。而柳即"留"，希望人们能留意它，"又""第几程"写出了期盼之深。"只道擦肩无肯顾，红颜应是不倾城"借用《古相思曲》"只缘感君一回顾，使我思君朝与暮"的句意，以相思写诗情的寄托，希望有读者能解得作者之意，从此成为知己。而"可叹年华如朝露，何时衔泥巢君屋"，并没有人能懂，作者转入自省，或许是自己姿色不足以引人注意吧，其实是担心自己的作品或许根本就不出众，充满了凄凉和无可奈何的自嘲意味。诗人以精心之笔，描写了微风柳色和长街路上的场景，营造了一个美好的审美境界。而采用拟人之手法，赋予杨柳以女人的心事，寄托自己难得知己的惆怅。诗虽只有四句，但起承转合圆转如意，修辞、借用自然而然，毫不生硬，举重若轻。尾句的自嘲，既是一种无奈，也是一种人生态度，不但没有显出颓废，反而能读出一点自省和积极的意味。全诗以"闺怨"写"诗怨"，以物写人，这种处理在艺术上服从了内容需要，值得玩味。